科技考古掠影

王昌燧 著

中国科学技术大学出版社

内 容 简 介

这本小书以纪念文、综述、著作序言、科普以及成果摘要等诸多形式,简要介绍了作者在学界前辈泰斗的扶携下,如何以筚路蓝缕、以启山林的精神,孜孜以求数十载,在科技考古领域不断"开疆拓土",在陶瓷、冶金、玉器、建材、生物、农业、有机残留物和盐业等考古领域获得一系列原创性成果,并培养了一大批科技考古领域的优秀人才和领军人物。字里行间富含作者切身体会,或抒发缅怀前辈泰斗的真情实感,或阐述科学研究的经验和心得,或谈及研究生选拔、培养的原则与诀窍,对于科技考古专业的年青教员和研究生,一定会有着切实的启示和借鉴。附录中收录的几篇有关杰出校友的文章,则可视为作者多年来欲为"老五届"呐喊的变通之举。本书对科技考古的学习者,以及对本专业有兴趣的读者具有一定的参考指导意义。

图书在版编目(CIP)数据

科技考古掠影/王昌燧著. —合肥:中国科学技术大学出版社,2023.10
ISBN 978-7-312-05797-7

Ⅰ.科… Ⅱ.王… Ⅲ.科学技术—考古—研究—中国 Ⅳ.K875

中国国家版本馆 CIP 数据核字(2023)第 194604 号

科技考古掠影
KEJI KAOGU LÜEYING

出版	中国科学技术大学出版社
	安徽省合肥市金寨路 96 号,230026
	http://press.ustc.edu.cn
	https://zgkxjsdxcbs.tmall.com
印刷	安徽省瑞隆印务有限公司
发行	中国科学技术大学出版社
开本	787 mm×1092 mm　1/16
印张	15.5
字数	395 千
版次	2023 年 10 月第 1 版
印次	2023 年 10 月第 1 次印刷
定价	68.00 元

前　言

《科技考古进展》于2013年3月出版以来,转眼间,竟过去十年有余了,而原计划尽快拼凑付梓的《科技考古掠影》,竟然延至今日方才杀青。之所以如此,乃是古稀年龄导致"江郎才尽"。此外,缺乏急迫感也是重要的缘由,毕竟这本小书远不如《科技考古进展》那样充满着原始创新成果,撰写起来激情四射,恰恰相反,这里收录的文稿绝大部分曾经发表,编撰过程中常有"炒冷饭"之感,以致数次无端搁浅。

当然,这本小书所涉及的篇章仍有自身的闪光点,而总的说来,它在介绍科技考古知识方面富含自身体会,对于科技考古专业学生的成长,应有着切实的启示和借鉴。

本书共收录文章55篇,按内容分为创新成果篇、人生感恩篇、前沿综述篇、著作序言篇和科学普及篇5个篇章,另外在附录中介绍了中国科学技术大学的4位杰出校友。

考虑再三,将创新成果篇作为第1篇,旨在展示我们团队取得的一系列原始创新成果。如今可以毫不谦虚地说,我们不仅在科技考古众多领域皆有重要成果,而且对科技考古学科的理论建设也有着不可小觑的贡献,而最令我自豪的是培养了一大批立志献身科技考古事业的青年才俊,其中不乏崭露头角的新一代领军人物。我愿就此埋下伏笔,以便适当时候详细介绍之。

回顾以往的科教过程,我最感幸运的是曾得到许多贵人的恩泽和提携。毫不夸张地说,没有这些学界泰斗的扶持,苟且偷生恐怕是我无奈的结局。为此,将人生感恩篇紧接创新成果篇,以突显恩师扶携的重要性。需要指出的是,这里的几篇感恩文章多为我事业小成后的应时之作,而早年对我有恩的钱志道院士以及助我落实中国科大工作的童秉纲、晋晓林夫妇和郭劳夫馆长等皆未能提及。我同样愿就此埋下伏笔,尽快将上述过程如实阐述,以表达我须臾不敢忘怀的感恩之情。

紧随人生感恩篇的即为前沿综述篇,这里总共收集了20篇文章,除最后3篇外,其余皆按发表时序排列。具体说来,这些综述文章大致可一分为二,前一半多撰写于中国科学技术大学工作期间,内容以陶瓷考古与冶金考古为主,剩下的则是在中国科学院研究生院(2012年更名为中国科学院大学)学习工作期间完成的,内容几乎覆盖科技考古所有领域。这前后部分的不同不仅反映了我们团队研究领域的变迁,而且折射出国际科技考古研究前沿的动向,而始终紧扣国际学术热点和动向,无疑是我们能够跻身世界科技考古先进行列的前提。需要指出的是,早期的综述文章虽相对稚嫩且难免有些谬错,但已开始将最新的科技分析方法应用于科技考古研究之中,并最终成为我们团队的显著特色。今天,我可以不无自豪地说,我们众多的科研和教学成果,很大程度上得益于这"一招鲜"的巧妙运用。

我在学界规规矩矩打拼多年后,多少有了点影响。于是,一些同行好友在专著出版前,邀我为之作序。我深知学识肤浅,难当此任,然盛情难却,唯有勉为其难。几篇序言写后,切身体会到其难点所在,即须以精练的语言阐明相关专著的内容重点、出版背景和主要特色。在此基础上,为提请作者思考和读者警觉,我通常都有意识地点明该专著稍显不足或需要商榷之处。虽然这一点是难上加难,但我以为,这是对作序者学识的基本要求。近年来,我直接和间接培养的研究生陆续出版专著,多邀请我为其作序,我虽知道这是一件苦差事,但更明了这是人生一大幸事,自然欣然应允。不仅如此,还奢望有一天能出版一本《研究生专著序言集成》,从另一个侧面彰显我的教书育人成果。

"学好数理化,走遍天下都不怕"曾是我们年轻时的座右铭,然而其重理轻文的负面影响,导致我对写作长期望而却步。踏上工作岗位后,我很快意识到,作为教员,写作是必备技能。数年的潜心探讨和实践,我不仅领悟了写作的诀窍,而且形成了独特的风格。1998年,当荣获安徽省科普写作二等奖时,我对于写作已充满自信。现将当初获奖的"科技考古漫谈"一组短文结合其他科普文章组成科学普及篇,借以自勉并寄托我晚年撰写一些科普作品的愿望。

不难理解,附录中介绍的4位杰出校友与科技考古风马牛不相及,既然如此,何以将其纳入本书之内? 实际上,我也说不出令人信服的理由。只是长期以来一种不解不断促我思考,即何以罕见介绍"老五届"的报道和作品? 实际上,仅限与我深交或密切联系的中国科大校友中,具有斐然成果或传奇人生者已有数十位之多,每当他们的形象浮现眼前时,总有将他们全面介绍的冲动。介绍前两位杰出校友的文章正是1998年一次冲动的产物。遗憾的是,之后的繁忙导致我难有空闲撰写这类报道。近年来,《告别未名湖:北大老五届行迹》《我心依然》等纪实文学的陆续出版,特别是大批相关回忆录的问世,使历经磨难的"老五届"终于再次进入人们的视野。按理说可以见好就收,似不必将母校的杰出校友生硬地嵌入本书之中。然而稍微留心后会发现,上述书刊和网络文章主要聚焦于"老五届"的校园回忆以及之后的悲苦经历,罕有介绍"老五届"涅槃重生的成功事迹,反复推敲后,我决定将其作为本书的附录处理,并补撰另外两篇杰出校友的报道,期望抛砖引玉,以突显"老五届"鲜为人知的一面。

行文至此,我不得不承认,本书实为"大杂烩",从多维视角折射了我的人生。我据此制订了晚年计划,尽管我深知,这些计划中的相当一部分很可能落空,但既有计划,就会有约束,它将助我享受充实的晚年。

王昌燧

2023 年 5 月 5 日

目　录

第 1 篇

创新成果篇

▲

余从事科技考古研究近 40 载,最大的收获是培养了一大批立志献身科技考古事业的青年才俊,其中胡耀武、杨益民、温睿、施继龙、李乃胜、董豫、付巧妹、凡小盼、张茂林、赵晓军、朱铁权、魏国锋、管理、金普军、凌雪、刘余力、吴妍、郭怡、侯亮亮、罗武干、朱君孝、李涛、张国文和王荣等皆已崭露头角,大多 30 余岁就成了教授或研究员,其中付巧妹被聘为研究员时年仅 32 岁。尚不包括获得美国重要考古教职的刘歆益博士,也未将回归化学领域的徐安武、朱继平教授以及协助指导的中国科学技术大学科技史专业硕士研究生计算在内。当然,相信我的更多学生将成为我国考古学、科技考古学及其相关领域的中流砥柱。

学生的成功培养,必然伴随着成果的产出。近 40 年来,我指导的学生,也包括我学生指导的学生,在众多领域皆取得了骄人的成果,其中不乏原创性、颠覆性的成果。积沙成塔,至少在陶瓷科技考古领域,我们构建了全新的体系,其在学界的影响,相信自有公论。2013 年,由科学出版社出版的《科技考古进展》较为系统地介绍了我们的主要成果，今天，借《科技考古掠影》出版之机，拟将我们在陶瓷、冶金、玉器、盐业等领域积累的科技考古成果作一认真梳理，以简明条目的形式介绍给学界和读者，而将生物、农业等领域的科技考古成果留给我的弟子们去总结，希望读者多少能从中体悟到"世上无难事，只怕有心人"之真谛，与我们共享科技考古之愉悦。

陶瓷科技考古

1　陶瓷定义

1.1　陶器定义

国内外关于陶器的定义皆不够严谨,未能点明陶化的本质,针对这一现状,我们从陶化机制出发,将陶器定义为:人们将黏土加水捏塑成一定形状,逐渐加热至 600 ℃以上并保温足够时间,使其形成的结构水基本逸出,由此烧成的器物即为陶器[1]。

1.2　瓷器定义

不难理解,原始瓷概念实无科学依据,纯属学术争论的折中结果。至于青瓷的概念,虽基于科技分析,且已获得"公认",但一经仔细推敲,便不难发现其存在明显的谬误。由此可见,有必要重新确立瓷器定义。经多年的思考,我们终于给出了明确的瓷器定义:以瓷石(土)或高岭土制坯,表面施高温釉,经 1100 ℃以上高温烧成的器物,即为瓷器[2,3]。

2　陶瓷起源

2.1　陶器起源

以往的研究认为,新石器时代早期先民定居生活后,陶器应运而生。然而,美国学者范黛华(Pamela B. Vandiver)教授于 1989 年在 *Science* 发表的研究论文中指出,位于捷克摩拉维亚地区、距今约 26000 年的 Dolni Věstonice 遗址群,发掘出土了一批陶质动物(含人形)塑像、上万枚的陶质小弹丸以及两个陶窑。我们详细介绍了范黛华教授的这一成果,并论证了该成果的可靠性,这一事实无可辩驳地证明,陶质制品最迟起源于 26000 年前,属于旧石器时代晚期[4]。

2.2　陶器起源机制

陶器是如何发明的？答案多种多样。相对而言，影响较大的为恩格斯的观点，他认为，最初，陶器是在枝条编制的或木制的容器表面涂以黏土，偶然经高温烧制而成，后来，便直接用泥制坯烧制。然而我以为，相对而言，赵匡华先生关于陶器起源机制的见解最为全面、准确和合理。他指出，有关陶器起源的机制有各种观点，因无法找到有效的证据，更无可信的文字记载，故皆为猜测。他认为不同地区陶器产生的过程应有所不同。这无疑是十分正确的[5]。尽管如此，我仍感到赵匡华先生的见解似有两点不足。其一，虽然所有陶器起源机制的观点各不相同，且都是猜测，但只要认识到，也必然能认识到以下两点，即黏土加水后可以捏塑成型，而潮湿黏土干燥后，特别是经高温烤干后，将变得坚硬，那么，总会有相对聪明之人联想到"陶器"的制造；其二，最早制造的"陶器"，不一定是容器，也可能是陶质弹丸或陶质动物（含人形）塑像。以往的观点有意、无意地为陶器起源机制设置了一个前提条件，即陶器起源于新石器时代早期，先民开始定居生活之后。不难理解，陶质容器，即狭义陶器与定居生活关系之密切程度自然远胜于陶质弹丸等。既然现已证实，陶质制品起源于旧石器时代晚期，那就没有理由将最先制造的陶质制品定位于陶质容器了，事实上，现今发掘出土的最早陶质制品是上述捷克 Dolni Věstonice 遗址出土的陶质弹丸和动物塑像等。当然，随着考古发掘和分析研究的不断进行，有关认识还将逐步加深，越来越接近于真相。

2.3　瓷器起源

如前所述，所谓原始瓷器的命名源自折中的、约定俗成的意见，实无科学依据，而以往学界公认的青瓷定义又过于苛刻，存在明显的谬误，于是，我们基于瓷器烧成的物理化学过程，给出了新的青瓷定义。根据这一新定义，不难认识到，原始青瓷就是青瓷。既然如此，我国青瓷的起源时间最迟可提前到夏代[2,3]。倘若东下冯遗址[6]和陶寺遗址出土的原始青瓷能够证实为青瓷，则我国青瓷的起源时间还可能进一步提前。

2.4　瓷器起源机制

虽然瓷器起源机制的探讨较为复杂，但其起源与陶器的关系密切这点应无疑义。显然，陶器与瓷器之间的联系远比铜、铁之间的联系紧密得多。我曾形象地将陶、瓷之间的关系比喻为鸡蛋和鸭蛋的关系，虽然它们都有类比于蛋壳、蛋白和蛋黄的胎、釉和彩，但两者仍有着本质的不同。我们说瓷器起源于陶器，主要基于推测或逻辑推理，似乎是无法证明的。然而不难理解，陶器发展至瓷器应当经历两次质变，其一是胎料的质变。一般说来，早期窑工掌握了陶器烧制工艺后，将按经验正常烧制陶器，然而，窑工很可能于不经意间偶然将瓷土或高岭土用作制陶原料，依然按正常程序烧制。最初，或许他们不太在意烧制的结果，然而多次重复之后，总有窑工会发现，以瓷土或高岭土为胎的陶坯，若置于窑内高温区烧制，其质量甚佳，胎质致密，敲起来声音清脆，似金属声，而置于窑内低温区烧制，则可能出现生烧现象。日久天长，总会有足够聪明的窑工，认识到上述结果是原料所致。之后，当窑工有意识选用瓷土或高岭土制作陶坯,并将其置于窑内高温区域烧制时,表明那时的窑工已掌握了烧制"瓷胎陶器"的工艺,这意味着,窑工从烧制陶器到烧制瓷器,迈出了重要的第一步。

陶器演变为瓷器的第二次质变,无疑是高温釉的施加。有关高温釉的形成机制和釉料的组成始终有不同观点,至今未能见到令人信服的论据和结论。不过,关于高温釉的形成机制,我更愿相信源自窑汗的启示,尽管没有直接的证据,甚至今后也难以获得确凿的证据。

3　原始瓷的产地探索

如前所述,所谓原始瓷即为青瓷,然而,为便于讨论,这里仍沿用原始瓷一词,特此说明。在我的具体指导下,朱剑在攻读博士学位期间选取多个商代遗址出土的原始瓷样品,依次测试它们瓷胎的微量元素组成,利用各种多元统计方法进行分析,其结果皆表明,不同地区的原始瓷,基本各自聚为一类,暗示我国商代原始瓷应有多个产地[7]。与此同时,我指导夏季博士率先将基于岩相的石英粒度分析应用于原始瓷的产地探索,结果收到了奇效,我们居然发现我国南北方出土的原始瓷在石英颗粒尺度和分布规律上有着显著的差异,具体说来,南方出土原始瓷胎体所含石英的颗粒甚小,无掺砂,属于粉砂类型。北方出土原始瓷的胎体通常都含有较大尺寸的石英颗粒,且不同遗址出土的原始瓷,其胎体所含石英的颗粒尺寸也有所不同。这一结果表明,我国北方出土的原始瓷多为当地烧制。与此同时还发现,对原始瓷瓷釉的助熔剂分析,同样支持上述结论[8]。不仅如此,我还多次强调,根据岩相中的微小矿相特征,应能有效探索古陶瓷与古玉器的矿料来源,尽管至今未发现相关的尝试。

如今,我们欣喜地看到,我国商周时期原始瓷产地"多源说"的观点业已引起学术界的高度重视。然而,为谨慎起见,我们仍然强调,唯探明并证实我国北方商周时期确实存在高温窑,或者依据瓷胎的微小矿相分析,明确相当部分原始瓷产于北方,关于我国商周时期原始瓷产地的争论方能画上圆满的句号。

4　白瓷与青瓷的关系

"南青北白"是李家治先生对我国古代瓷器分布格局和发展规律的总结,该观点至今仍在中国古陶瓷研究领域占据主导地位。具体说来,所谓"南青北白",即自商周原始瓷发轫于我国南方以来,经东汉末年青瓷问世至唐代,以越窑为代表的南方青瓷,其烧制技艺业已十分成熟。相比之下,我国北方于北朝期间,邢窑开始烧制白瓷,至唐代中期达到极致。这样,中国古陶瓷便形成了南青北白争相斗艳的格局[9]。

对"南青北白"等观点的质疑,始终贯穿于我向李家治先生请教和合作的全过程。我不解的疑问是:何以工艺更高、质量更佳的白瓷发轫于未见瓷器烧造踪影的我国北方,而不是瓷器烧造历史悠久、基础厚实的我国南方?李家治先生的解答如下:其一,我国南方盛产瓷土,瓷土含铁量高,只能烧制青瓷,而我国北方盛产高岭土,高岭土含铁量低,可以烧制白瓷;

其二,瓷土富含助熔剂成分,可以直接烧制瓷器,而高岭土不含助熔剂,需要添加长石,常为长石与石英,两者的烧制工艺显著不同,没有承继关系。显然,若这两点理由能够成立,则"南青北白"自然合乎情理,可惜这两点理由都不能成立。经文献调研与深入学习,不难发现,就世界范围而言,高岭石矿通常形成于热带与亚热带,我国也不例外,其主要分布于我国南方,与此同时,需要指出的是,高岭石与高岭土为不同概念,前者是矿物名,它具有固定的结构和元素组成,确实不含助熔剂成分,然而,后者是混合物[10],为母岩风化产物,通常含有足量的助熔剂成分,理论上表明其可以直接烧成白瓷。而朱铁权的模拟实验也证明,采用邢台地区的高岭土烧成白瓷瓷胎没有任何困难[11]。之后,我们又发现,北朝时期北方青瓷的质量明显优于南方青瓷[12],而北方青瓷和白瓷的瓷胎成分基本相同,且烧制白瓷的窑口,最初烧制的皆为青瓷,从而进一步证明北方的白瓷和青瓷具有直接传承关系,这样一来,所谓的"南青北白"格局理应重新商榷。

5　汝瓷的瓷釉结构与呈色机制

冯敏副教授、李伟东研究员和我合作,率先探讨了汝瓷的瓷釉结构及其呈色机制。研究发现,汝瓷的瓷胎曾经素烧,其瓷釉为析晶分相釉。汝瓷的天青色源自分相结构,析晶部分易产生米氏散射,呈乳白色,而非晶区域透明无色[13]。近年来,我和张明悟、施继龙指导谈方正同学,采用 X-Rite 爱色丽 Color Sp64 积分球式分光光度计,分析确定了"天青釉"的色度数值,建立了古陶瓷颜色定量表述的方法,奠定了这一研究领域的基础[14]。

6　磁州窑瓷器烧制工艺探讨

磁州窑是我国北方最大的民窑体系,在我国古陶瓷发展史上具有十分重要的地位。我指导的博士生陈岳、胡彩虹、汪丽华、马丁以及协助朱剑指导的硕士生路辰从若干方面探讨了磁州窑的烧制工艺,主要成果如下:北朝时期的曹村窑是我国北方最早烧制青瓷的窑口之一,那里还大量烧制铅釉瓷胎白陶[15];我国最早的碱钙釉在临水窑,但不知其是否有意为之[16];属于磁州窑系的介休窑施有两层化妆土,内层化妆土层厚、色深而粗糙,而外层化妆土层薄、色白而细腻,旨在节省这类优质原料也[17];白底黑花是磁州窑瓷器的主要装饰方法,以往学界认为这类黑花是釉下彩,然而我们的研究证实,白底黑花也有釉上彩,且自宋至元,白底黑花中釉下彩所占比例逐渐增加;我们经偏光显微镜观察发现,相当一部分黑花的图案模糊,釉层下方有一层沿铁矿色料分布的丛簇状析晶,它使入射光线散射,形成乳浊的效果[18];利用基于同步辐射的 XAFS 和 XANES 方法探讨了磁州窑红绿彩瓷釉上彩的呈色机制[19]。近年,马丁博士较为系统地分析了磁州窑系镶嵌瓷的制作工艺[20]。

7　青白瓷的起源与演进

　　宋国定、朱剑和我指导的博士生明朝方认真探讨了青白瓷的起源与演进。色谱分析指出，景德镇五代、北宋早期出土的所谓青白瓷多为白瓷，可视为青白瓷者仅占20％；出土的北宋中期所谓青白瓷中，可视为青白瓷的比例升至43％，但白瓷比例仍占57％；直至北宋中晚期，湖田窑烧制的青白瓷方臻成熟。之后至元代，随着釉料配方的改变，卵白釉（枢府白）应运而生[21]。一个重要的认识是，明清时期景德镇之所以成为世界瓷都，皆得益于北方白瓷透明釉、高温釉下彩与低温釉上彩三大技术支撑。当然，康熙时期西方传来的珐琅彩及其演变而成的粉彩，同样是其不可或缺的重要工艺条件。

8　青花瓷的鉴定与起源

　　2000年，中国科学院上海硅酸盐研究所李家治先生应邀参加了我主持的中国科学院知识创新方向性项目（第二期）"科技考古中若干前沿问题研究"，使我们的陶瓷科技考古有了一个高起点。为了探讨官窑青花瓷的时代特征，在时任校长朱清时院士的支持下，我们从景德镇陶瓷考古研究所刘新园所长那里购得168枚元明清官窑青花瓷标准样品。经温睿测试分析，获得几点重要结论：其一，根据瓷胎的Si/Al和Fe/Ti的比值，可以将元明和清代的官窑青花瓷明确区分开来；其二，根据钴蓝正常发色区的铁锰比，可将明代官窑青花瓷分为三类，原则上对应于三类钴料，即洪武至永乐（包括元青花）的铁锰比最高，其钴料应为进口料；宣德至弘治的铁锰比最低，其钴料初步认为是国产料，但宣德青花的钴料还需深入探讨；而正德至万历的铁锰比居中，其钴料的来源尚不明确，同样有待深入探讨。

　　温睿将明代青花瓷的钴蓝正常发色区、深色区和瓷釉区三组铁锰比数据比较分析后发现，除嘉靖和万历两朝难以区分外，其余明代各王朝的官窑青花瓷皆可一一区分[22]。关于这一结果，我们必须指出，原料的成分分析，应该与配方相关，而与王朝更替无关。由此可知，这里的结果仅基于上述168枚样品的分析，不具普适性。

　　通常认为，元青花起源于景德镇，但考古发掘指出，景德镇出土的年代最早的青花瓷仅稍早于元至正十一年，而内蒙古集宁路出土的元青花，其笔书年款可早至元延祐年间。人们不禁要问，至正十一年之前的青花瓷在哪里烧造？这一重要问题，理应认真探索[23]。

9　古陶瓷研究方法创新

9.1　低温陶器的原始烧成温度测定

刘歆益在攻读硕士学位期间,曾通过模拟试验发现,当烧成温度介于 400—500 ℃之间,若陶坯的掺砂量约 20％时,所得陶片的质量最佳。这一结果使人们联想到,何以万年以上陶器都含有大量岩石碎屑。与此同时,他还意外地认识到,若原始烧成温度低于 870 ℃时,利用热膨胀仪是测不出原始烧成温度的。而进一步的探索又意识到,低温陶器能够记忆烧造历史上最高的烧成温度,依据这一特性,他初步建立了测定低温陶器烧成温度的新方法。经过数届研究生的持续努力,终于完善了这一新方法,成功地应用于低温陶器和陶范等烧成温度的测定[24]。需要指出的是,原硕士研究生张怡探讨了保温过程对陶胎密度的影响,发现 3 小时后,陶胎密度方能保持稳定,这样,每加热到设定温度,必须至少保温 3 小时,才能获得正确的测定结果。与此同时,她还发现,早在 1969 年,著名科技考古学家 M. S. Tite 即在理论上证明,当陶器的原始烧成温度低于玻璃转化温度时,利用热膨胀法是无法测得其原始烧成温度的,相关论文发表在 *Archaeometry* 上[25]。

9.2　陶器产地的 X 射线长石定量分析

刚开始从事陶器产地研究时,由于没有足够的经费,我们难以开展中子活化或 X 射线荧光光谱等分析,不得已另辟蹊径,利用改进的 X 射线增量法,建立了 X 射线长石定量分析方法[26]。该方法虽然费时费力,但效果甚佳,与后期基于中子活化或岩相的分析结论居然全无二致。

9.3　瓷器的呈色机制

以往探讨瓷器釉、彩的呈色机制时,主要基于化学分析,旨在探明瓷器釉、彩的颜色源自何种呈色元素,如 Fe、Cu、Co 和 Mn 等。在韦世强教授的指导下,经过数届研究生的持续研讨,终于建立了基于同步辐射的 XAFS 和 XANES 分析方法。借助这一方法,我们先后揭示了汝瓷、钧瓷铜红釉、磁州窑红绿彩瓷釉上彩、明宣德官窑祭红瓷器等呈色元素的价态,开辟了从元素价态层次探讨我国古代瓷器釉、彩呈色机制的新领域[27-30]。

10　陶制建材考古

在我和张敬国、王吉怀、何驽研究员的共同指导下,李乃胜将博士学位论文课题聚焦于古代建筑材料研究,获得了如下重要成果。

10.1　中国最早的陶质建材——凌家滩"红陶块"

考古发掘认为,距今约 5500 年的凌家滩遗址"红陶块"应该是我国最早的陶质建材。将凌家滩出土的"红陶块"、陶器残片与汉砖、明砖、现代砖进行系统的对比分析后,得知凌家滩"红陶块"的原料为黏土,其烧成温度高于 950 ℃,吸水率和抗压强度由外向内呈梯度变化,内层的抗压强度、吸水率接近于现代砖和汉砖,业已超过明砖样品,由此可得结论:凌家滩"红陶块"为砖的雏形,为我国最早的陶质建材[31,32]。

10.2　尉迟寺遗址红烧土排房的建筑工艺

我国新石器晚期曾大量出现红烧土房,一些考古学家指出,其代表着先民高超的建筑工艺,而另一些考古学家则认为其是火灾使然。李乃胜的分析证实,尉迟寺红烧土房的墙体是由多层红烧土逐层烧烤而成的,该墙体和房顶的烧烤温度甚高,物理性能亦佳,已经不亚于砖质建材,其整体建筑工艺确实不能被低估[33,34]。

10.3　陶寺、尉迟寺的白灰面

考古学家分别发现,尉迟寺 F85 号红烧土房的墙体表面有一层白灰面,而陶寺建筑废弃堆里也有白灰面。分析指出,这些所谓"白灰面",实际上有石灰和石膏两种。相比之下,陶寺遗址"白灰面"样品 $TSBH_1$ 多达四层,其表层为面料,里层为底灰,似经四次加工而成,其表面曾经打磨,显得致密光滑,表层除方解石外,还有少量文石,而里层则为黏土和石灰的混合物。

对比分析指出,陶寺白灰面样品 $TSBH_2$ 与该遗址的石灰石样品 $TSST_9$ 具有较好的同源性,暗示陶寺遗址白灰面的原料源自当地的石灰石[35]。

10.4　陶寺的陶板瓦

考古学家认为,陶寺遗址出土的"陶板瓦",应是人类最早的房顶陶瓦,它将人类烧制陶瓦的历史提前了一千余年,在建材史上具有十分重要的意义。李乃胜经多方面对比分析,证实陶寺"陶板瓦"系黏土烧制而成,烧成温度约 1000 ℃,其质量已达上乘[36]。

11　产地分析与社会结构

邱平是张居中教授协助我指导的博士研究生,他在探讨贾湖遗址出土陶器的产地时竟然发现南北两大片灰坑的出土陶片分聚两大类,而各个灰坑出土的陶片有自聚一小类的倾向。为验证这一结论的可靠性,我们再次赴贾湖选取不同地点的黏土,其分析结果居然与出土陶器如出一辙。既然结论可靠,我们便有理由认为,贾湖先民陶器烧制的组织形式为家庭作业[37]。依据这一思路,不难认识到,西山遗址出土陶器聚为两大类,暗示那里有两个作坊集中烧制陶器,主要供应整个西山遗址区域。同理,烧制工艺令人惊叹不已的龙山文化蛋壳黑陶理应为集中烧制,然而稍感遗憾的是,西山遗址早已回填,因而无法追寻、证实两个窑区的推测,而蛋壳黑陶的陶胎极薄,且含有大量植物纤维,既难以获得足量样品,更不敢大量消耗如此稀缺的蛋壳黑陶样品,只能望洋兴叹。

无论如何,根据产地分析揭示社会结构,其创新意义不应被低估。

参 考 文 献

[1] 王昌燧,刘歆益.早期陶器刍议[N].中国文化报,2005-11-11(07).
[2] 王昌燧,李文静,陈岳."原始瓷器"概念与青瓷起源再探讨[J].考古,2014(9):86-92.
[3] LI W J, CHEN Y, MARK A P, et al. The definition and origin of celadon: a re-discussion on the name of proto-celadon [J]. Journal of Archaeological Science: Reports, 2022(46):103687.
[4] VANDIVER P B, SOFFER O, KLIMA B, et al. The origins of ceramic technology at Dolni Věstonice, Czechoslovakia [J]. Science, 1989, 246(24):1002-1008.
[5] 赵匡华.化学通史[M].北京:高等教育出版社,1990:1-2.
[6] 东下冯考古队.山西夏县东下冯龙山文化遗址[J].考古学报,1983(1):55-92.
[7] 朱剑.商周原始瓷产地研究[D].合肥:中国科学技术大学,2006.
[8] 夏季,朱剑,王昌燧.原始瓷胎料的粒度分析与产地探索[J].南方文物,2009(1):47-52.
[9] 李家治.中国科学技术史·陶瓷卷[M].北京:科学出版社,1998:114-181.
[10] 方邺森,方金满,刘长荣.中国陶瓷矿物原料[M].南京:南京大学出版社,1990.
[11] 朱铁权.我国北方白瓷创烧时期的工艺相关研究[D].合肥:中国科学技术大学,2007.
[12] 冯先铭.中国古陶瓷图典[M].北京:文物出版社,1998:96-97.
[13] MIN F, CHANGSUI W, MUSEN G, et al. Study on Ru imperial ware and its imitations [J]. Neues Jahrbuch für Mineralogie-Monatshefte, 2004:104-116.
[14] 张明悟,谈方正,赵宏,等.汝窑、耀州窑"天青釉"色度对比分析[J].文物保护与考古科学,2023(3):98-103.
[15] 陈岳,罗武干,穆青,等.河北临漳曹村窑青釉器物工艺特征研究[J].岩矿测试,2013,32(1):64-69.
[16] 胡彩虹,陈岳,朱剑,等.临水窑白底黑花瓷器的工艺演变[J].南方文物,2012(2):174-178.
[17] 胡彩虹,罗武干,王昌燧,等.临水窑与介休窑白底彩绘工艺的对比研究[J].文物保护与考古科学,2013,25(3):71-81.
[18] 路辰.磁州窑白地黑绘瓷器的工艺特征[D].北京:中国科学院大学,2016.
[19] WANG L H, ZHU J, YAN Y, et al. Micro-structural characterization of red decorations of red and green color porcelain(Honglvcai) in China [J]. Journal of Raman Spectroscopy, 2009(40):998-1003.
[20] MA D, ZHAO X F, JIANG X C Y, et al. Study of Cizhou-style inlaid porcelain, the Northern Song Dynasty(AD 960-1127), China [J]. Archaeometry, 2009, 63(6):1178-1191.
[21] 明朝方,张文江,朱剑,等.景德镇早期青白瓷的器型与色度[J].文物保护与考古科学,2016,28(4):83-88.
[22] WEN R, WANG C S, MAO Z W, et al. The chemical composition of blue pigment on Chinese blue-and-white porcelain of the Yuan and Ming Dynasties(AD 1271-1644) [J]. Archaeometry, 2007, 49(1):101-115.
[23] 王昌燧.科技考古进展[M].北京:科学出版社,2013:35-36.

[24]　ZHU J, ZHANG Y, WANG T, et al. Determining the firing temperature of low-fired ancient pottery: an example from the Donghulin site, Beijing, China [J]. Archaeometry, 2014, 56(4):562-572.

[25]　TITE M S. Determination of the firing temperature of ancient ceramics by measurement of thermal expansion: a reassessment [J]. Archaeometry, 1969(11):131-143.

[26]　刘方新, 王昌燧, 姚昆仑, 等. 古代陶器的产地分析与考古研究 [J]. 考古学报, 1993(2):239-249.

[27]　张茂林, 王昌燧, 金普军, 等. 用 XAFS 初探汝瓷釉中 Fe 的价态 [J]. 核技术, 2008, 31(9):648-652.

[28]　田士兵, 刘渝珍, 张茂林, 等. 钧瓷铜红釉呈色机制的初步研究 [J]. 核技术, 2009, 32(6):413-418.

[29]　WANG L, WANG C S. Co speciation in blue decorations of blue-and-white porcelains from Jingdezhen kiln by using XAFS spectroscopy [J]. Journal of Analytical Atomic Spectrometry, 2011, 26(9):1796-1801.

[30]　ZHU J, LUO W G, CHEN D L, et al. New insights into the role of Mn and Fe in coloring origin of blue decorations of blue-and-white porcelains by XANES spectroscopy [J]. Journal of Physics: Conference Series, 2013, 430(1):12066-12071.

[31]　李乃胜, 张敬国, 毛振伟, 等. 我国最早的陶质建材: 凌家滩 "红陶块" [J]. 建筑材料学报, 2004(2):127-132.

[32]　李乃胜, 张敬国, 毛振伟, 等. 五千年前陶质建材的测试研究 [J]. 文物保护与考古科学, 2004(2):13-20.

[33]　李乃胜, 王吉怀, 毛振伟, 等. 安徽蒙城县尉迟寺遗址红烧土排房建筑工艺的初步研究 [J]. 考古, 2005(10):76-82.

[34]　李乃胜, 王吉怀, 毛振伟, 等. 尉迟寺红烧土房烧成温度及相关测试研究 [J]. 文物研究, 2013(15):355-364.

[35]　李乃胜, 何努, 毛振伟, 等. 陶寺、尉迟寺白灰面的测试研究 [J]. 分析测试学报, 2005(5):9-13.

[36]　李乃胜, 何努, 毛振伟, 等. 陶寺遗址出土的板瓦分析 [J]. 考古, 2007(9):87-93.

[37]　邱平. 贾湖西山古陶产地及相关研究 [D]. 合肥:中国科学技术大学, 2000.

冶金科技考古

1　中国的冶金起源

　　凡小盼在攻读博士学位期间,采用固态还原法成功制得黄铜,并加热部分所制黄铜以获得熔融后的黄铜,将这两种黄铜与姜寨出土的黄铜片,借助上海光源微束 X 射线荧光进行面扫描对比分析,结果发现,姜寨黄铜片与固态还原工艺制备的黄铜具有相同的铅、锌分布规律,明显不同于曾经熔融的黄铜,据此证明,姜寨黄铜片为固态还原工艺制得。基于这一结论,可得两个重要推论:其一,无论西亚,抑或中国,早在利用单质金属配方浇铸合金之前,先民都曾采用固态还原法,成功获得最早的人工冶炼合金;其二,现有的资料表明,西亚早期冶炼的合金主要是砷铜,后来也有相当数量的黄铜,而中国早期冶炼的是黄铜,后来也有相当数量的砷铜,两处最早的合金体系明显不同,而年代又相近,这一事实说明,两处的冶金工艺之间,没有特殊的承继关系,即中国的冶金技术应为独立起源[1]。

　　考古发现表明,采用固态还原法冶炼获得的砷铜或黄铜,经熔融后浇铸,可以获得小件合金制品,如小刀等。如何区分固态还原法冶炼获得的砷铜与再经熔融浇铸获得的砷铜,是值得探索的科研课题。而如何区分固态还原法获得的青铜与再经熔融浇铸获得的青铜,以及利用单质金属配方浇铸获得的青铜,更是值得探索的科研课题。这些问题若能给出明确答案,将有望揭示人类利用金属或合金的工艺演变过程。

2　青铜器矿料来源探索和产地分析

2.1　青铜器矿料来源探索

　　青铜器中铅成分的多源性,严重影响了铅同位素示踪的可靠性。为此,秦颍副教授和我另辟蹊径,提出了一个探索青铜器矿料来源的全新思路。其核心是将青铜器矿料来源的探索改为铜矿冶炼产物输出路线的追踪,即将探源改为寻流[2]。这样,将原先的复杂体系分解为若干相对简单的问题,即先探讨铜矿石与其炼得的铜锭之间的关系,再考虑添加锡和铅的影响。地球化学理论指出,矿石内的特征元素在冶炼过程中的去向具有一定的规律,如亲硫与亲铜元素主要熔入金属铜内,而亲铁与亲石元素则易与炼渣结合。遵循这一思路,李清临[3]和魏国锋[4]两位在攻读博士学位期间对此进行了具体的探索。通过他们的研究发现，冶炼过程中，亲铁元素 Co、Ni 主要熔于金属铜内，并未残留于炼渣中。这样，利用 Co、Ni 和亲铜元素进行聚类分析，即可有效示踪铜锭或炼渣内纯铜颗粒的矿料来源。之后的研究表明，添加锡料、铅料对青铜器上述元素的影响甚微，一般可以忽略不计。该方法的具体应用表明，同一成矿带的铜陵和铜绿山等处出土的青铜器居然都可明确区分，而相距较远的遗址出土的青铜器，它们的微量元素差异则更应明显。不难理解，欲使该方法得以广泛应用，其前提条件为构建青铜器与相关矿料微量元素的海量数据库。

2.2　青铜器的产地分析

一般认为，青铜器的铸造地信息，除千载难逢的青铜器相关铭文外，似无有效的科技方法。然而，我们调研后认识到，青铜器铸造时，其耳、足或銎内常常充填泥芯，而泥芯一般是就地选土，应具有铸造地的信息。若将青铜器产地的分析转换为泥芯产地的探索，便可将"不可能"转变为"可能"。在秦颖副教授和我的指导下，魏国锋按照上述思路，具体分析了九连墩楚墓和左塚楚墓青铜器的泥芯，获得了预期效果。值得一提的是，秦颖副教授还建议利用植硅体这一"他山之石"，攻克青铜器产地之"美玉"。魏国锋重点分析了九连墩二号墓两件外来风格青铜器的泥芯，不仅其岩相和元素组成表明该泥芯应源自北方黄土[5]，而且其所含植硅体组合也反映着北方的气候特征[6]，显然，双重证据皆认定，这两件外来风格青铜器系我国北方铸造，很可能是二号墓主（一号墓主的夫人）的嫁妆。

3　青铜器和钱币的铸造工艺

3.1　铜范铸钱工艺

长期以来，铜范铸钱是一项有争议的工艺，冶铸界主流学术圈始终未予认同。在周卫荣教授、董亚巍研究员和我的指导下，李迎华将铜范铸钱工艺作为硕士学位论文的内容进行了具体的探讨。数次失败后，他终于认识到，欲采用铜范成功浇铸钱币，必须使铜范表面形成一层"保护膜"，具体的措施是先在铜范表面刷一层动物油脂或植物油，再使它们燃尽，致使形成"保护膜"，利用这种有保护膜的铜范与陶质背范组合后，钱币浇铸便可一气呵成[7]。

3.2　蚁鼻钱铸造工艺

蚁鼻钱是东周时期楚国的货币，其最早采用金属范铸造，工艺繁复、难点甚多。在周卫荣教授、董亚巍研究员和我的指导下，凡小盼在攻读硕士学位期间，经全面考察、探究出土蚁鼻钱及相关铜范，揭清了蚁鼻钱铸造的具体工艺。在此基础上，参照古代蚁鼻钱的合金成分，成功地浇铸出三种合金成分的蚁鼻钱[8]。

3.3　商前期青铜斝的制模工艺

范铸工艺博大精深,是我国先民的重大发明。然而,先民是如何铸造青铜容器,至今仍众说纷纭,未有定论。为此,在董亚巍研究员和我的指导下,何薇认真、细致地分析了黄冈博物馆馆藏的商前期青铜斝,确认该斝主要由三块相同范与泥芯组合后浇铸而成,而斝腹部凸起的兽面纹和柱帽上的涡纹应在范面上完成,斝的腹芯和鋬芯由芯盒制作等,根据这一构思,经多次试验,终于成功地仿制成商前期的青铜斝[9]。

参 考 文 献

[1]　FAN X P, GARMAN H, WANG C S, et al. Brass before Bronze? Early copper-alloy metallurgy in China [J]. Journal of Analytical Atomic Spectrometry,2012(5):821-826.

[2]　王昌燧. 国际科技考古研究的现状与动向 [J]. 华东师范大学学报(自然科学版),1997:12.

[3]　李清临. 古青铜器矿料来源研究 [D]. 合肥:中国科学技术大学,2004.

[4]　魏国锋. 古代青铜器矿料来源与产地研究的新进展 [D]. 合肥:中国科学技术大学,2007.

[5]　魏国锋,秦颍,姚政权,等. 利用泥芯示踪九连墩楚墓青铜器的产地 [J]. 岩石矿物学杂志,2011,30(4):701-715.

[6]　秦颍,姚政权,魏国锋,等. 利用植硅石示踪九连墩战国楚墓出土青铜器产地 [J]. 中国科学技术大学学报,2008,38(3):326-330.

[7]　李迎华,董亚巍,周卫荣,等. 汉代铜范铸钱工艺及其模拟实验 [J]. 中国钱币,2005(2):18-23.

[8]　凡小盼,周卫荣,王昌燧. 蚁鼻钱与模拟铸造蚁鼻钱的相关科学分析 [J]. 中国钱币,2009(2):18-23.

[9]　何薇,董亚巍,周卫荣,等. 商前期青铜斝铸造工艺分析与模拟实验研究 [J]. 南方文物,2008(4):115-123.

玉器科技考古

1　古代玉石器等加工工艺探讨

在我的建议和支持下,杨益民与北京航空航天大学的杨民老师合作,率先采用超景深数码显微镜重建石珠表面的三维形貌,采用显微 CT 攫取石珠钻孔内壁的加工微痕,在此基础上,建立了颇为完善的探究古代玉石器等加工工艺的方法。利用这一方法,我们获得了一系列有意义的成果,例如,研究发现山西省绛县横水西周倗国墓出土滑石珠的穿孔应为双手来回搓动"钻头"而成[1]。与此同时,观察并结合模拟实验指出,该墓出土的绿松石珠曾采用机械转动磨盘的工具分两次打磨其表面,即先粗磨、后细磨,只是其细磨磨料的颗粒尺寸仍远大于现代细磨的粒度指标[2]。

如今,杨益民教授指导若干研究生,已将加工工艺的探究从石珠拓展至玉器、鸵鸟蛋壳珠、釉砂、玻璃、甲骨、食品和植硅体等,皆取得了有价值的成果[3-12]。

近年来,在国家自然科学基金委和中国科学院大科学装置联合基金的资助下,我们与中国社会科学院考古研究所、复旦大学紧密合作,深入开展"殷墟玉器的玉料来源、加工工艺与受沁机制"的探讨,其中,对加工工艺的探讨,采用超景深数码显微镜观察和覆膜技术,获得了颇为理想的效果[13]。

2　古代玉器的受沁机制

古玉受沁机制的研究至今仍处于起步阶段,许多工作尚未深入开展。针对这一现状,王荣在冯敏副教授和我的具体指导下,将其博士学位论文定位于凌家滩玉器受沁机制的探讨。根据模拟古玉埋藏环境的试验和测试分析,王荣发现,无论模拟的是酸性或碱性环境,相较于透闪石,蛇纹石的阳离子更易流失。而块状蛇纹石与粉末状蛇纹石相比,其 Si^{4+} 的溶解量则更大些[14,15]。

王荣指出,玉器白化的形成机制有两种,即玉质结构的疏松变白和白色钙盐的渗透沉积致白。前一种多发生于酸性埋藏环境的玉器,其先后经历溶解、水解、阳离子交换和铁氧化的风化淋滤过程,导致玉器的结构疏松、颜色变白。后一种多发生于中性或碱性埋藏环境的玉器,当环境中碳酸钙、磷酸钙或硫酸钙等沉积于玉器表面时,钙盐的渗透作用致使玉器表面点状白化[16,17]。

在上述国家自然科学基金委和中国科学院大科学装置联合基金的资助下,王荣通过对殷墟出土玉器的细微观察、测试分析和模拟验证,确认殷墟出土的一些玉器曾经火燎,从而佐证了甲骨文关于火燎祭祀的记载[18]。

3　玉器的产地探索

玉器产地探索是一个世界难题。近年来,一些资深收藏家另辟蹊径,将视角聚焦于亚微结构层次,借助强光源的照射,初步梳理了不同产地的亚微结构特征,有力地推动了玉器产地探索的进展。然而,该方法的遗憾之处在于强光照射下的玉器亚微结构图像既无法保存,又不够清晰,严重限制了该方法的应用价值和推广前景。为此,我、于明和罗武干三位教授精诚合作,指导研究生陈典应用多光谱仪无损检测技术,遴选适宜波段的光源,直接获得玉器的亚微结构图像,并据此成功地区分了源自新疆、青海、岫岩等地区的透闪石玉器[19]。

研究过程中,我们突然意识到,或许殷墟玉器的主要玉材全然不同于现代玉材,于是,经与中国社会科学院考古研究所王巍、唐际根、何毓灵等专家合作,我们测试分析了部分殷墟出土玉器的亚微结构,初步发现,殷墟出土玉器明显不同于新疆、青海等地的现代玉。相信随着研究的深入,这一创新方法必将持续结出有价值的成果。

参 考 文 献

[1] YANG Y M, YANG M, XIE Y T, et al. Application of micro-CT: a new method for stone drilling research [J]. Microscopy Research and Technique, 2009, 72(4): 343-346.

[2] 杨益民,郭怡,谢尧亭,等. 西周倗国墓地绿松石珠微痕的数码显微镜分析 [J]. 文物保护与考古科学,2008, 20(1): 46-49.

[3] GU Z, PAN W B, SONG G D, et al. Investigating the tool marks on stone reliefs from the mausoleum of Cao Cao(AD 155—AD 220) in China [J]. Journal of Archaeological Science, 2014(43): 31-37.

[4] SUN N Y, WANG R F, HAN B, et al. Nondestructive identification of a jet bead from the Changle cemetery in Ningxia, China [J]. Microchemical Journal, 2020(157): 104907.

[5] YANG Y M, WANG C X, GAO X, et al. Micro-CT investigation of ostrich eggshell beads collected from Locality 12, the Shuidonggou site, China [J]. Archaeological and Anthropological Sciences, 2018, 10(2): 305-313.

[6] YANG Y M, WANG L H, WEI S Y, et al. Nondestructive analysis of dragonfly eye beads from the Warring States period, excavated from a Chu tomb at the Shenmingpu site, Henan Province, China [J]. Microscopy and Microanalysis, 2013, 19(2): 335-343.

[7] GU Z, ZHU J, XIE Y T, et al. Nondestructive analysis of faience beads from the Western Zhou Dynasty, excavated from Peng State cemetery, Shanxi Province, China [J]. Journal of Analytical Atomic Spectrometry, 2014, 29(8): 1438-1443.

[8] LIU N, YANG Y M, WANG Y Q, et al. Nondestructive characterization of ancient faience beads unearthed from Ya'er cemetery in Xinjiang, Early Iron Age China [J]. Ceramics International, 2017, 43(13): 10460-10467.

［9］　谷舟,杨益民,齐雪义,等.显微 CT 技术在古代料珠研究中的应用:以河南淅川县马川墓地出土料珠为例［J］.CT 理论与应用研究,2014,23(5):797-803.

［10］　ZHAO X L, TANG J G, GU Z, et al. Investigating the tool marks on oracle bones inscriptions from the Yinxu site(ca. ,1319—1046 BC), Henan Province, China［J］. Microscopy Research and Technique, 2016, 79(9):827-832.

［11］　任萌,杨益民,仝涛,等.西藏阿里曲踏墓地及加嘎子墓地可见残留物的科技分析［J］,考古与文物,2020(1):122-128.

［12］　吴妍,姚政权,王昌燧,等.三维图像重建在植硅体研究中的应用［J］.农业考古,2006(1):61-64.

［13］　YUE C L, SONG G D, ZHU J, et al. Carving technology of the handle-shaped artefacts from Yinxu (c. 1300—1046 BC) in China［J］. Archaeometry, 2017, 59(3):566-573.

［14］　王荣,冯敏,王昌燧.古玉器的化学腐蚀机理初探之一:粉末态模拟实验［J］.岩石矿物学杂志,2007, 26(2):191-196.

［15］　王荣,冯敏,金普军,等.古玉器的化学腐蚀机理初探之二:块状模拟实验［J］.岩石矿物学杂志,2007, 26(3):275-279.

［16］　冯敏,张敬国,王荣,等.凌家滩古玉受沁过程分析［J］.文物保护与考古科学,2005,17(1):22-26.

［17］　王荣,唐际根,何毓灵.殷墟透闪石和蛇纹石玉器自然白化现象研究:兼谈重识"钙化"现象［J］.南方文物,2018(3):79-87.

［18］　WANG R, WANG C S, TANG J G. A jade parrot from the tomb of Fu Hao at Yinxu and Liao sacrifices of the Shang Dynasty［J］. Antiquity, 2018, 92(362):368-382.

［19］　CHEN D, PAN M, HUANG W, et al. The provenance of nephrite in China based on multi-spectral imaging technology and gray-level co-occurrence matrix［J］. Analytical Methods, 2018, 33(10): 4053-4062.

盐业科技考古

1　长江三峡的早期盐业

　　长期以来，判断出土器物是否曾与制盐或存盐相关，似乎是一个无法解决的问题。然而，2002 年，四川省文物考古研究院孙智彬研究员和安徽省文物考古研究所张钟云老师等专程找我，希望帮助分析长江三峡忠县中坝遗址出土的花边陶釜及其内壁沉积物，以期证明这批陶釜与制盐相关。我直言相告，迄今为止，尚无区分人工制盐与地下水所含盐的方法，尽管如此，我仍决定指导朱继平博士进行认真尝试，没想到研究竟然意外顺利。SEM 分析指出，花边陶釜沿陶胎内壁表面至陶胎内部，其 Na、Cl 元素成分含量呈递减趋势，存在明显的盐分梯度。而陶釜的外表面，则测不到 Na、Cl 成分。鉴于若干花边陶釜残片皆具有相同的分析结果，我们有理由认为，这类花边陶釜确为煮盐或盛盐工具。虽然陶釜内壁原始残存沉淀物的包裹体太小，无法测定其盐度，但测试表明，其原初的形成温度约为 100 ℃，与煮盐的溶液温度相符，这也在一定程度上支持了上述结论[1]。

　　经与美国哈佛大学傅罗文（R. Flad）教授合作，将有关成果发表在 *Proceedings of the National Academy of Sciences*[2] 上，在国际上产生了较大的反响。

2　山东早期海盐的相关研究

　　中坝遗址盐业考古成果的发表，增强了我们开展盐业考古的信心。之后，我们应邀探讨山东省渤海湾地区滨州市阳信县李屋遗址、寿光市大荒北央遗址等处的古代海盐工艺。采用 XRD 与 XRF 技术，分析了上述遗址出土的商代晚期盔形器以及相关土壤。测试数据表明，两个遗址出土盔形器的含盐量皆远高于盐碱地含盐量的上限，也远高于其他陶制容器的含盐量，同样证明这些盔形器为生产或储存海盐的容器[3]。

参 考 文 献

[1] 朱继平,王昌燧,秦颖,等. 长江三峡早期井盐开发的初步探讨 [J]. 中国科学技术大学学报,2003,33 (4):500-504.

[2] ROWAN F, ZHU J P, WANG C S, et al. Archaeological and chemical evidence for early salt production in China [J]. PNAS, 2005, 102(35):12618-12622.

[3] 朱继平,王青,燕生东,等. 鲁北地区商周时期的海盐业 [J]. 中国科学技术大学学报,2005,35(1): 139-142.

第 2 篇

人生感恩篇

▲

如今人过七十虽不为稀，但毕竟属于晚年，此时沐浴黄昏的斜阳，回顾以往的人生，总结成败的经验，借以缅怀恩师，启迪后辈，陶冶情操，别是一番人生的享受。相比之下，我的一生虽谈不上精彩，但也绝非平淡无奇，至少跌宕起伏的人生，酸甜苦辣的体验，不可谓不特殊。记得某些校友不无调侃地说，我能有今天，实属因祸得福。我自认是有福之人，一辈子得到了众多学界泰斗的关爱和襄助，但并不完全同意这些"福气"源自祸端。毋庸置疑，唯有耕耘，才能收获。然而，每当处于人生的转折关头，例如升学、求职和提职等，贵人的提携最有奇效，往往能彻底改变你的人生。对于我来说，这方面的体会尤其刻骨铭心。相信阅读过本篇，应能理解我所言不虚，若无他们的厚爱，特别是钱临照、杨承宗两位先生的扶持，就不可能有我的今天。其实，我一路走来，能与两位先生比肩的至少还有钱志道先生，当年多亏他鼎力相救，我才逃过了在茶淀农场苟且偷生的悲惨命运。

由于种种原因，暂无撰写回忆录的计划，不得已，只能先以虔诚的感恩之心将关爱和提携过我的贵人简介如下，作为今后详细撰写的铺垫。先从重回母校中国科学技术大学说起，除前言和本篇介绍或涉及的恩师外，必须牢记的还有中国科学技术大学北京留守处负责人赵杰和王国文老师,正是他们两位按照钱志道院士的指示,我才有惊无险地逃过一劫。之后,在我彷徨失措之时,幸得中国科学技术大学政工组杨云副组长的大力支持,在童秉纲院士夫妇和郭劳夫馆长的关心和安排下,经学生处刘贤荣处长、李庭秀书记与黄吉虎老师等多方努力,终于以工人身份落实了工作。之后,得益于杨承宗先生的厚爱,在我结婚不久,就将爱人宋小清原本无望的工作调动变成可能。正是钱临照和包忠谋先生的破例安排,使我顺利闯入科技考古领域,而钱先生的推荐,竟使我获得了苏秉琦先生的青睐,一定程度上弥补了无望仰仗夏鼐先生学术上点拨的遗憾。经杨承宗副校长和童秉纲院士夫妇介绍,项志遵教授夫妇亦对我怜爱有加,他们不仅和杨承宗先生一起向仇士华研究员夫妇推荐了我,甚至敦请他大哥(时任中国社会科学院院长胡绳先生)给予我切实的关心和支持。2004年10月,我有幸调到中国科学院研究生院工作,得到研究生院领导的高度信任和全力支持、众多院士和学界泰斗的切实关心和具体指导,使研究生院的科技考古团队迅速跻身国内先进行列,在国际上也有着非同一般的影响。古人云,知恩图报,善莫大焉。我决心牢记前辈学者的关怀和恩泽,待时机成熟时将详细经历撰写成文,借弘扬华夏文明之便,报答、传承先生们美德之一二。

钱老予我恩重如山①

　　1977年，承蒙中国科学技术大学图书馆郭劳夫馆长、万一心书记关爱，安排我在该馆书库负责借阅图书。其间，钱临照先生经常亲自前来借还图书。每次先生到来，我都主动上前以最快的速度取出先生欲借阅的图书。当时的想法很简单，钱先生这样的大科学家，其时间多宝贵呀，为他节省借书时间，无疑是我最大的贡献。谁知一来二往，很快引起钱先生的注意，他老人家问起我的姓名，开始几次，被我搪塞了过去，但后来还是经不住先生执着地追问，我不得不告诉他："我叫王昌燧。"心想先生知道我的身份后，再也不会理会我了。谁知事实恰恰相反，钱老一句"啊！你就是王昌燧！"，略带惊讶的语气中似乎有着某种感慨，虽然我无法揣测钱老当时的内心想法，但自此之后，钱老多方面的持续关怀和提携，佑我平稳度过常人难以想象的人生坎坷，使我终生难忘。

　　钱老予我的如山恩泽，最为重要的体现是对我工作调动的帮忙。记得1980年世界银行贷款中国，资助重点高校筹建结构成分分析实验室，中国科学技术大学结构中心自然位列其中。时任中国科学技术大学副校长的钱临照院士和教务长包忠谋教授特批我到结构中心X射线衍射实验室，协助周贵恩教授工作，这一工作调动为我掌握多种国际先进材料分析仪器创造了得天独厚的条件，也奠定了我日后从事科技考古研究的基础。从科研角度来说，这是我人生最重要的转折点。

　　钱老予我的如山恩泽，显著贯穿于我的基金申请过程。基金资助既是科学研究的经费保证，也是学术水平的体现，而国家自然科学基金委资助的项目，通常被视为国家级项目。大约是1989年，全国第二届科技考古学术讨论会在中国科学技术大学召开之际，恰逢国家自然科学基金委数理学部姚梦璇主任和物理二处岳忠厚处长来我校考察，两位先生对我们的研究工作十分赞赏，建议我们申请国家自然科学基金项目。然而遗憾的是，因缺乏经验，翌年的申请未能获批。后来，根据两位先生的建议，请钱老写了一封推荐信，终于获得了一项国家基金委数理学部的主任基金，应该说，这是我获得的科研第一桶金，经费虽不多，但意义非同小可。须知自那时起直至今天，我几乎未中断过国家自然科学基金的资助。

　　实际上，钱老为帮助我获得科研经费，还多次邀请卢嘉锡、赵忠贤、何祚庥、冼鼎昌等院士写信给国家科学技术委员会宋健主任、中国科学院路甬祥院长等，请他们关心我国的科技考古事业，支持我的科技考古研究。尽管不是所有的信件都能落实研究经费，但钱老的直接关心和支持，在相关领导和管理部门那里潜移默化的影响，我认为无论怎么评价都不为过。

　　钱老予我的如山恩泽，使我受益终生的是学术的关心和鼓励。1990年，我和我的合作者在青铜器粉状锈腐蚀机制和"黑漆古"铜镜耐腐蚀机理等方面皆取得了初步成果，考虑到我们都是科研领域的新兵，恐发表论文有一定困难，于是借汇报之机，恳望钱老给予推荐，他老人家当即应允，结果两篇论文分别发表在《中国科学（B辑）》和《物理学报》上。这两篇论

---

①　作于2015年8月7日。

文的发表,不仅奠定了我在科技考古界的学术地位,更重要的是坚定了我终生从事科技考古事业的决心和信心。

钱老予我的如山恩泽,令人铭记终生的是助我走出国门。我国是世界上现存唯一具有连续不断悠久历史的文明古国,相应的中国考古自然受到世界考古界的特殊重视。从这一点讲,国际合作对我国科技考古事业的发展至关重要。然而令人不解而无奈的是,当时中国科学技术大学主管出国政审的某工作人员始终认为我不能出国。应该是 1990 年,经陕西历史博物馆的单晖研究员介绍,日本帝京大学山梨文化财研究所与我校在科技考古领域建立了长期的合作关系。根据合作协议,每年安排三四名教员访问日本,由我具体制定我校教员的访日计划和研究内容。让我尴尬的是,日方特别希望我访问山梨文化财研究所,而我却只能一再搪塞,到后来,连我自己都觉得有些自欺欺人。正当我左右为难之时,钱老将谷超豪校长请到家中,建议解决我的出国问题。据说,谷校长了解情况后,经请示科学院有关部门,终于使我有机会走出国门,宣传我们的科研成果,弘扬博大精深的华夏文明!

最初涉足科技考古领域时,我即深刻认识到,中国科学技术大学历来注重于理工科,几乎没有文科基础,欲使学校领导、教员重视科技考古学科,发表高水平的论文固然必不可少,筹建中国科技考古学会,并将其挂靠在中国科学技术大学,同样至关重要。为此,我在开展科技考古研究伊始,便筹备全国科技考古会议。

需要指出的是,钱老予我的如山恩泽,同样反映于科技考古学会的筹备过程。记得最初的几次全国科技考古会议,或遥致贺词,或亲临会议,或为会议论文集撰写序言,钱老总以极大的热情给予切实的支持。不过,最令我感动不已的是,为了名正言顺地关心我国科技考古事业的发展,从来不屑名誉职务的钱老竟然应允担任了中国科技考古学会(筹)的名誉理事长。

综上所述,不难认识到,没有钱老的福泽相佑,就没有我今天在科技考古学领域的学术成就。

附:

钱老对我全方位的关心和支持,部分体现在为我撰写的各种推荐信和介绍信上,可惜我不懂得珍惜,加上几次匆忙搬家,大部分都遗失了,而遗失的珍贵信件还包括经项志遴教授联系他的兄长胡绳先生写给我的信笺,以及陈述彭院士、俞伟超馆长等前辈长者的亲笔信。今天想起来真是后悔不已、遗憾异常。所幸还能找到几份钱老的亲笔信,现将其附在怀念钱老的文章后面,以便不时阅读,借以回忆钱老的音容笑貌,铭记老人家的如山恩泽。

（1）钱老给时任中国科学院基础科学局学术秘书（副局级）李满圆研究员的推荐信。

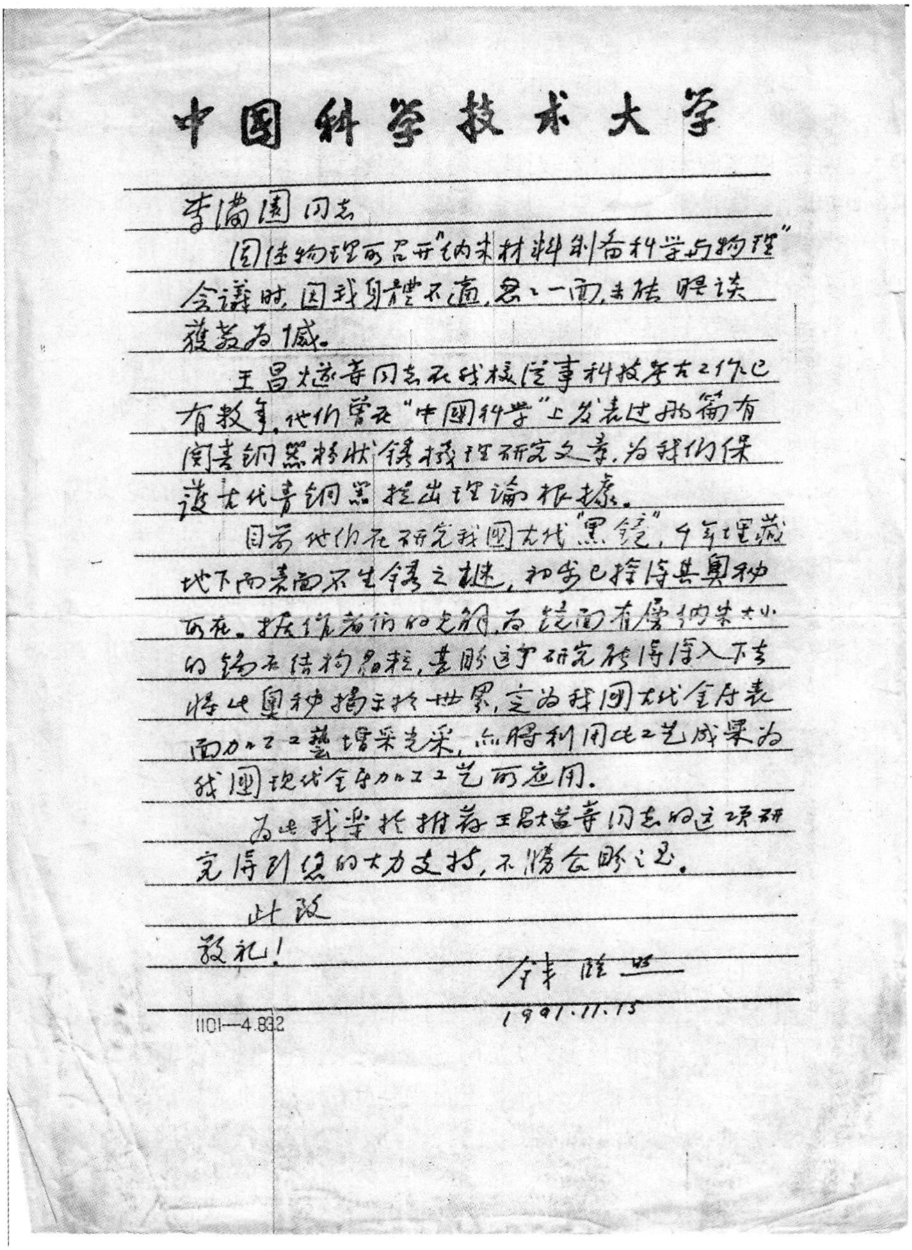

中国科学技术大学

李满园同志

固体物理所召开"纳米材料制备科学与物理"会议时，因我身体不适，匆匆一面，未能聆谈获益为憾。

王昌燧等同志在我校从事科技考古工作已有数年，他们曾在"中国科学"上发表过两篇有关青铜器粉状锈机理研究文章，为我们保护古代青铜器提出理论根据。

目前他们在研究我国古代"黑镜"千年埋藏地下而表面不生锈之秘，初步已检得其奥秘所在。据他们的见解，为镜面有层纳米大小的锡石结构晶粒，若能进一步研究能得深入下去将此奥秘揭示于世界，定为我国古代金属表面加工工艺增添光彩，亦将利用此工艺成果为我国现代金属加工工艺所应用。

为此我要推荐王昌燧等同志的这项研究得到您的大力支持，不胜企盼之至。

此致

敬礼！

钱临照

1991.11.15

1101—4.882

（2）钱老给中国物理学会理事长冯端先生的介绍信。

冯端先生：

　　您好！

　　我校科研处处长丁祖和同志近日告诉我，下月初即将讨论纳米材料基础研究攻关项目的资助事宜。我校是较早从事这一研究的单位之一，这次由钱逸泰教授负责申请了一个课题。因钱逸泰教授出国在外，故介绍该课题组主要成员之一的王昌遂副研究员前来贵校向您汇报有关课题进展情况，望拨冗接待，并对我校的申请给予关心和支持。

　　顺颂

安祺

1992年10月20日

（3）钱老给中国科学院原院长卢嘉锡先生的介绍信。

（4）钱临照、卢嘉锡和冼鼎昌院士给中国科学院路甬祥院长的推荐信。

尊敬的路甬祥院长：

您好！我国科技考古学科在您和有关领导的关心和支持下，正在茁壮成长。

我国历史悠久、文物丰富，科技考古的条件得天独厚。应该说，在这一领域，我们是可望争取国际领先地位的。然而由于历史的原因，科技考古学科至今尚未得到完全承认，自然科学部门认为它属于社会科学范畴，而社会科学部门又认为它纯属自然科学内容。幸好科技考古与绝大多数学科都有交叉，可以从其他学科挤点经费出来开展工作。中国科技大学的科技考古最初就是在科学史研究的基础上进行研究的。15 年来，他们在古代铜镜的耐腐蚀机理与形成机制，古陶瓷、古青铜器的产地及其矿料来源以及顺磁共振测年等方面作了不少研究工作，取得了一定的成绩。现在，他们和中国科学院高能物理研究所等单位合作，利用同步辐射、中子活化等核技术，深入开展古陶瓷的产地分析，旨在补充与发展考古学的基础理论，并为古瓷器的鉴定提供定量的依据。此外，他们还着手研究古代先民的食谱与古代竹简上模糊或消失文字的重现，前者可为古代先民的生活习性和生态环境提供重要的信息，后者可使一些历史记载重见天日。

为将我国的科技考古提高到国际先进水平，恳望路院长在百忙之中拨冗继续关心我国的科技考古事业，将中国科学技术大学申报的科学史与科技考古发展规划，和中国科学院自然科学史研究所的规划放在一起考虑，或单独予以考虑，给以切实的支持。

谢谢！

即　　颂

安　　祺！

中国科学院院士

冼鼎昌　卢嘉锡　钱临照

1998 年元月 20 日

受益终生的关爱和提携

——敬贺杨承宗先生九五华诞①

"一失足成千古恨,再回首已百年身",学生时代的失足,差点使我应了这一警句。是党的改革开放政策,给了我重写人生的机会。尽管如此,当我回首往事时,仍然深感做人难,做一个有点成就的人则更难。这里所谓的"难",首先是自身努力之"难"。人生若无追求,则难以抵御社会上的各种诱惑,更难以体味到甘心寂寞、孜孜以求的乐趣。个中的道理,若时机适宜,拟另文阐述,这里不再赘言。其次是外界交往之"难",从一定角度讲,其难度甚至超过了科研。然而,这里也不宜谈什么世态炎凉和世事险恶。实际上,外界交往虽有"难"的一面,但更多的是阳光,是关爱。自 1976 年重返中国科学技术大学以来,我自始至终都得到了前辈师长的关爱和提携,其中,杨承宗等先生的关爱和提携,不仅直接助我渡过了难关,而且使我从中悟得了做人的道理,可谓受益终生。今天,将有关经历和感受作一介绍,借以志贺杨承宗先生的九秩晋五华诞。

1979 年,最初认识德高望重的杨承宗先生时,我还是工人身份。说来人们可能不信,时任中国科学技术大学副校长的杨先生,竟然多次和我闲谈,言语间,先生表露的关心、同情和鼓励,使我深深认识到什么是仁慈为怀,什么是长者风范。1981 年初,我和宋小清结婚。在全椒县姜县长的关心下,全椒县农业局允诺发一年工资,将宋小清借调到中国科学技术大学图书馆工作。当年 10 月下旬,中国科学技术大学人事处宋天顺处长直言相告,我的一批硕士研究生中毕业后留校工作的同学,一时都难以解决两地分居问题,更不用说我爱人的调动了。尽管心理上有所准备,但冷酷的事实仍让我感到心寒。正值此时,我在中国科学技术大学教一楼南面的路上遇到了杨先生,便向他老人家叙述了面临的困境。原以为先生也只能安慰几句,没想到他老人家沉思片刻后,明确指出,宋小清不能回全椒,一旦回去,再想调动,就难上加难了。我极为感动,但还是诉出了担忧,即全椒那里将停发宋小清的工资,仅靠我的微薄收入,确难以维持生计。杨先生不假思索地说,那不要紧,让合肥联大发工资。一股暖流直涌心田,那种喜从天降的感受和发自内心的感激,至今铭记在我的心中。合肥联合大学发了两个月工资后,我们夫妇两人多少感到有些名不正而情不顺。于是,又恳请杨先生将宋小清直接借调到合肥联大,杨老欣然应允。从此,宋小清便与合肥联大图书馆结下了不解之缘,从筹建到初具规模,从临时馆舍到新馆开放,几乎倾注了她的全部心血。如今,合肥学院(2003 年由合肥联合大学、合肥教育学院等三校组建而成)图书馆环境幽雅、管理有方,在省内同类学校中已小有名气,应该说,这与宋小清的敬业密切相关,而从某种意义上讲,也是宋小清对杨先生关爱、提携之恩的报答。大约在 1982 年 4 月,我岳父出差北京时,拜访了夏鼐先生,请夏先生为宋小清写了一封推荐信。之所以请夏鼐先生帮忙,除岳父与夏先生是同乡好友外,还因为杨先生和我闲谈时,曾提及夏先生是他十余年的友邻,两家关系十分亲密。

---

① 　原载于《杨承宗教授九十五华诞纪念文集》,合肥:安徽大学出版社,2006:96-97。

杨先生收到推荐信后，高兴地对我说，现在，宋小清是中国社会科学院副院长兼考古研究所所长夏鼐院士向我推荐的，与你王昌燧无关，她可以正式调入合肥联大了。夫妻分居问题的顺利解决，使我再次认识到，前辈长者的关爱和提携，对个人的成长和发展是多么重要！

1986 年，我开始从事科技考古研究。在漫长的学术生涯中，几乎每前进一步，都离不开前辈学者的鼓励和提携。这中间，杨承宗先生的关爱，同样使我受益终生。1987 年的某一天，杨先生和我闲谈，当讲到了他与仇士华、蔡莲珍夫妇的深远渊源时，便乘机请杨先生为我介绍仇、蔡两位先生，先生当即应允，不仅为我写了推荐信，还热情地建议我请项志遴教授推荐。经两位先生引见，我结识了仇士华、蔡莲珍两位先生。近二十年来，在学术业务上，仇、蔡两位先生给予我全面的指点和提携，在待人接物上，给予我真诚的帮助和友谊。无论我的处境顺利与否，也无论我们之间的学术观点是否一致，他们总是给予我鼓励、支持和鞭策，甚至在意见相左时，也能宽容我"无礼"的顶撞。我深深地认识到，正是两位先生的赏识和关爱，使我能忝立于科技考古专家的行列，而归根结底，还是源自杨先生的恩泽。

"滴水之恩，涌泉相报"，无疑是中华民族的美德。然而，如前所述，前辈长者对我的恩泽，同辈友人对我的襄助，多得难以计数。若按基督山伯爵的报恩方式，对我来说，实难做到，况且，即便可以做到，恐怕也会亵渎了前辈长者和同辈友人的诚意。长期以来，何以"报恩"？我对此百思不得其解。随着年龄的增长和地位的变更，自己帮助、提携后人的机会也逐渐增多起来。慢慢地，我体味到，关爱、提携后人是一种责任，更是一种美德，这里无"报答"可言。如果一定要讲"报答"，或许是当发现对别人的帮助起了作用，使之摆脱了困境，甚至成材时的一种尽了责任的感受。这是将心比心而产生的认识，但这绝不是说，"滴水之恩，涌泉相报"在现实生活中已无意义，相反，我们应该提倡这种"报恩"思想。即便不能"涌泉相报"，至少应牢牢记住前辈长者的恩泽和同辈友人的友情。我们应以杨承宗先生为表率，继承、发扬华夏文化中的博爱精神，不断关爱、提携后人，使这一美德代代相传。

我以为，能够认识这一点，更使我受益终生。

铭记俞先生教诲，上下孜孜以求索！①

　　去年 12 月 5 日夜，友人告知俞伟超先生逝世的噩耗。尽管早有思想准备，我仍然无法抑止心中的悲痛。急忙向立祥兄询问具体细节，顺便知晓了俞先生走之前曾多次关心我校的科技考古专业，一时间，俞先生学思超前、勇领风骚的大师形象，平易近人、提携后辈的长者风范，一幕幕突兀眼前，使我彻夜难眠。

　　记得 1990 年，俞伟超先生专程来到中国科学技术大学，向有关校领导介绍班村遗址的发掘计划，并邀请我作为考古队的顾问之一。这对尚未完全摆脱逆境、涉足考古又甚浅薄的我来说，不啻雪中送炭，此情此恩，今生难忘。班村考古是俞伟超先生的大手笔之一，它对我国考古学发展的影响和意义，至少体现于下列两点：一是打破了思想的桎梏，激发起人们，特别是年轻的考古学家，反思中国的考古学、探索考古学理论的热情；二是尝试进行了多学科协作的考古发掘和研究，推进了考古学与自然科学的全面结合。这里顺便指出，因当时的条件限制，我未能完成俞先生安排的任务，至今仍感愧疚。

　　1999 年 4 月，在朱清时校长的倡议和支持下，我校和中国科学院自然科学史研究所、中国社会科学院考古研究所联合创建了科技史与科技考古系。俞伟超先生对此极为关心，对学科建设、研究方向和人才引进等方面皆提出了许多宝贵的意见，使我们倍受鼓舞。之后几年内，我和俞先生频繁接触，数次聆听他的教诲，虽说只学得一点皮毛，但已觉受益匪浅。

　　悼念俞伟超先生，应学习他的敬业精神。不论在北京大学教书育人，抑或在历史博物馆主持工作，无论是负责三峡库区的文物保护规划，还是组织 DNA、遥感、水下考古等前沿研究，俞先生都精益求精、力图使之达到极致。前几天，张忠培先生在悼念文章中介绍，俞先生在和病魔斗争时，仍认真思考着学术问题。这样的境界，将是我毕生的追求。

　　悼念俞伟超先生，应学习他的全局观念。俞先生长期担任中国历史博物馆馆长，仅馆内公务，已够繁忙了，而他还时时关心着全国各地的文物、考古和博物馆事业。无论哪个单位来请求帮助，他皆有求必应。经他过问或关心而促成的事情，显然不是少数，否则，中国历史博物馆的中国通史展，其文物选调恐怕多少会有阻力。当前，改革开放对科研、教学单位的影响之一，即获得项目资助需通过竞争。这一变革有效地提高了科研人员的积极性，其成效有目共睹。然而，有一利必有一弊。过分强调竞争，多少不利于合作与交流。如何处理竞争与合作的关系，完善基金管理体制最为关键，这方面，有关管理机构已经做了大量工作。与此同时，增强科研人员的全局观念，同样至关重要。

　　悼念俞伟超先生，还应学习他的战略眼光。我曾有幸数次亲炙苏秉琦先生的教诲。他老人家将他的考古学理论总结为三个阶段，前两个阶段依次为考古文化区系理论和文明探源，大家都已熟悉。至于第三个阶段，苏公介绍时先套用了靳羽西女士的话，"从世界看中国，从中国看世界"，然后进一步解释道，"从世界考古的高度来研究中国考古"。尽管给我留

①　原载于 2004 年 1 月 17 日《中国文物报》第 7 版。

下了深刻印象，但如实说，当时只是似懂非懂。这些年来，俞伟超先生的身体力行，不断解读着苏公的理论，使我逐步加深了认识。从班村考古对西方新考古学理论的初步介绍，到《当代国外考古学理论与方法》的出版，皆试图指出，中国的考古学亟需与世界考古学接轨。确实，不比较研究各文明古国的演进过程，是无从总结人类文明的发展规律的。

俞伟超先生在以科技考古为主题的香山会议上，一方面充分肯定了开展夏商周断代工程的必要性，另一方面又指出："中国万年以来至五千年前这一段历史，国际上了解不多。事实上，就现有的考古发掘和研究资料来说，我国在这一时期的文明程度已使世人刮目相看。""万年至五千年之阶段，是我国文明源头之所在，是人类从旧石器时代进入新石器时代的重要时期，是农业、陶器、文字、音乐、数学、宗教等文明主要因素的起源阶段，也是人类人口的第一次大发展时期。或许我国这一阶段的历史更值得骄傲。"他建议"开展以农业起源为中心的科技考古研究"，认为在这一研究中，"多学科协作显得格外重要，生物考古、农业考古、环境考古、遥感考古、陶器考古，甚至音乐考古、文字起源探索等都有用武之地"。俞先生的意见，为我们指明了努力的方向。

这些年来，俞先生曾多次表示，对我校科技考古专业寄予厚望。我深知自己才疏学浅，至今未参加过考古发掘，纯粹一个考古学的门外汉，确难有所作为。然而，有相关政府部门的鼓励和支持，有柯俊、刘东生、陈述彭、席泽宗、李学勤、张忠培、严文明等老一辈先生的关心和指导，有全国文物考古同行的聪明才智和年轻才俊的满腔热情，我们责无旁贷，将义无反顾地沿着先生建议的方向，埋头钻研、勇于创新，和国内同行精诚合作，共同为弘扬中华文明、创建科技考古学理论而孜孜求索。

俞伟超先生，安息吧！

附：
俞伟超馆长颁发给我的班村遗址考古队顾问聘书。

刘东生院士与科技考古[①②]

　　2008 年 3 月 6 日下午,刘东生院士仙逝的消息传来,大家都深感悲痛。尽管深知生老病死的自然规律无法抗拒,然而仍久久不愿相信先生离我们而去的事实。确实,先生大智大慧、高瞻远瞩的大师风范,脚踏实地、精益求精的治学精神,淡泊名利、献身祖国的高尚品德,提携英才、甘为人梯的长者风度,科学登顶、誉满学界的光辉业绩,将永远留在我们心中。

　　刘东生院士创建了黄土学,他不仅是国际杰出的第四纪地质环境学家,而且是环境医学、环境地球化学、环境考古学、高山科考和极地科考等领域的倡导者和奠基人。他为科学事业作出了卓越贡献,被公认为中国第四纪科学界的一面旗帜,一代宗师!

　　刘先生一向关心和鼓励科技考古事业的发展。早在 20 世纪 50 年代末,当得知中国科学院考古研究所筹建 ^{14}C 测年实验室时,刘东生先生就同夏鼐先生一起推动了地质所和考古所的合作。在他们的共同支持下,靠自力更生、白手起家、艰苦奋斗,1965 年,我国终于建成了第一个 ^{14}C 测年实验室,并测出一批准确的年代数据。70 年代后,^{14}C 测年技术获得广泛应用,全国几十个实验室测出了数以万计的考古和地质年代数据。1981 年,刘先生领导的中国第四纪研究委员会之下设立了 ^{14}C 年代学组,后扩建为第四纪年代学委员会。刘先生曾亲自参加全国 ^{14}C 学术会议,并在会上表扬我国 ^{14}C 测年工作者"安贫乐道",为国家作贡献。1989 年,又为《中国 ^{14}C 年代学》一书写了序言,强调要促进 ^{14}C 年代学与晚第四纪各学科之间的互相渗透,以求更有效地发挥 ^{14}C 年代方法的作用,为我国的社会主义建设作出更大的贡献。

　　为了推动地质学与考古学的合作,全新世委员会成员中也不乏考古学家。与此同时,他还曾多次参加我们组织的科技考古领域的学术讨论会,作特邀报告或主题报告,下面是先生几次报告的主要观点。

　　2000 年 4 月,在以"科技考古"为主题的香山科学会议上,先生精辟地指出,迄今为止,有关人类起源的地区都落在季风区范围内,这中间应有内在的联系,值得深入探讨。不仅如此,他还进一步点明,黄土区与华夏文明起源的关系密切,也值得深入研究。

　　2001 年 3 月,在中国高等科学技术中心召开的"原始农业对中华文明形成的影响"研讨会上,先生作了"黄土高原人类纪以来的环境与中华文明"的主题报告。明确指出,我国黄土堆积的主要地区是世界上旱作农业起源的中心地区之一。在相当长的一段历史时期内,一直是我国政治、经济和文化的中心。中华文明是世界最早的文明之一,也是世界上唯一未曾中断的古老文明。以旱作农业为基础的中华文明与以灌溉农业为基础的其他地区的古老文明,无论起源和发展,还是形成模式,都有明显不同。

　　2005 年 5 月,第 35 届国际科技考古学术讨论会在北京召开,先生欣然应允为大会作了

---

① 　原载于 2008 年 3 月 27 日《科学时报》。

② 　本文作者为仇士华和王昌燧。

特邀报告，他以"黄土之路——人类进化之路"为题，以第四纪黄土的产生与演变为背景，阐述了中国大地的古人起源、进化和繁衍，以及古代文化的兴衰与古环境变化之间的内在联系。之后，先生又将黄土之路向西一直延续至欧洲，向我们展现了远在草原丝绸之路前，中西方或欧亚大陆间，即有着基于黄土的天然联系。

显然，以上内容仅仅节选自先生"客串"科技考古学术会议的报告。尽管如此，已足以使我们从一个侧面领悟到先生所创的"黄土学"是多么博大精深，也足以使我们从一个侧面感悟到先生治学之严谨、追求之执着。在这方面，先生无疑是我们崇拜的偶像，学习的楷模！

2005 年，中国科学院研究生院成立科技史与科技考古系，先生满腔热情地给予了关心和支持，他和席泽宗、吴新智院士一起担任名誉系主任，并向中国科学院领导建议筹建中国科学院古脊椎动物与古人类研究所、研究生院科技考古联合实验室。

然而，正当我国科技考古事业日新月异发展之时，先生走了。我们感到无比地悲痛和无奈。为告慰先生在天之灵，我们将和其他受到先生恩泽的专家一样，以先生为榜样，对党、对国家、对人民无限忠诚，将毕生献给祖国的科技考古事业。

恩师李家治先生的点滴回忆

李家治先生是国际著名陶瓷考古奠基人,他主编的《中国科学技术史·陶瓷卷》是陶瓷考古的里程碑著作,其内容之广泛、影响之深远、见解之精辟,无论怎么评价都不为过。一定程度上可以说,李家治先生是我陶瓷考古的引路人,是教导、提携我的恩师,也是我们毋庸顾忌学术观点,畅怀请教的前辈大师。如今,李先生仙逝虽已两年有余,但其音容形貌仍历历在目,无疑,如实、生动地记录李家治先生的部分生前印象,既可深切缅怀李先生,更能传承先生的爱国、敬业精神。

1 莫名的自信源自先生的"错爱"

40 岁才有机会从事科研,我居然雄心犹存,究其缘由,莫名的自信主要源自众多先生的"错爱"。众多先生中,李家治先生的"错爱"颇为特殊,直接关乎我陶瓷考古事业的发展。还是在 1986 年,我决心从事科技考古研究时,即考虑组织召开全国性学术讨论会。1988 年,在广西壮族自治区科委的资助和支持下,我和广西民族大学(原广西民族学院)的万辅彬、李世红老师精诚合作,虽几经周折,最终仍使全国第一届实验室考古学术讨论会在南宁市顺利召开。记得那次会议,曾主要邀请三位专家与会,其中,李家治先生是誉满全球古陶瓷界的权威,华觉明先生是我国著名的冶金考古学家,而李虎侯先生虽为放射化学背景,但在考古界尚无特别影响。这段历史其实是活脱脱的学科发展史,有机会拟将其整理成文、公布于世,以飨读者,这里不宜赘述。

那一次,李家治、华觉明先生欣然接受邀请参加会议,他们的精彩报告提升了会议的品位。最令我记忆犹新的是会议闭幕后,我恰巧有事绕道上海,谁知一到上海,李先生便问我落脚何处,他要先送我,然后再回家。要知道,1988 年时私家车几乎不见,李先生在所里享受院士待遇,出差有专车接送,作为初出茅庐的晚辈何德何能,敢让先生的专车先行送我?然而无论怎么推托,也拗不过先生的盛情,最终只能恭敬不如从命,由李先生先行送我至岳丈家。1988 年至今,30 余年矣,然而那时的情景常常突显眼前,久而久之,我逐渐认识到李先生对我的厚望,意识到自己肩负责任的重大。

如果说,先生 1988 年对我的"错爱"主要体现在生活上的关心和照顾,那么,后面的三件事则反映出先生对我的信任和器重。第一件事大约发生在 1990 年,那时,我采用改进的增量法,尝试探索古陶器的产地,取得了颇有价值的结论。正是这篇论文,使我有机会参加了国际古陶瓷科学技术学术讨论会。会议期间,李家治以及陈显求、郭演仪等先生找到我,一本正经地征求我对他们工作的意见和建议。惶恐之余,我斗胆指出,中国科学院上海硅酸盐研究所的古陶瓷研究毫无疑问代表着国际方向和最高水平,但总的说来,所里的工作"偏瓷不偏陶"，正因为"偏瓷不偏陶"，故而研究领域"偏工艺不偏考古"。没想到诸位先生完全同意我的意见，并强调他们多年研究的兴趣和风格已经定型，估计难以改变了。既然如此，我告诉先生们，我将一如既往地避开先生们的强势领域，主要开展陶器产地的研究。

第二件事与李先生的 80 大寿相关。1999 年，李先生邀请我参加中国科学院上海硅酸盐研究所举办的小范围学术讨论会，旨在庆贺先生的 80 华诞。我兴冲冲赶到会场，发现先生仅邀请了三位来宾发言，一位是我；一位是干福熹院士，他是李家治先生数十年的合作伙伴和知心朋友；一位是罗宏杰教授，他是李家治先生古陶瓷方向的嫡传弟子，时任西北轻工业学院副院长。不难看出，无论学术和社会地位，抑或与李先生的亲近程度，我皆无法与他们相提并论。当时深感受宠若惊，万思不得其解，直至面对下述第三件事时，我才体悟到李先生的良苦用心。

2000 年 7 月，经过不懈努力，我获得了中国科学院知识创新方向性项目的资助，项目分工时，在我的建议和坚持下，中国科学院上海硅酸盐研究所李家治先生的课题组应邀成为主要成员。之后的 5 年，是和李先生频繁接触的 5 年，是向李先生认真学习的 5 年，更是和李先生深入合作的 5 年。这 5 年的主要体会将在后文介绍，这里讲的是第三件事。

与李先生合作的 5 年间，李先生精神矍铄、思维敏捷，全无耄耋老人形象，然而岁月不饶人，李先生已深感力不从心，他不止一次地对我说："老王，你将陶瓷考古这面旗帜接过去吧。"我毫不谦虚地作答："虽然我自信有能力接过这面旗帜，但不能这样做！贵所从周仁先生算起，古陶瓷研究已有 80 余年历史，其水平始终处于国际前列，一旦易帜，后果不堪设想。任何单位在短期内欲达到中国科学院上海硅酸盐研究所曾有的水平，皆无可能。"我建议中国科学院上海硅酸盐研究所聘我为兼职教授，以便名正言顺地协助李先生进行古陶瓷研究。李先生欣然应允，2001 年 5 月，正式聘我为中国科学院上海硅酸盐研究所兼职教授，自那时始，我几乎每月都赴中国科学院上海硅酸盐研究所，一方面向李先生请教，一方面和李先生课题组讨论学术问题。如今，我基本可以无愧地说，没有辜负李先生对我的厚望。

2　令人景仰的大师风范

不难理解，邀请李先生课题组参加创新方向性项目，是对李先生课题组的有力支持，更是对我个人和我们团队古陶瓷研究的有效推动！可以这样说，正是李先生的悉心传授和指导，我们才能在古陶瓷领域取得颇为骄人的成果。

李先生耳提面命的教诲，使我逐渐领悟到，做学问，特别要注意系统性，即关注知识之间的联系，逐步建立自己的知识体系。李先生的传世名作《中国科学技术史·陶瓷卷》（以下简称《陶瓷卷》）就是一个自洽的知识体系。多年来，李先生的《陶瓷卷》始终置于我书房桌上，频繁的阅读，我已将之牢记在心，奉为科研的准则。我自认为学到了李先生治学的真谛，从这个意义上说，我是他的"嫡传弟子"，他是我的恩师。

李先生之所以令我敬佩，是他的敬业精神。90 岁高龄时，李先生居然还出版了专著《简论官哥二窑》，该专著综合历史文献、考古发掘和科技分析三重证据，探讨了官、哥等窑的时空定位。重点探讨了宋室南迁对我国南北窑业重点转移以及相互之间的关系，其条理清晰、论据严谨，具有极为重要的学术价值，而其提倡和身体力行的三重证据研究方法，为陶瓷考古乃至整个科技考古的研究指明了方向。

李先生之所以令我敬佩,还源自他学术上的包容性和追求真理的精神。李先生曾多次谈起他们和刘新园先生的学术争论,明确告诉我,最终证明正确的是刘新园先生。多年的人生经验使我越来越深刻地认识到,李先生这种实事求是、勇于认错的精神,是老一辈科学家的优秀品质,我们有责任将其发扬光大。

需要指出的是,向李先生学习古陶瓷知识的过程,是一个"质疑"的过程,特别忌讳盲从。记得和李先生合作之初,我向先生提出,拟重新思考我国原始瓷的产地结论,没想到他直率地告诉我,他仍相信原来的结论,但支持我再研究。先生对不同学术观点的包容性深深感动了我,随着研究的深入,终于根据岩相分析推测我国北方同样也生产原始瓷。不要小看这一结论,它有可能修改《陶瓷卷》的知识体系。

李先生对我的关心和支持还体现在待人接物上。众所周知,2004年初,我给时任中国科学技术大学校长的朱清时院士发了一封信,该信放在校长信箱内,有好事者将其传至他校网站,并被转至"新语丝"上,一时间闹得沸沸扬扬,成为中国科学技术大学网站议论的热点。李先生知道后,特地将我叫到身边,语重心长地说,在我国千万别得罪领导,设法向朱校长服个软,以求得他的支持。我十分理解李先生的苦心,他是真心为我好。我向李先生表示,倘若服软可换得支持,我可以立即服软。然而,我已知朱清时下决心让他人替换我,在这种情况下,怎么服软都无济于事,既然如此,还不如旗帜鲜明地与之据理力争,以求绝处逢生。李先生何其聪明,瞬间便理解并同意了我的判断和决定。

从实说,李先生为人低调,涵养厚重,现实生活中的李先生始终受到党和国家的重用,我以为,超高的学术水平当属主要原因,而他与人为善、谦虚谨慎、热爱党和人民,在同行和同事心目中德高望重,应同属重要原因。今天回想起来,李先生关于做人的教诲还是具有普适性的。对于这一教诲,我的理解是:我们应提倡"博爱"精神,重视领导关系,尽可能创造和谐发展的外部环境,以便更有效地报效祖国。

3 展望我国陶瓷考古的前景

李家治先生的仙逝,意味着以李家治先生为代表的老一代陶瓷考古科学家的谢幕,当然,也标志着我国陶瓷考古新时代的肇始。今天,我们悼念李家治先生,旨在继承先生的遗志,弘扬老一辈科学家的高贵品德和治学精神,将我国陶瓷考古提升到新的高度,继续引领国际陶瓷考古研究的方向。如何引领这一方向?我以为,首先,重新审视李先生建立的我国陶瓷工艺发展的体系,特别是陶器和瓷器的起源以及两者之间的关系;各类瓷器之间的关联;柴窑和北宋官窑的探索;明清时期代表最高工艺和艺术的瓷器品种的深入探讨,例如珐琅彩、粉彩等;海上丝绸(陶瓷)之路始末;陶瓷与古代文明的关系,如此等等,不一而足。可以预见,长江后浪推前浪,一代新人换旧人。随着陶瓷考古的全面展开,新方法、新思想和新成果必将不断涌现,希望有一天,我们在李家治先生总结的我国古陶瓷五个里程碑的基础上,再创奇迹,书写第六个里程碑,即夺取国际现代陶瓷研究的领先地位!

誉满学界的不老松
——万辅彬先生八秩华诞贺辞①

　　大约是 1986 年,应中国科学技术大学科技史研究室的邀请,广西民族学院(现为广西民族大学)万辅彬老师为该研究室做了一场学术报告。虽因时间久远,早已记不清报告的具体内容,但还是给我留下了两点深刻印象。一是万老师的个人形象,感觉他是那么年轻,那么高大上,而又那么平易近人;二是报告中穿插的相关研究纪录片,这在 20 世纪 80 年代是多么匪夷所思啊! 之后与之攀谈,发现他不仅长我 3 岁,而论学龄,更列于我老师辈分。由此之后,万老师自然而然地成为我的良师益友。

　　光阴荏苒,不知不觉间,迎来了万辅彬先生的八秩华诞。一时间,万先生良师益友的形象逐一浮现眼前,我意识到于公于私皆责无旁贷,必须为万辅彬先生的八秩华诞写一篇贺辞,旨在弘扬他孜孜不倦的敬业精神,学习他行之有效的成功经验。

1　团队精神是成功之本

　　科学发展至今,不难认识到,除数学外,凡重大学术成果,无不源自团队的有效协作。然而,35 年前,人们似乎对团队还缺乏认识,除却一些院士牵头自然形成的学术团队外,罕见基层学者有意识组建的科研团队。然而,我意外地发现,万辅彬老师牵头的团队早已活跃在学界舞台上,有着非同一般的影响。从那时起,我即暗下决心,一定要向万老师学习,早日创造条件,组建自己的科研团队。不过,直至 1999 年,在时任校长朱清时院士的倡导和支持下,中国科学技术大学成立科技史与科技考古系之后,我才有机会组建自己的科研团队,开始我的个人事业。只是在这时,我方深刻认识到当年万辅彬先生组建科研团队之艰辛。要知道,若无为校,以至为国争光的大局观,亦无勇于担当、甘于奉献的精神以及超强的组织能力,则组建科研团队,将如痴人说梦。何况当年的万先生仅为无职无权的普通教员,全凭他的人生理想和人格魅力,将志同道合的地方民族史专家姚舜安教授、资深物理学家庞瓒武先生以及年富力强的物理老师李世红、牙述刚等组成校内的科研团队,与中国科学技术大学、广西博物馆等单位密切合作,以古代铜鼓为抓手,在多学科协作的基础上,借助铅同位素比值分析等方法,终于取得了一系列突破性成果。应该承认,学界公认万辅彬先生为我国少数民族科技史领域的执牛耳者,2021 年,广西民族大学科学技术史获批一级学科博士学位授权点等殊荣,一定程度上自当归功于万先生及其指导的科研团队。

---

① 万辅彬教授是我国科学技术史和科技考古界的一方诸侯,也是我的良师益友,在我的科研生涯中,曾给予我许多实质性的鼓励、合作和帮助,故而将这篇祝贺他八秩华诞的文章也收入人生感恩篇内。

2　因地制宜的科研选题

如果将科研团队比作战斗队的话,那么学术带头人或学科带头人则相当于指挥官,而选题便好比作战计划的主攻方向,它是科研的第一步,通常决定着科研的成败和事业发展的规模。万辅彬先生深谙此道,为紧扣学术前沿、彰显地方科技史特色、发挥多学科协作优势,他将广泛分布于我国南方的古代铜鼓作为主要研究对象,在文献调研的基础上,与考古学家一起实地调查,并考察相关考古发掘实物和资料,进而开展多种理化分析方法,将铜鼓涉及的众多科学、历史和艺术等问题逐一解答,形成了具有里程碑意义的铜鼓研究成果。在这些成果中,我以为,影响最深远的至少有三项,一是进一步证实铜鼓的源头在我国云南;二是揭示了铜鼓的调音机制,指出北流型铜鼓的基频皆被调至浊黄钟;三是初步掌握了体大壁薄铜鼓的铸造奥秘。不过,相比之下,万辅彬先生开创的文理交融研究方法更值得推介,事实上,我们开展科技考古工作时,深感从中获益匪浅。

3　审时度势,不断开拓

伴随着铜鼓研究的全面开展,相关成果的持续涌现,万辅彬先生的团队也不断得以发展,特别是广西民族大学于 2003 年获得科学技术史学科一级学科硕士学位授予权,进而于 2021 年获得科学技术史学科一级学科博士学位授权点以来,研究团队迎来了大发展。在此期间,万辅彬先生在李志超等先生的建议下,不失时机地将研究领域拓展至广西传统工艺,带领汪常明、周世新等青年才俊,着手探究广西的陶瓷工艺,并调研梳理了广西的织染、编织工艺以及特色鲜明的广西吉祥挂件工艺等,如今,这方面的工作已开花结果,并引起学界的关注和好评。几乎同时,万辅彬先生考虑到广西民族大学的独特优势,即拥有一批通晓东南亚各国语言的老师,便将研究的视野拓展至东南亚,特别是越南和泰国,他及时组建了“两廊一圈”课题组,将学术研究与东南亚经济、贸易相结合,可以预见,他们的工作必将有效地促进广西与大湄公河次区域国家的合作,加速该区域经济的发展。

4　精心培养人才,确保后继有人

万辅彬先生不仅是我国著名的科技史专家,而且是成果斐然的教育家。在万辅彬先生持之以恒的努力下,随着团队的发展和博士学位授权点的获得,终于在 2019 年,广西民族大学成立了科技史与科技文化研究院,从而为广西乃至全国培养少数民族科技史和科技文化高水平人才提供了一个重要的基地。万先生对于教育的贡献,仅此一项便足以令人敬佩。然而,具体的研究生培养,他同样有显著的成就,例如当初还懵懂无知的李晓岑等,如今都已成为我国科技史界的一方诸侯。如果将受过万先生教诲的年轻学者都计算在内的话，那么用桃李满天下来形容万先生的弟子之多，影响之大，则绝无夸张之处。

5　友好交往，情深意长

1988 年，在时任广西壮族自治区科委主任张正釉的关心和支持下，我和先生精诚合作，成功地在南宁市举办了全国第一届实验室考古学术讨论会（之后改为科技考古学术讨论会），它昭示着我国科技考古的诞生，而这也成为我与万先生友谊的浓墨重彩的记忆。之所以说这记忆为浓墨重彩，固然与此事的重要性密切相关，而对于我来说，更难以忘怀的是万辅彬先生的人格魅力。记得上述会议筹备之初，我们曾莫名其妙遇到某位前辈学者的刁难，居然要求会议只能安排他做一个"实验室考古纲要"的中心报告，其余几位地位、年龄，特别是学术影响都远在他之上的专家统统视为普通会议代表，只能简短介绍他们的成果。面对如此无理的要求，万辅彬先生表示坚决反对，在他的支持下，我和万先生的助手李世红老师义正词严地予以拒绝，使会议完全按照我们之间的商定顺利进行。

光阴荏苒，转眼间，我与万辅彬先生都已步入暮年，回顾与先生几十年的交往，不免感慨万千。先生给我的形象首先是一位具有大爱之心的忠厚长者，他一辈子与人为善，不仅提携学生，还有计划地襄助同辈和前辈学者，尽可能为他们提供温馨的工作环境，多少改善一些生活质量，并宣传他们毕生的事迹和成就。万先生的极佳人缘，由此可见一斑。

能以万先生为友，是我引以为傲的荣幸！有生之年，更应珍惜这一友谊，并将之传递给后辈弟子，为树立学界正气作出积极贡献！

6　青松不老，鸿志弥坚

见过万先生的人，都不相信他已达八十高龄，知道他年龄的人，则多认为他善于保养。我以为，其实不是他保养得好，而在于他有一颗大爱之心，使他始终保持极佳的心态。2019年岁末，中共中央组织部授予他"全国离退休干部先进个人"荣誉称号，充分反映着万先生青松不老、持续贡献的状态。以我对他的了解，相信他必然将其视为动力，继续设置新的目标，不断建立新功。我愿在此与万先生互勉，不是攀比成果多少，而是相互提醒，适当降低工作强度，让生活更充实，幸福指数更高，也让我们的友谊与日俱增！

致谢

承蒙程煜祯老师提供具体信息和数据，使本文得以顺利完稿。

第3篇

前沿综述篇

▲

    1995 年,理学 X 射线衍射仪用户协会论文选集第 8 集为纪念伦琴发现 X 射线 100 周年专集,经南开大学裴光文教授推荐,特邀请我为该专集撰写综述论文《X 射线衍射技术在考古领域的应用》,这应该是我撰写的第一篇综述文章。如今再次阅读这篇文章,不禁回忆起当时的情景。1981 年,承蒙钱临照院士和包忠谋教授厚爱,将我破例调至新成立的结构中心,跟随周贵恩教授从事 XRD 测试分析。多年的刻苦钻研,不仅物相分析技术烂熟我心,而且掌握了极图、高低温 XRD、EXAFS 和 XRD 定量分析等方法,并开发了多层膜掠射分析方法、设计制作了文物无损分析样品架。与此同时,我特别注意学习和运用各种物质结构与成分分析的方法,所有这一切,使我在 X 射线分析领域小有名气,深得陆坤权、裴光文、麦振洪、姜小龙等教授,特别是学界泰斗许顺生先生的赏识和提携,而这也奠定了我从事科技考古研究的基础。

    人们知道,XRD 技术是无机材料物相分析最成熟、最有效的方法,它通常可准确揭示材料物相组成的整体信息。不难理解,科技考古研究的前提是明了拟探究对象的材质,而科技考古开展之初,其拟探究的主要对象为无机材质,从而使 X 射线衍射技术大有作为。本篇综述即反映了 20 世纪 90 年代我国科技考古研究之一斑。与此同时,我们不能不看到,X 射线衍射技术的局限性,毕竟其所获信息较为单一,难以窥视拟探究对象的局域结构以及成分、同位素等信息,若拟探究对象为有机材质,则难觅其应用的踪影。由此似乎可以说,这篇综述一定程度上反映了我国科技考古学科形成初期的状况。限于当时的学识和信息,这篇综述难免有些错误观点,例如,随着表面随机分布着原色和黑、绿漆古图案铜镜的多处出土,漆古与环境相关现已成为共识,不过,我仍坚持认为铜镜原初的制作工艺也是漆古形成的重要原因。君不知,漆古不仅历史悠久,其研究过程也不可谓不长也,虽然时而传来有关其制作工艺和耐腐蚀机理研究的阶段性成果,但距离理想答案至今仍不知端倪,只能期望后辈才俊将其画上圆满的句号矣。

自从介入科技考古领域后,便不断思考着科技考古学科的建设和发展。尽管国际上从事科技考古研究的主要是化学家,而国内则多为物理学家,然而,我却以为,考古学和地质学有着天然的联系,这不仅因为考古层位学源自地质地层学,更在于两者具有颇为雷同的理论和方法。1996 年,承蒙王水院士厚爱,推荐我在《地球科学进展》上介绍科技考古学。我欣然从命,由衷感谢他的关心和支持,也使我有机会介绍上述新的认识。如今回顾我国科技考古发展史,几乎到处可见地质学家的身影,而地质学的理论和方法也得到了广泛的应用,这似乎暗示,这篇综述至今仍有一定的参考价值。

1996 年,承蒙日本帝京大学山梨文化财研究所盛情赞助,由该所铃木稔先生陪同我参加在美国伊利诺伊大学召开的第 30 届国际科技考古学术讨论会,并在会后拜访了赛克勒艺术馆的 Tom Chase 先生和哈佛大学的张光直教授。这次国际会议使我深深认识到,当时科技考古的热点无疑是文物产地与矿料来源研究,然而,国内学者几乎无人问津,于是及时撰写了相关综述论文《文物产地研究的发展简史——兼论科技考古与 Archaeometry》,如今顺理成章地将其收录在本篇内。

1997 年,应华东师范大学刘树人教授的邀请,我撰写了综述论文《科技考古学的现状与展望》,发表在《华东师范大学学报·环境遥感考古专辑》上。不难理解,这些年来,随着国内外科技考古学的迅猛发展,本文显然不能涉及科技考古的一系列最新进展,且所述部分,不少内容已过时,个别地方甚至不合时宜,但总的说来,至今仍具有一定的参考价值。现今重新阅读这些综述论文,至少我以为,它犹如科技考古的历史掠影,清晰地浮现眼前。

2000 年 4 月,我不失时机地组织了以"科技考古学的现状与展望"为主题的香山科学会议,冼鼎昌、李学勤、朱清时为会议执行主席,我负责学术组织。经协商,我撰写的会议主题报告《科技考古学的现状与展望》以三位执行主席为作者发表在《农业考古》刊物上,旨在借助三位的威望、地位扩大科技考古学科的影响。如今时过境迁,当我再次将这篇文章和上一篇标题相同的文章对照阅读时,不难认识到,两者之间的内容相差甚远,它们从不同侧面记录着我对科技考古学的思考,因此决定将其"物归原主",收录在本篇内。

还是在美国伊利诺伊大学参加第 30 届国际科技考古学术讨论会期间,我有幸结识了著名科技考古学家、美国布鲁克海文国家实验室的哈伯特(Garman Harbottle)教授,之后的合作,我们得益匪浅。这里追记一段往事,即他曾多次建议我联系李政道院士,争取得到李先生的关心和支持。遵循这一建议,经阮图南教授推荐,我与叶铭汉院士和柳怀祖教授熟悉后,终于见到了李政道院士,并在中国高等科学技术中心举办了三次重要研讨会。

2001 年 3 月 15—17 日,我们举办了以"原始农业对中华文明形成的影响"为主题的第一次研讨会,现将研讨会的总结和我发表的论文《中国考古如何成为世界考古的热点》收录在本篇中。

2002 年 6 月 4—5 日,"中国古陶瓷科技鉴定"研讨会于中国高等科学技术中心成功召开。李政道院士对本次研讨会极为重视,某种意义上可以说,本次研讨会是他建议的,并特地建议邀请严东生院士和李家治教授。整个研讨会期间,他亲临会场,作报告,会友人,还和我们共进午餐。这里收录的会议总结详细介绍了本次研讨会的盛况,而两篇报告代表着我和李家治先生的共识。需要指出的是,那时我对中国古陶瓷的理解,基本追随李家治先生的体系,仅对古陶瓷科技鉴定有些独到见解。

为便于叙述,将三次研讨会衔接在一起介绍。第三次研讨会的主题是"冶金考古",于 2006 年 6 月 21—22 日同在中国高等科学技术中心举办。这次会议拉开了我国青铜时代有无失蜡法铸造工艺讨论的序幕,产生了十分深远的影响。这里收录了杨益民老师撰写的会议总结以及《科学时报》编辑联合柯俊院士和我撰写的文章《青铜冶金考古的一些热点问题》。

2000年,在中国科学院基础科学局金铎局长的关心和支持下,科技考古获得了中国科学院知识创新工程项目的资助,使中国科学技术大学科技考古得以大展宏图。当时,我们力排众议,邀请中国科学院上海硅酸盐研究所李家治先生的团队加盟合作,既使中国科学院上海硅酸盐研究所的陶瓷科技考古再度兴盛,又使我们团队赢得了陶瓷科技考古的高起点。现将那一阶段撰写的两篇陶瓷科技考古和一篇整体科技考古综述文章作一介绍,期望人们从中领悟科研上强强合作之功效。

2002年,经和德国美因茨大学布格尔(J. Burger)教授商定,拟安排杨益民到他们实验室学习一年古DNA分析,为了学习顺利,杨益民认真调研了国际古DNA的研究现状,并撰写了综述文章,作为导师,我和王巍教授作了细致的修改,该文于2003年7月11日发表在《中国文物报》上,作者顺序为杨益民、王昌燧和王巍。考虑到该文至今还颇有参考价值,故将其也收录在本篇中。既然收录了杨益民的综述文章,考虑到相关性,将另一位弟子胡耀武的综述文章《生物考古的研究进展及展望》也进行了关联,显然是不错的安排。该文章主要由胡耀武撰写,我仅作了细微修改。

2004年10月,由于种种原因,我调到中国科学院大学(当时还是中国科学院研究生院)工作,翌年建立科技史与科技考古系,作为系主任的我,开始了新的创业。颇为繁重的教学、科研和管理工作,使我几乎无暇撰写科技考古领域的综述论文。若非2009年《中国科学基金》和2010年《光明日报》特邀我撰写相关综述论文的话,本篇将失去《蓬勃发展的科技考古学》和《科技考古:探究历史真相》两篇内容相近的文章。

2018年,应中国考古学会王巍理事长的邀请,我和罗武干、杨益民两位弟子合作,为《中国考古学百年史》撰写了论文《古代陶瓷烧制工艺的研究历程》,该论文评述了百年来我国古陶瓷烧制工艺研究的主要成果,内容系统、全面、新颖,且不乏颠覆性观点,以其收官,益发增添了本篇的魅力。

X 射线衍射技术在考古领域的应用[①]

考古学是一门根据实物史料研究人类社会历史的科学,其最终目标在于阐明存在于历史发展过程中的规律,因而本质上属于历史科学[1]。考古学的这一研究目的,决定了它和其他众多学科的交叉和联系。和其他学科一样,考古学也是一个不断发展的科学,就中国而言,从始于北宋的金石学,到 20 世纪初以来逐步建立和成熟的以考古发掘为基础的田野考古学,其研究对象、方法、理论和目的等都有了明显的变化和发展,而这些变化和发展,无不得益于其他学科,特别是自然科学的理论和方法在考古领域的应用,甚至连田野考古学的主要理论——考古层位学和考古器型学,都是借鉴于地质地层学和生物分类学的基本思想[2,3]。

随着研究的深入,人们发现,作为考古学的研究对象——与人类活动有关的各种实物遗存,皆携带着大量的古代社会信息,这些信息中的绝大部分是肉眼看不到的,如它们的年代和产地信息等,必须借助于现代科技手段才能测试得到,我们将这一类信息称为古代实物遗存的潜信息[4]。

古代实物遗存的物质性,决定了其结构成分潜信息的重要性,这是 X 射线衍射技术在考古领域得以经常应用的前提。考虑到读者的知识背景和论文的篇幅限制,这里不对 X 射线衍射的基本原理作专门阐述,以便尽量有重点地介绍 X 射线衍射技术在考古领域的应用,并以此纪念伟大的德国物理学家伦琴发现 X 射线 100 周年。

1　X 射线衍射技术与古陶器研究[5-7]

陶器是人类利用物理和化学反应制备出的第一种自然界不存在的新物质,它的发明拓宽了人类的食物品种,改进了烹饪方法,在很大程度上改变了人类的生活方式,因而被誉为人类文明发展史的一个里程碑。陶器与先民的生活习俗休戚相关,它蕴含着古代社会的丰富信息,在文字发明前的新石器时代考古中,陶器自然成为主要的研究对象[8]。

古陶器的研究内容很多,其中比较重要且与 X 射线衍射技术有关的课题如下。

1.1　古陶器的生产地区

陶器通常由陶土烧制而成。所谓陶土,不少学者认为就是含有细砂的普通黄土。既然制陶原料遍地皆是,而远古时代的交通又十分不便,因而可以就地取得制陶的原料。我国著

---

①　原载于《理学 X 射线衍射仪用户协会论文选集》,1995,8(1):147-155。

名科学家周仁教授等对黄河流域新石器时代和殷周时代的 65 件陶片和一些土样进行化学分析,证明制陶原料为红土、黑土和其他黏土,而不是普通黄土,由此可见,制陶原料不是就地取材,而是就地"选"材[9]。利用 X 射线衍射分析各种黏土和黄土的差别,预计不如成分分析那样容易奏效,但不妨进行尝试,或许可成为 X 射线衍射技术应用于考古领域的好工作。

土壤由岩石风化和生物残体腐解而成,各地的自然因素和人为因素不同,形成土壤的类型也不同[10]。对于制陶黏土原料而言,它们的结构成分主要取决于各自的母岩特性,各地的母岩特性不同,使黏土原料的结构成分也不同,即黏土原料具有明显的地方特征。考虑到制陶为就地选材,而陶器在烧制过程中基本不与外界交换主要元素成分,相变在一般情况下也可忽略,人们便可以利用物相或岩相技术对陶胎进行分析,以探索它们的生产地区。由于陶器原料的主要物相——石英、长石、蒙脱石或伊利石等地方特征不够明显,因而岩相分析通常比 X 射线衍射方法更容易得到与地方特征有关的信息,这就使后者的应用受到了限制。

尽管如此,还是可以举出一些成功的例证。例如,瑞士卡梯隆-S-戈雷(Chatillon-S-Glane)地区铁器时代的古陶器除了本地区类型外,还发现了与德国赫尤伯格(Heuneburg)地区类型相似的古陶器,这部分古陶器是从赫尤伯格地区交流来的,还是本地烧制的?瑞士学者马格迪(M. Maggetti)等采用 X 射线衍射分析技术对上述样品和赫尤伯格地区的古陶器进行了比较分析,结果发现卡梯隆-S-戈雷地区古陶器所含的斜长石多于钾长石,将陶胎作醇化(glycolation)和加热处理后分析其蒙脱石,X 射线衍射数据表明,卡梯隆-S-戈雷地区古陶器陶胎基本由伊利石和蒙脱石混合而成,而赫尤伯格古陶器则仅含有蒙脱石。马格迪等的研究证明,卡梯隆-S-戈雷地区出土而和赫尤伯格地区类型相似的古陶器是本地区烧制的,显然,这是上述两地区长期文化交融的结果[11]。

近年来,我们利用 X 射线定量物相分析增量法对不同地区新石器时代陶器的长石含量和种类进行了测试分析,得到了较为理想的结果[12,13]。例如江苏省新沂县花厅遗址是我国唯一出土有两类不同文化风格陶器的遗址,一类属大汶口文化,另一类属良渚文化。大汶口文化的分布区域为鲁西南和苏北一带,花厅遗址位于这一区域的南端,良渚文化分布在浙江北部和江苏南部一带,其最北端与花厅遗址还相距 300 公里。这两类分布区域和文化类型皆不同的陶器何以出土于同一地点呢?考古界十分关心这一问题,一些专家认为,这是战争掠夺的后果,另一些专家则认为,唯长时期的文化交融才能使之然[14]。利用 X 射线增量法对陶器残片所含的钠长石和钾长石进行定量分析,再结合仪器中子活化和岩相的分析数据,可以基本确定,具有良渚文化风格陶器的长石含量明显低于大汶口文化类型的陶器,这意味着所有良渚文化风格的陶器都来自良渚地区,显然,这一结论颇有利于"战争掠夺"的观点。

该方法与参考书上介绍的 X 射线定量物相分析方法的原理相同,但省略了一次增量步骤,因而节省了许多人力[15]。测量时,阶梯扫描所得的钠长石(002)衍射峰($d=3.191$ Å)、钾长石(002)衍射峰($d=3.241$ Å)和石英(001)衍射峰($d=3.344$ Å)的衍射强度,直接记录到软盘上,再通过计算机计算出长石含量。这里需要指出的是:上述两个长石衍射峰强实际上还包括其他长石的贡献,因此,严格地说,用这一方法计算得到的是在 $d=3.191$ Å 和 $d=3.241$ Å 处有衍射峰的两组长石的含量。

1.2 古陶器的制作工艺

陶器制作工艺有一个由简单到复杂、自低级到高级的发展过程。研究古陶的制作工艺及其发展过程,不仅可理解从陶到瓷的过渡与联系,还有助于探索冶金起源等人类文明史上的重大课题。

陶器制作工艺包括原料选择、坯料配备、陶坯成形、高温烧成温度和气氛等环节,其中,适于 X 射线衍射技术分析研究的主要内容为原料、坯料的配制以及陶器的烧成温度。

美国弗吉尼亚大学的米切尔(R. S. Mitchell)和哈特(S. C. Hart)教授对前人的工作,特别是格芮穆(R. E. Grim)、裴芮奈特(G. Perinet)和马格迪等的工作作了认真的总结,从而认识到,由掺有碳酸盐的高岭土或蒙脱石制成的陶坯,在烧成过程中,某物相会随温度的升高而不断改变。为此,他们配制了四种陶坯材料进行烧制,利用 X 射线衍射技术跟踪分析,以研究陶坯物相与烧成温度之间的关系。表 1 为他们的测试结果[16]。

表 1　配有方解石(C)或大理石(D)的高岭土(K)或蒙脱石(M)陶坯的加热结果

温度(℃)	KC	KD	MC	MD
1100	莫来石、钙长石	莫来石、钙长石、方镁石(?)	方石英、尖晶石、钙长石、印度石	方石英、尖晶石、钙长石、印度石
1000	莫来石、钙长石、钙黄长石、氧化钙	莫来石、钙长石、氧化钙、方镁石(?)	方石英、钙长石、镁铝硅盐、尖晶石	方石英、镁铝硅盐、尖晶石、钙长石、堇青石、透辉石
900	氧化钙、偏高岭土、钙黄长石、莫来石、钙长石(?)	偏高岭土、莫来石、氧化钙、方镁石、钙黄长石	镁铝硅盐、氧化钙、钙长石	镁铝硅盐、钙长石、方石英、氧化钙、方镁石
800	偏高岭石、氧化钙	偏高岭石、氧化钙、方镁石	氧化钙、钙长石	氧化钙、方镁石、镁铝硅盐
700	偏高岭石、氧化钙	偏高岭石、氧化钙、方镁石	蒙脱石分解物、氧化钙	蒙脱石分解物、氧化钙、方镁石
600	偏高岭石、方解石、氧化钙	偏高岭石、氧化钙、方镁石	蒙脱石分解物、氧化钙、方镁石	蒙脱石分解物、氧化钙、方镁石
500	偏高岭土、高岭土、方解石	偏高岭土、大理石、高岭土	蒙脱石分解物、方解石	蒙脱石分解物、氧化钙、大理石
400	高岭土、方解石	高岭土、大理石	蒙脱石、方解石	蒙脱石、大理石
300	高岭土、方解石	高岭土、大理石	蒙脱石、方解石	蒙脱石、大理石

注:黏土和碳酸盐的重量比为 95∶5。

应该说,米切尔与哈特教授的工作是有一定实用价值的,对于由上述原料配成的陶坯,确可根据陶胎的物相分析,推断出陶器的烧成温度范围和陶坯的原始配方,然而,我国的陶土一般不含或极少含有碳酸盐,而通常含有一定量的长石和石英,因此,原则上讲,米切尔等的工作不能直接应用于我国古陶器的研究,但其研究方法值得认真借鉴。

1.3　彩陶的颜料分析

仰韶文化之所以闻名世界，与其色彩鲜丽、图案古朴生动的彩陶有着密切的联系。自瑞典科学家安特生(J. G. Andersson)发掘仰韶遗址以来，对于仰韶文化的研究有增无减，有关著作可谓汗牛充栋。相对而言，利用现代科学技术来研究彩陶颜料的矿物组成和制作工艺的工作就少得可怜了，至于有关颜料矿物来源以及仰韶彩陶艺术的起源、传播和发展等领域的研究，则几乎无人问津。

经测试分析，人们业已认识到，仰韶文化彩陶的白彩是硅铝酸盐，而红彩和黑彩为氧化铁等。1991年，中国历史博物馆馆长俞伟超教授组织并领导了河南省渑池县班村遗址的综合考古研究，旨在探索和发展考古学的理论和方法。作为研究组成员，我们对这里出土的仰韶文化时期彩陶进行了研究，结果发现，成分为硅铝酸盐的白彩颜料是一种非晶矿物，而其非晶散射峰的峰位与硅藻土又明显不同，结合成分分析，基本可判断其为非晶态的铝土矿；至于红彩和黑彩颜料的情况比较复杂，有的为赤铁矿和磁赤铁矿，有的为简单单斜结构的氧化铁和锌铁矿，也有单一的磁赤铁矿等。这些结果都引起了有关专家的兴趣。确实，不仅这些颜料的矿物物相的形成有待于探讨，以便了解先民的制陶工艺，而且可通过这些颜料矿物来源的研究探索先民相互间的文化交流关系，因此，希望这一工作能起到抛砖引玉的作用。

人类文明的发展常常是殊途同归而又各具特色的。英国南部在青铜时代晚期和铁器时代也都发现了大量红彩彩陶。大英博物馆的米德莱顿(A. P. Middleton)先生等利用 XRD 等技术对这批彩陶进行了十分细致的分析和研究后指出，这批彩陶的红彩分三类，一类属氧化铁矿，一类为黏土釉，还有一类由陶胎在氧化气氛中直接烧制而成。与仰韶彩陶不同的是，这里的氧化铁皆为赤铁矿，其彩陶颜色的深浅决定于赤铁矿的含量及颗粒尺寸，而不是不同的氧化铁矿[17]。

2　X 射线衍射技术与古铜镜研究

冶金技术的问世，是人类文明发展史上又一个重要的里程碑。与使用石器约三百万年的长久历史相比，人类对金属冶炼和金属器制造技术的掌握和应用，仅为短暂的一瞬，然而在这"一瞬之间"，世界日新月异地、不断加速地改变着自己的面貌，这一事实深刻地反映出冶金技术对人类社会发展的重要作用，同时也决定了冶金考古的学术地位[18,19]。

古冶金涉及的范围极广，从青铜、黄铜，到钢铁、金银，包括了大多数金属及其合金；从探矿、采矿，到冶炼、浇铸，关系到每一个生产环节，因此，本文介绍 X 射线衍射技术在古铜镜研究中的若干应用，希望能起到略见一斑的效果。

2.1　西汉"透光"古铜镜研究[20]

"透光"青铜镜发明于我国西汉时期，其直径约 74 毫米，背面常铸有"见日之光天下大明"字样及菱花、螺圈和八卦等图案。因镜面反射阳光时可把背面图文清晰地映现在屏幕上,故世人称之为"透光"镜。

"透光"镜真能透光吗?国内外学者苦苦探索这"透光"原理和制作工艺达数世纪之久,直至 1976 年方由上海交通大学西汉古铜镜研究组的专家解开了这一难题。

上海交通大学的专家们发现"透光"铜镜环厚体薄,镜背图文结构合理,因而在铸造过程中形成了铸造残余应力和铜镜结构刚度的差异,研磨使铸造残余应力弛豫,当镜面磨薄到一定厚度时,在上述因素的共同作用下,镜面便具有与镜背结构相对应的曲率差异,这样,光线照射镜面时,反射光将产生与镜背相近的图像和文字,形成所谓的"透光"效果。根据这一原理,他们成功地仿制出了"西汉'透光'镜",给国内外科技界留下了深刻的印象。

需要指出的是,在"透光"铜镜的研究过程中,X 射线衍射技术立下了汗马功劳,其中,残余应力的测试分析甚至可以说起了关键的作用。X 射线衍射技术在"透光"镜研究的应用中主要有两部分,一是利用 XRD 等手段对西汉"透光"铜镜的结构和组织进行的研究,这一研究发现铜镜为铸态组织,由 α 与 δ 铜锡合金相及含铅夹杂物组成,在结构成分上与其他类型古铜镜基本相同,从而排除了"透光"效应由镜体结构成分决定的考虑。二是对厚度不同的三个镜面位置的残余应力,利用 0—45° 方法进行测试,并研究了研磨对残余应力的影响。这里,与试样表面平行方向的主应力分量的计算公式为

$$\delta = \delta_x = \theta_y = \frac{E}{2(1+\nu)} \times ctg\,\theta_0 \times \frac{\pi}{180} \times \frac{2\theta_0 - 2\theta_{45}}{\sin^2(45+\eta) - \sin^2\eta}$$

式中,杨氏模量 $E = 10986$ 千克/毫米^2,泊松比 $\nu = 0.33$,衍射角 2θ 约为 161°,η 为入射角与衍射晶面法线之间的夹角[21]。测试计算的结果如表 2 所示。

表 2　镜面铸造残余应力测定结果

序号	镜厚	1 毫米	镜厚	0.7 毫米	镜厚	0.4 毫米
	2θ	δ^*	2θ	δ	2θ	δ
1	+0.05	+0.95	−0.15	−2.85	−0.30	−5.70
2	−0.10	−1.90	+0.10	+1.90	+0.10	+1.90
3	−0.05	−0.95	−0.15	−2.85	−0.50	−9.50

＊δ 的单位为千克/毫米^2。

表 2 表明,研磨前,应力大小与镜面位置的厚度基本成反比,研磨过程中,在最厚的镜环处,应力变化不大,而在较薄的镜体部位,应力变化相对明显,且镜面愈薄的地方,应力变化愈显著。这一现象反映了镜面磨薄使铸造残余应力弛豫、结构刚度差异增强的作用,成为诠释"透光"原理的主要依据。可以这样说,直到今天,这一工作仍不失为 X 射线衍射技术成功应用于考古研究的最佳范例。

2.2　耐腐蚀类古铜镜研究

除"透光"镜外,还有一类十分珍贵的古铜镜,因具有优良的耐腐蚀性能,也引起了国内外科技界的浓厚兴趣。这类铜镜根据其表层的结构性能和颜色的不同,可分为"水银沁""绿漆古"和"黑漆古"等数个种类。

"水银沁"铜镜表面白亮、千年不锈,上海博物馆的谭德睿、吴来明及上海材料研究所的

舒文芬等先生,经过数年的合作研究,终于成功地探明了"水银沁"铜镜的耐腐蚀机理和制作工艺,他们指出,"水银沁"铜镜之所以耐腐蚀,是因为其表面有一层仅数十至数百纳米厚的耐腐蚀富锡层[22]。由于这层富锡层太薄,X 射线衍射技术难以发挥作用,主要测试由电镜和能谱完成,故有关这方面的工作,这里不再赘述。

"黑漆古"和"绿漆古"铜镜与"水银沁"铜镜不同,它们的表面层都厚达 100 微米。因其耐腐蚀机理和制作工艺尚不完全清楚,故这方面的工作至今仍为科技考古领域的一个热点,现将有关 X 射线衍射技术应用的工作作一简要介绍。

(1)"黑漆古"铜镜与普通黑镜的区别[23,24]

中国古代的黑镜分两类,表面黑而发亮的称为"黑漆古"铜镜,表面不够亮的称为普通黑镜。绝大多数"黑漆古"铜镜产于唐代以前,而普通黑镜基本上出现于唐代。两者的表面层都有耐腐蚀性能,而"黑漆古"铜镜尤佳,可以认为是有历史见证的最好的金属表面防腐材料。

既然"黑漆古"铜镜与普通黑镜在外观、性能和制作年代方面都有所不同,那么,表面层的物相组成是否有所不同呢? 为此,我们于 1987 年对 22 枚选自湖南、浙江和河南的黑镜残片进行了 X 射线衍射物相分析,结果发现,两者表面层的主体成分既不是非晶态材料,也不是有机高分子聚合物或土漆,而是具有锡石结构的 SnO_2,从其峰形宽化、峰位对应 d 值偏小的衍射峰可以看出,这种 SnO_2 的晶粒尺寸极小,晶格畸变严重。此外,它们的表面层都含有 δ 相铜锡合金。然而两者的区别也是明显的,"黑漆古"铜镜表面层的物相组成较简单,基本上只含上述两相,而普通黑镜则不然,除上述两相外,通常还含有 α 铜锡合金相、纯铜晶粒和极少量的未知杂相。

这一貌似简单的工作,实际上包含着十分丰富的信息,这些信息主要有:黑镜表层的耐腐蚀性能是由晶粒尺寸极小、晶格畸变严重的 SnO_2 决定的,唯分析清楚这种 SnO_2 的晶体结构和电子结构,才能计算出它的晶界能等,进而探明其耐腐蚀机理;两种黑镜表层结构的不同,反映出两者的制作工艺有所不同;"黑漆古"铜镜表面层内 δ 铜锡合金相的单独存在,很可能意味着最初加工"黑漆古"铜镜表层时,是在碱性环境下进行的;普通黑镜表层内纯铜晶粒总是与 α 铜锡合金相同时存在,表明两者之间可能有某种必然的联系。

(2)"绿漆古"铜镜绿色的由来

除颜色不同外,"绿漆古"铜镜与"黑漆古"铜镜基本相同。从"绿漆古"铜镜表面层的 X 射线衍射图上可以看到,其主要物相也是晶粒尺寸极小、晶格畸变严重并具有锡石结构的 SnO_2 与铜锡合金相,此外,还有一定数量的孔雀石,即碱式碳酸铜。"绿漆古"铜镜的绿色即源于此。由此可见,"绿漆古"铜镜与"黑漆古"铜镜的制作工艺关系密切,甚至基本相同,考虑到不少"绿漆古"铜镜内孔雀石的分布十分均匀,常常遍及整个镜面甚至镜背,孔雀石总是位于表面层的过渡层内,而过渡层外,还覆盖有较为致密主要由 SnO_2 组成的非金属层,故有理由认为,最初制备"绿漆古"铜镜时,曾用孔雀石或与孔雀石有关的材料处理过。

(3) 黑镜表层 SnO_2 的研究[25-27]

如上所述,中国古代黑镜和绿镜表面层主要成分 SnO_2 的晶粒尺寸极小、晶格畸变严重,利用谢乐(Scherrer)公式计算,可发现这些 SnO_2 的晶粒尺寸约为 3—4 纳米。众所周知,自 20 世纪 80 年代初德国科学家格莱特(H. Gleiter)教授提出纳米晶体概念以来,有关纳米晶体和原子团簇的研究便成为物理前沿的一个热点。一般说来,纳米晶体表面具有较高的化学活性,纳米晶体厚膜的制备也十分困难,即便使用先进设备也很难得到几个微米的厚度。然而,黑镜等 SnO_2 表面层却不同,它们不仅具有优良的耐腐蚀性能,而且通常都有100 微米的厚度,这表明这一课题在物理、化学和材料研究方面都有一定的意义。为此,我们感到有必要进一步分析 SnO_2 的粒度,于是请冶金部钢铁研究总院的柳春兰、许岩平老师对黑镜表层物质进行 X 射线小角散射测试分析[28]。她们用铁锉从一块普通黑镜上细心锉下数毫克的表面层粉末,用火棉胶调成膜状样品进行测试,假设粉末为球状颗粒,利用分割分布函数法对所测数据用微机处理并绘制成图(图 1)。从图 1 不难看出,大约 43%、22%、21% 和 14% 的样品,其颗粒尺寸依次介于 1—4 纳米、4—8 纳米、8—16 纳米和 16—30 纳米间。这样,黑镜等表面层的 SnO_2 被进一步证实为纳米晶体。

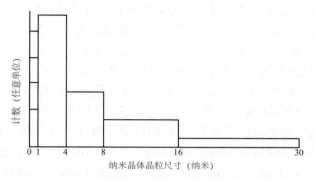

图 1 普通黑镜表面层粉末的颗粒尺寸分布

利用 XRD、Raman 光谱、透射电镜和能谱分析,证实黑镜等表面的 SnO_2 晶格内有一定量的掺杂原子,因而严重畸变。无疑,了解这一纳米晶体 SnO_2 晶格内的掺杂原子种类、数量及其掺杂类型和位置,对黑镜表层物质耐腐蚀机理的研究至关重要,但这一表征工作是极为困难的,恐怕唯有 EXAFS 技术有望胜任。

中国科学院物理研究所的陆坤权教授对这一问题十分感兴趣,他在日本筑波光子工厂用荧光法测量并记录了黑镜表层物质 Cu 的 K 吸收边数据,首都钢铁公司冶金研究所的胡小军先生对数据进行了处理和拟合,遗憾的是由于问题太复杂,所得结果尚不能给出明确的结论,必须等到 Sn 的 EXAFS 测试后,才可能有合理的解释。尽管如此,这一初步探讨仍可认为是 X 射线技术应用于考古领域的高水平工作。

3 X 射线衍射技术与古颜料研究

除古陶瓷、古冶金外,X 射线衍射技术在古颜料、古玉器、石器、宝石和玻璃等领域都有应用,并都有不少有意义的成果。例如利用 X 射线衍射技术判断中国古代玻璃为不同于钾钠玻璃的非晶态物质,结合成分分析,认识到中国古代玻璃为铅(钡)玻璃等。然而,限于篇幅和手头资料,这里仅对中国古颜料研究方面的工作作一些介绍。

提起中国古颜料的研究,首先想到的是美国哈佛大学福格博物馆(Fogg Art Museum of Harvard University)罗瑟福·盖特斯(Rutherford J. Gettens)博士的工作。这不仅因为其工作早在 1935 年即已发表,研究对象又是闻名世界的敦煌石窟壁画,而且更因为丑闻的效应,即这些精美的壁画是该馆的兰登·瓦尔纳(Langden Warner)于 1923 年冬盗窃自敦煌石窟。

罗瑟福·盖特斯博士的分析指出,敦煌壁画使用的天然矿物颜料有孔雀石、石膏、炭黑、高岭土、雌黄、雄黄和赭石,而使用的人造颜料为铅白、红丹、银朱、大青和靛蓝,根据这些结果,罗瑟福·盖特斯博士还对当时中国的技术水平以及中国与中东的贸易关系作了初步的探讨。考虑到罗瑟福·盖特斯博士的工作以显微镜和化学分析为主,这里不宜作详细的介绍[29]。

事实上,1949年后我国的专家学者对古颜料进行了大量的研究工作,其中X射线衍射物相分析技术常常在研究中起到关键作用,例如敦煌莫高窟、西千佛洞、天水麦积山、云冈石窟、炳灵寺石窟老君洞、青海瞿昙寺和承德古庙等处的壁画,四川珙县悬棺和广西花山岩画,安徽寿县东汉墓白粉、长沙马王堆一号汉墓的印花敷彩以及兵马俑彩绘等各种各样的古代颜料,都曾利用XRD技术进行过研究,并取得了一定的成果[30-34]。

在这些研究中,化工部涂料工业研究所的周国信等先生做了许多较为深入的工作,这可能与他从事XRD工作多年有关。例如,通过对云冈石窟壁画颜料的剖析,他们不仅发现壁画中有石膏、高岭土、赭石(赤铁矿)、孔雀石、炭黑、朱砂、群青和铁黄(针铁矿)等矿物颜料,而且指出壁画中的硫酸钠和硫酸镁实非颜料成分,而是源自环境水质中的盐类,并首次发现古代壁画中使用了醋酸砷酸铜这种醋酸铜和砷酸铜的复盐颜料。在承德古庙壁画颜料的分析论文中,周国信先生还对铜绿、孔雀石、石绿、碱式碳酸铜、碱式碳酸铜水合物等一系列名词的区别和联系从不同角度给以详细解释,使初次涉足这一领域的研究人员获益匪浅。

4　与科技考古有关的X射线衍射新设备

众所周知,数十年来,X射线衍射设备从光源、控制系统到探测器和数据处理部分等都得到了全面而迅速的发展。所有这些发展都在一定程度上加深了众多学科的研究,推动了这些学科的发展,其中包括科技考古学。然而这里介绍的仅是与科技考古关系密切的新设备,而不是整个X射线衍射设备的新发展。

除残片外,文物常常是考古研究的对象,而文物测试最忌破坏样品,为此,理学电机设计生产了一种新型衍射仪,其光源和探测器可在相当大的范围内移动,因而可以测量样品的任意位置。最近,日本理学电机公司顾问安部忠广先生利用新的记录系统,设计生产出使用更为方便的先进设备,预计将受到文物考古界的欢迎。然而,如没有条件使用新设备,也可因陋就简,设计一些特殊样品架,对铜镜与宝剑状的样品进行无损检测[35]。

上述仪器除可测试文物的任意部分外,其余情况与普通测试基本相同,然而有时需对文物的微区(微米量级)进行物相分析且不允许破坏样品,这时如使用上述仪器测试,所需信息很可能被文物的主体信息掩盖,而如使用透射电镜,则又必须破坏样品,更何况透射电镜得到的是更为微小区域的信息。为此,日本理学公司和电子公司设计生产了微小区域X射线衍射装置,可进行微小区域和微小量样品的X射线衍射分析。电子公司的DX-MAP2微区衍射仪可测量直径为300微米的样品;理学公司的PSPC-MDG2000微区分析仪,甚至可分析10微米尺寸或5微克的样品,完全能满足上述文物测试的要求。

如上所述,X射线衍射技术在科技考古领域的应用范围是非常广泛的,有关论文资料又极为分散,再加之本人才疏学浅,因此对这一问题的评述势必挂一漏万,且难免有差错和不妥之处,还望有关专家和读者不吝指正。然而,考虑到 X 射线衍射技术是一项十分成熟的技术,而科技考古学是一门新兴的学科,有着大片未经开发的领域,故可以确信,随着时间的推移,一定会出现更多、更有水平的工作有待去做。我的这一论文,倘能使人们认识到这一领域是大有作为的,即达到了预期的目标。

致谢

本文的撰写,得到日本帝京大学山梨文化财研究所铃木稔先生和我国南开大学裴光文教授的鼓励和帮助,而文章中有关仪器进展内容,日本理学电机公司顾问安部忠广先生曾给予有益的建议,为此,笔者特对他们表示衷心的感谢。

参 考 文 献

[1] 辞海编辑委员会. 辞海 [M]. 上海:上海辞书出版社,1980:1495.
[2] 俞伟超,张爱冰. 考古学新理解论纲 [J]. 中国社会科学,1992(6):147-166.
[3] 中国历史博物馆考古部. 当代国内外考古学理论和方法 [M]. 西安:三秦出版社,1991.
[4] 中国社会科学院考古研究所. 中国考古学论丛 [M]. 北京:科学出版社,1993:495-501.
[5] PARKS M S. Current scientific techniques in archaeology [M]. London:Croom Helm, 1986.
[6] 金国樵,潘贤家,孙仲田. 物理考古学 [M]. 上海:上海科学技术出版社,1989.
[7] TITE M S. Archaeological science-past achievements and future prospects [J]. Archaeometry, 1991, 33(2):139-151.
[8] 赵匡华. 化学通史 [M]. 北京:高等教育出版社,1990:1-5.
[9] 周仁,张福康,郑永圃. 我国黄河流域新石器时代和殷周时代制陶工艺的科学总结 [C]//中国古陶瓷研究论文集. 北京:中国轻工业出版社,1982:166-187.
[10] 黄昌勇. 土壤学 [M]. 北京:中国农业出版社,2000:221-223.
[11] MAGGETTI M, SCHWAB H. Iron Age fine pottery from Châtillon-S-Glâne and the Heuneburg [J]. Archaeometry, 1982, 24(1):21-36.
[12] 王昌燧,刘方新,姚昆仑,等. 长石分析与古陶产地的初步研究 [J]. 中国科学技术大学学报,1991,21(3):108-113.
[13] 刘方新,王昌燧,姚昆仑,等. 古代陶器的长石分析与考古研究 [J]. 考古学报,1993(2):239-250.
[14] 严文明. 碰撞与征服:花厅墓地埋葬情况的思考 [J]. 文物天地,1990(6):18-20.
[15] 许顺生. X 射线衍射学进展 [M]. 北京:科学出版社,1986:273-274.
[16] MITCHELL R S, HART S C. Heated mineral mixtures related to ancient ceramic pastes X-ray diffraction study [J]. American Chemical Society, 1989:145-155.
[17] MIDDLETON A P. Technological investigation of the coatings on some "haematite-coated" pottery from Southern England [J]. Archaeometry, 1987, 29(2):250-261.
[18] 华觉明. 世界冶金发展史 [M]. 北京:科学技术文献出版社,1985.
[19] 凌业勤. 中国古代传统铸造技术 [M]. 北京:科学技术文献出版社,1987.
[20] 上海交通大学西汉古铜镜研究组. 西汉"透光"古铜镜研究 [J]. 金属学报,1976,12(1):13-22.
[21] 赵伯麟. 金属物理研究方法(第一分册) [M]. 北京:冶金工业出版社,1981:185-192.
[22] 谭德睿,吴来明,舒文芬,等. 东汉"水银沁"铜镜表面处理技术研究 [J]. 上海博物馆集刊,1987(00):405-427.

［23］ 王昌燧,徐力,王胜君.古铜镜的 X 射线物相分析［J］.中国科学技术大学学报,1988,18(4):506-509.

［24］ 王昌燧,徐力,王胜君,等.古铜镜的结构成分分析［J］.考古,1989(5):476-480.

［25］ 吴佑实,王昌燧,范崇政,等."黑漆古"耐腐蚀机理探讨［J］.物理学报,1992,41(1):170-176.

［26］ 王昌燧,吴佑实,范崇政,等.古铜镜表面层内纯铜晶粒的形成机理［J］.科学通报,1993,38(5):429-432.

［27］ 王昌燧,陆斌,刘先明,等.古代黑镜表层 SnO_2 结构成分研究［J］.中国科学(A 辑),1994,24(8):840-843.

［28］ 许顺生.金属 X 射线学［M］.上海:上海科学技术出版社,1963:194-207.

［29］ 科技考古论丛编辑组.科技考古论丛［M］.合肥:中国科学技术大学出版社,1991:68-72.

［30］ 周国信.敦煌西千佛洞壁画彩塑颜料剖析报告［J］.考古,1990(5):467-470.

［31］ 周国信.麦积山石窟、彩塑无机颜料的 X 射线衍射分析［J］.考古,1991(8):744-755.

［32］ 周国信.承德古庙中古代壁画颜料的 X 射线衍射分析［Z］//理学 X 射线衍射仪用户协会论文选集,1990,3(2):103-108.

［33］ 周国信,程怀文,张国文,等.理学 X 射线衍射仪用户协会论文选集［Z］.

［34］ 王进玉,李军,唐静娟,等.青海瞿昙寺壁画颜料的研究［J］.文物保护与考古科学,1993,5(2):23-35.

［35］ 王昌燧,黄云兰,贾云波,等.文物的无损物相分析［J］.理化检验:物理分册,1993,29(5):36+39.

科技考古学[①]

考古学是一门研究古代实物遗存、探索人类社会历史的科学[1]，然而考古学的基本理论——器型学和层位学来自生物分类学和地质地层学，这表明考古学从"妊娠期间"就与现代自然科学结下了不解之缘。科学的发展使人们进一步认识到，古代实物遗存中还储存着大量的非直觉和经验能认识的信息，即传统考古方法无法发现的所谓潜信息，唯借助现代科学技术，才能"破译密码"，获取这些重要信息，于是，科技考古学便应运而生。

科技考古学，就是利用现代科学技术分析研究古代遗存，取得丰富的潜信息，结合考古学方法，探索人类古代社会历史的科学。它实质上是考古学与众多自然科学学科日益渗透、结合而成的特殊边缘科学。然而，从研究理论、方法和技术方面考虑，它似乎更接近于地球科学，因此，在一定意义上可以把它看作地球科学的分支学科。

科技考古学的研究内容主要为人类社会活动的时间、地点、环境方式、社会关系和精神内容等[2,3]。地球的演变、人类的进化以及社会的发展，都是时间的函数。这样，科技考古学和地球科学一样，首先是"时间"的科学。确实，年代测定技术的研究，在科技考古学中占有极其重要的地位。而在这众多的技术中，由美国科学家列比(W. F. Libby)建立的放射性碳素测定年代的方法[4]对考古研究的影响最为深远，一般认为，它的建立标志着科技考古学的诞生。^{14}C 年代测定技术的发展过程中，有两件必须提到的重要事情，一件是树轮校正，它使放射性碳素测年精度提高到 ±5 年(也有人认为只能到 ±20 年)，致使考古学家产生撰写古代社会编年史的奢望；另一件是英国牛津大学利用加速器质谱直接测量到 ^{14}C 的百分含量，使 ^{14}C 测年所需样品量从几克减少到几毫克，极大地拓宽了 ^{14}C 测年样品的种类和范围。如今，放射性碳素年代数据的日积月累，已令人信服地解答了许多考古难题，例如，考古学家以植物栽培和动物饲养的先后时序为线索，研究探明公元前九千纪起源于近东的农业经济，是通过希腊、巴尔干半岛和地中海周围国家抵达欧洲中部，而于公元前五千纪传播到欧洲其余地区的。

30 年前，牛津大学艾肯特(M. J. Aitken)建立热释光断代方法初期[5]，人们曾对其寄予厚望。然而实践发现，该方法精度低、耗时长，应用价值远逊于 ^{14}C 技术。现在，热释光技术主要用于旧石器时期年代的测定以及对真赝陶瓷文物的鉴定。尽管如此，因热释光测年的对象是陶器残片，一些人仍不懈探索其机理，孜孜以求测试精度的提高，倘能如愿，则热释光方法将和 ^{14}C 技术一样，成为考古年代学研究的主要支柱。

20 世纪 80 年代，光释光断代技术的提出颇有意义。因被测对象的时钟不是通过加热，而是由阳光拨零的，故沟渠填土、沙丘和沉积的黄土等都可用来测定年代。然而由于技术上的难度，这一方法基本上还处于探索的阶段。

考古断代的方法是多种多样的，除上述几种外，还有铀系、钾-氩法、裂变径迹、顺磁共

①　原载于《地球科学进展》，1995，8(1)：147-155。

振、古磁记年、黑曜石水合、氨基酸外消旋和含氟量等,然而,每一种测年方法都有各自的研究对象和测年范围,即都有各自的局限性,因此,考古学仍需研究新的被测对象,探索新的测年方法,特别是^{14}C测年范围外的技术,可以说,测年方法的研究将永远是科技考古学的重要组成部分。

古代环境研究也是科技考古的重要内容。孢粉分析是研究古代植被和古代气候的有效方法。种子植物所散放的花粉和低等植物散放的孢子具有体积小、数量多、形态各异的特点,散放的孢粉可随风吹、水流迁移,然后埋藏于土层中。由于孢粉能长期保存,因此它记录着古代的信息。这样,通过对孢粉的分析,便可能复原当时的植被和气候环境[6]。

一般说来,用于^{14}C年代校正的树木年轮还与降雨量密切相关,因此,研究树木年轮可望重建古气候。此外,一些非海洋性软体动物、脊椎动物和古植被等都是特定气候的产物,因而都可作为气候研究的对象。在我国,对古气候的研究已有相当基础,然而,探索古气候对古人类的影响则刚刚起步。

除历史地理和文献分析外,地貌,主要是河流地貌,其河谷与河床纵、横剖面的变化,阶地类型与位相的变化,水系类型与变迁以及河流沉积厚度与位置的变化等,都忠实地反映着新构造运动的性质和强度。此外,地质沉积物的剖面、成因类型、厚度变化及沉积层构造变形等,也刻蚀着新构造运动的痕迹。分析这些内容,并配以古气候和古生物的研究,则可复原出古环境及其变迁,为探索古人类的生存空间、活动范围和迁徙路线奠定基础。当然,随着社会的发展,人类还受到社会环境的制约,与此同时,人类对环境的破坏和利用也日益明显,所有这些,都属于古环境研究的范畴。

古环境的研究,主要包括古气候、古地理和古生物的研究,使人们能判断古人类的活动范围,然而这些信息还不足以给出考古遗存在地下的具体位置和实际分布情况。为了有效地进行考古发掘,考古勘查是至关重要的。

遥感技术对大面积考古遗迹的探测特别有效。计算机的有效应用,更使遥感技术成为地质勘查和考古勘查的重要手段[7]。除遥感技术外,兴起于20世纪50年代的地球物理勘探技术对考古勘查最为重要。人们发现,经火加热过的土壤、石头、陶器、陶窑、腐烂的有机物质,人们翻动或夯过的沟壑和道路等一切与人类活动有关的物质,都会或大或小地影响其周围地表的电磁性质,所谓地球物理考古勘查,就是利用高精度仪器探测这些微弱信号,以分析地下遗迹的分布情况。20世纪60年代以来,随着高精度磁性、电阻和电磁测量仪器的发展,这一技术日臻成熟,在考古勘查中得到了最广泛的应用。

考古勘查技术还包括文献调研、实地勘测、选点勘探、地质雷达和磷酸盐等方法,对一个具体的遗址来说,采用哪种或哪几种技术需具体考虑决定,另外,古环境研究和考古勘查常常互相关联、互为影响,如果忽略这一点,则可能会丢失不可弥补的重要信息。

人们的生活离不开矿物。无论石器和陶瓷,还是青铜和铁器等,都来自矿物,因此,研究这些矿料的产地,不仅可了解考古文化的区域,而且有助于探索不同文化之间的联系[8]。这一方面的研究,同样属于"空间"的研究。20世纪70年代初,人们利用铅同位素比值法研究古颜料、古铅器和古玻璃(主要是中国的铅钡玻璃),建立起颇为庞大的铅同位素数据库,为它们的矿料来源和相互关系提供了有价值的信息[9]。与此同时,采用X射线荧光光谱和中子活化分析等技术,测试古代器物的微量元素,同样可探索其产地信息,这方面的工作以古陶产地研究居多,成果也最显著[10]。

国外的科技考古十分重视人类生活方式的研究。日本学者根据古陶内植物硅酸体的种类,系统地研究了稻作在日本的起源和传播,对日本考古学的发展起了举足轻重的作用。此外,人们借助于^{13}C 分析,在探索先民的食谱和动物摄食习性方面也取得许多成果。预计这一领域的研究将成为今后科技考古研究的热点[11]。

古代遗存的潜信息是全方位的,几乎涉及所有的学科。这里主要是结合地球科学来介绍科技考古的研究内容。事实上,人们对古陶瓷、古冶金的起源和发展,对一些工艺的深入探讨,都已取得了极有意义的成果。现在,当人们将分子生物学的理论和方法引入考古学,通过对古尸人骨核酸和蛋白质的研究,以解开人类生物历史之秘密时,科技考古学的又一个新领域在召唤着我们。科技考古学层出不尽的研究内容,我国古老文明无数的研究对象,都无可辩驳地指出:科技考古学是一个前景广阔的新兴学科。

与英美等一些发达国家相比,我国虽在古陶瓷、古冶金等领域的研究方面处于国际领先地位,但在总体水平上尚有一定差距。1995 年初,经国家科委和中国科协批准,中国科学技术考古研究会正式成立,表明我国的科技考古学科业已形成,科技考古研究队伍也已成熟。可以肯定,我国的科技考古研究将为弘扬我国古老文明、光大中华民族精神作出重要的贡献。

参 考 文 献

[1]　夏鼐. 中国大百科全书:考古学 [M]. 北京:中国大百科全书出版社,1986:1-8.

[2]　PARKES P A. Current scientific techniques in archaeology [M]. London:Croom Helm, 1986:1-4.

[3]　ENGLAND P A, ZELST L van. Application of science in examination of works of art [M]. Boston: The Research Laboratory Museum of Fine Arts, 1985:126-131.

[4]　仇士华. 中国^{14}C 年代学研究 [M]. 北京:科学出版社,1990.

[5]　TITE M S. Archaeological science-past achievements and future prospects [J]. Archaeometry, 33(2), 1991:139-151.

[6]　周昆叔,巩启明. 环境考古论丛(第一辑) [M]. 北京:科学出版社,1991:136-139.

[7]　刘树人,陆九皋. 遥感专集(2):遥感考古研究 [J]. 华东师范大学学报,1992:7-25.

[8]　金国樵,潘贤家,孙仲田. 物理考古学 [M]. 上海:上海科学技术出版社,1989:175-182.

[9]　古文化财编辑委员会. 古文化财的自然科学的研究 [M]. 上海:同朋舍出版社,1984:390-408.

[10]　王昌燧. X 射线衍射技术在考古领域的应用 [Z]//理学 X 射线衍射仪用户协会论文选集,1995,8(1):147-155.

[11]　仇士华,蔡莲珍. 现代自然科学技术与考古学 [M]//中国考古学论丛. 北京:科学出版社,1993:495-501.

文物产地研究的发展简史

——兼论科技考古与 Archaeometry[①]

1　文物产地研究的发展简史

　　一般认为,丹麦皇家博物馆 C. J. Thomsen 博士于 1836 年提出"人类的发展史通常需经历石器、青铜器和铁器三个连续时代"的新概念,标志着现代考古学的开端,而将自然科学应用于文物研究的 Archaeometry(一般译为科技考古学,实际上两者的内涵有所不同,后面将专门讨论)应开始于 1795 年,即早于考古学 40 余年。1795 年,德国著名分析化学家 M. H. Klaproth 教授完成了世界上第一篇文物化学分析的论文,介绍了他建立的铜基合金定量分析方法,报道了 15 枚古希腊和古罗马硬币都是铜基合金的分析结论[1]。在以后的几年内,Klaproth 教授不断改进实验技术,并将分析领域拓宽到其他金属和非金属文物。1798 年,他分析了罗马国王提比略(Tiberius)的喀普里岛(Capri)别墅的三块彩色玻璃马赛克,旨在探索罗马时代玻璃马赛克的成色机制[2]。Klaproth 教授的一系列开创性工作,使之成为科技考古的第一人。

　　认为文物化学成分与其制作时间、地点存在一定关系的观点最早出现在奥地利 J. E. Wocel 博士 1850 年发表的两篇论文上,但 Wocel 博士更为重要的贡献是对古代金属文物分析数据的统计处理。他提出的化学性质群概念,对科技考古(包括文物产地研究)的深入开展,有着不可低估的影响[3,4]。

　　第一个真正研究文物产地及矿料来源的是法国矿物学家 A. Damour 博士。不少凯尔特人纪念碑附近和野蛮部落中发现了相当数量的硬质石斧,Damour 博士对此极感兴趣。利用矿物分析方法,他发现这些石斧的材质十分复杂,有石英、软玉、翡翠、玛瑙、碧玉和氯黑榴石等。1864 年和 1866 年,Damour 博士发表了两篇论文[5,6],在报道了上述研究成果的同时,提出了两个颇为超前的观点:① 了解文物的化学成分和地质特征,可望探索它们的矿料来源,为研究史前先民迁徙路线提供有意义的信息;② 要求考古学家认真、仔细地做好发掘记录,并鼓励化学家、地质学家、矿物学家、动物学家和古生物学家从各自领域帮助考古学家给出考古发现物的意义。接着,他系统地研究了黑曜石制品及其来源。

　　Damour 博士之后半个多世纪内,仅有两篇值得一提的文物产地研究论文。第一篇由法国的 M. Fouque 发表于 1869 年。论文介绍了圣陶里地区火山凝灰岩和出土陶器的对比分析,数据表明,两者的化学成分明显不同,于是,Fouque 认为,圣陶里地区的陶器产于其他地

① 原载于《科技考古论丛·第二辑》,合肥:中国科学技术大学出版社,2000:13-16。

区[7]。第二篇发表于 1895 年,作者为美国哈佛大学 T. W. Richards 教授。应波士顿精美艺术博物馆 E. Robinson 先生的要求,作者所在实验室对该馆提供的一批古雅典陶器进行了分析。论文提出两个重要的思想:样品群中,若各个样品的同一元素含量集中在一个狭窄的范围内,则预示它们来自有限的地理源;建立相当规模的"数据库",将待分析样品群的测试值与之比较,是产地研究的基本思路。分析发现,这批古雅典陶器的化学成分变化甚小,据此,Richards 教授认为这批陶器很可能产于古雅典城[8]。

　　1928 年,美国圣地亚哥博物馆 W. Bradfield 教授和美国国家标准局 F. G. Jackson 博士合作,采用湿化学方法对陶器及浆料进行分析。Bradfield 教授的学生 A. O. Shepard 博士参加了这一工作,并最先将岩相方法用于研究陶器的分类和来源。岩相方法简单而实用,常常可弥补成分分析的不足,并可有效地鉴别原材料和掺和物,故已成为产地研究的主要方法之一[9]。顺便指出,岩相方法通常提供的是定性的判据,但若能将图像处理技术与之结合起来,应可得到定量的信息,从而进一步推动产地研究的发展。Shepard 博士将化学、矿物学方法与陶器外形、颜色和纹饰等信息结合在一起,作为陶器分类的根据,被认为是第一个注意到古陶器技术、产地和分类间相互关系的实验室专家。

　　第二次世界大战期间核技术的发展,给人类带来灾难的同时,也带来了福音。其中,核反应堆的问世,将中子通量提高了四个数量级,使 20 世纪 30 年代匈牙利人 G. von Hevesy 和丹麦人 H. Levi 建立的中子活化分析方法进入了实用阶段[10]。所谓中子活化分析,即利用一定能量和流强的中子轰击待测样品,和样品中核素产生核反应,生成放射性核素。测定放射性核素衰变时发出的缓发辐射或瞬发辐射,定性或定量分析样品的元素组成与含量。除上述核反应堆问世外,γ射线谱仪、铊激活碘化钠探测器、脉冲高度分析器的发明以及计算机日新月异的发展,使中子活化成为最佳的成分分析方法,当然,也就成为文物产地研究的最常用和最有效的方法。最早将中子活化方法应用于文物研究的是 1953 年至 1956 年间法国的 G. Ambrosino 和日本的 Y. Emoto 教授等对硬币、古代铅屋顶所含银元素以及朝鲜剑上装饰金箔的分析[11,12]。而最早建议将中子活化方法应用于文物产地研究的是美国著名核物理学家、"原子弹之父"奥本海默教授。1954 年至 1956 年间,奥本海默教授多次邀请美国布鲁克海文国家实验室的 E. V. Sayre、R. W. Dodson 教授与考古学家一起召开了多次会议,系统讨论中子活化分析与文物来源间的相互关系。讨论中,痕量元素特别受到重视,认为对产地分析而言,它将比主成分更为有效。与此同时,决定将分析元素从传统的钠和镁扩展到 11 种元素,并强调了多变量系统数值分类学对文物产地研究的有效性。实验由 Sayre 教授具体负责,他还首次将碘化钠晶体探测器和脉冲高度分析器用于这次中子活化实验中,这一多学科的结合,使这一开拓性的工作至今仍具有指导意义[13]。40 余年来,文物产地及其矿料来源的工作逐年增多,业已成为科技考古的主流。

2　科技考古与 Archaeometry

　　所谓科技考古,就是利用现代科技方法,测试分析古代遗存,取得丰富的潜信息。再结合考古学方法,探索人类古代社会历史的科学[14]。而通常关于 Archaeometry 的定义为:现代数学、物理、化学、生物学和其他自然科学方法应用于历史与考古材料的探查,旨在解决历史与考古问题[15]。显然,这与科技考古的定义基本相同,只不过科技考古强调解决考古问题,而 Archaeometry 则重视现代科技方法。

如前所述,尽管科技考古的发轫早于传统考古 40 余年,但其功能至今仍无法像器型学、层位学那样,成为考古理论的基础[16]。其原因是多方面的,首先,国际上 Archaeometry 专家一贯注重分析方法本身的发展,对科技考古的理论问题却关心不够。事实上,1960 年以来,国际 Archaeometry 学术讨论会业已举办了 31 届,但每次会议都没有讨论科技考古理论的主题,而有关 Archaeometry 的期刊也未见与科技考古理论相关的论文。其次,科技考古理论需要系统的工作基础。迄今为止,日本科技考古界关于陶器内稻作硅酸体(即植硅体)的系统分析,是唯一的科技考古理论工作。日本考古界将其作为判别弥生文化和绳纹文化的主要依据,即只要在某地区、某个考古文化层的出土陶器内发现有稻作硅酸体,便认为该文化层属弥生文化。日本科技考古与考古界分析了日本全国各文化层出土陶器的稻作硅酸体,研究了稻作在日本国土的起源(日本的稻作无疑来源于中国,但遗憾的是至今尚未能确定从中国何处传入日本)和传播路线,以其为基础,建立了这一新的理论。我国历史悠久、国土远比日本辽阔,理应要建立新的考古理论。如建立不同地区、不同遗址出土陶器的微量-痕量元素、岩相和同位素比值的基础数据库,以此作为划分考古文化区系的定量依据,其工作量之大,显然不是一两个人和一两个单位在短时间内可以完成的。它需要像夏商周断代工程那样的经费支持,由相当数量的考古学家、历史学家和自然科学专家协同研究,始可望在 5 至 10 年,甚至更长时间内予以建成。虽然,国内一些专家学者曾呼吁开展这一类科技考古基础研究,但尚未产生足够的影响,看来还需继续努力,使之付诸实施。科技考古理论未能完善的另一原因是缺少一支训练有素的专业队伍。就目前而言,大多数科技考古工作者都有着各自的自然科学研究领域,对考古仅仅是"客串",即使是专业的科技考古专家,往往也"甘心作考古学之梯",不认为自己是正宗的考古学家,这种状况当然不利于科技考古理论的建设。考古学是交叉于社会科学与自然科学的学科,其研究领域之广、涉及知识之宽,是其他学科难以比拟的。考古学的这一特点,决定了它的研究队伍应由传统考古学家和科技考古学家组成,而其中科技考古学家只是一个总称,还应包括测年断代专家、产地分析专家、生物考古专家和遥感考古专家等。没有这样一支训练有素的科技考古队伍,没有他们与传统考古学家的有机结合,要想建立与发展科技考古理论,谈何容易!从这个意义上讲,中国科学技术大学与中国科学院自然科学史研究所、中国社会科学院考古研究所联合成立科技史与科技考古系是明智之举,相信它将为逐步改变我国考古学专家的人才结构,为促进我国考古事业的发展作出重要的贡献。

致谢

衷心感谢柯俊院士对本工作的关心和支持,感谢他对本文提出的修改意见。本工作得到国家自然科学基金(19675035)和中国科学院资环局重点项目(KZ952-J1-418)基金资助。

参 考 文 献

[1]　CALEY E R. Klaproth as a pioneer in the chemical investigation of antiquities [J]. Journal of Chemistry Education,1949,26(5):242-243.

［ 2 ］ KLAPROTH M H. Memoire de numismatique docimastique. Memoires de I′academie royale des sciences et belles-lettres ［M］. Berlin: Classe de Philosophie Experimentale，1798(3):97-113.

［ 3 ］ Wocel J E. Archäologische Prallenlen ［J］. Sitzungsberichte der Kaiserlichen Akademie der Wissenschaften，Philosophisch-Historische Classe，1853(11):711-716.

［ 4 ］ Wocel J E. Archäologische Prallenlen（Zweite Abtheilung）［J］. Sitzungsberichte der Kaiserlichen Akademie der Wissenschaften，Philosophisch-Historische Classe，1855(16):169-227.

［ 5 ］ DAMOUR A. Sur la composition des haches en pierre trouvees dans les monuments celtiques et chez les tribus sauvages ［J］. Comptes Rendus，1865(61):313-321,357-368.

［ 6 ］ DAMOUR A. Sur la composition des haches en pierre trouvees dans les monuments celtiques et chez les tribus sauvages ［J］. Comptes Rendus，1866(63):1038-1050.

［ 7 ］ FOQUE M. Revue des Deux Mondes ［Z］. 1883:923.

［ 8 ］ RICHARDS T W. The composition of Athenian pottery ［J］. Journal of the American Chemistry Society，1895(17):152-154.

［ 9 ］ SHEPARD A O. Ceramics for the archaeologist(5th ed) ［M］. Washington DC:Publication 609 of Carnegie Institution of Washington，1985.

［10］ Hevesy G，Levi H. The action of neutrons on the rare earth elements ［J］. Det Kongelige Danske Videnskabernes Selskab: Matematisk-fysiske Meddelelser，1936(14):3-34.

［11］ Ambrosino G，Pindrus P. Analyse non destructive d'objets métalliques anciens ［J］. Revue de Métallurgie，1953，50(2):136-138.

［12］ EMOTO Y. Application of radioactivation analysis to antiques and art objects ［J］. Japanese antiques and arts crafts（scientific pap），1956(13):27-41.

［13］ SAYRE E V，DODSON R W，DOROTHY B T. Neutron activation study of Mediterranean postherds ［J］. American Journal of Archaeology，1957，61(1):35-41.

［14］ 王昌燧. 科技考古学的现状与展望 ［J］. 华东师范大学学报(自然科学版)，1997(12):548-551.

［15］ KULEFF I，DJINGOVA R. Activation analysis in archaeology ［J］. Activation analysis, Vol. 2，Chemical Rubber Company Press，1990:428.

［16］ 俞伟超，张爱冰. 考古学新理解论纲 ［J］. 中国社会科学，1992(6):147-166.

科技考古学的现状与展望[①]

　　考古学是一门探索人与自然的关系以及人类古代社会历史发展的科学,一般将其归于社会科学范畴,然而考古学与自然科学又有着密不可分的因缘。首先,考古学的诞生得益于自然科学的发展。19 世纪中叶,达尔文《物种起源》和《人类起源及性的选择》等著作的相继发表,震动了整个世界,给宗教和各种唯心论以沉重的打击。人们开始认识到,人不是上帝创造的,而是由猿类演化而来的。知其然,势必要究其所以然,人们需要回答:猿类是如何演化为人类的? 这一因自然科学的发展而产生的社会需要孕育了一个新的学科——考古学。与此同时,地质地层学与生物类型学的成功移植,使考古学有了坚实的理论基础,从而成为一门严谨的科学。

　　其次,考古学的整个发展过程,是一个不断从自然科学的理论、方法、手段和成果中汲取营养,扩展研究范围,完善自身体系的过程。例如,将空中摄影技术应用于地面遗址的探测,将体质人类学用于人骨性质的鉴别,运用生物学的方法分析兽骨的种属和农作物的品种,通过孢粉分析,探索古代植被和环境,特别是采用地质学、物理学和化学的方法,鉴定发掘到的岩石、矿物、陶瓷和金属制品的成分和物相组成等。由此可见,没有自然科学的发展,就没有今天的考古学。

　　事物的发展是一个从量变到质变的过程。考古学与自然科学交叉与结合到一定程度,必然要发生质的变化,即从定性描述转变为定量表述的科学。一般认为,1949 年美国科学家列比关于放射性碳素测定年代方法的建立,是考古学质变的标志,与此同时,科技考古学从考古学中脱颖而出,逐渐形成自身的体系,成为相对独立的学科。所谓科技考古学,就是利用现代科学技术分析研究古代遗存,取得丰富的潜信息,再结合考古学方法,探索人类古代社会历史的科学。其研究对象与研究目的和考古学完全一致,但研究方法、理论和手段则与考古学大相径庭,基本属自然科学范畴,有关研究人员绝大多数为自然科学不同学科的专家学者。

　　鉴于放射性碳素测年方法的重要性,有必要对它作一个简明介绍。1933 年,库里等关于 ^{14}C 存在的发现、1940 年柯夫关于地球大气外层 ^{14}C 形成条件的探索,引起列比教授的浓厚兴趣,继而在和柯夫合作研究的过程中,他逐渐形成利用 ^{14}C 测定古代遗存的构思。二次世界大战后,在维金斯基金会主持人的支持下,列比教授终于如愿以偿地解决了 ^{14}C 年代测定的理论与实验问题,1949 年在 *Science* 上发表了有关论文。列比教授的重要贡献,使他于1960 年荣获诺贝尔化学奖。

　　现在知道,放射性碳素——^{14}C 产生于宇宙射线的中子同大气外层 ^{14}N 的核反应。上下对流循环使 $^{14}CO_2$ 均匀分布于大气中,经光合作用植物将空气中的 $^{14}CO_2$ 存于体内,而动物与人通过消化植物也可吸收 ^{14}C。一般说来,活的生物体与大气的交互作用,使体内碳的 ^{14}C

①　原载于《华东师范大学学报·环境遥感考古专辑》,1997(12):548-551。

比度与大气中的相应比度基本保持平衡。生物体一旦死亡,与大气的碳交换也随即中止,在此之后,生物体内的^{14}C便按放射性衰变规律衰减。这样,根据^{14}C的减少程度来推算其死亡时间,便成为^{14}C测年的依据。

半个世纪来,^{14}C测年技术的理论、方法和应用方面都得到了长足的发展。在理论与方法方面,树轮校正和高精度测量极大地提高了测年精度,使考古学家撰写古代社会编年史的梦想可望成真,而1977年以来,AMS与放射性碳素测年方法的结合,则明显地拓宽了测年样品的范围,提高了测年的效率。在应用方面,全世界相继设立了近200个^{14}C实验室,迄今建立的各种年代序列,业已成为许多学科的研究基础。我国^{14}C测年起步较晚,在夏鼐、刘东生院士的关心和直接指导下,仇士华和蔡莲珍教授等和中国科学院地质研究所有关人员一起,依靠自身力量,克服重重困难,从1959年至1965年,终于建成了我国第一个^{14}C测年实验室,并测定出一批准确可靠的考古年代数据,之后,由于一些原因而一度停顿,直到20世纪70年代才得以推广。20多年来,他们和北京大学考古系实验室等单位一起,陆续发表了数以千计的年代数据,建立了中国新石器时代考古学的确切年代序列,为我国考古事业的发展作出了重要的贡献。80年代末,在国家自然科学基金委的支持下,北京大学、中国科学院上海原子核研究所和中国社会科学院考古研究所等单位开始合作筹备AMS^{14}C测年方法,没过几年就圆满完成了任务。

近些年来,^{14}C测年研究的热点集中在有机材料的AMS^{14}C测年领域。这里所指的有机材料包括化石化的蛋白质和类脂体、碳化骨以及岩画的含碳粘合剂等。这类样品的含碳量极低,化学净化的要求又十分苛刻,因此样品的提取与处理是年代测定准确与否的关键所在。有关这方面的工作较多,如美国科勒等报道的从骨化石中提取的微克量级氨基酸样品的AMS^{14}C测年结果等。顺便指出的是,不管岩画的含碳粘合剂是有机物,还是无机物,都可利用AMS^{14}C技术进行年代测定,如美国哈门等对德克萨斯史前象形文字岩画进行年代测定,所用样品就是从岩石基体和矿物粘合剂中优选富集出来的无机碳。

除^{14}C测年外,在考古领域应用的断代测年方法还有释光、铀系、裂变径迹、钾氩、顺磁共振及考古磁学等方法,这里仅简要介绍一下释光测年方法的发展和研究现状。释光年代测定是热释光、光释光和红外释光年代测定的统称。固体物理研究指出,绝缘固态晶体在放射性物质发出的α、β和γ射线辐照下将发生电离,形成电子和空穴。晶格缺陷捕获这些电子和空穴后,可将一部分能量长期存储在固体内。作为考古研究的主要对象之一——陶器就是一种绝缘固态材料,它在烧制时几乎释放出了所有因辐照积累的能量,如同将表征这种能量积累过程的时钟拨到了零点。在此之后存储的能量将随着时间的推移而递增,这样,倘若测得这部分能量,就可望推算出陶器烧成的年代。1960年,美国肯尼迪和克诺帕夫教授首次提出了热释光断代的设想,即用加热的方法将辐照累积的能量从陶器中以光的形式释放出来,根据光强与陶器年龄成正比,即可推算出陶器的烧成年代。不久,英国牛津大学的艾特肯教授将这一设想变成了现实。最初,因热释光的测年对象是陶器,人们曾对它寄予过高的期望,后来发现它误差太大,无法和^{14}C测年方法相媲美,只得将它应用于陶瓷赝品的鉴别或作为断代测年的辅助手段。我国学者对热释光断代技术的发展作出过重要的贡献,例如,上海博物馆实验室王维达教授等采用超薄型热释光计量片,成功地测出了陶器内的α射线年剂量,有效地提高了热释光的测年精确度。近些年来,人们建立了用可见光或红外光使陶瓷或沉积物释光的方法,分别称为光释光和红外释光,从而扩展了释光测年的对象,并将推定年龄的范围延伸到旧石器时代。尽管如此,释光测年在考古研究中的地位仍远逊于^{14}C测年。不难看到,陶瓷结构的复杂性,使释光测年机理的探讨进展缓慢,然而科学是在不断进步的,一旦这一机理研究有所突破,释光测年对考古学而言,或许会大有作为的。

时空框架是考古研究的基础,而科技考古学又发轫于^{14}C测年技术,这两点使断代测年方法及其应用在考古学和科技考古学领域独领风骚近50年,可以肯定,断代测年研究将永远是考古学和科技考古学的重要组成部分。然而当前国际科技考古研究的热点无疑已转移到文物产地及其矿料来源的探索,即与考古遗物空间标尺相关的研究。

文物携有古代社会的丰富信息,它不仅直接反映着先民的聪明才智和工艺水平,而且还蕴含着不同考古文化区系间的相互关系。探索文物的产地及其矿料来源,可望建立不同地区文物的定量鉴别依据,进而研究古代社会间的贸易、联系、经济状况、作坊分布及生产管理等重要内容。早在1956年3月31日,美国著名核物理学家、"原子弹之父"奥本海默教授就邀请美国化学家塞耶、道德松教授及有关考古学家一起商讨利用中子活化技术探索文物产地的可能性。翌年,两位化学家就发表了地中海地区古陶器产地研究的成果,尽管当时的测试和分析条件十分简陋,但这一开拓性的工作至今仍具有指导意义。在此之后,有关文物产地与矿料来源的工作蜂出并作,逐渐成为科技考古的主流。现在,美国布鲁克海文国家实验室等都设有文物产地与矿料来源研究的重大项目,每年测试3000多个样品才勉强满足这一研究的需求。日本也十分重视这项工作,仅奈良教育大学的三辻利一教授就利用X射线荧光光谱仪测试了十万个陶器和岩石样品,对整个日本的陶器产地进行了系统的研究。去年5月,国际第30届科技考古学术讨论会在美国伊利诺伊大学召开,有关文物产地与矿料来源的工作几乎占到整个大会报告的七分之三,管中窥豹,略见一斑,根据上述介绍,不难看出文物产地与矿料来源的研究在科技考古领域的地位和影响。

石器(含玉器)、陶瓷器和青铜器,是文物的主要组成部分,也是产地与矿料来源研究的主要对象。地球化学理论指出,矿物总是携带着其出处的特征信息,如微量与痕量元素、同位素比值及微结构等。它们决定于矿物的形成条件和年代,如同人的指纹一样,完全是"天"生的,后天是无法伪造的。国际科技考古委员会主席、英国牛津大学考古与艺术史实验室主任泰特教授认为,石(玉)器是由石料(玉石,皆为矿物)经机械加工而成的,陶瓷器是由矿物经烧制而成的,前者完整地保留着矿物的"指纹",后者的特征元素在烧成过程中基本不与外界交换,这部分"指纹"也依然保留在陶瓷器中,当然,烧制将改变它们的相结构和微结构,而这里同样还是有"指纹"的,只不过这部分"指纹"不仅与原始矿物有关,而且与烧成工艺关联。这样,利用微量与痕量元素分析方法应能有效地鉴别石器与陶瓷器的"指纹",进而探索它们的来龙去脉。青铜器等金属文物的情况要复杂得多,原矿料中微量与痕量元素的"指纹"经过冶炼已面目全非,唯铅同位素比值尚保存如初,为此,泰特教授建议将铅同位素比值作为青铜器矿料来源研究的示踪指纹。然而,希腊马尼爱惕斯教授根据多年的大理石产地研究经验指出,石器虽然完整地保存着产地的指纹,但不同产地石器的微量与痕量元素数据犬牙交错,严重重叠,难以确定各自产地的特征指纹,要想探明石器的产地,需要一系列基本条件,即许多年的系统工作,相当规模数据库的建立,统计方法的合理选择,历史信息的充分借鉴,以及多种分析手段,特别是岩相分析方法的正确运用。他再三告诫人们,石器产地研究是一项系统工程,这里无捷径可走。值得庆幸的是,不同地区的陶瓷器指纹较易区分,有关研究成果颇为丰硕。现在,人们十分注意陶瓷器元素数据的标准化,如美国一般采用结构均匀、元素种类较为齐全的俄亥俄红土作为标样,这样,不同实验室乃至不同国家的测试数据就可共享。以上这些经验值得我们认真借鉴。

利用同位素比值分析,特别是钕同位素比值分析,探索石器和陶瓷器的矿料来源是国际上的一个新动向。钕同位素极其稳定,风吹雨打,植物代谢,都难以使之脱离母体,因而是一个很好的示踪数据。此外,铅与锶同位素比值也常用作示踪指纹,如最近意大利 S. C. 开瑞尔博士等关于地中海沿岸采石场具有明显不同锶同位素比值的发现,引起国际同行的浓厚兴趣。

迄今为止,青铜文物矿料来源研究的主要依据仍为铅同位素比值数据。考虑到青铜文物中的铅可以来源于铅矿石,也可以来源于铜矿石,其铅同位素比值应为上述两部分比值的权重和,因而原则上,铅同位素比值法应局限于原始铜矿石内几乎不含铅成分或冶炼时未曾添加铅矿石的青铜文物,显然,前者的铅同位素仅与添加的铅矿石相关,因而运用铅同位素比值法可探索添加的铅矿料来源,而后者的铅元素来自铜矿石,运用此法分析的是铜矿的出处。事实上,矿石内的特征元素在冶炼过程中的去向具有一定的规律,如亲硫与亲铜元素主要融合于金属铜内,而亲石元素则易与炼渣结合。倘若根据这一规律研究青铜文物的微量与痕量元素指纹特征,有关青铜文物矿料来源的探索可望另辟新径。我国关于文物产地与矿料来源的研究刚刚起步,工作虽不多,起点并不低。如长期从事断代测年研究的北京大学陈铁梅教授与美国拉普教授合作,利用中子活化技术,对郑州商城、湖北盘龙城与江西吴城的出土原始瓷和古陶器进行分析,认为前两个遗址的原始瓷可能来源于江西吴城遗址,这一成果颇耐人寻味,我校彭子成教授等和广西民族学院万辅彬教授等合作,通过铅同位素比值分析和实地调研,系统研究了广西和云南铜鼓的产地与矿料来源,弘扬了我国少数民族的青铜文化,此外,我们和南京博物院、北京大学及日本帝京大学山梨文化财研究所等合作,利用 X 射线定量分析、岩相、铅同位素比值和中子活化分析方法,研究了江苏省新沂县花厅遗址出土的古陶器,发现所有具有良渚文化风格的陶器皆来自苏浙一带的良渚文化地区,从而支持了这部分陶器应为战利品的观点。现在,复旦大学杨福家院士、承焕生教授、中国科学院高能物理研究所冼鼎昌院士等,拟和我们一起,对以苏鲁豫为中心的古陶器产地进行系统研究,从“指纹学”角度,为古陶的文化区系提供新的依据,可以肯定,这一项目的开展必将深化我国的科技考古与考古研究,为我国古陶器数据库的建立奠定基础,并可望为我国的文明起源、不同区系间的文化交流关系提供极有价值的信息。

沧海桑田,沙埋尽无数古代遗存,滔滔江水,吞没过多少珍贵文物。勘查这些地下遗存与水下文物同样属于科技考古的“空间”研究范畴。遥感技术对大面积考古遗迹的探测颇为有效。林德于 1929 年乘机飞越查科峡谷时,曾拍摄过一些黑白照片,十几年后,人们再次分析这些照片时,竟依稀可见一条横穿沙漠的直线,由此联想到传说中的奥阿萨孜古道。这一信息激发起塞弗博士的热情,这位将遥感勘查应用于考古中的先驱,携带红外探测传感器(这种传感器根据沙漠、耕地、植被及各种岩石表面温度的微弱差异,可识别肉眼和普通摄像机看不到的内容),乘小型飞机再次穿越峡谷,终于证实了奥阿萨孜古道的存在。我国遥感考古起步虽晚,但成果依然斐然。如华东师范大学刘树人教授等对卫星和航空所得遥感数据进行图像处理,结合考古考证,系统研究了长江下游的遗址分布,发现了近 2000 个新石器时代的遗址,近 20000 个商周土墩墓和春秋石室墓遗址等,为这一地区的考古发掘和遗址保护作出了重要的贡献。

对于某个遗址内具体细节的考古勘查,人们常采用地球物理勘查方法,如高精度磁性、电阻和电磁测量以及地质雷达测量方法。一般说来,经火加热过的土壤、石头、陶器、陶窑、人为翻动或夯过的沟壑和道路等一切与人类活动有关的物质,除自身的物理性能改变外,还会不同程度地促使土壤中的赤铁矿向磁赤铁矿转变,从而影响其周围地表的地磁性质。采用高精度仪器探测与上述影响有关的微弱信号,可分析出地下遗址的分布情况,甚至根据考古遗址土壤的磁化率可研究遗址的占用程度。当然,地下遗址的情况是千差万别的,根据勘查数据所做的判断有时难免不尽如人意,为此,美国伊利诺伊大学精心设计了一个设备齐全的考古勘查专用场地,旨在检验测试数据的处理理论,提高勘查的准确度。

对人类文化层沉积物进行化学分析,以鉴定地下遗址的位置及人类活动的范围,也属科技考古"空间"研究的内容。如美国卡亚博士根据墨豪克峡谷史前印第安摩和克族遗址土壤中的磷分析,确定了防御性栅栏的位置和大小,这一结论和后来的发掘完全一致。

人类在地球上生活繁衍,是因为地球上的环境适宜人类的生存和发展,人类较易适应环境的变迁,并具有改造环境的能力,而环境又制约着人类行为的规范,因此,古代环境研究也是科技考古的重要内容。孢粉分析是研究古代植被和古代气候的有效方法。种子植物所散放的花粉和低等植物散放的孢子具有体积小、数量多、形态各异的特点,散放的孢粉可随风吹、水流迁移,然后埋藏于土层中。由于孢粉能长期保存,因此它记录着古代的信息。这样,通过对孢粉的分析,便可能复原当时的植被和气候环境。

一般说来,用于 ^{14}C 年代校正的树木年轮还与降雨量密切相关,因此,研究树木年轮也可望重建古气候。此外,一些非海洋性软体动物、脊椎动物群和古植被等都是特定气候的产物,因而都可作为古代气候的指示剂。在我国,对古气候的研究已有相当基础,然而,探索古气候对古人类的影响,则刚刚起步。显然,这里有许多基础研究和应用课题期待被探索。

除历史地理和文献分析外,地貌,特别是河流地貌,其河谷与河床纵、横剖面的变化,阶地类型与位相的变化,水系类型与变迁以及河流沉积厚度与位置的变化等,都忠实地反映着新构造运动的性质和强度。此外,地质沉积物的剖面、成因类型、厚度变化及沉积层构造变形等,也刻蚀着新构造运动的痕迹。分析这些内容,并配以古气候和古生物的研究,则可复原出古环境及其变迁,为探索古人类的生存空间、活动范围和迁徙路线奠定基础。当然,随着社会的发展,人类还受到社会环境的制约,与此同时,人类对环境的破坏和利用也日益明显,所有这些,都属于环境研究的范畴。

美国通常将考古学纳入人类学研究的范畴,这充分反映了美国对人类学研究的重视。1993 年诺贝尔化学奖获得者之一、美国 Cetus 公司人类遗传室米勒斯教授关于 PCR 的发明,使人们看到古代脱氧核糖核酸(DNA)再现的希望,从而开辟出一片人类学研究的新天地。有关专家认为,直到人骨完全化石化之前,人类 DNA 的残留仍可幸存在人骨内,而 DNA 是储藏、复制和传递遗传信息的主要媒体,这样,从人骨中扩增 DNA,就可进行人种与性别的鉴别以及人类亲缘关系与迁徙路线的研究。如德国麦瑞威兹博士根据同时期土著美洲人线粒体 DNA(mtDNA)的分析,勾画出了美洲新世界的最初移民波。当然,这一领域的研究还不够成熟,还有许多问题需要探索,如样品的污染与 DNA 的自发降解等,但无论如何,分子遗传学在科技考古领域中是大有作为的,衷心希望我国的有关专家学者关心并献身于这一事业。

国外的科技考古还十分重视对人类生活方式的研究,目前这一领域的研究有增无已,颇有"入主中原"之势。稻作起源与传播是人类文明进步的标志之一,对古陶内植物硅酸体进行分析,是研究稻作起源和传播的主要方法。植物腐烂后,其茎叶与果实中的硅酸体将完整地保存于泥土中,它们十分稳定,通常能耐 1000 ℃高温,人们通过生物显微镜观察古陶胎内的硅酸体,根据其形态即可确定有无稻类硅酸体,从而研究各类稻作的起源、传播与相互关系。日本科技考古界经过数十年的努力,系统探索了稻作在日本的起源与传播,他们将稻作的起源作为划分考古文化的主要标志,即绳纹文化与弥生文化的分界线,因而对日本考古学的发展起了举足轻重的作用。与之相比,我国在这一领域的研究要落后得多,近年来,北京大学与江苏省农业科学院等单位都相继做出了一些有意义的工作。这里介绍一个与植物硅酸体相关的有趣工作:上海博物馆实验室谭德睿教授等按古代方法复制青铜器时,屡次试验未能成功,后和国家海洋局青岛第一海洋研究所合作,对古代陶范内的植物硅酸体进行分析,明确了古人制范时曾添加植物,以改善陶范的热物理性能,于是依样画葫芦,一举成功。

先民食谱分析是生活方式研究的又一个热门领域。美国化学家卡尔文在对植物的光合作用进行深入研究时,发现了天然碳经光合作用被固定在植物内的化学过程,现在,人们将这一过程称作"卡尔文途径"。由于这一重大发现再结合化学领域的成果,卡尔文教授荣获1961 年诺贝尔化学奖。1966 年至 1967 年间,哈奇和斯莱克发现一些植物的固定碳和转化遵循另一种过程,后来称为"哈-斯途径",之后人们还发现少数多汁植物遵循 CAM 途径。和 ^{14}C 一样,^{13}C 也因光合作用被植物吸收,由于存在上述三种固定和转化的途径,因而植物内的 δ^{13}C 值也相应有三个范围。一般说来,C_3 类植物通常遵循卡尔文途径,C_4 类植物遵循哈-斯途径,而少数多汁植物则遵循 CAM 途径。植物内的 ^{13}C 和 ^{15}N 一起作为食物进入人与动物的体内,成为人体和动物体组织中的重要元素,而其在人与动物体内的含量则决定于饮食的种类和摄取的比例,于是,分析人头发和骨骼中的 ^{13}C 和 ^{15}N,就可以了解先民的食谱及所处环境。当然事实并不简单,要想得到正确的结论,还需作深入的探讨。需要指出的是,蔡莲珍和仇士华教授早在 20 世纪 80 年代初就利用 δ^{13}C 值的测定,较为系统地研究了我国先民的食谱。

一切动植物的体内都含有脂肪和固醇,不同种类的动植物所含的脂肪酸与固醇也不同,而脂肪酸与固醇又颇为稳定,存在上万年也不易分解,这样,通过对古代残存的脂肪酸和固醇的分析,也可望复原先民的食谱。如日本石川县能都町真胁遗址(绳纹前期末到中期初)出土的一些陶片内发现有残存脂肪,经中野益男博士分析后指出,这类陶器是用于储存或调理海豚油脂的。现代色层分析法与色质联用谱仪的应用,正有力地推动着这一领域的研究,遗憾的是,我国目前尚未认真开展这方面的工作。

如果说,我国的断代测年等领域的工作在国际上尚占有一席之地,而文物产地与一些新兴领域始终处于起步阶段甚至还是空白的话,那么,有关文物的制作工艺等方面的研究,我国的水平则长期居国际前列。古陶瓷领域,在已故周仁院士的倡导与带动下,以李家治教授为代表的中国科学院上海硅酸盐研究所古陶瓷研究组,潜心研究数十年,取得了丰硕的成果,积累了宝贵的经验,如李家治教授关于我国从陶到瓷万余年发展过程的系统研究,特别是关于我国古陶瓷工艺发展的五个里程碑和三大突破技术的科学总结;陈显求教授根据显微结构对中国名瓷釉形成机理的精辟阐述;张福康教授对黄河流域陶器及龙泉窑的系统探讨以及郭演义教授关于中国古瓷工艺与原料的深入分析等,他们的工作在国际上影响深远,长期引导着国际古陶瓷研究的方向。与此同时,北京科技大学柯俊院士领导的古代材料研究所长期从事古冶金研究,同样取得了丰硕的成果,如对陨铁与人工冶铁的判别、硫化铜矿与氧化铜矿炼铜的鉴别以及汉代铸铁技术的研究等,以至国际著名冶金专家、美国哈佛大学马丁教授由衷地称他们为世界上水平最高的古代冶金研究中心。此外,中国科学院自然科学史研究所华觉明教授等关于曾侯乙墓出土编钟的研究与复制,再现了古代工匠的精湛工艺和乐队的演奏气势,充分反映了他们在古冶金和古乐器研究方面的高深造诣。中国科学技术大学科技考古研究室在钱临照院士的倡导和支持下,采用高分辨电镜等测试分析方法,发现中国古代黑镜表面的防腐蚀层主要由 SnO_2 纳米晶体组成,并运用改进的溶胶凝胶法在青铜合金表面复制出与古代黑镜相近的 SnO_2 纳米层,使国际同行惊叹不已。

我国关于文物结构与工艺研究的水平还反映在一些尖端技术的应用上,如复旦大学杨福家院士等根据诺贝尔物理学奖获得者杨振宁教授的建议,利用加速器质子 X 荧光光谱仪对越王勾践剑、越窑青瓷和古画进行分析,得到了一系列有价值的成果,并为文物的无损鉴定作了有益的探索,而中国科学院高能物理研究所李士研究员利用对撞机的同步辐射源,对宋代包拯骸骨作 X 荧光光谱分析,探讨了包拯生前的病历,所有这方面的工作都引起了国内外的重视和好评。

科技考古学层出不穷的研究内容,中华大地取之不尽的文化遗存以及各门学科的理论和方法在科技考古领域络绎不绝的渗透与应用,特别是党和国家领导的关心和重视,都无可辩驳地表明:我国的科技考古学将具有无限广阔的前景。让我们科技考古工作者和考古学家以及关心科技考古事业的专家学者一起,乘科技创新之东风,精诚合作,孜孜以求,全力把我国的科技考古研究提高到一个新的高度。

科技考古学的现状与展望[①]

　　科技考古学的诞生及发展皆与考古学有着天然的联系,因此,在叙述科技考古学的现状与展望前,有必要简要回顾一下考古学的发展过程。

1　考古学的发展简史

　　文艺复兴激发了人们对古代世界的兴趣。15 世纪后叶,意大利收藏热的兴起以及研究古代遗物的热情,最终导致了古物学的问世。古物学是孕育考古学的温床。1836 年,著名古物学家、丹麦皇家博物馆馆长汤姆森(C. J. Thomsen)博士对"人类的发展史通常需经历石器、青铜器和铁器三个连续时代"的观点,即"三期说"的首肯,奠定了史前学的研究基础。19 世纪中叶,达尔文《物种起源》和《人类起源及性的选择》等著作的相继发表,彻底摧毁了摩西物种不变的理论。达尔文的进化论,被恩格斯誉为 19 世纪自然科学的三大发现之一,它不仅成为生物学的基石,而且在一定意义上还是现代考古学诞生的标志。

　　考古学走向成熟,得益于地质学中地层学和生物学中类型学的移植和借鉴。众所周知,丹麦地质学家斯坦诺(N. Steno)于 1669 年提出著名的地层学三定律,200 多年后,即 1870年,德国考古学家施里曼(H. Schliemann)将其应用于特洛伊古城的发掘中,建立了该古城的考古文化层序,使考古层位学形成完善的理论。汤姆森十分强调按器物形制分类的重要性,他的"三期说"应可视为考古类型学的开端。而一般认为,瑞典学者蒙德留斯(O. Montelius)于 1903 年在其专著《东方和欧洲的古代文化诸时期》中对考古器型学理论所作的系统总结,代表了这一理论的成熟。

　　考古层位学与考古类型学理论的完善,使考古学家将兴趣转向文化群的研究,即根据时间和空间的类型分布,探索考古意义上的文化群,寻找文化群间的异同以及它们的活动范围。文化群的研究,有力地推动了考古学的发展,然而即使在这时,考古学也还只是一种获取史实的方法。直到 20 世纪初叶,考古学家才不满足文化罗列而对文化本身进行深入的、全方位的研究,即研究古代人类的经济和艺术,甚至企图探索史前人类的道德和宗教等。这时的考古学方明确了自身的目的:编写文化的历史。也只是到这时,考古学才可能发展为一门重要的人文学科。在这一期间,值得一提的是 1932 年英国福克斯提出的考古学地理环境决定论观点,它对考古学的发展起了极为重要的作用。

　　20 世纪 60 年代始,新考古学在美国兴起,他们强调考古学必须研究明确的问题,认为考古学家只要富于想象力,根据演绎推理,借助于现代科学技术,就可以圆满而正确地解释考

---

①　原文曾以冼鼎昌等的名义发表在《农业考古》,2000(3):17-23。

古学问题。过高的期望值,使他们于 70 年代末走向了反面,陷入了怀疑主义的泥潭之中。尽管如此,新考古学派对考古学理论和方法的贡献以及他们所取得的丰硕成果都应给予充分肯定。事实上,现代西方考古学的主流派正是在新考古学派的基础上发展起来的,只不过更加务实,他们坚信"真正的过去"是可以直接或间接地通过合理推理来复原,虽然这一复原永远不可能完善;他们也更加注重于现代科学技术方法的应用,注重多学科的综合研究,期望从现有物质遗存中最大限度地攫取丰富的潜信息,以便在复原古代历史时,尽可能减少推理演绎的成分。

我国考古学的发展与西方发达国家相比,虽然存在一个明显的时间差,但成果斐然,已为世界所公认,有关这方面的具体情况还是留给考古学家来介绍吧。

2　科技考古学的发展简史

如果将科技考古学视为这样一门学科,即利用现代科技手段,分析研究古代遗存,旨在探索古代人类与自然的关系以及古代社会的历史,那么,科技考古学的源头可追溯到 1795 年。正是那一年,德国著名分析化学家克拉帕诺斯(M. H. Klaproth)教授报道了他所分析的 6 枚古希腊和 9 枚古罗马硬币都是铜基合金的结论。过了 3 年,他又分析了罗马国王提比略的喀普里岛别墅的三块彩色玻璃马赛克,对其成色机制作了有益的探索。克拉帕诺斯教授的一系列开创性工作,使之被公认为科技考古第一人。

19 世纪上半叶,许多著名化学家都对文物进行过化学分析。其中,最值得一提的是 1842 年德国道帕特大学戈贝尔(F. Gobel)教授对俄国波罗的海地区出土黄铜器的研究。他注意到化学分析和理解考古遗存意义间的本质联系,并认为这些铜锌合金应产于罗马帝国。不久,奥地利沃塞尔(J. E. Wocel)博士在对古代金属文物进行化学分析的基础上,将成分数据作统计处理,提出化学性质群的概念,这对科技考古的深入开展有着不可低估的影响。

1864—1866 年间,法国矿物学家达牟(A. Damour)博士分析了一批凯尔特人的硬质石斧,指出了它们的矿料来源,之后,又系统研究了黑曜石制品及其来源。达牟博士是"交叉研究"的最早倡导者之一,在报道石斧成果的同时,他明确指出,文物的化学成分和地质特征与其矿料来源密切相关,并呼吁自然科学家从各自领域帮助考古学家给出考古发现物的意义。

美国哈佛大学理查德(T. W. Richards)教授于 1895 年对波士顿精美艺术博物馆的一批古雅典陶器所进行的分析也十分重要。他不仅认为这批陶器很可能产于古雅典城,而且提出了两个至今仍十分重要的思想:样品群中,若各个样品的有关元素含量集中在一个狭窄的范围内,则预示它们来自有限的地理源;建立相当规模的"数据库",将待分析样品群的测试值与之比较,是系统研究文物产地的前提。

科学技术的发展,不断创造出新的测试方法,而新的测试方法,又有力地推动着各学科(包括考古学)的发展。20 世纪上半叶,发射光谱被用于青铜器的成分分析,开了对考古遗存进行仪器分析的先河。对于科技考古学而言,没有什么比美国列比教授于 1949 年建立的 ^{14}C 测年方法更为重要的了。正是由于 ^{14}C 测年方法的建立,使考古学家企望得到遗址绝对年代的梦想成真,考古学也因此从定性描述转变为定量表达的学科。列比教授的这一重要贡献,使他于 1960 年荣获诺贝尔化学奖。

如果说,^{14}C 测年方法可为考古遗存提供时间标尺的话,那么,核技术发展的另一方法——中子活化分析则可为考古遗存提供空间的坐标。最早建议将中子活化方法应用于文物产地研究的是美国著名核物理学家、"原子弹之父"奥本海默教授。1954—1956 年间,奥本海默教授多次邀请美国布鲁克海文国家实验室的塞耶(E. V. Sayre)、道德松(R. W. Dodson)教授与考古学家一起,召开多次会议,系统讨论了中子活化分析与文物来源间的相互关系。会后不久,塞耶和道德松教授便成功地利用中子活化分析方法对地中海地区出土古陶器的产地进行研究。

同样在 20 世纪初,莱特兄弟(W. Wright 和 O. Wright)发明飞机,使遥感技术应运而生。遥感技术对大面积考古遗迹的勘查颇为有效。随着卫星上天,摄像、信息处理和计算机技术日新月异的发展,遥感技术对考古勘查的意义日益明显,以至可将数字地球人文系统的建立提到议事日程上来。

美国化学家卡尔文教授因发现了天然碳经光合作用被固定在植物内的化学过程,即"卡尔文途径"而荣获 1961 年诺贝尔化学奖。1966—1967 年间,哈奇和斯莱克发现一些植物对碳的固定和转化遵循另一种过程,后来被称为"哈-斯途径",之后,人们还发现少数多汁植物遵循 CAM 途径。这些重要发现使先民食谱分析成为科技考古的一个热门领域。近来,1993年诺贝尔化学奖获得者之一、美国 Cetus 公司人类遗传室米勒斯教授关于 PCR 的发明,使人们看到古代脱氧核糖核酸(DNA)再现的希望,从而开辟出一片基因考古的新天地。目前,古代食谱和古人类基因的研究在西方如火如荼,它正在改变着考古学、人类学和科技考古学的整个面貌。

我国的科技考古发轫于 20 世纪 20 年代王琎教授对铜钱的分析。中华人民共和国成立以来,科技考古经历了若干发展阶段。

最初在 20 世纪 50 年代,南京博物院的罗宗真教授将宜兴周处墓的发掘文物送到南京大学化学系进行检测。像罗宗真教授那样请自然科学家帮助分析考古学家不熟悉的文物,似可视为中华人民共和国成立后科技考古发展的早期阶段。

1957 年,原子能所仇士华、蔡莲珍夫妇被错划为"右派"。杨承宗先生将他们推荐给夏鼐先生。夏鼐先生如获至宝,他和刘东生院士一起,给予仇士华和蔡莲珍夫妇热忱的支持和指导,使他们和中国科学院地质研究所有关人员一起,依靠自身力量,克服重重困难,终于建成了我国第一个 ^{14}C 测年实验室,并测定出一批准确可靠的考古年代数据。20 世纪 70 年代末,他们又和北京大学考古系实验室等单位一起,陆续发表了数以千计的年代数据,建立了我国新石器时代考古学的确切年代序列,奠定了我国 ^{14}C 测年的基础。这一阶段似可看作中华人民共和国成立后科技考古发展的第二阶段。

需要指出的是,我国科技考古学与国际科技考古学发展道路有一个明显的不同。中华人民共和国成立前后,周仁院士便开创了古陶瓷科学技术的研究,李家治教授等继承并发扬了这一传统,经过数十年的潜心钻研,业已取得了举世瞩目的成果。此外,以柯俊院士等开创的古代冶金技术的研究,同样取得了令世人刮目相看的成就。开创这两个领域的研究,最初并不是从科技考古学科出发的,然而现今已成为我国科技考古的主流。真可谓"有心栽花花不发,无心插柳柳成荫"。

20 世纪 80 年代末至 90 年代初,以断代测年、古冶金技术和古陶瓷研究队伍为主体,由中国社会科学院考古研究所、北京大学、中国科学技术大学及北京科技大学等单位发起筹备中国科技考古学会,并陆续召开了 5 届全国科技考古学术讨论会,使我国的科技考古工作者有机会聚会一堂,交流学术成果,商讨科技考古学科发展大计。几乎同一时间,在苏秉琦教授和刘东生、侯仁之院士的关心和支持下,周昆叔教授等组织召开了两届全国环境考古学术讨论会,引起考古界的浓厚兴趣。这一时期,我国考古界的思想也十分活跃,学术讨论的气氛友好而激烈。俞伟超教授不失时机地组织了班村考古发掘,邀请地质、地理、动物、植物和理化等专家进行多学科的综合研究。客观地讲,班村考古的意义主要不在于具体的发掘和研究成果,而在于对我国考古界,特别是年轻一代考古学家思想的深远影响。除班村考古外,河南省文物考古研究所张居中教授关于舞阳贾湖遗址的发掘和研究也具有十分重要的意义。张居中教授一无权,二无钱,靠刻苦钻研,靠虚心好学,也靠贾湖遗址的丰富内涵,和众多学科专家进行了有效的合作,"十年磨一剑",终于由科学出版社出版了他的大作《舞阳贾湖》。这本发掘报告一改以往的风格,融多学科研究成果为一体,面目焕然一新。它对我国考古界和科技考古界的影响不可低估。显然,这应划为中华人民共和国成立后科技考古发展的第三阶段。

1996年,在国家有关领导的关心和直接支持下,夏商周断代工程正式启动,这是一个多学科协作的重大科研项目。经过3年的不懈努力,业已取得十分重要的成果。有关夏商周断代工程的具体成果、经验和意义,即将公布于世。需要指出的是,夏商周断代工程的开展,反映了我国政府对考古学的高度重视。我国是世界上现存唯一具有连续不断悠久历史的文明古国,考古与科技考古研究的条件得天独厚,加上国家有关领导与部门的支持,可望在不长的时间内,将我国的考古学与科技考古学研究提高到国际先进水平。因此,将夏商周断代工程的启动视为中华人民共和国成立后科技考古学发展的第四阶段,即我国考古学与科技考古学全面发展的新阶段,是有道理的。

3　科技考古学的现状

不同学科间的交叉渗透是科学发展的规律之一。考古学研究的是古代人类社会以及人与自然的关系,这几乎涉及自然科学、社会科学的所有学科,从这个意义上可以说考古学是一个典型的与自然科学、社会科学皆相关的交叉学科。事实上,纵观考古学的发展历程,就是一个不断从自然科学的理论、方法、手段和成果中汲取营养,扩展研究范围,完善自身体系的过程。横察科技考古学与考古学的联系,不难发现,考古学每一个研究内容,都离不开科技考古学的应用。在这里,我们简要介绍一下科技考古学的现状。

首先,在断代测年领域,对考古学影响最大的 ^{14}C 测年方法有两个重要发展。一个是树轮校正、特别是系列样品贝叶斯统计分析在 ^{14}C 测年树轮校正中的成功应用,极大地提高了测年精度,使撰写古代社会编年史的梦想几乎可望成真;另一个是1977年以来 AMS 与放射性碳素测年方法的结合,明显降低了检测限,从而有效地拓宽了测年样品的范围。此外,释光技术,特别是光释光和红外释光技术的发展也颇引人注目。检测年限的大幅提前使之可望检测与人类活动相关的沉积层,弥补了 ^{14}C 测年范围的不足。

其次,在文物产地及其矿料来源领域,各种成分分析的新方法不断涌现,如 ICP-MS,PIXE、INAA 及基于同步辐射的 X 射线荧光光谱分析等,但最常用也最有效的仍为 INAA。最近,日本原子力研究所米泽仲四郎等学者探索瞬发中子活化分析取得成功,可完全无损分析珍贵文物,克服了缓发中子活化分析的缺憾,其前景不可限量。当前,文物产地研究有两个重要的动向,一是多种方法的有机结合,如岩相、成分和同位素比值分析的相互参照,这可以有效解决分析数据重叠的难题;二是国际通用方法的研究,它可为建立数字地球人文系统数据库创造必要的条件。

再次,在文物勘查领域,遥感技术突飞猛进的发展,各种高精度地球物理勘查仪器的推出,特别是探地雷达及低温探针在考古勘查中的成功应用,不仅提高了考古发掘的准确度,而且可在一定程度上解除考古学家的担忧。要知道,考古学家对考古发掘一直持有矛盾心理,即一方面盼望考古发掘,它可为考古研究提供丰富的实物资料,另一方面又担心人类未来的科学水平将远远高于现在,显然,现在发掘必然会永远丢失许多信息,有些甚至是极为重要的信息,从这一点讲,将许多遗址留给子孙后代发掘,是可以理解的。基于这一矛盾心理,考古学家希望能有一条不发掘就可获得考古资料的途径,遥感技术和地球物理勘查可在一定程度上达到这一目的。

有关古代工艺的研究,如古陶瓷科学技术、古冶金工艺等,是我国科技考古的强项,其研究现状和发展趋势,拟请有关专家分别阐述。

最后,介绍一下生物考古的研究现状。人类起源是当前生物考古最热门的课题。美国加州大学伯克利分校著名生物化学家、诺贝尔奖获得者阿伦·威尔逊教授通过对 182 人线粒体 DNA 片段中核苷酸变异数的分析,绘出了一张人类起源系谱图,发现现代人应起源于非洲,并估算出所谓非洲"夏娃"的诞生年代约在 19 万年前。此外,科学家还发现非洲人是异质性最大的人群,这与最古老的人群应具有最大多样性的推测相一致。然而总的说来,基因考古还处于初创期,人类遗传的规律也远未探明。即使对威尔逊教授的人类起源系谱图,也还可利用不同的聚类分析方法,得出完全相反的结论。相信随着细胞核内 Y 染色体的研究以及人类遗传规律的深入探索,人类起源的研究将愈来愈丰富多彩,不断传出激动人心的信息。

古代人类食谱研究同样是当前生物考古的主流。目前,^{13}C 和 ^{15}N 稳定同位素比值分析仍为古代食谱研究的主要方法,此外,利用氧同位素分析探索先民的饮用水来源,根据陶器内残存脂肪酸分析了解先民食谱及陶器用途,也时有新的成果。近年来,骨骼和牙齿珐琅质中钙、锶、钡的成分以及锶同位素比值的分析正逐渐成为先民食谱研究中的新热点。一般说来,牙齿珐琅质中的 ^{87}Sr/^{86}Sr 比值反映其出生地环境的信息,而骨骼中的 ^{87}Sr/^{86}Sr 比值因缓慢的更新作用,7—10 年更新一次,故与死亡前的居住环境相关,比较两者的异同,可望揭示出先民的迁移路线。人和动物消化吸收食物时,存在生物钝化现象。利用这一规律以探索先民食谱中植物类与肉类的比例以及海洋生物的含量业已引起生物考古界的浓厚兴趣。

就总体而言,科技考古学的研究现状可概括如下:断代测年始终是科技考古最关心的领域,但相对来说,其分析方法较为成熟,故近来有关成果的数量似乎要少一些。文物产地与断源也是科技考古的重要领域之一,是当前科技考古的主流。生物考古虽然年轻,但具有诱人的前景,相信 5 年内有望成为科技考古的主要方向。

4　科技考古学的展望

当前,科学技术的发展有三个特点,一是学科间的交叉融合日益加强,二是发展速度日益加快,三是随着经济的飞速发展,人民生活水平的明显提高,人文社会科学将日显重要。从一定角度看,科技考古学交叉于自然科学与人文社会科学之间,是最为典型的交叉学科。如前所述,从研究对象和研究目的看,科技考古学应属人文社会科学范畴,而现代科学技术的新成果,往往又都能成功地应用于科技考古学。这三点都表明,科技考古学将成为 21 世纪的重要前沿学科之一。

21 世纪科技考古学应十分注重基础理论的建设,如考古文化区系理论的定量依据和人类起源与遗传的系谱图等。前者的前提是建立古陶产地和 ^{14}C 测年的数据库,在此基础上,根据聚类分析从自然科学角度给出考古文化区系的划分根据。后者的任务较为艰巨,需要进行深入、细致的基础研究,需要相当数量的数据积累,才可望在全球范围内建立起人类起源与遗传的系谱图。此外,利用遥感等技术绘制古代遗址类别及其分布图,根据孢粉、古生物、古土壤、古湖泊等分析,由近及远地提供古代全球气候与环境的变迁规律与背景,通过植物硅酸体分析,勾画出各种粮食植物的起源与传播路线图等,都是科技考古学基础理论的组成部分。显然,这些基础理论的健全,将从根本上改变科技考古学的面貌。应该说,国际科技考古界十分注意分析方法的研究,对科技考古学的基础理论问题往往考虑不够,因此,这应是我国科技考古研究赶超世界先进水平的最佳切入点之一。

21 世纪的科技考古学将会更注重多学科的协作研究。科技考古学涉及的学科之广,探索的问题之杂,决定了多学科协作的重要性。国际科技考古界在多学科协作方面不尽如人意,可能在具体的遗址研究时,不同学科间会进行协作,但从国际学术会议和有关刊物看,则几乎看不到多学科协作研究的成果。甚至基因和食谱分析,两者同属生物考古范畴,都未能见到将两种方法结合起来研究的成果。我国夏商周断代工程的顺利进行,不仅取得了重要的研究成果,而且为我们积累了多学科协作的可贵经验。相信在有关领导和机构的支持下,通过合理的多学科协作,我国科技考古界将会取得一系列举世瞩目的成果。

21 世纪,国际上将更加重视我国的科技考古学。1996 年,国际科技考古学术讨论会主席、英国牛津大学考古与艺术史实验室主任泰特(M. S. Tite)教授曾致函中国科技考古学会(筹)理事长柯俊院士,同意 2000 年在我国举办第 32 届国际科技考古学术讨论会,然而1997 年初,泰特教授改变了主意,理由是国际上大部分科技考古专家不了解中国,不愿意到中国来。泰特教授的理由可能只是一种托辞,但也反映了我国考古发掘和考古研究的国际合作还不够活跃。应该承认,国际上科技考古的总体水平明显高于我国,积极开展国际合作,不仅有助于我国科技考古水平的提高,而且有助于弘扬我国古老而灿烂的文化。

科技考古学与考古学几乎是齐头并进的,然而它又似乎总是作为考古学的陪衬而发展的。就学科建设而言,它远远不如考古学成熟。究其原因,首先是科技考古学家的知识结构。科技考古学家与考古学家一样,都应有坚实的人文社会科学功底。国内外著名考古学家,几乎都是"思想家"。考古学的每一个发展阶段,都有著名的考古学大师在引导。相对而言,国内外科技考古界中类似的"大师"较少,现在则更难发现,或许是教育体制中将文理分开所致。其次是缺少独立的研究机构和人才培养基地。几乎所有的国内外科技考古实验室都隶属于考古学系或人类学系,而绝大多数科技考古专家都有各自的自然科学领域,对科技考古仅仅是"客串",即使是专业科技考古专家,也甘心作"配角",潜心于科技考古方法和具体的研究课题中,很少关心科技考古学的学科体系建设。去年 4 月,中国科学技术大学和中国科学院自然科学史研究所、中国社会科学院考古研究所联合成立科技史与科技考古系,应是一种有远见的尝试,倘若成功,它有望成为国际考古研究和人才培养的表率。

随着科技考古学理论的逐步完善,随着具有一定自然科学基础的新一代考古学家和具有相当人文社会科学功底的新一代科技考古学家的出现,考古学与科技考古学的界线将消失殆尽,一个全新的考古学,即科技考古学将展现于 21 世纪。

"原始农业对中华文明形成的影响"
研讨会总结

　　"原始农业对中华文明形成的影响"研讨会于 2001 年 3 月 15—17 日在中国高等科学技术中心（CCAST）举行。会议由冼鼎昌院士和俞伟超教授担任执行主席，中国科学技术大学王昌燧教授负责学术组织工作。来自中国社会科学院考古研究所、中国历史博物馆、中国科学技术大学、北京大学、中国农业大学、郑州大学、中国科学院自然科学史研究所、中国科学院高能物理研究所、中国科学院上海硅酸盐研究所、中国科学院植物研究所、中国科学院古脊椎动物和古人类研究所等二十多个单位的五十余名代表出席了研讨会，其中许多代表是国内外各自研究领域的著名专家和学者。

　　研讨会由冼鼎昌院士致开幕词，叶铭汉院士致欢迎词后，即开始了大会发言和讨论。研讨会上总共安排了 31 个学术报告，精彩的报告引起了与会代表们的热烈讨论。其中，俞伟超教授报告的"以原始农业为基础的中华古文明传统的出现"和刘东生院士报告的"黄土高原人类世（Anthropocene）以来的环境与中华文明"为本次会议的中心报告。

　　研讨会的内容集中在探讨距今五千年至一万年间，中国农业起源的特点、发展和传播过程及其对中华文明形成的影响，在此基础上，进一步探索了有关研究的方法和思路。与会学者从不同角度对中国稻作农业的起源和发展作了精辟的阐述和深入的探讨，并对中国的粟作农业、家畜起源以及其他农作物的起源和传播展开了热烈的讨论。尤其是贾湖骨笛所反映的中国新石器时代前期原始农业造就的发达音乐文明，令与会代表叹为观止。此外，通过卦象学说探索中国文字起源的精彩报告，也引起许多代表的浓厚兴趣。

　　本次研讨会时间虽不长，仅仅三天，但收获颇为丰富。通过研讨，大家深刻认识到，中国原始农业，尤其是稻作农业，不但对中华文明的形成有重大的影响，对世界文明的发展也有着不可低估的作用。会议代表们还一致认为，像本次研讨会这样，不同学科的专家学者们相聚一堂，共同探讨感兴趣的问题，不仅可以综合不同领域的最新成果，还可以拓宽学术研究的思路，提高学术研究的水平。鉴于此，不少代表建议今后经常召开这样由多学科专家参加的综合性学术研讨会。

　　本次研讨会基本达到了预期目的，是一次比较成功的会议。最后，参加会议的代表对 CCAST 的工作，及其为研讨会创造的良好条件表示衷心的感谢。

中国考古如何成为世界考古的热点^①

　　1997 年 10 月，美国布鲁克海文国家实验室哈伯特教授应邀来我校访问讲学，回国之前，我陪同他顺访河南省文物考古研究所，听了张居中详细介绍贾湖遗址的发掘经过和文化内涵后，哈伯特教授激动不已，认为如此重要的遗址应该通过 *Nature* 或 *Science* 向西方国家介绍。我们告诉他，有关贾湖遗址的研究论文早已在我国发表过，似乎没有必要再投英文稿。哈伯特教授不以为然，经协商，张居中、我以及正在该所讨论工作的孔昭宸决定和哈伯特合作，向 *Nature* 投一篇关于贾湖遗址的研究论文。

　　哈伯特教授回国后，很快将我们商量的意见告诉了 *Nature* 编辑，*Nature* 编辑立即回信表示，不在乎贾湖遗址的研究论文是否已在中国发表，他们要向西方国家重点介绍，并建议以论文（article）形式发表。于是，张居中首先撰写了中文稿，我的博士生邱平将其译为英文，经我和孔昭宸修改后，最后由哈伯特作整体修改和润色。经过近两年的研究、讨论和反复修改，最终于 1999 年 9 月 23 日仅将贾湖文化的骨笛部分以短讯（letter）形式发表在 *Nature* 上^②。

　　尽管如此，这一发表还是在西方国家形成了极大的轰动，美国所有电视台都播放了贾湖古笛的测音过程和利用贾湖古笛吹奏中国民歌《小白菜》的场面，而几乎所有西方媒体都作了报道，用哈伯特教授不无夸张的话说：“现在没有一个美国人不知道贾湖了。”

　　西方国家对贾湖报道的强烈反响引起我的深思，从中产生了几点启示。首先，我意识到西方学者对我国古代文明基本上不抱偏见，只要是事实，他们是愿意，也是乐意承认的。迄今为止，我们还没有见到或听到怀疑或否定贾湖先民音乐成就的意见。其次，我原以为改革开放 20 多年了，每年都有无数国际友人来我国访问、旅游、讲学和经商等，西方学者和人民对我国考古发掘和研究的成果应该很清楚了。现在我意识到这只是想当然。看来我们不仅要深入开展考古学和科技考古学的研究工作，还应该及时向西方世界介绍我国考古发掘和研究的成果。再有，我国是世界四大文明古国之一，且是现存唯一具有连续不断悠久历史的国家。按理说，中国考古应该和古埃及、古希腊、两河流域一样，始终是世界考古关注的热点，然而实际情况却不尽如人意。1996 年第 30 届国际科技考古学术讨论会在美国伊利诺伊大学召开，我和陈铁梅教授代表中国科技考古学会（筹）理事长柯俊院士向会议常务委员会主席泰特教授正式提出于 2000 年在我国举办第 32 届国际科技考古学术讨论会的建议，泰特教授对此非常重视，特地给柯俊院士回信表示支持，但是在 1998 年匈牙利布达佩斯举办的第 31 届会议上，泰特教授却宣布 2000 年第 32 届会议在墨西哥举行。事后他向我解释说：绝大多数与会代表对中国不了解，不支持在中国召开科技考古国际会议。换言之，泰特

① 　原载于《农业考古》，2001(3)：23-25.

② 　参见 1999 年以封面形式发表在 *Nature* 第 401 期上的论文“Oldest playable musical instruments found at Jiahu early Neolithic site in China”.

教授的解释不是托辞,而是符合实际情况的。看来,要使中国考古成为世界考古的热点,还有许多工作要做。现在可以说,贾湖古笛已经成为世界音乐考古的热点了,由此联想起下列事实,即以李学勤教授为首的夏商周断代工程项目、以中国科学院上海硅酸盐研究所李家治教授为代表的中国古陶瓷研究和以北京科技大学柯俊院士为代表的中国古代冶金研究,他们的水平皆已处于世界前列,同样得到了国际同行的关注。于是,我认识到,中国考古要想成为世界考古的热点,其前提是拥有世界先进或领先水平的成果。这里所谓的成果,首先指我国先民的光辉成就。成就愈早、愈高、愈系统,就愈易产生国际影响而成为世界考古的热点。从这一点讲,深入研究我国距今五千年至万年的历史是适宜的。这一段历史不仅时间早,属中华文明的发源时期,而且从现有考古发掘和研究的资料看,我国先民在这一段历史内创造了惊人的业绩,无论是稻作和粟作农业,还是陶器、乐器和宗教礼器等,它们所达到的水平似乎都明显高于当时世界的其他地区,加之这一研究还有特殊的重要性,即只有将这一段历史基本捋清,才可能向世人展现中华文明形成的全过程,才可能从根本上明了中华文明在世界文明中的地位和影响,也只有在这一基础上,才可能阐明中华文明与两河流域、古埃及、古印度等文明之间的关系。总之,就目前条件而言,欲使中国考古成为世界考古热点,尽早开展这一研究至关重要。

除我国先民的光辉成就外,上述所谓成果当然还包括我们的研究成果。祖先为我们留下了丰富的文化遗产,需要我们去分析、去研究,只有高水平的研究,才能充分揭示中华文明的文化内涵,才能认识到它的博大精深。如果不是我们和哈伯特教授合作,特别是肖兴华教授通过测音和吹奏,并从理论上加以总结,贾湖音乐的高超水平恐怕至今也难以正确认识。同样,如果不是王象坤教授等通过形态、植物硅酸体和炭化稻 DNA 等方法所进行的深入分析,"贾湖是我国粳稻发源地"这一重要的科学结论也必将失之交臂。顺便讲一件与之相关的事情,即我从小就为我国的悠久历史和灿烂文化而自豪,然而也为我国在四大文明古国里"排行第四"而遗憾。近些年来,我一方面逐渐认识到中华文明不应"排行第四",另一方面也反思了造成这"排行第四"印象的缘由。我以为,这里的缘由有三,一是我国在考古领域的开放度不够,而古埃及和两河流域等地的国际合作发掘和研究已历经百余年,研究著作汗牛充栋,这样,我国考古发掘的一些新发现,往往在本土尚未探明其源头时,西方考古中似乎倒有更早的记录。二是文字问题,国际上只承认我国的文字起源于殷墟时期,这比古埃及和古苏美尔文字要晚两千多年。三是古建筑传统,我国新石器时代一般皆为土木结构,如今早已荡然无存,而古埃及和两河流域等古建筑则主要为巨石结构,其不仅气势雄伟,而且坚固耐用,易于保存。两者一比,前者难免相形见绌,给人留下中华文明不如西方文明之印象。

事实上,除第一个缘由外,后两个缘由颇值得商榷。这里冒昧谈一点关于我国文字起源的意见,不妥之处,请有关专家指正。我以为殷墟甲骨文大量出现的事实,不是文字突然成熟的结果,要知道文字发展是一个十分缓慢的过程,它不可能在短时间内突然成熟,而应该是文字载体突然改变的后果[①]。很可能殷墟时期国王十分重视记录、祭祀和占卜,他召集了大批巫师从事有关工作。我们知道,古代巫师书写文字的方式是将文字刻划在龟壳上,而龟壳能耐腐蚀,故可保存至今。显然,将文字刻划在龟壳上,绝不是书写文字的好方法,完全应该有使用类似于笔的工具在陶器上绘画的方式将文字书写在竹片、木片或类似于纸或布的物质上。只不过这些载体不易保存,如今已腐蚀殆尽了。侥幸能保存至今的,也因其表面的

---

① 　李济先生所著的《考古琐谈》指出,殷墟早期只有卜骨没有文字,暗示甲骨文源自殷墟。

文字踪影全无,在发掘时被丢弃了。如果这一观点是正确的,那么我国的文字起源可能要早得多。鉴于此,建议今后发掘时,若遇到类似的竹片或木片,不妨带回来进行红外摄影检测,万一在上面发现有多个古文字,其价值将不可限量。除寄希望于红外检测和新的考古发现外,我国文字起源的研究需要引入新的思路,如结合科技考古方法,探索先民的迁徙路线和承继关系,借以研究不同地区间古文字的承继关系。又如河南省洛阳市文物工作二队蔡运章先生将古文字和卦象结合起来探索文字起源,发现新石器时代的刻划符号所表示的内容与其载体物质属于同一卦象,他认为,除非刻划符号至今无人认识或其所附载体过分残缺而无法辨明,所有新石器时代的刻划符号皆可纳入其卦象的解释范畴。倘真如此,我国的文字起源将可能向前推至距今八千年前,其意义和影响都可与贾湖古笛相媲美!

如前所述,我国古代建筑也似乎不及西亚和埃及。然而,有一弊必有一利。我国古代建筑的主要材料是黏土,它确实不如巨石坚固耐用,但黏土有黏土的长处,黏土可以制砖瓦,以砖瓦建房,具有明显的优越性,以致长时间以来,砖瓦成为建筑的主要材料。考古发掘业已表明,我国早在新石器时代中期,先民们就认识到将黏土垒成墙后,用火将其烧成红烧土,可增加墙的坚固度。最近,安徽凌家滩遗址发现了采用红陶块垒墙的遗迹,这种红陶块,可能就是砖的前身。据说,良渚文化已发现了砖,这应该是合乎情理的。到了商代,陶器的主要用途即为建筑材料,已可用陶水管铺设地下二维平面的排水系统,其技术水平之高,科学内涵之深,令人赞叹不已。至于后来的木结构建筑,其成就令今人都自叹不如。显然,只要我们能作出类似于贾湖古笛、粳稻起源、文字形成和古代建筑等一系列水平领先、影响深远、意义重大的成果,中国考古必将引起世界的关注。

需要特别指出的是,学科间的交叉渗透是当前科学发展的规律之一,这一规律在科技考古学中的体现最为鲜明,因而多学科协作对科技考古学也最为重要。我们欣喜地看到,考古学家和自然科学家之间已经具备了多学科协作的经验和基础,业已成为我国科技考古学的优势,它必将有效地提高我国的科技考古学水平。

如果说,高水平的研究成果是促使中国考古成为世界考古热点的必要条件,那么,及时向世界报道、宣传我们的成果,加强国际合作交流就可视为充分条件了。应该说,近几年来,科技考古领域的国际合作正在大踏步前进,贾湖古笛在 *Nature* 上的发表,就是国际合作的结果。而现在,经若干国际科技考古学术会议常务委员的竭力推荐,第 34 届国际科技考古学术讨论会已决定于 2003 年 5 月在中国科学技术大学召开,它可使我国在科技考古领域的国际合作上升到一个新台阶[①]。尽管如此,我们仍应不断加强国际合作,如及时在国外有关刊物上发表研究成果,邀请国外有关单位和学者来我国参加联合发掘和研究,选送研究生和年轻学者出国深造等。努力让更多的国外考古学、科技考古学的专家学者了解我国考古的实力和潜力,让我国更多的年轻学者了解西方考古学和科技考古学,可以肯定,只要我们选题合理,加强多学科协作和国际合作,认真探索,勇于创新,那么,无需多长时间,中国考古将一定能成为世界考古的热点。

---

① 2003 年因 SARS 病毒和我的工作调动,致使原定会议推迟至 2005 年在北京举行。

中国古陶瓷无损科学鉴定的
前景和问题

　　中国古陶瓷是中华文明的瑰宝。它不仅种类繁多、风格各异，而且工艺精湛、天工巧夺，蕴含着无数人间奇迹。这里既有绘画、书法、雕刻和雕塑等高超艺术，又有兔毫、窑变、青花和金丝铁线等深奥的科技结晶。所有这一切，使中国古陶瓷成为中国古代文学、艺术、科技和经济的重要研究对象，从而也赋予它极高的收藏价值。

　　改革开放有力地推动了我国经济的发展。物质生活得以大幅度提高之后，人们必然要进一步追求精神生活的质量。于是，收藏、观赏、研究中国古陶瓷之风日益盛行，似乎正在成为一种时尚。市场的需求，使原本价格不菲的中国古陶瓷更显昂贵。这一事实，刺激了不法商人的贪欲心，他们不顾国家的法纪，一方面更加疯狂地进行盗墓和走私活动，另一方面则利用现代科技手段仿制赝品，其高超的做旧水平，有时连古陶瓷鉴定专家都难以辨别。为了稳定文物市场，维护国家和个人的利益，必须给不法商人以沉重的打击。除了将他们绳之以法外，还必须建立中国古陶瓷鉴定，特别是无损鉴定的可靠方法。

　　20 世纪 90 年代以来，中国古陶瓷鉴定专家、陶瓷科技考古专家以及一批自然科学家越来越关心中国古陶瓷的鉴定问题，无论是古陶瓷学术会议，还是科技考古会议，大家都要讨论古陶瓷鉴定方法的可靠性和可行性。其中值得一提的是，1998 年 9 月底由中国科学院高能物理研究所牵头召开的"现代科技考古研讨会"。参加这次会议的有考古学家、中国古陶瓷鉴定专家和自然科学家。应该说，会议对文物鉴定和自然科学的结合起了积极的促进作用。大多数代表认识到，文物鉴定是科学，测试分析也是科学。唯将两者有机结合，才能从根本上解决中国古陶瓷的鉴定难题。当然，这里尚有许多基础工作要做，例如，必须逐步建立和完善一个可靠通用的中国古陶瓷数据库；必须建立有效实用、经济便利的无损鉴定方法；必须加强文物鉴定专家和科技专家间的交流与合作等。

　　然而，多少有点遗憾的是，这次会议的大部分时间用于讨论两件青花云龙象耳瓶的年代问题。不能说不应讨论这一问题，但由于种种原因，与会专家未能充分地展开讨论，大会上有关这两件象耳瓶年代的发言或明确，或婉转地肯定了它们为元青花瓷器。谁也没有想到，会议的这一倾向性意见，竟在国内和东南亚古陶瓷界产生了极其强烈的反响。不少人感到十分迷茫，有些文物鉴定专家一眼就能看穿的赝品，动用了同步辐射装置和 PIXE 的科技专家居然将其鉴定为真品。倘若真是如此，一向以严谨著称的科技专家还能让人信任吗？事态的严重性，引起我们深刻的反思，感到有必要澄清一些事实，阐明个中的缘由，并提出若干建议，使中国古陶瓷无损科学鉴定早日付诸实施。

　　最早对上述两件青花云龙象耳瓶进行测试分析的是中国科学院上海硅酸盐研究所，当时因缺少标本数据库和无损分析手段，仅在所内分析了胎釉的化学组成，并请复旦大学现代物理研究所利用 PIXE 对"青花＋釉"进行了无损分析。与此同时，上海博物馆实验室对这两件象耳瓶作了热释光断代分析。之后，根据王昌燧教授的建议，中国科学院高能物理研究所采用同步辐射 X 荧光、PIXE 和 X 荧光等多种方法作了进一步的分析研究。

迄今为止,唯上海博物馆实验室公开发表论文,根据热释光的分析结果,明确指出这两件象耳瓶不是元代瓷器。中国科学院硅酸盐研究所虽然早已得出相同结论,并向这两件象耳瓶的主人作了通报,但考虑到标准样品数量偏少,为稳妥起见,决定暂不将分析内容公开发表。

2001 年 4 月,中国科学技术大学科技史与科技考古系科技考古研究室、中国科学院上海硅酸盐研究所和江西省景德镇市陶瓷考古研究所签署了合作研究青花瓷的协议,并由景德镇市陶瓷考古研究所提供了 168 片元代和明、清各时期的出土官窑青花瓷标准样品。经过系统分析,不仅建立了较为完善的数据库,而且基本揭清了不同时期官窑青花瓷的化学组成规律,其中,元青花的元素分布规律尤为清晰。根据这一可靠的参照系,完全可以判定上述两件象耳瓶不是元代青花瓷器。具体测试数据和分析过程,将以研究论文形式发表于有关刊物上。这里主要想说明的是,为什么中国科学院高能物理研究所的一些专家将这两件象耳瓶确定为元代瓷器?是仪器问题,还是方法缺陷,抑或是科学态度有误?为此,我们仔细分析了他们的测试数据,认真探讨了他们的研究思路和推断过程,结果发现,根据冼鼎昌院士提出的文物"指纹"分析原理,他们将上述两件象耳瓶和元大都出土的两件青花瓷器以及一批现代高仿青花瓷器作对比分析,寻找各自的"指纹"特征,探索这些"指纹"间的相互关系,借以判断象耳瓶的真伪。显然,这一研究思路是基本正确的,从一定意义上讲,它对中国古陶瓷乃至其他种类文物的无损鉴定具有指导作用。不过,根据多年的研究经验,我们以为对于古陶瓷而言,更能直接反映其产地信息的是特征元素,而不是"指纹"元素。至于他们的测试数据,不难发现也是正确的,不仅他们采用不同方法测试的结果可以互为验证,而且与复旦大学所测数据也基本吻合。人们不禁要问,既然研究思路和测试数据都正确,怎么可能会得出错误的结论呢?我们认为,误判源自数据分析。中国科学院高能物理研究所的一些专家认为象耳瓶和元大都出土青花瓷器"青花+釉"的化学组成都为低锰高铁,因为它们的锰含量皆低于铁,由此判定象耳瓶为元代瓷器。事实上,所谓低锰高铁是一个定性概念。一般说来,大多数青花料中的锰含量皆低于铁含量,锰铁比大于 1 的是少数。然而,元代景德镇官窑使用的是进口青花料,其锰铁比极低,常常远小于 0.1,而自明代宣德始,青花料的锰铁比通常皆大于 0.1。从高能所公布的测试数据不难看出,象耳瓶"青花+釉"的锰铁比,较之元大都出土青花瓷器的相应数据,已高出一个数量级,其实际上恰恰落在明代宣德之后的青花瓷器范围内。

需要指出的是,我们撰写这一短文,主要目的不是学术讨论,更不是要表明自己多么高明,如果是这样,这篇短文和有关研究论文应该在三年前发表,而不是今天。我们的主要目的是想强调中国古陶瓷无损科学鉴定是一项长期而艰巨的任务。它需要不同学科间的通力协作,更需要不同学科专家间的相互信任、理解和支持,因为我们的目的是一致的。对于科技专家而言,应充分认识到文物无损科学鉴定的复杂性和长期性,应认真学习不同种类瓷器的原料配方和工艺特点,特别是其演变规律,如有可能,还应虚心向古陶瓷鉴定专家学习,了解他们的鉴定步骤、依据和诀窍,所有这一切,对文物无损科学鉴定都是大有裨益的。毫无疑问,先进仪器的测试数据是科学的、正确的,科技专家的关心和介入,是文物无损科学鉴定的基础和前提。只要我们认真总结经验,持之以恒地探索和追求,一定能和文物鉴定专家一起,出色完成历史赋予我们的任务。

顺便指出,可能国家文物局有所规定,也可能鉴定专家有约定,一般不宜将赝品的结论告诉文物收藏者,故至今尚未见到文物鉴定专家公开发表论文,从纹饰、绘画、器型、色泽等方面阐明上述两件象耳瓶为赝品的理由。为此,希望有关方面能采取某种措施,改变这一状况,给我们提供通过实例学习文物鉴定的思路、方法和依据。唯如此,才能进行正常的学术交流,使文物鉴定专家和科技专家精诚合作,共同开展中国古陶瓷无损科学鉴定的工作。

　　显然,中国古陶瓷无损科学鉴定的条件正日臻成熟,但尚有不少具体问题需要国家文物局有关领导给予实际指导,需要文物鉴定专家和有关科技专家认真商讨,需要有关机构的介入和支持,鉴于此,我们建议于今年6月初,在北京召开一次研讨会,专门讨论中国古陶瓷无损科学鉴定的具体细节和实施方案,使之早日成行。

"中国古陶瓷科技鉴定"研讨会总结

　　在诺贝尔物理学奖获得者李政道教授及其领导的中国高等科学技术中心的大力支持下,"中国古陶瓷科技鉴定"研讨会于 2002 年 6 月 4—5 日在中国高等科学技术中心举行。会议由中国科学院上海硅酸盐研究所李家治教授和上海博物馆副馆长汪庆正教授担任执行主席,中国科学技术大学王昌燧教授负责学术组织工作。

　　来自北京、上海、江苏、浙江、河南、江西、陕西、重庆、安徽等省市和香港特别行政区的文物考古部门、高校和研究所的一百多位有关专家学者参加了本次研讨会。

　　李政道、严东生、刘东生、柯俊等院士及国家文物局张文彬局长皆于百忙之中,到会讲了话,从不同角度高度赞扬了本次会议的作用,并为中国古陶瓷科技鉴定提出了很多重要的建议。李政道教授指出,瓷器(china)乃中国文化之精髓。陶瓷的断代、断源等问题必须由文物鉴定专家和陶瓷科技专家通力合作、交流切磋,方能圆满成功。他呼吁国家科技部门和文物部门的有关领导,给予古陶瓷科学研究以更多、更具体的关心和支持。国家文物局张文彬局长对李政道教授及其领导的中国高等科学技术中心,极力促成中国古陶瓷考古和自然科学的有机结合表示感谢和敬意,他相信这一结合将有力地推动中国的考古学研究和中国的古瓷器研究,并认为这一举措,对 21 世纪的科学技术发展都应具有重要的意义。中国科学院的老领导,著名无机材料科学家严东生院士在讲话中提出了瓷器应该作为中国第五大发明的观点,得到与会代表的一致赞同。刘东生院士介绍了地质学和考古学的历史联系,指出古陶瓷的发展史基本与地质学上的全新世阶段同步,这中间应有必然的联系。他说,地质学已越来越关心现代人类的活动,换句话说,地质学离我们越来越近了。柯俊院士则阐述了"陶"和"冶"的关系,并以故宫金砖为例,生动地论述了"陶""冶"和教育的内在联系。几位院士和张文彬局长的讲话,拓宽了与会者的思路,充分肯定了中国古陶瓷科技鉴定的重要性和必要性,给大家极大的鼓舞。

　　研讨会共安排学术报告三十多个,其中,李家治教授代表陶瓷科技专家作了"中国古陶瓷科技鉴定的基础和现状"主题报告。他在报告中介绍了半个多世纪来,中国科学院上海硅酸盐研究所三代专家对中国古陶瓷科技考古的研究历程和成果,明确指出,从自然科学角度讲,中国古陶瓷科技鉴定的研究思路业已成熟,对一些名瓷,如景德镇元明清官窑青花瓷器、越窑青瓷和南宋官窑瓷器等,已经具备了科技鉴定的基础。希望在国家文物事业管理局的支持和指导下,尽快建立国家级中国古陶瓷鉴定中心,尽早开展中国古陶瓷的科技鉴定工作。同时,他强调,中国古陶瓷科技鉴定是一项最具中国特色的系统工程,是一个追求尽善、尽美的探索过程。由断源、断代和辨伪三大功能组成的中国古陶瓷科技鉴定,是历史和现实赋予我们的使命,需要多方面、多学科的通力合作,需要长期艰苦而细致的努力,方能逐个窑址、逐个种类地完成,绝无捷径可走,任何急功近利的浮躁心理都可能将我们引入歧途。

　　汪庆正先生在他的发言中介绍了国内外陶瓷考古与自然科学相结合的发展过程,他强调指出,陶瓷考古界和自然科学界的精诚合作,是大有作为的。只要陶瓷考古界和自然科学界的专家相互理解、相互支持,就一定能取得更丰硕、更重要的成果,一定能完成中国古陶瓷鉴定之任务。

上海博物馆副馆长陈克伦研究员详细介绍了上海博物馆古陶瓷科技鉴定的近况,该馆实验室主任王维达研究员则重点介绍了上海博物馆热释光测年方法在古陶瓷科技鉴定中的具体应用;陕西科技大学校长罗宏杰教授叙述了断源、断代方法在中国古陶瓷研究中的综合应用成果;中国科学院上海硅酸盐研究所吴隽副研究员作了"中国古陶瓷物理化学数据库建设"的报告;中国科学技术大学冯敏副教授报告了汝瓷科技考古的具体成果;复旦大学承焕生教授介绍了该校利用 PIXE 方法研究中国古陶瓷的一系列成果。

除上述有关陶瓷科技考古的报告外,一些著名陶瓷鉴定专家,如故宫博物院的耿宝昌先生、李辉炳先生,江西省景德镇陶瓷考古研究所原所长刘新圆研究员,中国历史博物馆的李知宴先生,南京博物院的张浦生先生,河南省文物考古研究所所长孙新民研究员、赵青云研究员,安徽省文物考古研究所副所长李广宁研究员,湖南省文物考古研究所周世荣研究员等也先后介绍了中国古陶瓷鉴定的经验和体会。他们的报告,使大家学到了许多有关陶瓷鉴定的有益知识,也使与会者进一步认识到陶瓷考古与自然科学相结合的重要性和紧迫性。

香港城市大学的梁宝鎏博士作了"古陶瓷鉴定研究在香港城市大学"的报告。梁博士与内地许多文物考古部门、高校和科研单位合作十余年,取得了丰硕的成果。他的报告使大家认识到,香港的文物大市场同样需要建立一个权威性的中国古陶瓷科技鉴定中心,这需要和内地有关单位进一步合作,既需要资料和数据库共享,更应有著名陶瓷鉴定专家的实际介入。

会议还就中国古陶瓷科技鉴定中心问题进行了热烈的讨论。王昌燧教授代表李家治先生阐述了初步设想,他说,中国古陶瓷科技鉴定中心原则上应以市场为基础,但目前的时机稍欠成熟,也缺乏基本的经验积累。首先应在某些有基础的研究所或高校建立相关的重点实验室,而将中国古陶瓷科技鉴定中心作为该重点实验室的一个下属机构。他强调指出,李政道教授关于中国古陶瓷科技鉴定中心不以营利为目的之建议,应该成为鉴定中心的行为准则,它关系到我们陶瓷鉴定专家和陶瓷科技考古专家的社会形象,也关系到古陶瓷科技鉴定中心的成败。李家治和王昌燧教授的初步设想,得到绝大多数与会代表的赞同。

会议还就目前中国古陶瓷研究中存在的一些具体问题,特别是前一时期关于一对所谓元代青花象耳瓶的真伪问题进行了讨论,从中大家认识到,中国古陶瓷研究需要扎实的功底,需要多学科的协作,陶瓷科技工作者不仅要掌握测试分析方法,还必须对陶瓷制作的各种工艺、中国古陶瓷科学技术的发展史有深入的了解。那种就数据论数据的做法和急于求成的浮躁心理,将难免让人误入歧途。

本次研讨会虽然仅仅两天,但收获颇为丰富。通过研讨,大家深刻认识到,认真开展中国古陶瓷科技鉴定,不仅能有效地弘扬中华文明,还可有效地稳定文物市场,它是历史和现实赋予我们的神圣使命。会议代表们还深深认识到,本次研讨会聚集了我国绝大多数的著名陶瓷鉴定专家和陶瓷科技考古专家,不同领域的专家彼此尊重、相互切磋、友好协商,为中国古陶瓷科技鉴定的共同事业群策群力,取得了基本一致的意见。本次研讨会意义重大,影响深远,它将有力推进中国古陶瓷的研究,振兴我国的瓷器事业。

本次研讨会是一次极为圆满而成功的学术会议,完全达到了预期目的。与会代表对李政道教授及其领导的中国高等科学技术中心创造的极为良好的学术气氛和生活条件表示衷心的感谢。

关于建立中国古陶瓷科技
鉴定中心的初步思考[①]

20 世纪 80 年代以来,一些单位和"专家"采用现代科技手段,精仿各类中国古代名瓷,其水平之高,几乎难辨真假。于是,如何有效鉴别中国古陶瓷的真伪,便引起古陶瓷鉴定专家、文物收藏家、陶瓷科技专家以及所有关心中国文物事业的领导和有识之士的高度重视。90 年代以来,在中国科学院、国家自然科学基金委和国家文物局的关心和支持下,不少科研单位、高校和博物馆纷纷采用现代分析方法,和陶瓷鉴定专家密切合作,深入开展了中国古陶瓷科技鉴定的研究。俗话说:实践出真知。经过相当时间的探索,业已取得了喜人的成果,使我们对中国古陶瓷科技鉴定的前景充满了信心。然而,正如李政道先生所指出的那样,中国古陶瓷科技鉴定是一个相当规模的系统工程,要根据文物市场的实际情况,有计划、有组织地开展研究,以期逐步完成。显然,如何逐步完成中国古陶瓷科技鉴定的工作? 是我们这次会议研讨的重点之一。在这里,我们不揣固陋,先谈几点粗浅的看法,以便抛砖引玉,展开讨论,最终达成或基本达成共识。

1　国家文物部门的领导和指导,是中国
古陶瓷科技鉴定顺利开展的保证

中国古陶瓷科技鉴定是一个政策性很强的工作,只有在国家文物局的统一领导和指导下,方能具有合法性和权威性,这一点应该是大家的共识。然而如何得到国家文物局的统一领导和指导,这对文物考古部门而言,应该容易实现,但对科技部门和高校来讲,似乎还不太清楚。我们以为,能否参照国家重点实验室或部门重点实验室的模式,建立国家级或部门所属的中国古陶瓷的科技鉴定中心。对于国家级的中国古陶瓷科技鉴定中心,将由科学技术部和国家文物局统一领导和指导,而对于部门鉴定中心,如中国科学院系统,则由中国科学院和国家文物局统一领导和指导。当然,对于文物考古部门所属的中心,则由国家文物局统一领导和指导。

需要指出的是,中国古陶瓷科技鉴定中心与重点实验室在机制上有着明显的差异,即前者具有商业操作性质,而后者为研究或开发的机构。我们希望中国古陶瓷科技鉴定中心能尽量淡化商业性质,即其人员配置、财务管理都基本参照重点实验室的管理机制,其鉴定盈利主要应投入到与文物鉴定相关的科研中去。就目前情况看,中国科学院上海硅酸盐研究所和上海博物馆业已基本具备了建立鉴定中心的条件,中国科学院高能物理研究所、复旦大

---

① 　本文作者为王昌燧和李家治。

学现代物理研究所皆已做了许多基础工作,并进行了有益的鉴定尝试,中国历史博物馆近年将添置相当数量的大型设备,完全有实力在适宜时机建立类似的鉴定中心。此外,值得一提的是,香港城市大学以梁宝鎏博士牵头的中国古陶瓷研究组和上海博物馆、中国科学院上海硅酸盐研究所等单位的专家合作多年,业已取得丰硕的成果,相信在该校有关领导的支持下,可以在香港建立中国古陶瓷科技鉴定中心。香港的情况比较特殊,可能要考虑不同的运行机制。

2　多学科协作,是中国古陶瓷鉴定的必由之路

李政道先生指出,古陶瓷鉴定专家渊博的知识、丰富的经验、深邃的鉴别能力以及严谨的治学精神,对中国古陶瓷的鉴定有着极其重要的作用,是不能替代的。陶瓷的科技鉴定工作则以科学的数据为判据,自然更为准确,若与文物考古鉴定专家的鉴定相辅相成,必能去伪存真。

陶瓷鉴定专家通常从造型特点、绘画风格、釉彩色泽、制作工艺等众多方面来鉴别古陶瓷的真伪,而陶瓷科技专家则主要根据主、次和微量元素成分、热释光测年、显微结构和工艺性能等数据对古陶瓷进行断源、断代分析。两者都有科学依据,都需要经验的积累。记得有一位文物鉴定专家说过,要想判定一件陶瓷器是赝品,只要从一个方面看出破绽,就足以大胆地下结论,然而,要想判定一件陶瓷器是真品,则需要从所有方面认真分析,并都证明其与真品相同时,才可谨慎地下结论。如果这一意见基本有道理的话,它似乎告诉我们,多学科协作是中国古陶瓷鉴定的必由之路。

开展多学科协作,首先要相互尊重、相互信任,其次则要求相互间有基本的了解,建立多学科协作的基础。一般说来,传统鉴定(为了叙述方便,姑且将陶瓷鉴定专家的鉴定称作传统鉴定)更重视经验,其具备的深厚功力,是陶瓷鉴定专家经过数年、数十年的再三比较、来回揣摩、反复分析而得出的宝贵经验,通常都是判之有据、行之有效的。无疑,欲要求陶瓷科技专家全面掌握传统鉴定的真谛,似乎难以如愿,实际上也没有这一必要,但是,我们以为,陶瓷科技专家对传统鉴定的原理、思路等应有基本的了解,只有这样,我们对传统鉴定的信任才能建立在理性的基础上,也才可能和陶瓷鉴定专家进行有效的合作。与传统鉴定不同,科技鉴定更重视实验数据,它往往能给出定量的判据。这里需要强调的是,测试数据是"死"的,分析思路是"活"的。只有较为全面地掌握和理解了中国古陶瓷烧制工艺的发展规律以及原料选择的演变历程,才可能形成正确的分析思路。同样,不可能,也没有必要要求陶瓷鉴定专家全面掌握科技鉴定的细节,但他们最好也能够基本了解各种科技鉴定方法的原理和思路,只有这样,他们才能大致判断科技鉴定的合理性,也才可能和陶瓷科技专家进行深层次的合作。

3　中国古陶瓷科技鉴定中心的人员组成和运行机制

在这里,我们主要阐述拟由中国科学院上海硅酸盐研究所为主筹建的中国古陶瓷科技鉴定中心。中心将在中国科学院和国家文物局的领导和指导下开展工作。中心的设备希望由中国科学院资助配置,主要设备有 X 射线荧光光谱仪(波谱或能谱皆可,最好是波谱仪)、热释光谱仪、X 射线摄像仪、高性能光学显微镜等。中心的人员应包括陶瓷鉴定专家和陶瓷科技专家。中心运行之初,固定人员主要为陶瓷科技专家等,而陶瓷鉴定专家为聘任客座专家。这时的鉴定可大致分为两类,一类是中心已具备了鉴定基础的文物,属于常规科技鉴定工作;另一类是缺乏科技鉴定基础的古陶瓷,则必须邀请有关陶瓷鉴定专家合作鉴定,经分析讨论,如能给出明确结论,则根据规定付给陶瓷鉴定专家合理报酬,如仍不能给出明确鉴定结论,则由中心承担陶瓷鉴定专家的交通费和劳务费等。等到中心运行正常,并已有一定的经济实力时,则可聘任一两位年轻的、有相当经验的陶瓷鉴定专家作为固定人员,而大多数陶瓷鉴定名家仍为客座专家或顾问。中心将按实际情况定期付给客座专家顾问费。

中心提供的鉴定意见分两类,一类是正式的鉴定书,中心将对这一类鉴定承担法律责任;一类是普通分析意见,因种种原因,无法给出准确鉴定结论时,可提供分析意见,仅供参考,中心不对这一类鉴定承担任何责任。

中心的鉴定盈利主要用于设备添置和中国古陶瓷科技鉴定的数据库建设以及相关课题的研究。此外,中心应将一定比例盈利上交给中国科学院或其相关院所。

中心拟选择一家信誉度高的拍卖公司长期合作,合作方案应与有关拍卖公司具体商谈。

4　中国古陶瓷科技鉴定的任务和展望

就目前而言,越窑青瓷、南宋官窑瓷器和景德镇元明清青花官窑瓷器业已具备了科技鉴定的基础,与此同时,中国古陶瓷科技鉴定的研究思路也已基本确立。然而,这对于历史悠久、品种繁多的中国古陶瓷而言,其科技鉴定尚任重而道远。且不说目前缺乏科技鉴定基础的中国古陶瓷种类为绝大多数,即使上述已有科技鉴定基础的中国古陶瓷,仍需要进一步研究,使有关数据库更完备、测试方法更完善、鉴定结果更精确,何况就科技鉴定方法,特别是无损鉴定方法而言,都还要持之以恒地探索新方法、新技术和新思路,如多元统计分析程序、光谱分析、显微结构和微区成分分析等。总之,中国古陶瓷科技鉴定需要一个逐步拓宽、逐步深入、逐步完善的过程,这中间有许许多多工作要靠我们大家精诚合作,有计划、有分工地开展。如此重大研究项目的运行,单靠鉴定盈利显然不够,还需国家科学技术部、中国科学院和国家自然科学基金委强有力的支持。与此同时,我们拟和香港城市大学梁宝鎏先生进一步合作,一方面希望得到香港研究资助局的重视和支持,另一方面也希望中国古陶瓷科技鉴定中心能在香港早日挂牌,尽早开展工作。

"冶金考古研讨会"总结

　　在中国高等科学技术中心的关心和支持下,"冶金考古研讨会"于 2006 年 6 月 21—22 日在该中心举行。会议由北京科技大学柯俊院士和清华大学李学勤教授担任执行主席,中国科学院研究生院王昌燧教授负责学术组织工作。来自北京、上海、湖北、河南、安徽等省市的文物考古部门、高校和研究所的三十多位有关专家学者汇聚一堂,进行了深入的交流。

　　会议开始,首先由王昌燧教授阐述了我国冶金起源、青铜铸造工艺和矿料来源探索等冶金考古重要领域的前沿进展。关于我国冶金起源的新认识,是柯俊院士和他多次讨论后形成的观点。他们指出,通常视为复杂技术的冶金工艺,其实可分解为如下几个发展阶段,即最初,采用热煅法制备合金或金属,接着,利用混合矿直接冶炼合金,最后,提炼单质金属,再将不同金属熔融浇铸成合金等。这就是说,至少在发轫时,冶金工艺不是复杂技术,而是简单技术,这样,冶金技术即可能不是单一起源。事实上,西亚最初采用热煅法制备红铜或砷铜,而中国最早人工炼制的合金为陕西省西安市姜寨遗址出土的黄铜片和黄铜管,它们应是由热煅法或固体还原法制备而成的原始黄铜。由此可见,中国和西亚的早期冶金工艺分属不同的技术体系,两者之间没有明显的传承关系,表明各自有着独立的起源。至于西亚对中国冶金工艺的影响,主要体现在青铜技术上,但是否完全受西亚影响,尚有待深入研究。考虑到会议安排了青铜铸造工艺和矿料来源探索等方面的专题报告,王昌燧教授仅对有关内容作了简要介绍。

　　鄂州博物馆的董亚巍先生在报告中指出,他们的合作课题组在多年考察馆藏青铜器的范铸痕迹和模拟实验的基础上,基本捋清了中国青铜器范铸技术的发展和演变过程,原则上可将这一过程大致分为三个阶段:第一阶段为先商时期,其青铜器铸造技术自发轫至基本成熟;第二阶段为早商至西周晚期,其青铜器范铸技术以分型制模、分模制范、活块造型及芯盒制作为特征,绝大多数青铜器主体为整体铸造;第三个阶段为春秋战国时期,其青铜器铸造大多采用分型铸造与铸后焊(铆、插等)接技术,也就是说,这一时期大多数青铜器的制作,皆为先分体铸造,再组成整器。这也使人们进一步认识到中西方青铜铸造工艺明显分属不同体系。此外,对铜范的模拟实验表明,铜范确可用于浇铸,但需要在铜范表面预先制成隔离层。

　　秦汉之前,我国有无失蜡法铸造工艺,是本次会议讨论的热点。会上,中国钱币博物馆周卫荣研究员介绍了上述合作课题组的新见解。他们在细心观察、认真分析大量馆藏青铜器范铸痕迹的基础上,发现原以为非失蜡法铸造莫属的曾侯乙墓青铜尊盘和淅川下寺铜禁,实际上为分铸与焊接而成,进而指出,在中国青铜时代既没有失蜡法铸造的器例,也没有产生失蜡法工艺的技术基础和社会需求。

　　然而,北京科技大学李晓岑教授仍然认为,云南古滇国的贮贝器应为失蜡法铸造,并推测其模料为牛油、羊油或白蜡。对此,会上展开了热烈的讨论,有人认为牛油、羊油不大可能在云南温暖气候中成型,并指出,既然个别动物造型确定为范铸而成,那么其他动物造型也应为范铸制品。上海博物馆李朝远、吴来明研究员介绍了镂空铜镜的研究工作。经分析 X 射线透视照片,他们发现这些镂空铜镜的制作,采用的是范铸工艺。此外,他们还分别选取侯马黄土、紫金土和上海地下原生土,通过模拟实验作对比研究,发现上海地下原生土很难烧制成模和范,这一结果显然有利于周卫荣等关于范铸技术和黏土组分密切相关的观点。在热烈而友好的讨论气氛中,李学勤教授介绍了当年认定曾侯乙墓青铜尊盘为失蜡法铸造的经历,认为重新探讨其铸造工艺,颇有必要。考虑到深入分析曾侯乙尊盘和淅川铜禁铸造工艺的实际困难,他建议先分析河南叶县近期出土的一批青铜器。李学勤先生认为,这批青铜器造型的复杂程度堪比尊盘,并曾认定为失蜡法铸造。其部件严重散落,应易于判断其铸造工艺特征,或许还便于取样分析。这一建议得到与会代表的赞同,相信不久即可落实。

　　青铜器产地与矿料来源探索,同样是与会代表关注的问题。中国科学技术大学秦颍副教授指出,青铜器中,铅的来源复杂,其同位素比值并不简单对应着铜料或铅料来源的信息。分析表明,有些铜料的铅、锡含量极低,由这一类铜料铸成的青铜器,即便其铅含量不高,仍不宜借助铅同位素比值示踪铜料来源;特别需要注意的是,由于热表面电离质谱计自身的特点,其测试过程中,铅同位素仍可能发生分馏,若简单运用这些数据,则难免产生误导。为有效探索青铜器的矿料来源,秦颍副教授等另辟蹊径,将探源改为寻流,利用改进的微量元素示踪法,即选择亲铜、亲硫元素作多元统计分析,颇为理想地区分了铜陵和铜绿山地区的古代冶炼铜锭,并初步讨论了添加锡和铅的影响。此外,铜或锡同位素比值示踪的可行性,应给予足够的重视。王昌燧教授指出,若同一矿区的铜、锡同位素比值具有唯一性,或至少具有显著的自身特征,而不同矿区的铜、锡同位素比值又不相重叠,那么,该方法的应用前景将不可限量。

　　青铜器铸造地,即产地的研究,也有一些创新成果。通常,青铜器中多少残留有泥芯,这样,借助于泥芯的产地分析,即可探讨青铜器的铸造地。中国科学技术大学魏国锋等较为系统地分析了九连墩楚墓出土青铜器的泥芯。物相分析表明,这些泥芯可分为两类,一类类似于北方黄土,另一类类似于南方土壤,前者源自夫人墓中的青铜器,其器型为北方风格,推测为陪嫁品,而后者出自楚王墓中的青铜器,为典型楚器。与此同时,泥芯的植硅体分析也表明,两类器物的植硅体也分别具有南北地区特点,与物相分析的结果殊途同归。代表们对这一工作给予了高度评价,一致认为,若假以时日,建立相关数据库,青铜器产地分析可望取得重要突破。

　　中国艺术研究院音乐研究所王子初教授潜心研究中国古代青铜乐器数十载,基本捋清了青铜乐器的发展脉络。本次会议上,王子初先生在阐述中国古代青铜乐钟的音乐成就时,从音乐学角度,简要介绍了青铜乐器的时代特征。不难发现,它和青铜器范铸工艺的时代特征并行不悖,和青铜器器型的时代特征也相得益彰。可见,中国青铜器的鉴定业已具备了颇为坚实而可靠的基础,应考虑尽快付诸实施。

　　当前,因种种原因,我国学术讨论的开展不甚理想,相比之下,本次会议不仅报告精彩,而且讨论热烈、气氛活跃,不同观点的代表彼此尊重,相互启发,经激烈争辩,既增进了友谊,又加深了认识。大家纷纷指出,这才是正常的学术讨论氛围,并向创造这一氛围的李政道院士及其领导的中国高等科学技术中心表示衷心的感谢。

　　本次研讨会虽不足两天,但收获颇为丰硕。许多著名专家都亲临会议,参与学术交流和讨论。这些专家中,有长期关心我国考古、文化事业的著名地质学家刘东生院士,中国科学院原党组副书记余志华教授和我校德高望重的李佩先生,也有身居我国文物、考古部门要职的中国社科院考古研究所刘庆柱所长、原中国国家博物馆常务副馆长朱凤瀚教授、中国人民银行中国钱币博物馆馆长黄锡全教授、北京大学文博学院副院长孙华、吴小红教授、中国文物研究所副所长马清林研究员以及上海博物馆副馆长李朝远研究员等,当然,更多的还是我国冶金考古界的后起之秀,这从一个侧面预示着我国冶金考古和科技考古事业的灿烂前景。

　　本次研讨会是继 2001 年 3 月和 2002 年 6 月在中国高等科学技术中心先后召开"原始农业对中华文明形成的影响"研讨会及"中国古陶瓷科技鉴定"研讨会之后,涉及科技考古主题的又一次盛会;事实说明,这样的对话平台,让各方专家交流成果、相互促进,必将有力地推动我国考古学和科技考古学的发展。

青铜冶金考古的一些热点问题

　　青铜时代孕育了华夏文明,在五千年中华文明史上,青铜文化的地位举足轻重,以至可将青铜器视为中国文明的象征。青铜文化的重要性,引起众多专家学者的关注和兴趣。迄今为止,有关中国青铜文化和青铜艺术研究的书籍、论文可谓汗牛充栋,各种分析技术在冶金考古中的应用也颇为常见。而有关冶金起源、青铜铸造工艺和矿料来源探索等冶金考古的重要领域的研究,同样是人们长期探索的热点。需要指出的是,近些年来,这三个冶金考古领域都有了一些重要的进展,值得作一总结,以便为中国冶金考古和冶金科技史研究,提供一些新的视角和思路。

1　冶金起源的争议焦点

　　我国的冶金起源,历来有两种截然不同的观点,即西来说和本土说。应该承认,国际上多数学者主张西来说,而我国学者则大多坚持本土说。所谓西来说,即认为我国的冶金技术传自西亚及其邻近地区。有关专家认为,青铜冶铸工艺含冶炼、浇铸两大复杂程序,无疑属于复杂技术,而复杂技术通常应为独立起源。考古发掘和研究表明,西亚地区青铜起源的时间至少比我国早一千多年,既然如此,我国的青铜技术应该由西亚传入。不仅如此,有关专家甚至捋清了冶金技术自西亚传入我国的路线,即由西向东经欧亚草原,再自北向南经蒙古国、内蒙古抵达甘青地区。之后,继续向东传至中原,而向西传至新疆。事实上,人们已在我国甘青地区出土的青铜器上,发现了不少西亚的文化因素。乍一看来,西来说似乎思路严谨、证据确凿,而相比之下,本土说则显得论证乏力。

　　不难理解,欲解决冶金起源的本土说和西来说之争,认真探索我国自身冶金工艺的起源与发展至关重要。考古发掘资料揭示,我国最早人工炼制的金属为陕西省西安市姜寨遗址出土的黄铜片和黄铜管,深刻思考这些金属遗物的形成机制,使我们获得了如下重要启示。人们知道,黄铜是铜锌合金,而液态锌的沸点为 906 ℃,没有特殊的冷凝装置,则无法获得单质锌,由此可知,姜寨出土的黄铜,应为早期黄铜,推测由热煅法或固体还原法直接得到。对比分析西亚的冶金起源和发展过程,我们逐渐形成了两个重要的认识,其一,冶金起源自人类利用自然金属(如自然铜、天然金和陨铁等)后,一般都经历如下几个阶段,即热煅法制备合金、混合矿直接冶炼合金、提炼单质金属,再将不同金属熔融浇铸成合金等,这一发展过程与窑炉工艺(即高温技术)密切相关;其二,西亚最初采用热煅法制备红铜或砷铜,而我国最初制备的为原始黄铜,方法也为热煅法或固体还原法。前一点表明,冶金起源阶段的技术经分解后,变得不太复杂,既然冶金技术最初不是十分复杂的技术,它就不一定是单一起源,而可能为多个起源;后一点指出,我国和西亚在冶金起源阶段所制备的金属或合金分属不同体系,尽管西亚的起源时间较之我国约早一千年,但两者之间没有特殊的承继关系,这就是说,我国的冶金技术应为独立起源,即本土说是有道理的。

2 关于铸造工艺讨论

柯俊院士曾多次强调,卓越的高温技术,是我国古代科技得以高度发展的重要基础。由于拥有卓越的高温技术,瓷器得以在我国成功烧制,也由于这一高温技术,我国先民一经掌握冶炼铜、铁等技术,其水平便迅速后来居上,超出铜、铁金属的冶炼历史皆早于我国千余年的西亚地区。

当然,中国的青铜文化之所以灿烂辉煌,除卓越的高温技术支撑外,还离不开博大精深的范铸技术。青铜器范铸工艺的研究业已开展数十载,有关范铸工艺的起源和演变过程,似乎早已清晰,一些结论也似乎早已得到公认。

然而,近年来,董亚巍、周卫荣等先后考察了北京、上海、浙江、山西、河南、湖北、陕西和安徽等地近二十个大小不一的博物馆,经细心观察、认真分析大量相关馆藏青铜器的范铸痕迹,明确指出,我国青铜器范铸技术的发展和演变过程,可大致分为三个阶段:第一阶段为商前时期,其青铜器铸造技术自发轫至基本成熟;第二阶段为早商至西周晚期,其青铜器范铸技术以分型制模、分模制范、活块造型及特制芯盒为特征,绝大多数青铜器皆为整体铸造;第三个阶段为春秋战国时期,其青铜器范铸技术大多采用分型铸造与焊接技术。这一时期大多数青铜器的制作,皆为先分体铸造,再组成整器。显然,这一过程与以往的研究成果有着明显的差异。最令人惊异的是,周卫荣、董亚巍等还发现,原以为非失蜡法铸造莫属的曾侯乙墓青铜尊盘,竟然也为分铸与焊接而成。这一结论不仅使人们为我国高超绝伦的青铜器范铸技术惊叹不已,也使人们进一步认识到中西方青铜铸造工艺明显分属不同体系。

3 探索青铜矿料来源

矿料来源的探索是冶金考古的又一重要领域,其涉及夏商周三代的政治、军事和经济,若能解决这一长期悬而未决的难题,无疑将引起学术界的强烈反响,并可望有效深化夏商周三代史的研究。

数十年来,国内外有关专家采用铅同位素比值分析方法,测试了许多数据,也取得了一定的成果。然而,铅同位素比值方法的局限性和矿料来源问题的复杂性,严重地制约了研究的进展。近些年来,秦颍等将探源改为寻流,并改进了微量元素示踪法,选择亲铜、亲硫元素作多元统计分析,颇为理想地区分了铜陵和铜绿山地区的古代冶炼铜锭,并初步讨论了添加锡和铅的影响。与此同时,国际上有关专家认为铜和锡的同位素比值分析,可望揭示青铜器中铜、锡成分的矿料来源，并作了初步的尝试。然而，铜、锡同位素比值示踪的有效性有两个前提，一是同一矿区的铜、锡同位素比值应具有唯一性，或至少具有显著的自身特征；二是不同矿区的铜、锡同位素比值不相重叠。可以预言，若古代青铜器中，随锡、铅成分带入的亲铜、亲硫元素，不能完全覆盖铜料携带的相应元素，而铜、锡同位素比值示踪有效性的两个前提也可以满足，则我国青铜器矿料来源的探索必能取得突破性的进展。

陶瓷科技考古的若干前沿问题①

如果从 20 世纪 20 年代周仁先生开展古陶瓷科学研究算起,我国陶瓷科技考古业已开展了约 80 年。1998 年,李家治先生主编的《中国科学技术史·陶瓷卷》,全面总结了主要由我国学者完成的中国陶瓷科技考古的系统成果,它向世人展示了光辉灿烂的中华陶瓷文明。尽管如此,近 10 年来,陶瓷科技考古的研究工作似乎仍处于上升趋势,新的科技方法在这一领域得到越来越广泛的应用,新的研究成果也伴随着新的考古发掘而不断涌现,这充分反映了我国陶瓷文明的博大精深。我们有幸得到李家治先生的帮助和指导,自 1999 年以来,开展了一系列陶瓷科技考古的研究工作,取得了一些颇有意义的成果,对陶瓷科技考古的开展,也积累了一些经验,现结合陶瓷科技考古前沿问题的探讨,将有关成果和若干思考简要介绍如下。

1　我国陶器的起源

众所周知,我国陶器起源于距今万年左右的新石器时代早期。不难发现,无论北方的徐水南庄头、北京东胡林,抑或南方的桂林甑皮岩、道县玉蟾岩、万年县仙人洞等遗址,所有这些新石器时代早期出土的陶器都有一个共同特点,即陶胎中含有大量的石英等粗颗粒。显然,这不是偶然的。那时候,因没有陶窑,陶器的烧成温度甚低,或许只有这种富含岩石碎屑的黏土方能在较低温度下烧成。此外,从发表的数据看,早期陶器的烧成温度都在 700 ℃ 以上。考虑到这些样品因富含大颗粒岩石碎屑,结构十分疏松,年代又极久远,采用热膨胀法测定其烧成温度,或许误差较大。鉴于此,我们模拟制备了几套系列样品,进行了系统分析。结果指出,陶土在 400 ℃ 即可烧制成型,且掺砂量为 20% 左右的“陶器”,其物理性能最佳。与此同时,我们还发现,烧成温度低于 900 ℃ 时,采用热膨胀法无法测定其原始烧成温度。为此,我们又研究建立了测定这一较低烧成温度的新方法。

---

① 本章和下一章同为详细摘要。需要指出的是,这两章详细摘要的不少观点都已过时,读者如结合后面论文对照阅读,很可能会意识到我们科研思路的转变过程。从这一点讲,将这两章收入前沿综述篇还是适宜的。

2　原始瓷产地的再研究

迄今为止,多数学者认为,我国北方在商代不生产原始瓷,其出土的原始瓷皆来自南方的吴城地区。然而,安金槐先生指出,我国北方商代的原始瓷,相当一部分的器型具有北方当地的文化风格,且有不少烧流了的原始瓷。从已发表的数据来看,我国南方出土的原始瓷数量确实远多于北方,但商代早期的原始瓷数量,却是北方略多于南方。当我们到吴城选取原始瓷样品时,发现其商代早期原始瓷的质量甚差,明显不如北方的同期样品。基于上述事实,我们认为有必要对原始瓷的产地进行再研究。为此,我们分别从江西吴城、浙江黄梅山、安徽枞阳汤家墩、郑州商城和垣曲商城遗址选取了数十枚原始瓷样品,采用 ICP 和 XRF 等方法,测定了它们的微量元素。聚类和主因子分析的结果表明,我国北方的原始瓷没有和南方样品聚在一起,这些原始瓷应该是在当地烧制的。

3　我国北方白瓷的起源

隋唐时期,我国北方以邢窑、定窑和巩县窑等重要瓷窑大量生产白瓷,书写了我国瓷器生产新的里程碑。一般说来,白瓷的胎料系二元或三元配方,需要将高岭土配以长石等原料方可生产,然而,人们是如何想到多元配方的?长期以来,我们感到十分困惑。今年 4 月,因和日本早稻田大学 Uda 教授合作研究唐三彩,我参观了河南省文物考古研究所的陈列室,发现考古学家认为的青瓷,从外观颜色看应该是白瓷。一瞬间,我"突发奇想",意识到北方白瓷应为青瓷发展阶段的产物,即起源于南北朝的早期白瓷,其瓷胎原料也应是瓷土。因南北朝时期崇尚白色,在人们的刻意追求下,或施以化妆土,或提纯原料,使白瓷的白色更为理想。有可能受到瓷釉多元配方的启示,白色瓷胎的多元配方在白瓷发展的一定阶段上应运而生。如果这一考虑是正确的,那么,如何鉴别白瓷瓷胎的配方,即一元配方抑或多元配方?应该是认真探索的前沿课题。

4　明代景德镇官窑青花瓷的科技鉴定

明代青花瓷的精湛工艺和绝妙艺术,赋予其极高的学术和收藏价值,与此同时,也刺激了一些不法分子的贪婪心,除盗掘外,他们还"潜心"仿制,一批精仿制品甚至达到了以假乱真的水平,这就向青花瓷的鉴定提出了挑战。目前,青花瓷鉴定的主要依据是款识、器型、纹饰风格和制作工艺等特征。这种鉴定方法,缺少量化标准,主观因素较大,唯少数经验丰富的专家才有望感悟其真谛。即便如此,对上述精仿制品以及历史上仿前朝的青花瓷器,其鉴别的难度依然较大,往往引起争议,甚至导致误判。为解决这一难题,我们尝试从科技分析入手,运用地域考古学理论,根据青花瓷胎、釉、青花料的化学元素组成,提炼出它们的时代特征,为明代景德镇官窑青花瓷科技鉴定奠定了较为坚实的基础。

5　陶瓷科技考古的新方法

迄今为止,瓷釉的颜色,主要探讨其与元素成分的关系。有时也考虑到元素的价态,但大多属于推测。近几年来,郑州大学高正耀先生等率先采用低温穆斯堡尔谱方法,分析了铁元素的价态与瓷釉颜色间的关系,取得颇有价值的成果。然而,穆斯堡尔谱可分析的元素有限,于是电子能谱分析方法受到大家的关注。相信这一方法在瓷釉呈色机制分析领域具有诱人的前景。

EXAFS不仅可提供元素价态信息,还可提供某些原子周边环境的信息,如配位数、键长等。显然,对于这一方法同样应该给予足够的关注。

目前,热释光技术在陶瓷测年方面得到了广泛的应用。不过,这里也有一个令人困惑的问题,即经人工辐照的现代陶瓷,可使其热释光年龄变"老",而且控制辐照强度,原则上可使这种赝品和真品的年龄相同。我们知道,瓷胎主要由非晶态硅酸盐物质组成,非晶态是亚稳态,随着时间的推移,它将向晶态转变,尽管其转变速度甚为缓慢。不难理解,人工辐照使赝品瓷器年龄变老的同时,也不可避免地增大了瓷胎物质的非晶度。从这一点讲,辐照又使瓷器"年轻化"。采用EXAFS方法,可提供瓷胎物质非晶程度的信息,由此便可鉴别瓷器的辐照效应。显然,开展这一研究,将具有十分重要的应用前景。

我国古陶瓷研究的现状与动向[①]

　　我国的古陶瓷源远流长,早在万年之前,中华大地制作陶器的地点就不少于四处,而我国又是瓷器的发明国,中国古瓷器不仅种类繁多、风格各异,而且工艺精湛、巧夺天工,蕴含着无数人间奇迹。这些都为中国古陶瓷研究提供了坚实的物质基础。

　　经过半个多世纪锲而不舍的探索,李家治教授集诸家之大成,主编了《中国科学技术史·陶瓷卷》,将中国古陶瓷研究的主要成果浓缩其中,构筑成中国古陶瓷科学技术发展的完整体系。然而,如前所述,中国古陶瓷的科学内容极为丰富,其涉及的学科领域也极为宽广,加上新的分析技术、新的考古发掘不断涌现,致使中国古陶瓷研究高潮迭起、长盛不衰。

　　中国古陶瓷研究领域的新生长点当首推古陶瓷产地及其矿料来源探索。一般说来,古陶器产地研究旨在探索不同考古学文化或不同遗址间的文化交流关系,并可从自然科学角度为考古学文化区系理论提供定量的依据,甚至可用于探索古代社会的经济结构等;而古瓷器产地研究则可为其无损科学鉴定奠定坚实的基础。相对而言,古陶器产地研究要简单得多,这不仅因其原料组成较为单一,而更重要的是其残片甚多,完全可作有损分析。尽管如此,方法问题在这里依然至关重要。对古陶器产地探索的方法而言,标样的制备和选择是测试数据可靠性的关键所在。美国一般采用俄亥俄红土———一种制陶黏土,其元素覆盖面广,且成分分布十分均匀。应该说,我国古陶瓷界虽然颇为关注标样的制备,但尚未考虑到这类标样的特殊要求。古瓷器十分珍贵,且大多为完器,故对古瓷器鉴定而言,系列样品数据库和无损方法的建立是首要前提。显然,中国古瓷器系列样品数据库只能由我国学者来建立,而现在无损方法,如同步辐射 X 荧光光谱、PIXE 和 X 射线荧光光谱等,皆已成熟,或较为成熟。不过因 X 射线荧光光谱具有众多优点,其应用前景最为看好。近些年来,有关古瓷器鉴定的论文和讨论明显增多,特别是某先生的一对元青花象耳瓶的真伪讨论,在国内陶瓷界,甚至在东南亚地区产生了较大的反响,人们似乎形成了一种错觉,即科学鉴定不科学,常常给出错误的结论,远远不如文物专家的经验鉴定。为此,李家治先生和我进行了认真的讨论,发现有关科学鉴定的测试数据是完全正确的,但因不了解瓷器胎、釉、彩料的发展过程,不清楚所谓"低锰高铁"的定量界限,结果将赝品说成了真品,造成了不良的影响(有关古瓷器的鉴定问题,李家治先生和我准备联名在有关报纸上专门讨论,这里不再赘述)。这从一个侧面反映出古陶瓷鉴定的数据处理和数据分析是很有学问的,值得认真研究。

　　古陶瓷研究的前沿与重大的考古新发现关系密切。2000 年 12 月河南省宝丰县汝官窑的发现,1998 年 10 月至 2001 年 3 月杭州老虎洞窑,即南宋修内司官窑的发掘,皆引起国内外古陶瓷专家的浓厚兴趣。这两个官窑在我国陶瓷发展史上的地位举足轻重,且其工艺极为精妙,故有关它们的研究成果,将具有十分重要的学术价值,并可产生深远的国际影响。

　　我国古陶瓷素有"南青北白"之分,相对而言,南方各窑之间和北方各窑之间的传播和影

[①]　本章为详细摘要。

响较为清楚,而南北之间的关系却颇为模糊。目前,人们十分关注白瓷南传的问题,其中,安徽省繁昌窑似乎十分重要。在李家治先生的倡导下,我校拟和安徽省文物考古研究所于明年9月和10月对繁昌柯家村窑进行联合发掘,希望能逐步捋清白瓷南传的路线。同样,青瓷北传也应予以关注,但迄今为止,人们似乎还没有具体的思路。

与青瓷北传有一点关系的是原始瓷问题。绝大多数专家认为,商周时期,我国北方不产原始瓷,其出土的原始瓷皆来自南方。但已故安金槐先生始终坚持北方也生产原始瓷的观点,理由主要有以下两点:一是北方出土的原始瓷,其器型明显不同于南方;二是北方出土了相当数量烧流了的原始瓷。应该说,所有认为北方不产原始瓷的专家,没有给安先生以正面的解释。此外,据了解,山西省夏县东下冯等若干北方遗址曾出土有新石器时代晚期的原始瓷,这表明北方原始瓷的出现明显早于南方。由此可见,原始瓷的产地问题远未解决。考虑到原始瓷对我国瓷器的发明密切相关,故其产地研究显然应属于古陶瓷的前沿课题。

就古陶瓷研究领域而言,我国现有的研究基础颇为厚实,优势也十分明显。一些数据表明,我国古陶瓷科学技术研究的队伍发展较快,如中国科学技术大学科技考古研究室、复旦大学现代物理研究所、上海博物馆实验室、中国科学院高能物理研究所核技术应用科学部、郑州大学物理工程学院等新兴单位,都已做出了一些有特色的工作,而中国科学院上海硅酸盐研究所、西北轻工业学院和景德镇陶瓷学院等单位依然处于发展状态,特别是上海硅酸盐研究所,一些年轻人才已能挑起重担,而李家治先生虽年事较高,但精神矍铄、思维敏捷,仍然起着重要的作用。为此,我建议,由中国科学院上海硅酸盐研究所承担此项研究,请博士后李伟东副研究员担此重任。

国际上古陶瓷研究的优势单位有:英国牛津大学考古与艺术史实验室、英国伦敦大学学院考古学院、美国史密森博物院和美国布鲁克海文国家实验室等。相比之下,国外古陶瓷产地及陶瓷理论的研究水平明显高于我国。除此之外,国外十分注意比较研究,而我国学者基本上只研究中国古陶瓷(陈显求先生曾分析过美洲陶器),很少涉及国外古陶瓷,这是十分遗憾的。希望今后能加强这方面的研究。

科技考古漫谈

1　前　言

　　当前,科学技术的发展有三个特点,一是学科间的交叉融合日益加强,二是科技的发展速度持续增快,三是随着经济的飞速发展,人民生活水平的明显提高,人文社会科学将日显重要。而科技考古学,即利用现代科学技术,分析研究古代遗存,攫取丰富的潜信息,再结合历史学、考古学等社会科学研究方法,探索古代人类社会历史和人与环境关系的学科。起初,它为考古学的一个分支,而如今已代表着考古学的发展方向。显然,科技考古学交叉于自然科学技术与人文社会科学之间,是最为典型的交叉学科;现代科学技术的新成果,往往都能成功地应用于科技考古学;从科技考古学的研究对象和研究目标来看,它应属人文社会科学范畴。这三点都表明,科技考古学将成为本世纪的重要前沿学科之一。

　　众所周知,我国是世界上现存唯一具有连续不断悠久历史的国家,中华文明是世界文明的重要组成部分。著名考古学家张光直先生指出,世界文明起源主要有两类:一类源自技术突破和贸易促进,以苏美尔文明为代表;一类则依靠政治权威的逐步推行,中华文明为其典型。他认为,中华文明的发展规律是世界式的,具有明显的普适性。这里,暂且不论张先生的看法与西方学术界的主流观点孰是孰非,至少可从中感悟到,探索中华文明起源及其发展规律,具有极其重要的意义,而这一规律的探索,学界尚未深入开展,应在世界文明发展史的背景下,梳理这一规律。一般说来,中华文明的基础是农业文明,而我国的农业生产已有万年的历史。如果说,中华文明探源尚有少量文献资料(包括未经证实的传说)可供参考的话,那么,欲探究中华文明因素的形成,特别是农业的起源与发展,恐怕只能依靠考古学与科技考古学的研究成果了。尽管我国考古学业已取得了举世瞩目的成绩,与自然科学的结合也在逐步深入,但由于种种原因,这一结合还不够全面,更不够紧密,因而我国考古学的研究水平与国际先进水平相比,尚有较为明显的差距,其主要体现在多学科协作的研究成果上。由此可见,对于上述问题的研究,至少在目前,将主要仰仗科技考古学的全面发展和深入开展。

2　科技考古的研究现状

　　科技考古学涉及的领域十分广泛,而时空框架的建立是其研究的基础。因此,我们拟从时空框架切入,简要介绍国内外科技考古前沿研究的现状和展望。首先是断代测年领域,这一领域对考古学影响最大的莫过于^{14}C测年方法。近些年来，^{14}C测年方法有两个重要发展。一个是树轮校正、特别是系列样品贝叶斯统计分析在^{14}C测年-树轮校正中的成功应用，极大地提高了测年精度，使撰写古代社会编年史的梦想几乎可望成真；另一个是 AMS 与^{14}C测年方法的结合，其检测年限远低于常规^{14}C方法，从而极大地拓宽了测年样品的范围。此外，释光技术，特别是光释光和红外释光技术的发展，也颇为引人注目。其检测年限的大幅提前，可有效地测定人类活动形成的沉积层年代，从而弥补了^{14}C测年范围的不足。

时空框架的空间部分主要与地域考古学和考古勘查相关。地域考古学，即文物产地及其矿料来源的探索，在国际上似乎是一个长盛不衰的领域。20 世纪 90 年代以来，随着各种成分分析新方法的不断涌现，如 ICP-MS、PIXE、INAA 及 SRXRF 等，地域考古学显得尤为活跃。值得一提的是，日本原子力研究所米泽仲四郎等尝试的瞬发 INAA 方法，可完全无损分析珍贵文物，克服了缓发中子活化分析的缺憾，其前景不可限量。当前，地域考古学研究有两个重要的动向，一是多种方法的有机结合，如岩相、成分和同位素比值分析的相互参照，这可以有效解决分析数据重叠的难题；二是国际通用方法的研究，它可为建立数字地球人文系统数据库创造必要的条件。

而在考古勘查领域，遥感技术突飞猛进的发展，各种高精度地球物理勘查仪器的推出，特别是探地雷达及低温探针在考古勘查中的成功应用，不仅提高了考古发掘的准确度，而且可在一定程度上解除考古学家的担忧。

有关古代工艺的研究，如陶瓷、冶金等，我国学者的研究水平长期居世界前列。如果从 20 世纪 20 年代周仁先生率先研究古陶瓷算起，那么，我国陶瓷科技考古已有了 80 年的发展史。1998 年，李家治先生主编的《中国科学技术史·陶瓷卷》，集数十年成果之大成，构建起中国古陶瓷科技发展的体系，使中国古陶瓷科技考古研究有了坚实的基础。尽管如此，近 10 年来，陶瓷科技考古的研究工作依然处于上升趋势，新的科技方法得到越来越广泛的应用，新的研究成果也伴随着新的考古发掘而不断涌现，这一方面充分反映了我国陶瓷文明的博大精深，另一方面也再次表明科学研究永无止境。

众所周知，陶器的发明，对人类文明的发展有着多方面的影响。首先，陶器是人类首次以化学方法为主制成的人工材料，它预示着人类改造自然的巨大潜力。其次，陶器又是一种新的艺术形式，其引导出我国光辉灿烂的陶瓷文明。当然，最重要的还应是，陶器是一种实用器皿，它不仅便于烹饪食物，改善古人的饮食方式，而且为食品的储存、酿造和腌制创造了基本条件，有力地促进了农业和手工艺的发展。纵观人类的史前史，陶器与人类关系之密切，在某些方面甚至胜过了石器。

陶器的重要性，引起了人们的研究兴趣。因限于篇幅，这里仅以我国境内发现的早期陶器为主，讨论早期陶器的若干问题。先谈一谈陶器起源的时间。目前，多数学者的观点逐渐趋于一致，即不同地区的陶器各自有着独立起源，其起源时间不尽相同，但最早已达距今万年以上的新石器早期。再讨论一下我国早期陶器的原料和相关问题。不难发现，在我国，无论北方的徐水南庄头、北京东胡林，抑或南方的桂林甑皮岩、道县玉蟾岩、万年县仙人洞等遗址，出土的距今万年以上的陶器都有一个共同特点，即陶胎中含有大量粗大的岩石碎屑，当然，不同遗址出土陶器一般含有不同的岩石碎屑。无论如何，早期陶器皆富含岩石碎屑，应该不是偶然的。模拟制备和测试分析表明，"陶器"在 400 ℃左右即可烧制成形，当烧成温度在 400—500 ℃时，掺砂量为 20% 左右的"陶器"，其物理性能最佳。

陶器烧成温度的测试颇为重要，近来，有关测试方法的研究进展值得一提。大家知道，测定陶器烧成温度的方法有多种,而应用最为广泛、数据较为可靠的,应为热膨胀方法。然而,最近的研究发现,热膨胀方法的适用条件是,原始烧成温度必须高于 870 ℃。为此,我们尝试建立了测定较低烧成温度的新方法,并将其应用于古陶和古代陶范原始烧成温度的测定。

原始瓷产地研究之进展,涉及中国古陶瓷科技发展的若干重要问题。长期以来,原始瓷产地研究存在两种不同的观点。多数专家认为,我国原始瓷发源于南方,且主要为江西的吴城地区。少数学者发现,我国北方出土的商周时期原始瓷中,相当一部分为中原风格器型,且有不少烧流的残品,据此指出,这部分原始瓷应该产于我国北方。尽管持后一观点的专家为少数,但近来的研究和考古发掘却再次证明,真理有时在少数人那边。

牵一发而动全身。我国北方商周时期也产原始瓷的事实,迫使人们重新检验整个中国古代瓷器的发展史。联想到我国北方在隋唐时期突然出现了质量极佳的白瓷,不少专家逐步认识到,我国北方早期瓷器应该有一个相对独立的发展过程,对这一发展过程的探索,必将成为今后中国陶瓷科技考古的研究热点之一。

柯俊院士指导的北京科技大学冶金与材料史研究所从事冶金科技考古和冶金史研究三十余年,在古代冶铸工艺和中国冶金科技发展史,特别是钢铁的科技发展史等领域取得了丰硕的成果。然而,冶金科技考古领域内,相比之下,青铜器矿料来源的研究进展颇不尽如人意。长期以来,铅同位素比值分析是探索青铜器矿料来源的主要方法,然而,青铜器中铅成分来源的不确定性,即难以区分添加铅和铜矿石和锡矿石所携带的杂质铅;特别是近期尚有争议的发现,即冶铸过程可能会导致青铜器中铅同位素的明显分馏,或许从根本上否定了这一方法的应用前景。近年来,铜同位素和锡同位素比值分析方法,开始受到关注,一些学者还进行了尝试,尽管这一方法值得认真探索,但现在尚难以判断其应用价值。由非金属的矿石冶炼成金属,其微量元素发生了根本性的改变,因此,探索青铜器的矿料来源时,微量元素分析方法始终被束之高阁。然而,近期的研究指出,青铜器在冶铸前后,矿石中的亲铜、亲硫元素主要富集于金属中,聚类分析还表明,这些元素具有矿料来源的指示意义。这样,完善这一方法在必要时可将这一方法和铜、锡同位素比值分析方法相结合,应该成为科技考古的前沿基础研究之一。俟有关方法完善后,殷墟、三星堆、新干等处出土青铜器的矿料来源——这些千古之谜,其谜底的破译,应指日可待。

我国冶金起源是国内外十分关心的问题,关于这一问题,历来有本土说和西来说两种观点。西方学者大多更关注我国甘青地区的冶金起源,而我们以为,欲揭开我国冶金起源之谜,关键在中原和东北地区早期冶金遗物和遗址的研究。原则上,冶金工艺的发展过程应该为自然金属-混合矿直接冶炼所得的合金-单金属冶炼并铸成合金。而在自然金属至混合矿直接冶炼之间,或许还有一个块炼金属的阶段。无论如何,这一发展过程与我国古代高温技术的逐步提高密切相关。至于我国古代铸造工艺的研究,尽管前辈学者做了大量的工作,并取得了显著的成果,但总体说来,似乎还未成体系,一些问题,特别是范铸工艺,尚未认真开展研究,而另一些问题,可能还需重新检验。需要指出的是,冶金科技考古,包括上述冶金起源和铸造工艺发展史研究,若不结合模拟制备研究,可能难以给出确凿无疑的结论。

最后,介绍一下生物考古的研究现状。生物考古领域中,人类起源是较热门的课题之一。目前,人类起源于非洲的假说,似乎仍为西方主流学者所认同。然而我们以为,这一假说的基础,即人类的遗传和变异属线形规律,其实并未得到证实。何况其分析的样本数较少,又未能考虑环境对核苷酸变异数增加的影响,如非洲热带地区的紫外线甚强,人的寿命较短等。由此可见,在人类的遗传和变异规律未能捋清之前,讨论人类起源难以获得令人信服的结论。当然,不能认为古 DNA 分析没有意义,恰恰相反,欲复原古代社会的动态历史,古 DNA 分析将具有无可替代的重要作用。可以预言,古 DNA 的有效分析,将引起考古学新的革命,其影响之大,甚至可望超过 ^{14}C 测年。

生物考古中,古代人类食谱研究是另一个重要领域。目前,C 和 N 稳定同位素比值分析仍为古代食谱研究的主要方法,此外,利用 O 同位素分析,探索先民的饮用水来源,根据陶器内残存脂肪酸分析,了解先民食谱及陶器用途等,也时有新的成果。近年来,骨骼和牙齿珐琅质中 Ca、Sr、Ba 的成分以及 Sr 同位素比值的比较分析,判断先民是否为来自异乡的移民,正逐渐成为先民食谱研究中的新热点。

总之,科技考古学的研究现状可概括为:断代测年始终是科技考古最关心的领域,但相对来说,其分析方法较为成熟,故近来有关成果的数量似乎要少一些。地域考古也是科技考古的重要领域之一,且是当前的主流。生物考古虽然年轻,但具有诱人的前景,预计 5—10 年内将成为科技考古的主流。

3　科技考古学的研究前沿

未来的科技考古学,将十分注重基础理论的建设,如考古学文化区系理论的定量依据和人类起源与遗传的谱系图等。前者的前提是建立古陶产地和 ^{14}C 测年的数据库,在此基础上,根据聚类分析从自然科学角度给出考古学文化区系的划分根据。后者的任务较为艰巨,需要进行深入、细致的基础研究,需要相当数量的数据积累,才可望在全球范围内建立起人类起源与遗传的谱系图。此外,利用遥感等技术绘制古代遗址类别及其分布图,根据孢粉、古生物、古土壤、古湖泊等分析,由近及远地提供古代全球气候与环境的变迁规律,通过植硅石分析,勾画出各种粮食植物的起源与传播路线图等,都是科技考古学基础理论的组成部分。显然,这些基础理论的健全,将从根本上改变科技考古学的面貌。应该说,国际科技考古界十分注意分析方法的研究,对科技考古学的基础理论问题往往考虑不够,因此,这应是我国科技考古研究赶超世界先进水平的最佳切入点之一。

未来的科技考古学,更将注重多学科的协作研究。科技考古学涉及的学科之广,探索的问题之杂,决定了多学科协作的重要性。国际科技考古界在多学科协作方面不尽如人意,可能是在具体的遗址研究时,不同学科间有着具体的协作,但从国际学术会议和有关刊物看,则几乎看不到多学科协作研究的成果。甚至基因和食谱分析,两者同属生物考古范畴,都未能见到将两种方法结合起来研究的成果。我国夏商周断代工程的顺利进行,不仅取得了重要的研究成果,而且为我们积累了多学科协作的宝贵经验。相信在有关领导和机构的支持下,通过合理的多学科协作,我国科技考古界将会取得一系列举世瞩目的成果。

科技考古学与考古学几乎是齐头并进的,然而又似乎总有主次之分。就学科建设而言,科技考古学远不如考古学成熟。究其原因,首先是知识结构问题。原则上讲,科技考古学家与考古学家都应有坚实的人文社会科学功底。然而,不难发现,国内外著名考古学家,几乎都是"思想家"。考古学的每一个发展阶段,都有著名的考古学大师在引领风骚。相对而言,国内外科技考古界中类似的"大师"甚少,究其原因,人文社会科学的基础不实也。其次是缺少独立的研究机构和人才培养基地。几乎所有的国内外科技考古实验室都隶属于考古学系或人类学系,而绝大多数科技考古专家又都有各自的自然科学研究领域,对科技考古仅仅是

"客串",即使专业的科技考古专家,也甘心作"配角",潜心于科技考古方法和具体的研究课题中,很少关心科技考古学的学科体系建设。从这一意义上讲,建设科技考古前沿基础研究基地,将有助于培养文理兼通的新一代科技考古学家,开创我国科技考古学的新局面。

生物科学的迅猛发展,导致生物考古的兴起。如今,生物考古在科技考古中的地位日显重要,已成为主要热点之一。如前所述,生物考古主要包括两个部分,即古代人类食谱和古DNA分析。人骨中骨胶原的C、N稳定同位素分析和羟磷灰石的微量元素分析,是探索古代人类食谱的主要方法,有关研究成果有力地推动了考古学的发展。不过,上述分析辨别食物种类的能力颇为有限,还不是深层次的食谱分析。况且,它所揭示的主要是先民食物结构的总体情况,难以反映先民个体生前食谱的变化过程。近年来,除探索先民个体生前食谱的变化过程外,依据骨胶原中特定氨基酸与特定食物之间的关系,全面揭示先民的食物组成,也同样成为新的食谱分析生长点。在古DNA分析方面,有关方法日臻成熟,成功地揭示了不同人群之间的亲缘关系,并尝试追溯人群的迁移路线。当前,利用古DNA分析,探索家畜起源及其传播,已受到国内外有关专家的关注,但在农业起源方面,因碳化植物难以提取DNA,似乎罕见报道。不过,近年来,古DNA分析在古病理研究方面的应用越来越受到重视。如分析滞留在先民骨中的病毒DNA,则可揭示病毒的演化史,为现代医学提供了有价值的信息。此外,深化古DNA研究,力图揭示人类遗传与变异的规律,在一个较长时期内,将始终为科技考古的前沿问题。

农业考古与生物考古有着不解之缘,有时甚至被视为生物考古的重要组成部分。在研究农业考古时,我们逐渐形成了一个适用于科技考古研究的方法。为便于阐述,我们将解答科技考古问题比作解一个复杂的多元方程,将科技分析方法比作方程的解法,而将考古发掘和研究的资料比作方程的边界条件。如果说,这种复杂方程通常为多解甚至无解的话,那么,代入上述边界条件后,即可望获得唯一解。具体到农业考古中的家畜起源研究,人们通常根据家畜的骨骼形态、牙齿结构和宰杀年龄等,作为判别野生和家养动物的标准。然而,不言而喻,野生动物驯化之初,其骨骼形态,甚至DNA,都应是野生动物特征,而这时区分其驯化与否,却是探索家畜起源的关键所在。如何解决这一问题,仅仅依据测试分析,显然无法"解此方程"。然而,当我们代入边界条件时,即考虑一个具体遗址内同类动物的亲缘关系,若能侥幸发现它们之间有祖孙三代关系,则可判断那里的野生动物已开始了驯化。在此基础上,进一步梳理出该遗址所有同类动物间亲缘关系的统计结果,或许可作为探索其他遗址动物驯化程度的标尺。农业考古的另一重大课题,即栽培植物起源,其与农业起源关系密切,同样是科技考古的重要前沿问题。这一问题的探索,必须借助于古耕作层的发掘。这里涉及科技考古的众多领域。首先,古耕作层的确定需要环境考古学家分析地形、地貌的变迁历史,其次,测定古耕作层的年代需要光释光的系列样品分析。最后,按地层分析有关植硅体的形态和数量。一般说来,某层的植硅体数量骤然增多,且该层开始出现相当数量炭屑(与火种相关),似可视为栽培植物起源。当这种栽培植物达到一定规模时,则可视为农业起源。这些都是亟待探索的重要前沿课题,除上述科学问题外,植硅体测定的自动化、植硅体形态统计特征与驯化程度的函数关系,也同样是科技考古的重要前沿问题。

科技考古的前沿基础研究涉及的领域还有许许多多,如石器(含玉器)、玻璃、建筑、盐业、纸张、字画、钱币等等,即便前面已经介绍的领域中,也还有许许多多重要课题未能考虑周到,但限于认识和篇幅,这里不再赘述。

古 DNA 分析在考古中的应用[①][②]

古 DNA 为提取自古人类或古代动植物的 DNA 片段,其样品通常来源于考古发掘,也可来源于博物馆收藏的古代羊皮卷、岩画或其他文物等。若样品来源于化石则称之为化石 DNA。目前,化石 DNA 的提取上限一般不超过一百万年。若样品保存条件合适,年代又在十万年之内,则古 DNA 的提取应无困难[1]。众所周知,大约在距今一万八千至一万两千年之间,人类社会从旧石器时代向新石器时代转化。由于农业的出现和陶器的使用,使人类的生产和生活状况得到了极大的改善。人类在与大自然的斗争中开始有了主动权,其活动范围明显增大,人口也显著增多,从而给我们留下了颇为丰富的遗迹和遗物。20 世纪 80 年代中期以来 PCR 技术的出现和成熟,将古 DNA 分析提上了议事日程,并迅速成为国际科技考古领域的热点,有关研究也从最初的方法探索向广泛应用转变,这些应用小到男女性别的鉴别,大到现代人类的起源地、迁移路线等。显然,它可以帮助考古学家和人类学家解决一些悬而未决的重要问题。今天,我国的古 DNA 研究业已起步,并取得了一些成果。然而应该指出,无论是分析方法,还是具体应用,古 DNA 研究都还有许多不成熟之处,需要我们认真、细心地探索和研究,否则稍有不慎,就可能得出错误的结论。

1　DNA 简介

DNA 是脱氧核糖核酸的英文缩写,其本质为包括人类在内的所有生物的遗传信息载体。每个脱氧核糖核酸分子皆由碱基、脱氧核糖和磷酸组成,其碱基有四种,即 A、T、G 和 C。其中 A 与 T 配对,而 G 则与 C 配对,即所谓的碱基对(bp)。对于一切 DNA 分子而言,脱氧核糖和磷酸是相同的,但碱基的排列序列不同,正是这不同的碱基序列蕴含着不同的遗传信息。

动物和人的细胞内通常存在两种 DNA,一种是核 DNA(nDNA),主要构成染色体,另一种是线粒体 DNA(mtDNA),这里的线粒体是细胞产生能量的细胞器。前者只存在于细胞核中,每个细胞只有一份拷贝;而后者的变化范围很大,从一千到一万,一个线粒体含一个 mtDNA 分子,所以 mtDNA 的数量很多,研究也十分深入。人类 mtDNA 基因组由 16569 个碱基对组成[2],其标准序列已探明;而且 mtDNA 是单倍体,只由母系遗传,演化速度比 nDNA 快 5—10 倍。这些都给古 DNA 研究带来了极大的便利。nDNA 中 Y 染色体只由父系遗传,这一点,也已应用于现代人类的研究工作中。目前,因提取技术尚未过关,故有关 Y

---

① 原载于 2003 年 7 月 11 日《中国文物报》。
② 本文作者为杨益民、王昌燧和王巍。

染色体古 DNA 的报道不多,不过,其潜在的作用仍不可低估。其他古 nDNA 的研究虽已有报道,但若人类基因组计划未能彻底完成或技术上未能取得重大突破,几乎是不可能广泛用于考古之中。目前,真正较为顺利地应用于考古研究中的是 mtDNA,除此之外,植物叶绿体中的 DNA 研究也已获得了初步成果。

2　材料及 DNA 保存

1985 年 PCR 技术出现以后,科学家才有可能从各种各样的古代遗留材料中大量提取 DNA。这些材料可分为两类:一类是生物材料,如人类的骨头、牙齿和动植物遗骸等;另一类是人类制作、加工或使用过的材料及其所附的残存物,如生活用品陶器内的残留物;作为艺术品的岩画之颜料;动物皮毛和石器上所附的残留物等。所有这些样品在考古发掘工地或博物馆藏品中比比皆是、唾手可得。

一般说来,人骨和牙齿是古 DNA 研究的主要对象。人骨和牙齿结构较为稳定,经长期埋藏仍能保存 DNA。从人骨和人牙中提取出来的古 DNA 通常可提供三个层面上的信息:(1) 个体及个体之间的遗传信息,如个体性别鉴定,直系亲属关系的鉴定等;(2) 群体内部的遗传信息,如亲缘和家族系统的鉴定等;(3) 群体之间的遗传信息,如进化顺序、演变先后等,它可为考古文化类型和聚落之间的关系提供依据。

以往的研究表明,生物死亡后,空气和水将分别导致 DNA 的氧化损伤和水裂解损伤,促使其迅速降解。然而,当空气和水基本隔绝、盐浓度(生理盐水)适度、pH 中性、温度较低(< 15 ℃)时,古 DNA 降解至 200 个 bp 左右的片段后便不再降解。这样,采用 PCR 技术,复制出距今约十万年的古 DNA 应无特殊困难。检验古 DNA 保存状况,确定提取古 DNA 的可能性,通常采用以下两种方法:(1) 根据样品中氨基酸的保存状况和某些氨基酸外消旋作用的影响,如冬氨酸的右旋型与左旋型之比等[3];(2) 样品高温汽化后,利用 GC/MS 检测碱基的氧化损伤程度。需要指出的是,后一方法似乎不一定准确[4]。

3　样品处理、PCR 技术和数据处理

样品种类和来源的不同,其预处理工作也稍有不同。鉴于人骨样品是古 DNA 研究的主要对象,这里仅对人骨样品的处理、PCR 扩增实验和有关数据处理作一简要介绍。

首先,尽可能选择骨腔壁较厚的骨头,如股骨、肋骨、腓骨等。制样时,工作人员应身穿消毒工作服,手戴一次性手套,在无菌环境下,用牙钻仔细打磨样品表面,去除污染部分,然后将初步处理过的样品置于盛满液氮的研钵中,经适度敲打成碎片,并将之研磨成粉末状。取 1—1.5 克粉末样品,用于 DNA 提取和 PCR 扩增。

将粉末骨样溶解于特定的提取液中提取 DNA 片段,再将此 DNA 片段作 PCR 扩增。具体步骤如下:(1) 加热含有古 DNA 的溶液,使古 DNA 分子变性,解开其双链;(2) PCR 引物退火;(3) 在聚合酶作用下引物延伸;(4) 降温,使古 DNA 分子复性;(5) 按以上程序循环

进行。这样,在很短的时间内,目标 DNA(古 DNA)的数量将被扩增 10^5 倍以上,使古 DNA 的测序切实可行。

利用测序仪测定经扩增所得样品的 bp 序列,采用相关计算机软件对测序结果进行处理,并构建进化树。结合其他考古证据作综合分析,给出一定的结论。这里的进化树有时也称为种系树(phylogenetic tree),进化树枝条的长度表示进化距离,其长度越短,表明变异发生的时间越近,这样,整个进化树清晰地展示出不同样品间的演化关系。需要指出的是,进化树构建的基础是统计学理论,进化树本身只是对真实的进化关系作统计评估或者模拟。如果算法选择合适,那么构建的进化树就会接近真实的"进化树",反之亦然。因此,针对不同的序列对象应选择不同的软件。模拟所得的进化树也应采用一定的数学方法评估其真实程度,目前,Bootstraping 方法是用于这种评估的主要数学方法。

对于种属分析,通常无需构建进化树,而是将所得 DNA 序列和标准序列进行对照判断。这类分析常常应用于动植物的古 DNA 研究,它可给出先民是如何利用动植物的信息,当然,这必须建立在系统了解现代动植物的基础之上。

4　研究进展

古 DNA 研究虽然开展不过近二十年,但取得的成就不容小觑。对考古学而言,有人甚至认为会超过 ^{14}C 测年技术的影响。下文对古 DNA 研究在考古学领域的应用状况作一些简要介绍。

残留物的古 DNA 研究,比生物材料方面晚了近十年。然而,由于其样品来源的特殊性,如羊皮卷、鱼胶、陶器、石器、岩画等,使我们获得了一个探索历史的新视野。德国某些科学家采用不同方法从陶器内有机残留物中提取古 DNA[5],对其中的植物叶绿体 rbcL 基因运用 PCR 方法扩增,再将 DNA 测序结果和标准序列作比照分析,居然判断出它的种属是 *Martinella Obovata*。这是一种类似爬山虎的攀缘植物,其广泛分布于洪都拉斯到巴西一带。它所结的果实可以提炼出一种用作眼膏的药剂,据说,美洲印第安人至今仍在使用这种药剂。倘若如此,其分析结果应有一定道理。

这些科学家还对一个所谓的香肠腿(sausage end)作了分析,据说,这种香肠腿可能是史前人们用兽皮做的容器支脚。从靠近容器结合部的内表面刮下一点样品,将最终测得的样品 DNA 序列和有关基因库作对照检索,结果判断为鼠尾草属植物,而且更接近于野生的鼠尾草,由此推测当时人们可能采集这种植物为食。

众所周知,胶水等粘合剂广泛应用于古代书籍、绘画、乐器、泥塑和家具的裱装或制作之中。有科学家从古代明胶(用作胶粘剂和印刷油墨)和现代鱼胶中分别提取出 DNA[6],经比照分析,发现这些古代明胶的制作原料之一鱼鳔,取自于一种英文名为 Rhodeus Ocellaus 的鱼,而在此之前人们普遍认为明胶只能由鲟鱼的鱼鳔制作。显然,这类古 DNA 分析,可以帮助我们确定某些古代原料的种属和来源,深化甚至纠正我们关于这些古代原料加工工艺的认识。类似的从艺术品上提取出古 DNA,并结合其他考古信息进行综合分析,对推测艺术品的制作工艺、制作地和交流路线等,同样能提供有益的启示。

尽管古代器物内残留物的种类和数量皆数不胜数,但并非所有样品都可作古 DNA 分析。这里有一些先决条件,首先是材料的保存状况,若材料本身污染极为严重或有关目标DNA 降解殆尽,则有关分析便成为无米之炊。其次是对有关材料的用途和使用方式要有足够的认识,相关材料在使用过程中对目标 DNA 可能产生的影响也应有所了解。它将帮助你判断分析结果的可靠性或帮助你限定分析范围。例如,所分析的植物 DNA 应为食用植物还是药用植物,这一大前提明确了,分析的难度将大大降低。顺便指出的是,以往人们考虑古代的药用植物甚少,故有关药用植物的工作就目前而言,也许比食用植物更有意义。

化石源自埋藏在地层中的古代生物的遗骸和遗物。今天,对人和动物的粪便化石(coprolite)的研究已然成了一门学问,在考古上被称为粪石学,即 scatology。这里要注意的是,粪石学的研究对象不仅包括石化的生物排泄物,也包括尚未石化或部分石化的生物排泄物。事实上,生物排泄物在考古上大有用途:(1)从粪化石的外表形态,可以判断出生物体的种类等;(2)有时从人的粪化石中能发现动物的发、皮、碎骨和硬壳等,由此可判断先民的食谱;(3)从粪化石包含物中提取的寄生虫卵等,可为古病理学研究提供重要的资料;(4)从粪化石中提取的花粉,可作为分析古环境的依据;(5)PCR 技术出现以后,可从古人类排泄物中提取 DNA,分析当时人类食谱中动物、植物的种类,特别是人类本身的 DNA。值得强调的是,其提取成功率甚至高于从人类遗骸中对古 DNA 的提取。

最先分析古人类排泄物 DNA 的是德国著名学者 Pääbo,他从美国德克萨斯州 Hind 洞穴遗址内两千多年前的人类粪便中成功提取出人的 mtDNA 以及三种动物(pronghorn antelope, bighorn sheep 和 cottontail rabbit)的 rDNA(rRNA-encoding DNA,实验中依据核糖体 RNA 转录出来的 DNA)和八种植物的叶绿体 DNA,其中包括 Liliales、Asteraceae、Ulmaceae、Fagaceae、Solanaceae、Fouquieriaceae、Cactaceae 和 Rhamnaceae[7],为了解当时人类的食谱和药用植物提供了丰富的信息。

去年我们在河南贾湖遗址进行第七次发掘时,没有发现人的粪便,可能是没挖到,也可能是腐烂严重以致无法识别了,还有一种可能是数量太少,而那时我们还未认识到它的重要性,结果失之交臂。不过这次发掘又出土了大量的狗粪便,如果当时狗已被驯化,以人们吃剩的食物为主要食物的话,那么狗的粪便中就可能含有当时人类食谱的信息。显然,这一工作值得尝试。

总的来说,人类粪便大多发现于干燥的山洞中。在我国,粪石学似乎还未开展,除缺乏认识外,样品来源的限制也是重要原因。今后,应注意沙漠和荒漠地带的遗址,或许会有新的发现。

迄今为止,古代人类 DNA 的样品主要还是人骨和人的牙齿。一般说来,考古学家或人类学家对人骨分析的第一个问题可能就是性别鉴定。对于体质人类学而言,有很多人骨的关键部位可作性别鉴别,然而,有时保存条件太差,致使人骨的那些关键部位模糊不清,此时,若根据体质人类学方法,则已无法断定其性别,或者只能给出倾向性的意见,这时,唯借助于古 DNA 分析,方可望明确鉴定其性别。

人骨容易腐蚀,而牙齿则不然,在地下埋藏几千乃至上万年也能保存完好,所以牙齿是性别鉴定的最佳对象。通常可从牙齿或人骨中提取与 X-Y 染色体同源的 amelogenin 基因进行 PCR 扩增,再根据 DNA 电泳结果来判断男女。德国科学家曾进行过这一类研究[8],他们选取了 12 个古代个体,时间跨度从 BP 4000 到 BP 7000,每个个体选取三个样品,既有牙齿也有骨头。有关实验结果表明,除三个样品没有复制出目标基因外,所有相同个体样品的性别鉴定结果都一致,其与之前的体质人类学判断也完全相同,从而表明此方法是可信的,应能应用于未知性别的鉴别。顺便指出,这种鉴定方法在某种程度上也可用于检验古 DNA 提取的可靠性。如果其与体质人类学的判断不一致,则意味着古 DNA 的提取有问题。当然,古 DNA 提取的可靠性,关键还在于结果的重复性。由于青春期之前男女骨骼的差别不明显,难以运用体质人类学方法来鉴别性别,这样,古 DNA 方法对婴儿和少年的性别鉴定就显得尤其重要。

古代社会的人们往往聚族而居,死后也埋在共同的墓地之中。这一传统至今在许多不甚发达的农村依然存在。远古时期的聚落里,人们一般皆按血缘关系聚集在一起生活和劳动。一般说来,考古学家判断史前或历史时期遗址里墓主人在家族中的地位,主要依据随葬品的多寡和贵贱。例如,山西省天马-曲村遗址晋侯墓群发现后,考古学家原以为根据铭文中的人名应能准确地判断墓主人,但实际情况并非那么简单[9]:一是出土铭文中的人名与《史记》的记载不完全吻合,二是有的墓葬出土的铜器铭文中有多个人名。这就给断定墓主人的身份及其在家族中的地位,带来了很大的困难。有人建议用人骨做 [14]C 测年,但其精度通常大于±20—30 年,以这样的精度显然无法构建各墓的相对时序。要想解决这一难题,恐怕还要仰仗古 DNA 方法。我们知道,Y 染色体与父系遗传相关,若采用专用软件按 Y 染色体 DNA 数据来构建各种可能的家族系,由非 DNA 的证据给出先验判断,再通过不同 DNA 的深入分析最终给出后验判断,这就是所谓共享软件的基本原理 familias(www. nr. no/familias)[10]。国外有科学家对沙皇尼古拉二世的遗骸做 mtDNA 分析,然后用该软件探索其与尼古拉二世有亲属关系的欧洲其他王室的 DNA 的关系,以此来判断遗骸的真假,即判断此人的 DNA 是否出现在家族进化树上。

历史时期的古 DNA 工作应能检验方法的正确性和可靠性,而史前时期因没有文字记载,埋葬顺序又不清晰,故有关 DNA 分析工作往往更集中于聚落中族群的分类。众所周知,一个聚落由单一家族组成,抑或由两个或更多家族组成,其统治阶层和被统治阶层,同属一个家族,还是分属不同家族,探明这些具体问题,具有重要的考古学意义。吉林大学考古 DNA 实验室关于河北姜家梁遗址的人骨 mtDNA 分析即属于这类工作,依据构建的进化树,他们认为该处聚落的社会结构不同于母系氏族社会[11]。

古代社会尽管交通不发达,但人员、物质的交流其实很频繁,研究各个文化之间的承继、交流关系是考古学家的重要任务。以往主要依据陶器、石器(含玉器)等器形、微量元素组成的异同以及一些风俗习惯(如拔牙)来判断不同文化间是否存在承继、交流关系。现在,古 DNA 分析在这一领域应能发挥更有效的作用。

日本先民和亚欧大陆先民的关系一直是考古学和人类学的研究热点之一。在公元前四世纪的日本列岛,由大陆传来的弥生文化逐渐取代了当地的绳纹文化,弥生人和绳纹人具有不同的人种特征,体质人类学家从骨骼上就可看到两者的差异。当然,他们的差别主要来自不同的生业和经济生活,即绳纹文化以采集经济为主,弥生文化以农业经济为主。遗址发掘时,只要发现稻谷残骸或水稻硅酸体,就可将该遗址定为弥生文化,否则为绳纹文化。弥生文化的时代大约从 300 BC 至 AD 25,我国山东省临淄市 Yixi(音)遗址的时代与之相当,大约从 206 BC 至 AD 220,即两汉时期。日本科学家对选自 Yixi 遗址的骨骼和牙齿样品进行了 mtDNA 测序,并和不同地区的现代人 mtDNA 作了比照分析,认为 Yixi 人在遗传距离上,和中国台湾省的汉族人群最接近[12],与现在的蒙古人、日本人和韩国人也比较接近,而与现在的日本阿伊努人和琉球人相差较远。依据骨骼形态学特征和其他有关资料分析,当日本列岛的文化由绳纹文化开始向弥生文化转变之际,即距今 2300 年左右,东亚大陆和日本列岛之间曾发生过相当规模的移民,因而东亚大陆移民(即"渡来人")的基因应该在当今日本人的 DNA 中有所体现。这些人可能来自朝鲜半岛,也可能直接来自我国山东半岛或长江下游,因此,Yixi 遗址 mtDNA 分析的结果是可以解释的。

我国考古学家经过几代人的努力,业已基本构建成了中国各区域考古学文化的谱系,各地区间诸种文化类型的先后顺序和相互关系也已基本捋清,但文化之间的动态交流研究尚处于起步阶段,如上所述,仅凭陶器、玉器或其他器物的有关信息来探索不同文化间的承继、交流关系,似乎难以得出令人信服的结论。比如某个古代王朝,在其王畿地区之外建立了封国或与贸易、军事相关的驿站等,依靠该地区的经济条件来维持生计,并由当地的土著人负责后勤补给,对于这一具体情况,若仅根据陶器器形和人骨形态来判断文化间的交流,其难度之大,可以想象。当然,采用锶同位素比值分析,应能判断分析对象是否为本地人,甚至能揭示其来自何处,但要有一个前提,即此人系成年后才来到这里的。然而,如果采用古 DNA 分析,则不仅能揭示其来自何方,甚至还可以判断其来自哪个文化。不过,这里也有一个前提,即事先已初步建成中国史前人类的 DNA 数据库。有关这一方面的工作实际上属于人的个体断源问题,是十分重要的。

毫无疑问,mtDNA 研究成果最具有影响力的莫过于现代人类非洲单一起源说了。这一理论的立足点在于:(1) mtDNA 母系遗传;(2) mtDNA 的突变和时间成正比。这样,相同母亲的直接后代具有相同的 mtDNA,即一种类型。经过一定时间后,由第 n 代女儿传下的后代中,将有两种类型的 mtDNA。再经过相同时间,自第 $2n+1$ 代始,将会出现四种类型的 mtDNA。依此类推,直至衍生出现代人类所具有的各种 mtDNA 类型。而这一理论的主要内容为:(1) 现代人类的 mtDNA 类型起源于单一母性祖先,即所谓的"夏娃";(2)"夏娃"生活在非洲,因为从非洲提取出来的现代 mtDNA 类型最多,说明其衍变时间最长;(3)"夏娃"生活在距今约 20 万年前,对此,考古学证据也表明那一时间段内确有人类走出非洲;(4) 走出非洲的人类逐渐取代了当地人类,或者当地人类的 mtDNA 没有遗传下来[13]。这个学说提出来以后,尽管遭受到了很多批评,但似乎越来越成为主流认识,有些中国的遗传学者通过研究现代人 Y 染色体的变异程度,也倾向于支持这一学说[14]。不过,国内多数考古学家和体质人类学家对此持慎重态度。因此,目前这个学说远未成为定论。首先 mtDNA 突变的速率是否恒定有待商榷和验证,其次,抽样数量仍嫌不够,抽样的范围也太小,未能充分考虑基因交流和基因漂移的影响。不过我们不能不看到,科学家根据 mtDNA 分析,对欧洲史前的尼安德特人(BP 30000)不是现代人类的直系祖先,而是现代人类的旁系远亲的证明[15],这一点还是得到基本公认的。①

顺便指出,中国从一万年前至今都有比较清晰的文化发展序列,各个时期都有重要的遗址发现,中国家谱的历史源远流长,这些都为探索人类起源提供了得天独厚的条件。若有组织地开展系统研究,则可望在 mtDNA 突变速率和 mtDNA 遗传规律上获得更准确的认识。

综上所述,目前的古 DNA 研究,大致可划分为六个领域:(1) 残留遗物中古 DNA 提取和分析,可以提供器物用途和制作工艺等方面的信息;(2) 生物排泄物的 DNA 分析,可反映先民的食谱、病理和生态环境等多方面的信息,鉴于其较高的 DNA 提取成功率,应予以足够的重视;(3) 牙齿和骨骼的古 DNA,可以获取个体信息,此外,利用动植物的古 DNA 来研究

---

① 本篇综述发表于二十年前,个别观点已经过时,例如,近年来,Y 染色体基因的研究表明,尼安德特人与现代人类有遗传关系。

它们的起源、传播、驯化和在进化树上的位置,也可纳入这一范畴;(4)同一遗址内人群的DNA分析,可以获取群体内部信息,进而可构建家族谱系,判断社会性质等;(5)结合其他考古证据和科技手段,研究文化之间的动态交流;(6)结合现代人的 mtDNA 数据,研究人类起源、演化、变异和迁移的历史过程。

5　存在问题

任何技术都存在局限或缺陷,古 DNA 分析也不能例外。首先是古 DNA 分子的降解,使得其模板改变,致使 PCR 扩增困难,换言之,提取成功率较低。它不像元素分析,一个样品肯定能得出一组数据。

其次,PCR 扩增过程中,容易受现代人类 DNA 的污染,造成扩增对象错误,这是因为PCR 的灵敏度太高。更何况即使没有污染,PCR 本身的运行过程也可能对结果产生干扰。需要补充说明的是,虽然现代人类 DNA 不会对古代动植物的 DNA 研究产生污染,但 PCR引物的设计仍可能产生污染 。同样,动植物 DNA 也不会对古代人类 DNA 的研究产生干扰。

最后,提取出来的古 DNA 要经过甄别,实验结果具有重复性是比较有说服力的。采用系统发育分析进行数据甄别可能是最有效且最可靠的方法。像以前名噪一时的从恐龙蛋中提取古 DNA,实际上就是首先用计算机软件 sequencer 2.1 分析认为结果不可靠,有部分DNA 可能来源于高等植物[16]。当然也有可能是软件的缺陷,但这个可能性相对来说很小,更何况软件本身已经过很多验证。

6　结　　语

尽管古 DNA 分析有各种缺陷,但作为兴起不足二十年的新手段,它已经给考古学带来了冲击,为我们提供了一个重新审视古代历史的新视角,使以前一些争论不休的问题可望迎刃而解,从而更充分、更深刻地了解人类自身及其社会发展的过程,并探索其规律。

技术的突破引发学科的繁荣,这应该是科学发展的规律。当代考古不用[14]C 年代测定已经是难以想象的,而将来的考古发掘和室内研究若不做 DNA 分析,恐怕更加难以想象。随着技术的发展,实验成本的降低,古 DNA 分析将会真正融入考古研究之中,甚至成为考古学不可或缺的重要组成部分。

另一方面也要看到,技术若离开应用,必将失去它应有的价值。古 DNA 技术只有放在考古学的大框架中才能发挥其重要的作用。当然,古 DNA 分析技术绝不是万能的,它不能排斥或取代传统考古学的方法与其他科技手段,恰恰相反,只有充分结合考古学和其他科技考古学方法,它才能真正给出令人信服的考古学结论。

最后,我们想强调的是,古 DNA 不应仅仅看作一种技术手段,而更应该看作一种文化遗产。如上所述,它可以帮助我们更深层次地认识古代历史,解决各种历史难题,捋清人类演化的历程以及人类在自然界中的地位,达到强化自我意识的作用,而这不正是文化遗产的作用吗? 古代样品出土以后,保藏条件至关重要,对文物而言,需通风良好、温度和湿度适宜等。而对古 DNA 则不然,它最忌讳这种环境。因此,应该重视古 DNA 保存环境的研究。与此同时,还应抓紧时间对其进行分析,否则,其所携带的隐含信息就将永远消失。总之,应该将古 DNA 视为文化遗产,而认真开展古 DNA 分析及其保存条件的研究,已刻不容缓。

参 考 文 献

[1]　HOSS M, JARUGA P, ZASTAWNY T H, et al. DNA damage and DNA sequence retrieval from ancient tissues [J]. Nucleic Acids Research, 1996(24):1304-1307.

[2]　CANN R L, STONEKING M, WILSON A C. Mitochondrial DNA human evolution [J]. Nature, 1987, 6099(325):31-36.

[3]　POINAR H N, HÖSS M, BADA J L, et al. Amino acid racemization and the preservation of ancient DNA [J]. Science, 1996, 5263(272):864-866.

[4]　POINAR H N, STANKIEWICZ B A. Protein preservation and DNA retrieval from ancient tissues [J]. PNAS, 1999, 96(15):8426-8431.

[5]　BURGER J, HUMMEL S, HERRMANN B. Palaeogenetics and cultural heritage. Species determination and STR-genotyping from ancient DNA in art and artifacts [J]. Thermochimica Acta, 2000, 365 (1):141-146.

[6]　HODGINS G, DESALLE R, MCGLINCHEY C. Isinglass DNA: identifying the animal species origin of glues found in art and artefacts [J]. Conference Ancient DNA Ⅲ, 1995(7).

[7]　HENDRIK N P, KUCH M, SOBOLIK K D, et al. A molecular analysis of dietary diversity for three archaic native Americans [J]. PNAS, 2001, 98(8):4317-4322.

[8]　MEYER E, WIESE M, BRUCHHAUS H, et al. Extraction and amplification of authentic DNA from ancient human remains [J]. Forensic Science International, 2000, 113(1-3):87-90.

[9]　徐天进. 晋侯墓地的发现与研究现状 [J]. 古代文明研究通讯, 2000, 12(7):7-28.

[10]　EGELAND T, MOSTAD P F, MEVAG B, et al. Beyond traditional paternity and identification cases selecting the most probable pedigree [J]. Forensic Science International, 2000, 110(1):47-59.

[11]　吉林大学考古 DNA 实验室. 河北阳原县姜家梁遗址新石器时代人骨 DNA 的研究 [J]. 考古, 2001 (7):74-81.

[12]　OOTA H, SAITOU N, MATSUSHITA T, et al. Molecular genetic analysis of remains of a 2000-year-old human population in China—and its relevance for the origin of the modern Japanese population [J]. The American Journal of Human Genetics, 1999, 64(1): 250-258.

[13]　刘武, 叶健. DNA 与人类起源和演化:现代分子生物学在人类学研究中的应用 [J]. 人类学学报, 1995, 14(3):266-281.

[14]　KE Y, SU B, SONG X, et al. African origin of modern humans in East Asia:a tale of 12000 Y chromosomes [J]. Science, 2001, 5519(292):1151-1153.

[15]　HÖSS M. Neanderthal population genetics [J]. Nature, 2000, 6777(404):453-454.

[16]　杨洪. 古代 DNA 序列的分析与甄别:兼评恐龙 DNA 研究 [J]. 古生物学报, 1995, 34(6):657-673.

生物考古的研究进展及展望[①②]

溯根究源,是人类共同的本性。长期以来,人类的起源、进化与发展,一直是学术界孜孜以求的研究目标。以考古遗址中的各种生物遗存为研究对象,系统开展生物考古(bioarchaeology)研究,可望揭示人类的体质特征、食物结构、营养状况、迁徙活动,了解不同人群间的亲缘关系以及社会地位、阶层的内在差异,追踪人类演化的足迹,探索人类起源之谜,认识人类社会的发展史,探讨人类对动植物资源的利用情况。

20世纪70年代,英国考古学家 Grahame Clark 首次提出生物考古一词。但当时所谓的生物考古,仅指考古遗址中动物遗存的研究。稍后,美国考古学家 Jane Buikstra 对生物考古进行了重新定义。他认为:所谓的生物考古,即指对考古遗址中人类遗骸的科学研究[1]。如今,生物考古的研究范围较之前已得到了极大的扩展,研究对象也进一步延展至遗址中所有的生物遗存,如植物、动物、人类、微生物等等,研究手段和研究方法也更加多种多样。目前,生物考古方兴未艾,包含了以人类遗存为研究主体的众多学科,如人体骨学、动物考古、植物考古、农业考古等,成为国际科技考古研究的前沿领域和热点。鉴于生物考古研究内容的包罗万象,本文仅能对目前生物考古研究中的一些重要领域作一简要介绍。

1　现代人体质特征的观察

在漫长的掩埋过程中,与人体其他组织相比,人体的硬组织——骨骼和牙齿,得以保留的概率更大,故此,人类的硬组织,尤其是古人类化石,一直是生物考古的主要研究对象。而通过人类遗存的发现及其形态特征的测量与观察,就可望揭示人类不同发展阶段间形态的变异,探求人类形态特征的演变过程。根据已有的更新世解剖学上的现代人(AMH)化石资料,对现代人起源的认识,一直存在两种学说,即非洲起源说与多地区起源说。非洲起源说认为,世界上最早的现代人化石记录发现于非洲,并且与世界其他地区的现代人化石存在年代和形态特征上的承继关系,因此,世界上所有的现代人,均起源于非洲,皆为非洲人的后裔。而多地区起源说则认为,世界上各地区的现代人,分别由其本身的直立人独立进化而来,其化石的形态特征具有明显的连续性。其中,中国学者提出的"连续进化、附带杂交",即是该学说的典型代表[2]。长期以来,这两种学说一直各执一词、难分高下。显然,欲更好地认识现代人的起源,更多化石记录的发现和研究将是探索以上问题的关键。

近些年来,东非、北非、欧洲等地区均新发现了不少 AMH 的遗骸,学者们研究指出,现

---

① 原载于《山西大同大学学报·自然科学版》,2009,25(5):84-89。
② 本文作者为胡耀武和王昌燧。

代人的分布范围远比我们之前想象的更为广泛,这些现代人对环境的适应能力也非常之强。此外,通过对以上化石形态特征的测量与观察,发现各化石均与非洲的 AMH 化石相似,故而有力地支持了非洲起源说。然而,我国近期发现的 AMH 化石,如距今 10 万年左右的"许昌人"和"黄龙洞人"、距今约 4 万年前的"田园洞人"以及鄂西-三峡地区出土的若干古人类遗骸[3],却为多地区起源说提供了新的研究证据。由此可以看出,尽管世界各地新发现的 AMH 化石,极大地丰富了生物考古研究的实物资料,弥补了人类进化中的不少"缺环",使得人类演化的脉络正越来越变得清晰,但现代人究竟起源于何时何地的争论,还将不断持续下去。

在 AMH 化石发现取得重要进展的同时,人类遗存形态测量和观察的研究方法和手段也取得了重要的突破,使得人们对古人类化石形态特征的认识发生了质的飞跃。以往,古人类化石的测量和观察,往往只能集中在其外部形态,而对其内部形态以及组织微结构,则缺乏有效的方法进行分析。然而,随着高精度 CT 扫描技术的出现,这一现状近来有了明显的改观。例如,通过高精度 CT 扫描对 AMH 化石及尼安德特人颅骨的化石进行观测,不仅实现了对其形态参数的精确测量,而且也观察到化石的内部组织结构及缺陷,为进一步探索 AMH 与尼安德特人之间形态特征的差异提供了极有价值的证据[4]。通过对 CT 扫描数据的统计分析,还可进一步对古人类化石的形态特征进行虚拟构建,从而能够较为成功地完成破损化石形态特征的观察与测量,为化石形态特征的研究拓宽了研究材料的范围,更好地追踪人类形态特征演化的历程。此外,CT 扫描技术还被学者进一步应用于古人类化石牙齿形态特征的观察和分析,在探索牙齿的内部形态和组织微结构的基础上,揭示古人类的生长发育、营养以及生理压力等重要信息。可以预见,高精度 CT 扫描技术的进一步广泛应用与推广,将在人类遗存形态特征的三维重建、微结构的探索等方面获得令人瞩目的进展.

2　人类遗传结构的演变

在人类进化过程中,人类的形态特征发生了翻天覆地的变化。相应地,人类的遗传结构也同样发生了巨变。无疑,探索人类进化过程中遗传结构的演变、揭示不同人群间的相互联系,是生物考古的另一个重要研究内容。

根据"分子钟"理论,生物 DNA 序列的变异,是按照一定的速率产生的,通过对现存生物 DNA 序列的比较分析,可望了解其间的亲缘关系,揭示他们的共同祖先及起源时间。故此,以今推古,一直是目前生物界探索生物进化的主要研究方法。早在 1987 年,美国学者就通过对全世界现代人 mtDNA 的分析,提出所有现代人均起源于 16 万—20 万年前的非洲,这就是风靡一时的"夏娃学说",即非洲起源说[5]。之后,学者们采用其他分子标记,如 Y 染色体上的微卫星 DNA(STR)、SNP 等,也证实了以上结论。我国学者也曾做过类似的研究,发现东亚地区的人群也源自非洲[6]。一时间,夏娃学说,成为解释现代人起源的主要理论。然而,也有学者指出,由于各种影响因素的存在,如 DNA 分子变异速率的不稳定性,现代人群的频繁移动和杂交,分析的 DNA 序列多为单位点以及统计方法的差异等等,均可能影响 DNA 序列分析结果的诠释。因此,尽管现代分子生物学的研究成果,有利于"夏娃学说",但现代人究竟如何起源和传播,直至今日仍然众说纷纭,难成定论。

　　20 世纪 80 年代 PCR 的出现,为探索现代人的起源带来了福音。通过 PCR 技术,能够极大地增加古代人类遗留 DNA 片段的数量,从而真正实现了古代人类遗存 DNA 序列的直接测定,为探讨古代人群的相互关系及遗传差异、直接揭示人类遗传结构的演变过程提供了重要的科学依据。故此,古 DNA 分析一经出现,就如雨后春笋般地发展起来,成为学术界关注的焦点。

　　在古 DNA 研究中,最著名的当数尼安德特人的研究。长期以来,生活在 3 万—13 万年前欧洲大陆的尼安德特人,与当时欧洲现代人的关系如何,究竟是否是欧洲现存现代人的祖先,学界一直存在不同意见。1997 年,Krings 等[7]提取了尼安德特人的 mtDNA 片段,通过与现代人 DNA 序列的对比分析,发现尼安德特人与现代人之间的核苷酸差异,远远大于现代人之间的差异,这表明尼安德特人不是“现代人”的直系祖先,而是人类进化的旁支。此后,多个尼安德特人的 DNA 提取和分析,皆证实了上述结论。近些年来,我国学者在古 DNA 分析方面,也取得了一系列重要成果,如通过我国北方地区的草原游牧民族,如匈奴、东胡、鲜卑、乌桓、契丹、蒙古等诸族古代人骨的 DNA 分析,探讨了新疆地区古代“丝绸之路”上各民族间的相互关系、人群间的迁徙及混杂的过程[8]。

　　在古 DNA 研究中,mtDNA 因其拷贝数多、母性遗传等特点,一直是分析研究的首选。然而,随着研究的不断深入,mtDNA 分析本身的缺陷开始逐渐显现,如片段较小导致提取信息的不全面。

　　为此,人们将关注的目光,重新投射到核 DNA。最近新发展的焦磷酸测序方法,能够对核 DNA 开展测序工作,从而有望实现整个基因组的序列分析[9]。如今,该方法已在探索尼安德特人的基因组序列上得到了广泛的应用。可以预见,随着古代 DNA 技术的不断发展和成熟,复原古代人类遗传结构的梦想,构建古代人类遗传结构的演变图,终将变为现实。

3　古代人类的食物结构演化及其迁徙活动

　　人类对外界环境的适应以及资源的获取,是人类演化的主要动因之一。了解人类食物结构的演变,探索人类获取资源的方式,同样是生物考古的重要研究内容。

　　古代人类食物结构的研究方法多种多样,其中应用最为广泛的当属骨化学分析。根据“我即我食”(you are what you eat)原理,人类骨骼或牙齿中的化学成分,与其食物来源存在一一对应关系[10]。因此,通过对人骨或人牙中化学成分,特别是 C、N 稳定同位素的分析,即可揭示人类的食物结构,了解人类的生活方式,探索其食物结构的转变过程与环境变迁间的相互关系。

　　尼安德特人与欧洲同时期或稍后“现代人”骨的 C、N 同位素比较分析显示:尼安德特人与陆生食肉类动物处于同一营养级,属于主动狩猎者,其食物的主要来源为开放环境下的陆生食草类动物[11]。并且,近 10 万年内,其食物结构始终相对不变,反映了其获取食物资源的手段和方式较为单一。反观现代人,其食物资源,已不仅限于陆生食草动物,还包括其他食物,如淡水类和海生类,显示了现代人通过扩大狩猎范围和领域,在食物资源的选择上,比尼安德特人具有更大的灵活性,增强了现代人对于生存环境的适应性。正是由于其食物结构的“广谱革命”(broad spectrum revolution),即食物的种类和来源较以前更为广泛,才使得现代人的人口代代顺利增长,在"物竞天择"中逐步占据了上风,并最终取代尼安德特人而成为欧洲的主人。

人骨的 C、N 稳定同位素分析,还被极大地应用于探索与农业发生与发展造成的先民生存方式的转变上。例如,对欧洲丹麦、西班牙、英国等不同年代人骨的 C、N 稳定同位素分析表明,新石器时代之前,这些地方的先民主要以狩猎采集、捕捞海生类食品为主要谋生手段[12-14]。然而,一经接触近东地区向西传播而来的农业经济,他们皆不约而同地放弃了原有的生活方式,迅速转变成为农业生产者。通过对美国印第安人不同时代人骨的 C 稳定同位素分析,发现虽然玉米在美洲起源较早,但直到 1100 年印第安人才真正开始大幅度利用,这表明玉米在先民早期的生活中并不占有主要地位。我国学者,也在此方面开展了类似的研究工作,探索了稻、粟农业对我国先民食物结构的深刻影响。例如,贾湖遗址人骨的 C、N 稳定同位素分析显示,先民的食物结构存在一个颇为明显的转变过程,这与该遗址稻作农业的发展相关[15];而从我国后李文化时期小荆山遗址、月庄遗址以及稍后仰韶文化时期半坡、姜寨等遗址的 C、N 稳定同位素数据可以看出,我国的粟作农业直到约 6000 年前才得到大发展,开始在先民的生活方式中占据主要地位[16,17]。

先民食物的获取,与先民的生存环境密切相关,而人骨中的化学组成,又直接来源于食物,故此,通过对人骨中化学组成的分析,即可进一步探索人类的迁徙活动。人类的牙齿属于死组织,即发育完全后化学组成基本不变,人骨则无时无刻不进行新陈代谢,约 10 年发生一次更新,由此可以看出,牙齿的化学组成更多地来源于出生地,而人骨的化学组成却源自生活地的贡献。因此,通过对先民骨骼与牙齿中的 Sr 同位素分析,可揭示其生活地与出生地之间地质环境的差异,探讨该先民是否属于移民,是揭示人类迁徙活动、文化交流的主流方法[18]。例如,墨西哥玛雅遗址中人骨和牙齿的 Sr 同位素比较分析表明,该遗址的繁荣昌盛与大量移民的存在密切相关[19];欧洲众多考古遗址人骨与人牙的 Sr 同位素分析则较为清晰地反映了先民的迁徙和文化交流情况[20]。尤其值得一提的是 Richards 等对尼安德特人牙齿沿生长线方向进行了系列 Sr 同位素分析,较为系统地揭示了尼安德特人的迁徙路线,发现尼安德特人的活动范围至少可达 20 公里[21]。此外,利用古代人类骨骼或牙齿中的其他同位素(如 O、S 和 Pb 等同位素)分析人类的迁徙活动,也正在迅速发展中。

人类用以生产、加工食物的石器、陶器、青铜器等生活用具,也同样携带着古代人类食物的相关信息。通过对以上器物内的残留物进行测试分析,就可直接揭示人类的食物资源,了解人类获取资源的模式。例如,众多近东和欧洲多处遗址中陶器的脂肪酸类别及单分子脂肪酸的 C 稳定同位素分析就清晰地显示了欧洲牛奶业的生产和传播情况,表明先民养牛不仅仅是为了肉食,也是为了获得生活所需的牛奶[22]。虽然残留物分析在国外业已开展多年,但国内的研究基本仍是一片空白。近期,我国学者也开始尝试对古代青铜容器和陶器中的残留物进行分析,以期了解这些器物的用途以及先民利用资源的主要方式[23]。

4　农业、家畜的起源与发展以及环境的响应

农业和家畜的产生,是人类发展史上第一次有意识地主动改造自然界动植物资源的产物,也是区分新、旧石器时代的重要标志。农业的起源、发展及产生机制,理所应当成为生物

考古研究的另一个重要课题。

近些年来,浮选法在考古遗址中的普遍应用,使得人们对于先民所能利用的植物资源有了更为深刻的认识,也为探索农业起源提供了极有价值的线索。在这些研究中,学者们开始关注浮选出的植物遗存形态参数的测量,进而通过判断该植物为野生的抑或栽培的,以了解农业的种植情况。例如,通过对出土于我国南方稻的粒形、小穗轴等形态参数的测量,就引发了我国稻作农业究竟起源于何时的大讨论。有学者认为,我国稻谷的驯化过程,最早起始于距今 7000 年前后的河姆渡/马家浜时期[24]。这个论断,对以前关于我国稻作农业起源的认识带来了极大的冲击。其他学者则在结合新考古资料的基础上,对此观点进行了反驳,认为稻谷的驯化过程最迟始于距今 9000 年前后的全新世早期[25]。这两种观点究竟孰是孰非,仍需进一步探索。

作为植物微体化石的植硅体,其分析和研究也取得了显著的进展。例如,粟和黍植硅体形态特征之间差异的发现,为探索我国粟作农业的起源提供了重要的依据[26];而三维图像重建技术的运用,则实现了水稻植硅体形态特征的精确测量,为研究水稻的起源和演化提供了新的思路和线索[27]。与此同时,通过植物淀粉粒的分析,了解先民对植物的加工方式,也日益受到学者们的重视。例如,通过对雕龙碑遗址出土若干陶器、石器的淀粉粒分析,在利用刚果红染色法有效判断淀粉粒加工状态的基础上,揭示了这些器具的用途以及植物的加工方式[28]。

通过考古遗址中动物遗存的分析,可望了解动物的驯养情况,真实再现人与动物同行的历史。而进行动物骨骼形态特征的测量与观察,借以判断其为野生动物或家畜,是动物考古的研究基础。目前,在我国动物考古学家的不懈努力下,区分家养动物和野生动物的系列标准已基本建立。在比较我国黄河流域和长江流域新石器时代多个考古遗址中出土的野生动物和家养动物的比例后,发现黄河流域主要依赖于家养动物,而长江流域则以野生动物为主,这表明两大流域的先民在获取肉食资源上存在明显的差异。除此之外,对动物骨开展的 C、N 稳定同位素分析和 DNA 分析,以探讨动物的饲养方式和家畜的起源,也方兴未艾。例如,欧洲和西亚地区众多考古遗址中出土猪骨的 DNA 分析表明,虽然欧洲最早的家猪由近东传来,但之后的家猪却来自先民对本地野猪的驯养[29]。我国月庄遗址出土猪骨的 C、N稳定同位素分析中发现猪群的食物来源具有明显的差异,从而有效地鉴别了野猪和家猪[30]。

众所周知,农业的产生与发展与外界环境密切相关。那么,环境的变迁又是怎样影响农业的呢?这个问题,近些年来成为环境考古研究中的一个焦点。例如,有学者根据中东"新月"地区已有的降水量资料,设计出一套计算机程序,对史前的气候进行模拟,在揭示降水量季节性变化的基础上,探讨了该地区农业产生的机制。在"文明探源工程"项目的支持下,我国学者对黄河流域、长江流域以及西辽河流域的众多遗址进行了环境考古研究,积极探讨了气候因素对我国农业的发生与发展、中华文明的形成所带来的影响。

5　结语及展望

以上我们介绍的,仅仅是生物考古研究的"冰山一角",生物考古还包括:微生物的 DNA

分析、人体病理分析、古蛋白分析、古人口分析……仅由目前我们介绍的内容就可看出,生物考古研究范围之广博,研究手段之丰富,研究成果之重大,即可略见一斑。

尽管生物考古研究业已为探索人类的起源与发展上提供了极为重要的线索,但研究中的一些重要问题仍要引起我们的高度重视:

(1) 人类阶层的出现与分化。随着人类社会的不断发展,不同的人群开始分化,形成不同的社会阶层。积极探索不同人类阶层的内在差异,包括遗传结构、食物结构、社会地位、资源占有方式等,将对揭示人群间的文化交流与联系、了解人类文明社会的形成过程具有非常重要的意义。

(2) 人类的迁徙活动。人类自诞生始,前进的脚步便从未停息。每一次大规模的人类迁徙,都意味着大规模的文化传播和交流,皆对人类社会的经济、政治、文化产生明显的影响。在我国历史上,以游牧经济为主的北方少数民族,几乎每一次南下,都会给当时以农耕经济为主的汉族带来极大的冲击。积极探讨这些民族的迁徙活动及生活方式的改变,将对了解我国民族间的相互融合乃至中华民族的形成提供极有价值的信息。

(3) S 同位素分析。C、N、Sr 等稳定同位素,在探索人类的食物结构及迁徙活动中取得的巨大成功,引发了人们开发其他稳定同位素的极大兴趣,其中尤其值得一提的当为 S 同位素。系统开展人骨的 S 同位素分析,不仅可望深入辨别先民的主要食物究竟是否来自陆生、海生、淡水环境,还可望进一步了解先民的迁徙活动。

(4) 农业的起源。至目前为止,了解农业是否已经发生的主要途径,在于通过植物遗存形态的研究判断其为野生的或栽培的,而缺乏对植物是否已经大规模种植的认识。故此,通过古土壤层的认识与分析,了解植物种植规模的变化,将会为探索农业的起源提供新的研究思路和借鉴。

(5) 古 DNA 的污染。诚然,古 DNA 的研究,业已成为生物考古研究的重要组成部分,但如何正确认识其污染及其对研究结果的影响,却依然是开展此类研究的一个重要命题。为此,开展不同实验室的平行实验和比较研究,探索古 DNA 污染的内在机制,将成为今后研究工作的重点。

"21 世纪是生物学的世纪"。随着自然科学研究的不断深入,尤其是生物学、地学、化学,通过多学科协作的研究模式,生物考古也必将呈现出蓬勃发展之势,在探索人类起源与演化研究中引领风骚。

参 考 文 献

[1] LARSEN C S. Bioarchaeology: interpreting behavior from the human skeleton [M]. Cambridge: Cambridge University Press, 1999.

[2] WU X. On the origin of modern humans in China [J]. Quaternary International, 2004, 117(1): 131-140.

[3] 刘武. 鄂西——三峡地区的古人类资源及相关研究进展[J]. 第四纪研究, 2006, 26(4): 514-521.

[4] SMITH T M, HUBLIN J J. Dental tissue studies: 2D and 3D insights into human evolution [J]. Journal of Human Evolution, 2008, 54(2): 169-172.

[5] CANN R L, STONEKING M, WILSON A C. Mitochondrial DNA and human evolution [J]. Nature, 1987, 6099(325): 31-36.

[6] KE Y, SU B, SONG X, et al. African origin of modern humans in East Asia: a tale of 12000 Y Chro-

mosomes [J]. Science, 2001, 5519(292):1151-1153.

[7] KRINGS M, STONE A, SCHMITZ R W, et al. Neandertal DNA sequences and the origin of modern humans [J]. Cell, 1997, 90(1):19-30.

[8] 李春香,崔银秋,周慧. 利用分子遗传学方法探索新疆地区人类起源和迁徙模式 [J]. 自然科学进展, 2007,17(6):817-821.

[9] GREEN R E, MALASPINAS A S, KRAUSE J, et al. A complete Neandertal mitochondrial genome sequence determined by high-through put sequencing [J]. Cell, 2008, 134(3):416-426.

[10] PRICE T D. The chemistry of prehistoric human bone [M]. Cambridge: Cambridge University Press,1989.

[11] RICHARDS M P, PETTITT P B, TRINKAUS E, et al. Neanderthal diet at Vindija and Neanderthal predation:the evidence from stable isotopes [J]. PNAS, 2000, 97(13): 7663-7666.

[12] RICHARDS M P, PRICE T D, KOCH E. Mesolithic and Neolithic subsistence in Denmark:new stable isotope data [J]. Current Anthropology, 2003, 44(2):288-295.

[13] RICHARDS M P, HEDGES R E M. A Neolithic revolution? New evidence of diet in the British Neolithic [J]. Antiquity, 1999, 73(282):891-897.

[14] RICHARDS M P, SCHULTING R J, HEDGES R E M. Sharp shift in diet at onset of Neolithic [J]. Nature, 2003, 6956(425):366.

[15] 胡耀武,AMBROSE S H,王昌燧. 贾湖遗址人骨的稳定同位素分析 [J]. 中国科学(D 辑),2007,37(1):94-101.

[16] PECHENKINA E A, AMBROSE S H, MA X L, et al. Reconstructing northern Chinese Neolithic subsistence practices by isotopic analysis [J]. Journal of Archaeological Science, 2005, 32(8): 1176-1189.

[17] HU Y, WANG S, LUAN F, et al. Stable isotope analysis of humans from Xiaojingshan site:implications for understanding the origin of millet agriculture in China [J]. Journal of Archaeological Science, 2008, 35(11):2960-2965.

[18] PRICE T D, BURTON J H, BENTLEY R A. The characterization of biologically available strontium isotope ratios for the study of prehistoric migration [J]. Archaeometry, 2002(44):117-135.

[19] PRICE T D, MANZANILLA L, Middleton W D. Immigration and the ancient city of Teotihuacan in Mexico:a study using strontium isotope ratios in human bone and teeth [J]. Journal of Archaeological Science, 2000, 27(10):903-913.

[20] BENTLEY R A, KRAUSE R, PRICE T D, et al. Human mobility at the early Neolithic settlement of Vaihingen, Germany:evidence from strontium isotope analysis [J]. Archaeometry, 2003, 45(3): 471-486.

[21] RICHARDS M P, HARVATI K, GRIMES V, et al. Strontium isotope evidence of Neanderthal mobility at the site of Lakonis, Greece using laser-ablation PIMMS [J]. Journal of Archaeological Science, 2008, 35(5):1251-1256.

[22] COPLEY M S, BERSTAN R, DUDD S N, et al. Direct chemical evidence for widespread dairying in prehistoric Britain [J]. PNAS, 2003, 100(4):1524-1529.

[23] 杨益民. 古代残留物分析在考古学中的应用 [J]. 南方文物,2008(2):20-25.

[24] FULLER D Q, QIN L, ZHENG Y F, et al. The domestication process and domestication rate in rice: spikelet bases from the Lower Yangtze [J]. Science, 2009, 5921(323):1607-1610.

[25] LIU L, LEE G A, JIANG L P, et al. Evidence for the early beginning(c. 9000 cal. BP) of rice domestication in China:a response [J]. The Holocene, 2007, 17(8):1059-1068.

[26] LU H Y, ZHANG J P, WU N Q, et al. Phytoliths analysis for the discrimination of foxtail millet

(Setaria italica) and common millet (Panicum miliaceum) [J]. PLoS ONE, 2009, 4(2):e4448.

[27]　吴妍,姚政权,龚明,等. 三维图像重建在植硅体研究中的应用 [J]. 农业考古,2006(1):61-64.

[28]　陶大卫,杨益民,黄卫东,等. 雕龙碑遗址出土器物的淀粉粒分析 [J]. 考古,2009(9):92-96.

[29]　LARSON G, ALBARELLA U, DOBNEY K, et al. Ancient DNA, pig domestication, and the spread of the Neolithic into Europe [J]. PNAS, 2007, 104(39):15276-15281.

[30]　胡耀武,栾丰实,王守功,等. 利用 C,N 稳定同位素分析法鉴别家猪与野猪的初步尝试 [J]. 中国科学 (D 辑),2008,38(6):693-700.

蓬勃发展的科技考古学①

以往,我国不少考古学家认为,不应将科技考古学视为一门学科,只能理解为自然科学的理论、方法和手段在考古学中的应用,与此同时,也有专家认为,科技考古学可视为考古学的分支学科。然而,随着科技考古学的迅速发展,人们对其认识不断深化和提高,对其重视程度也日益增强。当前,考古学与科技考古学间的联系日趋紧密,一个全新的考古学或科技考古学已初显轮廓,呈现出互为促进、蓬勃发展的喜人态势。

近年来,科技考古学的发展,主要体现在科学技术全面而深入地应用于考古学的诸多领域。以下为便于叙述,拟按不同领域逐一介绍。

1　考古年代学

人们知道,时间标尺的建立,是考古学研究的基础,它使考古学从定性描述转变为定量表述的科学,由此可以理解,断代测年方法,特别是^{14}C测年方法,为何历来最受考古学家的青睐,为何新的断代测年方法总是不断出现。

仇士华、蔡莲珍教授是我国著名的^{14}C测年专家,也是我国^{14}C年代学的主要奠基者。长期以来,他们关注并跟踪着国际^{14}C测年技术的发展。当系列样品精确测定的^{14}C数据与高精度树轮校正曲线匹配拟合的思路初露端倪时,他们即意识到,该方法将能获得"误差甚小、颇为可靠的年代结果",并可望"解决我国古史中武王克商年代这一难题"。

在充分准备的基础上,借助夏商周断代工程提供的多学科协作条件,两位先生领导的^{14}C测年技术改造与研究课题组,经过多年的努力,解决了许多技术难题,终于将武王克商的年代限定在公元前1050—公元前1020年之间,确保了夏商周断代工程的圆满完成[1]。近年来,系列样品贝叶斯统计方法又成功地应用于新砦、二里头、偃师商城和郑州商城等遗址的年代测定,得出了若干误差甚小、重要异常的年代数据[2],为历史界和考古界深入探索商前和商代历史奠定了坚实的年代学基础。

随着环境考古、农业科技考古的迅速发展,人们已不再满足遗址文化层提供的信息,而逐渐将视角拓宽至遗址周边的自然地层。不难理解,欲揭示自然地层内所蕴含的信息,首先要明确其不同层位的所属年代。然而,土壤中通常难以获得理想的木质材料,且常常"受到农业施肥和现代植物根系渗透的影响",致使^{14}C年龄偏轻。针对这一难题,中国科学院地球环境研究所周卫健研究员等采用新的热处理方法,有效排除了土壤有机质中"死碳"和"晚期含碳物质"对测量的干扰,并利用加速器质谱测得较为可靠的年代数据。目前,该方法已成

---

①　原载于《中国科学基金》,2009(3):139-144。

功地应用于中国黄土-古土壤的年代测定中[3,4]。

　　曾被学界寄予厚望,后因误差过大而受到冷遇的释光测年技术,近年来得到了长足的发展。以王维达教授为首的上海博物馆热释光课题组,潜心研究数十载,认真分析了古剂量和年剂量测量准确性的影响因素,提出了相应的解决方法,完善了热释光前剂量饱和指数法,并将其成功地应用于中国古瓷器的真伪鉴定中,其准确率达到 95% 以上[5]。目前,这一方法的测年上限为距今 1500 年,而测年下限竟至距今几十年,几乎覆盖了我国古瓷器的主要发展历程。可以预料,它将有助于中国古瓷器市场的稳定和发展。

　　如果说,热释光测年技术的主要应用领域是古陶瓷鉴定的话,那么,其"同胞兄弟"光释光(OSL)测年方法则在第四纪碎屑沉积物年龄测定方面显示出特有的优势。德国马普学会海德堡核物理研究所的 G. Wagner 教授是最早将光释光测年技术应用于考古学领域的学者之一,也是对光释光测年技术的发展贡献最多的学者之一。在这些贡献中,表面释光方法的建立似乎最为重要。他开发了一种新技术,将 OSL 空间分辨率精确至 $25\mu m$,这样,直接测定岩石表面的光释光,即可获得岩石埋藏或沉积之初的年代。借助这一方法,人们可望测定玉器、石器的埋藏年代,甚至根据可靠的考古背景,推测其加工制作的时间[6,7]。

　　我国学术界十分重视光释光测年技术的基础研究和应用探索,并取得了一系列重要成果。例如,中国科学院地球环境研究所的王旭龙博士在导师卢演俦研究员的指导下,探讨了黄土细颗粒石英回授 OSL(Recuperated OSL)的性质及其形成机制,创立了多片石英回授 OSL 剂量再生法的测年技术,测定了约 80 万年以来黄土样品的沉积年龄,并可望将其扩展至距今 100 万年[8]。又如,中国地质科学院水文地质环境地质研究所的赵华研究员采用石英单片再生法(SAR)等测年技术,开展了大量工作,初步构建了科尔沁地区全新世沙丘活动的年代学框架,并指出,沙丘活动主要源自人类的干预。

　　尽管光释光的测年精度难以与 ^{14}C 方法相媲美,但其测年范围的延伸,则在一定程度上,弥补了 ^{14}C 方法的缺憾,而其样品选取的便宜,在自然地层,特别是古耕作地层的测年领域,更展现出独特的优势。可以预见,光释光测年方法和土壤有机质加速器质谱 ^{14}C 测年方法的结合,将有力地推动环境考古和农业科技考古的发展。

2　环境考古学

　　揭示古代人类所处的自然环境,探索人类社会发展与所处自然环境的相互关系,即为环境考古。国际上环境考古发轫于 20 世纪 20—30 年代。20 世纪 60 年代以来,环境科学、生态人类学和考古学的交叉融合,使环境考古学在西方日臻成熟,成为考古学的基石之一[9,10]。相比之下,我国的环境考古研究起步较晚,然而,自 20 世纪 80 年代末以来,在周昆叔先生的倡导和推动下,我国的环境考古发展迅速,业已贯穿于考古调查、发掘和研究的全过程。不难发现,如今的考古发掘报告中,环境考古研究已成为其不可或缺的组成部分。可以这样说,它在一定程度上改变了我国考古学研究的面貌。

　　我国环境考古的累累硕果中,最令人震撼而难以忘却的莫过于夏正楷教授等关于喇家遗址的探讨。约 4000 年前,地震、山洪和洪水给喇家先民毁灭性打击的凄惨场景,借助于他们的研究,居然能够再现于我们眼前[11]。近来,"中华文明探源工程(二)"顺利通过了结项验收。其中,莫多闻教授负责的环境研究课题取得了颇为丰硕的阶段性成果。他们从多个角度综合分析了我国不同地区的古代环境,指出距今约 4000 年时,随着全球气候变冷,东亚夏季风减弱,我国内蒙古和甘青地区的降水相应减少,气候逐渐干燥,严重影响了那里脆弱的经济结构和人类文化。尽管在新石器晚期,长江中下游地区的文化和经济得以迅速发展,但好景不长,距今 4000 年左右,长江中下游地区低平地势的进一步下沉以及海平面的明显抬升,导致长江干支流水系严重淤积、河湖水位提升,加之长江两岸低湿地区的过度开发,直接加剧了洪患灾害的严重程度。相比之下,中原地区的水热、地貌、土质和多种作物条件,使古代人类可以在不同海拔高度生存发展,十分有利于多样性旱作农业的持续发展。尽管其局部河谷低地不时难免会遭遇洪水灾害,但整个区域的经济和文化总能保持发展趋势。无疑,这些抵御灾害、可持续发展的优越条件,奠定了中原文化崛起的基础[12]。

3　农业科技考古学

先民的定居生活促进了农业的诞生、传播与发展,而农业的发展反过来又稳定了定居生活,使社会财富得以积累,并进一步促进了社会分层、分工和经济、技术的发展。长期以来,农业科技考古为考古学家高度关注,其原因大抵在此。国际上农业考古开展甚早,其研究内容主要集中于中东地区小麦的起源与传播以及中美洲玉米的起源与传播。美国威斯康星大学的 T. Price 教授集世界农业考古之大成,除中国外,他对世界各地的农业考古皆作了系统的总结,并出版了多卷专著[13]。世界上最早的四大主要粮食作物,中国占了两种,即稻类和粟类,因而中国的农业考古具有特殊重要的意义。著名考古学家严文明先生十分关心我国农业考古的研究,他不仅从理论上对我国稻作农业起源作了有益的探讨,而且还利用他的国际影响,于 20 世纪 90 年代,促成了"中美农业考古队"的组建,并开展了仙人洞和吊桶环遗址的发掘,有力地推动了我国农业考古的研究[14]。

近年来,在"中华文明探源工程(二)"经济与技术子课题的资助下,袁靖、赵志军研究员等综合了多学科的研究成果,明确指出中华文明形成时期,不同考古学文化,其农业经济特点和发展模式不尽相同。例如,黄河流域居民获取肉食的主要方式是家养动物,而长江流域居民的主要方式为渔猎[15]。又如,北方为粟作农业传统。南方为稻作农业传统,而中原地区则由原来的粟作农业转向稻粟等多作物农业[16]。结合上述环境研究的成果,他们对多元一体中华文明的形成过程所作的初步而较为全面的诠释,无疑是一项奠基性的工作。

我国农业科技考古的长足发展还体现在植物微体化石的研究领域。其中,植硅体方面最为显著的成果当推吕厚远研究员关于粟、黍植硅体形态及其差异的辨别[17],借助这一成果,利用植硅体探索粟作农业的起源与传播便可望付诸实施。另一个颇为重要的成果为吴妍博士利用扫描电镜和高景深数码相机,分别实现了水稻植硅体的三维图像重建,从而极大地提高了植硅体形态特征测量的速度[18],有效地推动了植硅体分析的应用。

4　生物考古学

如果说,^{14}C 测年方法的建立,使考古学从定性描述转变为定量表述的科学,那么,生物考古的开展,则可望勾勒出古代人类迁徙和社会发展的动态轮廓。由此不难理解,何以生物考古一经问世即呈蓬勃发展之势,又何以对考古学的影响如此之深远。鉴于此,拟继断代测年、环境考古、农业科技考古之后,简要介绍当今生物考古的研究状况。

20 世纪 80 年代以来,PCR 技术的建立直接催化了古 DNA 分析方法的发展和应用。提起古 DNA 分析,现代人类非洲单一起源说,即所谓"夏娃学说",似乎已妇孺皆知。尽管"夏娃学说"存在颇多疑点,但它对重大科学问题——现代人类起源研究的有力推动,对古 DNA 分析方法的推广应用,起到了极其重要的作用。与"夏娃学说"的命运不同,德国 Pääbo 教授关于尼安德特人不是"现代人"的直系祖先,而是人类进化旁支的观点,则基本得到公认[19]。近年来,古代人类 DNA 研究有两个颇为重要的进展:一个是 Real-time PCR 技术,它可有效地鉴别源自古代样品的 DNA 污染,从而在相当程度上确保了古 DNA 分析的可靠性[20];另一个是焦磷酸法测序方法的建立[21],它奠定了核 DNA 测序的基础,将整个基因组的序列分析提上了议事日程。可以预见,随着古 DNA 技术的不断发展和成熟,古代人类遗传关系的复原、描绘古代人类的迁徙路线,终将成为现实。

古代人类食谱分析是生物考古又一个热点领域。适应环境、攫取资源,是人类的本能,也是人类进化的主要动因之一。了解人类食物结构的演变,探索人类获取资源的方式,同样可为人类的起源与进化提供不可或缺的信息。如前所述,尼安德特人灭绝的观点之所以被学界承认,一定程度上得益于食谱分析证据的支持。稳定同位素分析显示,与尼安德特人相比,欧洲的现代人食物来源更为广泛,表现出更强的适应性[22]。于是,物竞天择,尼安德特人终被淘汰。目前,国际上古代食谱研究的动向是,逐步细化所谓的"食谱",力图明确至具体的食物种类。不过,这里尚有许多科学难题需要认真解决,绝非短时间内可以企及的。

早在 1984 年,蔡莲珍、仇士华先生便根据稳定 C 同位素比值,较为系统地分析了我国新石器时期先民的食物结构,在我国考古界产生了深远的影响[23]。然而,之后停顿了约 15 年,直至近年来才有了颇为迅速的发展。现在,有关成果大致集中在两个方面,一是新石器中晚期,我国先民食谱的地域分布特征,即黄河以北主要以粟类植物为食,长江以南以稻类植物为主要食物,而中间区域则两类兼而有之[24]。进一步分析还指出,气候无疑是导致先民食谱地域分布的决定性因素,然而,在中间区域,文化因素同样有着十分重要的影响。另一个方面是家猪起源的探讨。胡耀武、汤卓伟博士等发现,在一定条件下,家猪的食谱与饲养有着内在的联系,从而为动物驯化起源的探索提供了新的思路[25]。

残留物分析同样是生物考古的重要组成部分。所谓残留物,主要指动植物及其相关制品长期腐烂、降解的产物,其蕴含着大量的信息,诸如食物加工、器物功能、材料加工、动植物驯化、印刷、造纸、纺织、医药、化妆品和祭祀等。

英国 Evershed 教授是国际著名的残留物分析专家,做出过一系列开创性的工作。其中,特别有意思的是,通过对陶器内残留物的脂肪酸进行分析,结合动物考古学的证据,他发现在新石器时代农业传入英国之际,人们养牛不仅为了获取肉食,也为了获取牛奶[26]。

残留物中的 DNA 分析是一个新动向,并具有广阔的应用前景。这里有一个可引起人们思考的例子,即德国科学家根据陶器内有机残留物中的 DNA 分析,发现了一种类似爬山虎的攀缘植物,而如今它却广泛分布于洪都拉斯至巴西一带[27]。这一结果暗示这种攀缘植物最初应起源于欧洲。

也不知什么原因,我国学者直至近年方开始关心残留物分析。不过,凭借我国丰富的文化遗产和考古学家的支持,有关工作一经开展,即取得了一些颇有价值的成果。例如,2005年山西省绛县西周倗国墓地发掘出土的一个铜簋中保存有大量的碳化物,杨益民博士等分析了样品的碳、氮含量和同位素比值,与现代大米、小米(黍粟)相比,古代样品的 C/N 比值较小,暗示古代样品中含有动物蛋白;而古代样品的 $\delta^{15}N$ 值也高于现代大米、黍粟,这就进一步说明古代样品中确实含有动物蛋白,因为氮元素在不同营养级之间存在着同位素的富集现象,沿营养级上升时,每上升一格,富集 3‰—4‰[24]。古代样品的 $\delta^{13}C$ 落在 C_3 植物范围内,表明古代样品的植物来源为 C_3 植物,肉类来源应该是以 C_3 植物为食物链底层的动物。因此推测铜簋内曾盛有煮熟的大米及肉类——"羹",这一结论与文献记载相悖,似乎可解释为古代铜簋的使用存在多样化现象[28]。

为有效开展对残留物的分析,妥善保存考古遗址内的残留物显得至关重要。希望今后在考古发掘时,尽可能将陶瓷器和青铜器内的残留物妥善保留,特别注意保存破碎陶器的底部,以免遗失重要信息。

5　陶瓷、冶金等领域的科技考古学

众所周知,陶瓷、冶金和玉器领域的科技考古研究始终是我国的强项。说到陶瓷科技考古,人们首先想到的必然是中国科学院上海硅酸盐研究所的李家治先生。他所主编的《中国科学技术史·陶瓷卷》,是我国陶瓷科技考古界值得骄傲的里程碑,它对世界陶瓷科技考古所产生的影响,无论怎样评价都不为过。尽管如此,我们仍应清醒地认识到,科学的发展是没有止境的,何况博大精深的陶瓷科技和艺术,认识不够、未能认识以及认识错误的内容还有许许多多[29]。例如,何为原始瓷? 有没有原始瓷? 如有,如何限定原始瓷与青瓷? 如没有,又如何认识瓷器的起源? 还有,青瓷与白瓷的关系,即有无承继关系? 这里涉及高岭土和瓷土的产地,高岭土能否直接烧制瓷器等一系列关键问题。再有,影青瓷和白瓷的关系,斗彩、五彩、粉彩、珐琅彩等制作工艺。如此等等,不一而足。而近十年来,上述部分研究内容已在不同程度上得到了解答[30]。要指出的是,这些问题的解答主要来自年轻一代专家。令人欣喜的是,我国陶瓷科技考古的研究队伍早已从硅酸盐所的一枝独秀,发展为中国科学技术大学、复旦大学、郑州大学、北京师范大学、景德镇陶瓷学院、中国科学院高能物理研究所和中国科学院研究生院等单位"百花争艳"的局面。无疑,这是我国陶瓷科技考古事业日益兴旺的标志。

虽然我国的陶瓷科技考古研究长期居世界前列,但有关新方法在陶瓷考古中的应用,国际上常常走在我们前面。例如,利用 XANES 和 EXAFS 等方法分析呈色元素的价态,从物理层次探讨釉、彩的呈色机制[31];利用便携式 XRF 和 XRD 联用设备现场分析完整文物或不易移动文物的元素含量和物相组成等[32]。人们知道,方法的创新通常可带动一片工作,甚至一片领域,因而在一定意义上,它直接代表着研究的水平。在这方面,值得我们认真学习。

冶金科技考古领域,近年来,国际上未见特别值得介绍的工作,倒是我国学者对一些重大科学问题提出了新的见解,其中的一些观点,还引起了热烈的讨论和争论。

冶金科技考古中,中国冶金的起源最受学术界关注。国外学者大多持西来说的观点。国内老一辈考古学家多从我国考古学文化连续性考虑,认为我国的冶金技术应为独立起源,而年轻一代考古学家则较倾向于西来说。柯俊院士和我根据姜寨等遗址出土的黄铜推测,我国冶金技术当为独立起源,而在此之后,受到西亚的影响,也是不争的事实[33]。

我国博大精深的青铜文化,特别是其范铸技术,始终是世界冶金科技考古的热点。近年来,随着青铜器物,特别是铸造遗址的发现,国内外专家的相关研究又有了一系列新的重要进展。其中,最值得推崇的莫过于董亚巍先生与众多高校、研究所合作的工作了。他们从制模开始,"再现"了古代青铜器铸造的全过程。尽管整个工作尚处于起步阶段,尽管制模工艺无法验证,也尽管若干工序仍值得商榷,但这种完全仿照古代条件,模拟古代范铸工艺全过程的探索,确实可较大限度地避免凭空想象的成分,充分体现了"实践出真知"的道理[34]。关于失蜡法的争论,近来又有了一些新进展。这中间涉及学术讨论的态度和氛围问题,考虑再三,决定另文专述。

青铜器矿料来源与产地的探索,同样是冶金科技考古的重要领域。近年来,国际上有关专家从理论上论述了铜同位素比值的示踪依据,并初步尝试了铜、锡同位素比值示踪相应矿料来源的效果[35]。此外,秦颖老师等选择亲铜、亲硫元素进行聚类分析,并考虑添加锡、铅的影响,业已展现出可喜的应用前景[36]。与此同时,他们还根据青铜器内泥芯的成分和植硅体分析,颇为有效地探索了青铜器的铸造地。相信随着不同铸造地青铜器内泥芯、陶范、陶器等数据库的建立,青铜器产地的探索势将获得突破性的进展[37]。

我国的玉文化同样博大精深,同样为中华文明之特色。然而,相比之下,玉器科技考古的成果却远逊于陶瓷科技考古和冶金科技考古。个中原因,主要源自玉器残片甚少,致使测试分析受到严重限制,与此同时,不同产地的玉料,其微量元素含量的数据又常常交叉重叠,致使产地分析困难异常。至于玉器加工工艺,则长期令人感觉匪夷所思、难测高深。不过,玉器科技考古的这一状况近来有了明显的改观。XRF、PIXE、XRD 等无损检测方法,可直接获得完整玉器珍品的成分和物相信息,为玉器的产地探索带来了福音。例如,近年来,干福熹院士和承焕生教授利用 PIXE 方法,系统测定了良渚文化和河南省的出土玉器,初步建立了相关数据库[38];冯敏老师等利用 XRF 和 XRD 等技术,全面分析、研究了薛家岗文化出土玉器的材质特征[39]。而模拟试验与测试分析相结合以及高景深数码相机和显微 CT 技术的有效应用,其产生的一些原创性成果,使人们看到了破解玉器工艺之谜的曙光。例如,邓聪教授发现了史前玉料开片的线切割和片切割技术,并指出后者取代前者的大致年代[40];杨益民副教授则揭示了玉器钻孔的清晰痕迹[41]。此外,王荣博士在分析古玉的基础上,通过模拟溶解实验,较为深入地探讨了古代玉器的受沁机理,其对玉器保护和古玉鉴定都具有重要的参考价值[42]。

考古学与科技考古学的研究对象是整个古代社会,因而原则上涉及所有的学科领域,不难理解,限于本文的篇幅和个人的学识,这里只能选择科技考古几个重要领域的主要进展进行简要介绍。尽管如此,所选内容也不一定合适,所述内容也不一定正确,诚请方家批评指正。

6　动向与展望

　　毫无疑问,科技考古的蓬勃发展,还体现在其发展的全面性。除上述领域外,还应包括古代铁器、古代漆器、古代玻璃和古代纸张等领域。特别是古代漆器和纸张,原先几乎无人问津的研究,现已出现一些较高水平的成果,且呈迅速发展之态势。科技考古发展的全面性,颇为明显地反映于国家自然科学基金委员会对科技考古项目的资助情况。实际上,早在基金委成立之初,数学与物理科学部、工程与材料科学部便陆续资助了古代声学、青铜镜、古陶瓷、冶金史等领域的课题。而如今,几乎所有的学部都支持过科技考古课题,其中,地球科学部资助率的增长最为显著。相信随着资助领域的拓宽,资助力度的增强,科技考古学可望彻底改变弱势学科的地位。

　　此外,科技考古学的蓬勃发展,更体现在人们对多学科协作的认可。特别在文明探源工程的推动下,人们开始注意到农业起源与传播、人类的迁徙、社会的分层、文化的交流等重要科技考古问题,并通过多学科协作,将问题逐步引向深入。不仅如此,随着国际合作的深入发展,我国科技考古专家业已借助陶瓷科技考古等研究,探讨中西方文化交流等重大问题,而在我国政府的大力支持下,我国考古学家也已走出国门,赴俄罗斯、蒙古和肯尼亚等国,开展合作发掘和研究,这将为我国的科技考古研究提供更为广袤的发展空间。总之,无论从研究广度、抑或从研究深度,都清晰地表明,我国的科技考古学正在蓬勃发展之中,而其前景更为灿烂迷人。

致谢

　　本文在撰写过程中,曾与仇士华、夏正楷、袁靖、莫多闻、赵志军等先生进行过有益的讨论,不少地方得到他们的指教,在此一并表示谢意。

参 考 文 献

[1]　仇士华,蔡莲珍.夏商周断代工程中的碳十四年代框架[J].考古,2001(1):90-100.

[2]　仇士华,蔡莲珍.关于二里头文化的年代问题[M]//杜金鹏,许宏.二里头遗址与二里头文化研究.北京:科学出版社,2006.

[3]　程鹏,周卫健,余华贵,等.黄土-古土壤序列^{14}C年代学研究进展[J].海洋地质与第四纪地质,2007,27(2):85-89.

[4]　祝一志.私人通信[Z].

[5]　王维达,夏君定,周智新.热释光前剂量饱和指数法测定中国古瓷器年代[J].中国科学(E辑),2006,36(5):525-540.

[6]　GREILICH S, GLASMACHER U A, WAGNER G A. Spatially resolved detection of luminescence: a unique tool for archaeochronometry[J]. Naturwissenschaften, 2002(89):371-375.

[7]　GREILICH S, GLASMACHER U A, WAGNER G A. Optical dating of granitic stone surfaces[J]. Archaeometry, 2005, 47(3):645-665.

［8］　王旭龙,卢演俦,李晓妮.黄土细颗粒单测片再生法光释光测年的进展［J］.核技术,2005(28):383-387.

［9］　荆志淳.西方环境考古学简介［M］//周昆叔.环境考古研究(第一辑).北京:科学出版社,1991:35-40.

［10］　汤卓炜.环境考古学［M］.北京:科学出版社,2004:2-7.

［11］　夏正楷,杨晓燕,叶茂林.青海喇家遗址史前灾难事件［J］.科学通报,2003,48(11):1200-1204.

［12］　莫多闻.私人通信［Z］.

［13］　PRICE T D, GEBAUER A B. Last hunters, first farmers:new perspectives on the prehistoric transition to agriculture［M］. Santa Fe:School of American Research Press, 1995:3-20.

［14］　严文明,彭适凡.仙人洞与吊桶环——华南史前考古的重大突破［N］.中国文物报,2000-07-05.

［15］　JING Y, FLAD R, LUO Y. Meat-acquisition patterns in the Neolithic Yangzi river valley, China［J］. Antiquity, 2008(82):351-366.

［16］　赵志军.公元前2500年—公元前1500年中原地区农业经济研究［M］//中国社会科学院考古研究所考古科技中心.科技考古(第二辑).北京:科学出版社,2007:1-11.

［17］　LU H Y, ZHANG J P,WU N Q, et al. Phytoliths analysis for the discrimination of foxtail millet (Setaria italica) and common millet(Panicum miliaceum)［J］. PLoS ONE, 2009, 4(2):e4448.

［18］　吴妍,姚政权,龚明,等.三维图像重建在植硅体研究中的应用［J］.农业考古,2006(1):61-64.

［19］　KRINGS M, GEISERT H, SCHMITZ R W, et al. DNA sequence of the mitochondrial hypervariable region Ⅱ from the Neandertal type specimen［J］. PNAS, 1999(96):5581-5585.

［20］　ALONSO A, MARTÍN P, ALBARRÁN C, et al. Real-time PCR designs to estimate nuclear and mitochondrial DNA copy number in forensic and ancient DNA studies［J］. Forensic Science International, 2004(139):141-149.

［21］　GREEN R E, KRAUSE J, PTAK S E, et al. Analysis of one million base pairs of Neanderthal DNA ［J］. Nature, 2006(444):330-336.

［22］　RICHARDS M P, PETTITT P B, STINER M C, et al. Stable isotope evidence for increasing dietary breadth in the European mid-upper paleolithic［J］. PNAS, 2001, 98(11):6528-6532.

［23］　蔡莲珍,仇士华.碳十三测定和古代食谱研究［J］.考古,1984(10):945-955.

［24］　胡耀武,王昌燧.中国若干考古遗址的食谱分析［J］.农业考古,2005(3):49-54.

［25］　管理,胡耀武,汤卓炜,等.通化万发波子遗址猪骨的C、N稳定同位素分析［J］.科学通报,2007,52(14):1678-1680.

［26］　COPLEY M S, BERSTAN R, DUDD S N, et al. Direct chemical evidence for widespread dairying in prehistoric Britain［J］. PNAS, 2003, 100(4):1524-1529.

［27］　BURGER J, HUMMEL S, HERRMANN B. Palaegenetics and cultural heritage. Species determination and STR-genotyping from ancient DNA in art and artifacts［J］. Thermochimica Acta, 2000(365):141-146.

［28］　杨益民,金爽,谢尧亭,等.绛县佣国墓地铜簋的残留物分析［J］.华夏考古,2012(3):67-71.

［29］　王昌燧,刘歆益.早期陶器刍议［N］.中国文物报,2005-11-11(07).

［30］　王昌燧,朱剑,朱铁权.原始瓷产地研究之启示［N］.中国文物报,2006-01-06(07).

［31］　SMITH A D, PRADELL T, MOLERA J, et al. Micro-XAFS studies into the oxidation states of different coloured glazes originating from the early Islamic world［J］. Journal de Physique Ⅳ, 2003, 104(4):519-522.

［32］　CHIARI G, SARRAZIN P. Portable non-invasive XRD/XRF instrument:a new way of looking at objects surface［J］. Proceedings of ART2008, Jerusalem, Israel, 2008(5):87.

［33］　柯俊,王昌燧.青铜冶金考古的一些热点问题［N］.科学时报,2006-08-07(1).

［34］　董亚巍.范铸青铜［M］.北京:北京艺术与科学电子出版社,2006.

[35] KLEIN S, LAHAYE Y, BREY G P, et al. The early Roman imperial AES coinage Ⅱ: tracing the copper sources by analysis of lead and copper isotopes-copper coins of Augustus and Tiberius [J]. Archaeometry, 2004, 46(3):469-480.

[36] 秦颖, 朱继平, 王昌燧, 等. 利用微量元素示踪青铜器矿料来源的实验研究 [J]. 东南文化, 2004(5): 89-94.

[37] 魏国锋, 秦颖, 胡雅丽, 等. 利用泥芯中稀土元素示踪青铜器的产地 [J]. 岩矿测试, 2007, 26(2): 145-149.

[38] 伏修峰, 干福熹, 马波, 等. 几种不同产地软玉的岩相结构和无破损成分分析 [J]. 岩石学报, 2007, 23(5):1197-1202.

[39] 高飞, 冯敏, 王荣, 等. 薛家岗遗址出土古玉器的材质特征 [J]. 岩矿测试, 2006, 25(3):229-232.

[40] 邓聪, 吕红亮, 陈玮. 以古鉴今——玉石切割实验考古 [J]. 故宫文物月刊(台北), 2005(264):76-89.

[41] YANG Y M, YANG M, XIE Y T, et al. Application of micro-CT: a new method for stone drilling research [J]. Microscopy Research and Technique, 2009(72):343-346.

[42] 王荣, 冯敏, 金普军, 等. 镶嵌玉受沁机理与镶嵌工艺的初步探讨 [J]. 岩矿测试, 2007, 26(2):133-137.

科技考古:探究历史真相 ^①

【《光明日报》编者按】　最近,随着河南省安阳市西高穴村东汉大墓的发掘,围绕着这一大墓是否为文献中记载的魏武王曹操高陵的争论,公众也享受了一顿难得的考古学科普"大餐"。本版编发的这篇王昌燧教授有关科技考古学的文章,既介绍了科技考古学成长为一门独立学科的过程,同时也告诉我们,科技不仅可以帮助人类认识现在、探寻未来,还能帮助人类了解自己的过去。

学科之间的交叉融合是当前科学发展的大趋势。在所有交叉学科中,科技考古学颇为独特,它既是考古学与自然科学交叉融合的产物,更是社会科学与自然科学交叉融合的产物。随着融合的深化,它与考古学之间的界线愈发模糊不清。

如今,科技考古学的发展,已体现在考古学的所有领域。追寻科技考古学的发展轨迹,既能帮助公众了解这一学科本身,又能为它的发展开阔思路。

1　^{14}C 断代测年:从定性到定量

人们知道,时间标尺的建立,是考古学研究的基础,它使考古学从定性描述转变为定量表述的科学。^{14}C 测年方法的建立,为解决这一问题提供了技术手段。

仇士华、蔡莲珍教授是我国著名的 ^{14}C 测年专家。在充分探讨系列样品 ^{14}C 数据与树轮校正曲线拟合的基础上,两位先生领导的研究组经过多年努力,解决了许多技术难题,终于将武王克商的年代限定在公元前 1050—公元前 1020 年之间,确保了夏商周断代工程的圆满完成。近年来,系列样品贝叶斯统计方法又成功地应用于新砦、二里头、偃师商城和郑州商城等遗址的年代测定,得出了若干误差甚小、重要异常的年代数据,为历史界和考古界深入探索商前和商代历史奠定了坚实的年代学基础。

随着环境考古、农业科技考古的迅速发展,人们已不再满足遗址文化层提供的信息,而逐渐将视角拓宽至遗址周边的自然地层。不难理解,欲揭示自然地层内所蕴含的信息,首先应明确其不同层位的所属年代。然而,土壤中通常难以获得理想的木质材料,且常常"受到农业施肥和现代植物根系渗透的影响",致使测定的 ^{14}C 年龄偏轻。针对这一难题,中国科学院地球环境研究所周卫健院士等采用新的热处理方法,有效排除了土壤有机质中"死碳"和"晚期含碳物质"对测量的干扰,并利用加速器质谱测得较为可靠的年代数据。无疑,该方法可望为环境考古和农业科技考古带来福音。

---

① 　原载于 2010 年 2 月 1 日《光明日报》。

2　环境、农业科技考古结硕果

揭示古代人类所处的自然环境,探索人类社会发展与所处自然环境的相互关系,即为环境考古。我国环境考古的累累硕果中,最令人震撼而难以忘却的,莫过于夏正楷教授等关于喇家遗址的探讨。约 4000 年前,地震、山洪和洪水给喇家先民毁灭性打击的凄惨场景,借助于他们的研究,居然能够再现于我们眼前。近年来,莫多闻教授等从多个角度综合分析了我国不同地区的古代环境,并从环境角度论述了新石器晚期以来我国中原地区成为华夏文化中心的原因。

世界上最早的四大主要粮食作物,中国占了两种,即稻类和粟类,因而中国的农业考古具有特殊重要的意义。著名考古学家严文明十分关心我国农业考古的研究,他不仅从理论上对我国稻作农业起源作了有益的探讨,而且还利用他的国际影响,于 20 世纪 90 年代促成了“中美农业考古队”的组建,并开展了仙人洞和吊桶环遗址的发掘,有力地推动了我国农业考古的研究。

近年来,袁靖、赵志军研究员等综合分析了多学科的研究成果,明确指出中华文明形成时期不同考古学文化的农业经济特点和发展模式不尽相同。例如,黄河流域居民获取肉食的主要方式是家养动物,而长江流域居民的主要方式为渔猎。又如,北方为粟作农业传统,南方为稻作农业传统,而中原地区则由原来的粟作农业转向稻粟等多作物农业。

我国农业科技考古的长足发展还体现在植物微体化石的研究领域。其中,植硅体方面最为显著的成果当推吕厚远研究员关于粟、黍植硅体形态及其差异的辨别。基于这一辨别,他指出,我国黍的起源应早于粟千年之久,并认为磁山地区应为我国粟作农业的发源地。另一个值得介绍的成果是吴妍博士利用扫描电镜和高景深数码相机,分别实现了水稻植硅体的三维图像重建,从而极大地提高了植硅体形态特征测量的速度,有效地推动了植硅体分析的应用。

3　生物考古:勾勒人类迁徙轮廓

如果说,^{14}C 测年方法的建立使考古学从定性描述转变为定量表述,那么,生物考古的开展则可望勾勒出古代人类迁徙和社会发展的动态轮廓。

20 世纪 80 年代以来,PCR 技术的建立直接催化了古 DNA 分析方法的发展和应用。近年来,古代人类 DNA 研究有两个颇为重要的进展:一个是 Real-time PCR 技术,它可有效地鉴别源自古代样品的 DNA 污染,从而在相当程度上确保了古 DNA 分析的可靠性;另一个是焦磷酸法测序方法的建立,它奠定了核 DNA 测序的基础,将整个基因组的序列分析提上了议事日程。可以预见,随着古 DNA 技术的不断发展和成熟,古代人类遗传关系的复原、描绘古代人类的迁徙路线终将成为现实。

1984 年,蔡莲珍、仇士华便根据稳定 C 同位素比值,较为系统地分析了我国新石器时期先民的食物结构,在我国考古界产生了深远影响。如今,人们已按清我国新石器中晚期先民食谱的地域分布特征,即黄河以北主要以粟类植物为食,长江以南以稻类植物为主要食物,而中间区域则两类兼而有之。根据北方先民的食谱变化规律,可将距今约 7000 年的仰韶文化时期定为北方农业起源的下限。与此同时,胡耀武、汤卓伟博士等指出,在一定条件下,家猪的食谱与饲养有着内在的联系,从而为动物驯化起源的探索提供了新的思路。

残留物分析是生物考古的又一重要组成部分。有关研究在我国开展较晚,但已取得了一些成果。例如,2005 年山西省绛县西周倗国墓地发掘出土的一个铜簋中保存有大量的碳化物,杨益民博士等分析了样品的碳、氮含量和同位素比值,推测铜簋内曾盛有煮熟的大米及肉类——"糇",这一与文献记载相悖的结论,引起了人们的浓厚兴趣。

4 陶瓷、冶金科技考古备受关注

说到陶瓷科技考古,人们必然想到中国科学院上海硅酸盐研究所的李家治。他主编的《中国科学技术史·陶瓷卷》是我国陶瓷科技考古界值得骄傲的里程碑,对世界陶瓷科技考古所产生的影响无论怎样评价都不为过。近年来,考古发掘和科技分析基本改变了以往我国北方不产原始瓷的认识。联想到北朝时期我国北方高质量的青瓷和刚刚问世的白瓷,不难意识到,长期以来被学术界忽略的我国北方汉代之前的陶瓷发展史,应成为今后研究的热点。顺便指出,当前我国陶瓷科技考古的主要动向有:利用 XANES 等方法探讨呈色元素的价态,从物理层次探讨釉、彩的呈色机制;明清时期斗彩、五彩、粉彩、珐琅彩等制作工艺;基于海上丝绸之路的中西方陶瓷研究等。

冶金科技考古中,中国冶金的起源最受学术界关注。对此,国外学者大多持我国的冶金技术来源于西方的观点;国内老一辈考古学家则多从我国考古学文化连续性考虑,认为我国的冶金技术应为独立起源;而年轻一代考古学家又较倾向于我国的冶金技术来源西方。柯俊院士和我根据姜寨等遗址出土的黄铜推测,我国冶金技术当为独立起源,而在此之后受到西亚的影响。值得指出的是,最近在上海光源,采用 X 射线荧光面扫描分析,发现姜寨黄铜片不同区域的锌含量差异显著,而铅元素呈零星点状分布,其特征与固态还原法制备的黄铜完全相同,从而证明先民在使用天然金属与发明金属铸造之间,都曾采用热煅法或固体还原法冶炼金属。中国最早人工冶炼金属的年代与西亚相近,其冶炼金属为黄铜,不同于西亚的砷铜和红铜,这一事实有力地支持了中国冶金起源的本土说。

毫无疑问,科技考古的崛起还体现在其发展的全面性。除上述领域外,至少应包括古代铁器、古代玉器、古代漆器、古代玻璃和古代纸张等领域。特别是古代漆器和纸张,原先几乎无人问津的研究,现已出现一些较高水平的成果,且呈迅速发展之态势。

科技考古学的崛起还体现在人们对多学科协作的认可。特别在文明探源工程的推动下,人们开始注意到农业起源与传播、人类的迁徙、社会的分层、文化的交流等重要科技考古问题,并通过多学科协作,将问题逐步引向深入。不仅如此,随着国际合作的深入发展,我国科技考古专家业已借助陶瓷科技考古等研究,探讨中西方文化交流等重大问题;而在我国政府的大力支持下,我国考古学家也已走出国门。

总之,无论研究广度抑或研究深度,都清晰地表明,我国的科技考古学正在迅速崛起,其成果必将日益深入人心。

背景知识：^{14}C 测年法

　　^{14}C 是碳的一种具有放射性的同位素，于 1940 年首次发现。它产生于宇宙射线对空气中氮原子的撞击，其半衰期约为 5730 年，经 β 衰变，^{14}C 原子转变为氮原子。

　　由于其半衰期达 5730 年，且碳是有机物的主要组成元素，人们可以根据死亡生物体的体内残余 ^{14}C 成分来推断它的存在年龄。生物在生存的时候，由于需要呼吸，其体内的 ^{14}C 含量大致不变，生物死亡后会停止呼吸，此时体内的 ^{14}C 开始减少。由于碳元素在自然界中各个同位素的比例一直都很稳定，人们可通过检测一件古物的 ^{14}C 含量来估计它的大概年龄——这种方法称之为 ^{14}C 测年法。

古代陶瓷烧制工艺的研究历程[①][②]

1 前　言

陶器是中国史前考古的主要研究对象。回顾中国百年考古学史,不难认识到,正是出土陶器的考古地层学和考古类型学研究,方使中国新石器时代的考古学文化谱系得以成功构建[1],因而在一定意义上,陶器的研究,可视为中国考古学研究的基石之一。而瓷器,无疑是华夏先民的伟大发明,是华夏文明的重要组成部分,也是中国历史时期考古的重要研究内容。由此可见,无论陶,抑或瓷,它们之于考古学皆具有无比的重要性。

然而,追溯中国百年的陶瓷学史,一定程度上可以说,几乎所有重大的发现,皆关联于考古学家的发掘与研究。尤其是陶器,若无考古发掘,人们对其认知几近于零。至于瓷器,晚清的没落、列强的入侵,致使瓷都景德镇萧条荒凉,唯借助几篇古代文献方能管窥其昔日瓷业之辉煌[2]。

不言而喻,中国的考古学催生了中国的古陶瓷学,而中国的古陶瓷研究又反哺了中国的考古学。这种相辅相成的天然联系,凸显了古陶瓷研究在中国百年考古学史上特殊重要的地位。无疑,当人们编撰中国考古学百年发展史时,与之并行发展的中国古陶瓷的研究进展应该是不可或缺的内容之一。

需要指出的是,古陶瓷研究的内容既广博又复杂,其中,仅陶瓷艺术一项,即涉及器形、色泽、雕塑和绘画等若干大类,每一大类皆自成一体,其独特的风格,严谨的结构,无不令人叹服。显然,欲以一篇小文全方位地介绍我国百年陶瓷研究历史的企望,无异于痴人说梦。

鉴于此,我们只能从科技角度,聚焦陶瓷烧制工艺的演进,从一个侧面反映中国百年陶瓷研究的成果。即便如此,恐怕也是勉为其难。

---

① 原载于《中国考古学百年史(1921—2021)》第四卷下册,北京:中国社会科学出版社,2021:1415-1429。
② 本文作者为王昌燧、罗武干和杨益民。

2　古代陶瓷的发现和研究

2.1　古代陶器破土而出

毫不夸张地说,古代陶器的发现无不源自考古发掘。1921 年,仰韶遗址的发掘首次发现了彩陶[3];1928 年,吴金鼎考察章丘龙山镇时,发现了龙山文化蛋壳黑陶[4];约 7000 年前的白陶较晚发现于湖南省三元宫遗址[5]。1949 年后,随着遍布全国遗迹的发现和发掘,陆续出土了海量的陶器残片,经考古学家拼接,相当部分的陶器显现了原形。在此基础上,苏秉琦先生高瞻远瞩地将它们归纳整理,居然洞悉到其中的规律,由此建立了考古学文化的区系理论[1],使我国的考古学研究跻身世界先进行列。与此同时,自然科学家结合测试分析和模拟制备,揭示了各类古陶器的原料成分和烧制工艺等信息,明晰了不同地区、不同种类陶器的烧制工艺特点,并展示了它们的发展过程。

2.2　古代瓷窑重见天日

100 多年前,当昔日辉煌的华夏瓷业沦为尘封记忆之时,正是几代陶瓷考古学家不辞辛苦上下求索,方能逐一扫清尘封,使历代著名瓷窑几乎悉数再现。

陈万里先生为古窑址探寻之先驱。20 世纪 20—30 年代,先生不顾路途艰难,跋山涉水,先后发现了龙泉窑大窑遗址和上林湖越窑遗址。1949 年后,花甲之年的先生益发精神抖擞,率领弟子查实了诸如磁州观台窑等许多古窑遗址[6]。

为古窑址探寻和研究作出重大贡献的,还有"叶氏家族"。85 年前,叶麟趾教授凭借坚实的化学和历史地理知识,证实了定窑遗址竟然位于曲阳县涧磁村。1985 年,子承父业的叶喆民先生,其先见之明使汝窑窑址得以被发现。而邯郸瓷业的恢复和发展,也同样离不开"叶氏家族"的重要贡献[7]。

如今,几代陶瓷考古学家前赴后继的努力,除柴窑仍无踪影,鼎州窑、哥窑和北宋官窑尚有争议外,有案可查的历代重要窑址皆已大白于天下。如此丰富多彩的窑址资源,为各类瓷器的工艺研究提供了得天独厚的条件,100 多年来,以周仁、王琎、李家治、李国帧和刘振群等先生为代表的陶瓷科技专家于陶器原料、烧造工艺、窑炉技术诸方面开展了系统研究,业已构建成中国古陶瓷烧制工艺的发展体系[8-12]。所有这一切皆表明,我国不仅是古陶瓷大国,其古陶瓷研究水平也稳居世界前列。

3　古陶瓷原料分析的主要成果

3.1　古代陶器的胎和彩

总体说来,陶器相比瓷器的烧造工艺要简单得多,相关研究论文也自然少得多,特别是陶胎原料的研究。现将相关工作简要介绍如下。

早在 1954 年,袁翰青先生探讨中国古代陶器时,曾委婉指出奥地利陶瓷化学家梅耶斯堡关于仰韶彩陶胎料的测试错误,并凭着深厚的学术功底,判断蛋壳黑陶系旋盘制造[13]。

1964 年,周仁先生等在文献调研的基础上,结合测试分析和模拟制备,综合分析了仰韶至东周的 69 枚陶片以及相关黏土样品,得出了一系列重要结论,例如,黄河流域古陶器的原料不是马兰黄土,也不是普通地表土,而是红土、黑土或黄黏土等。又如,仰韶彩陶赭红色的呈色元素为铁,黑色的呈色元素为铁和锰,而白色几乎不含呈色元素。毫无疑问,他们的这一工作至今仍具有指导意义[14]。

在此之后,中国历史博物馆李文杰先生实地探究黄河和长江流域汉代以前的古陶器制作痕迹,经模拟证实,终于出版了第一部全面介绍中国古陶器烧制工艺的专著[15]。李先生在专著中再次强调,古陶原料不是马兰黄土,而是易熔黏土。基于模拟制备,他还特地指出,枝江县的灰白黏土可以制作蛋壳彩陶。然而 2001 年,我们的研究认为,蛋壳黑陶的原料是泥炭[16]。考虑到分析样品的不同,暂作存疑,较为妥善。

20 世纪 70 年代以来,湖南、湖北、陕西和山东等地陆续发现了大批早期白陶,最早年代竟至约 7400 年前。李文杰和任式楠先生的意见相同,皆指出这批白陶原料虽多为含镁硅酸盐矿物,但确有少量为高岭土,这就大幅提前了中国白陶的起源时间[17]。

陶器塑性原料一般具有普适性,而瘠性原料则复杂得多,尤其是我国南方,根据羼和料的不同,可将陶器大致分为夹砂陶、夹碳陶、夹蚌陶等多种[15]。

李文杰先生还系统探讨了彩陶和彩绘陶的彩料成分,其彩陶彩料与周仁先生的意见相同,并增加了棕彩的分析,认为棕彩与黑彩的化学组成相同,但锰含量较低,而铁含量较高。彩绘陶颜料的分析结论如下:黄彩、红彩、橙红彩、绿彩、蓝彩、黑彩的颜料依次为蒙脱石、朱砂、铅丹、孔雀石、蓝铜矿和墨,而白彩有方解石和高岭土两种,灰彩系高岭土与墨调和而成[15]。

3.2　古代瓷器胎、釉和彩的原料

（1）古代瓷胎的原料

如前所述,制陶原料主要为易熔黏土,而制瓷原料则主要为瓷土或高岭土。国内陶瓷界对瓷石的认识基本相同,而对瓷土的认识多有出入。我们以为,瓷土是瓷石的风化产物,即一种适于烧制瓷器的绢云母质黏土[18]。

南宋郊坛官窑瓷器较为特殊,具有紫口铁足的特征。调研和测试发现,其胎料由当地黏土和紫金土配制而成,当地黏土由高岭石、石英和伊利石组成,而紫金土是一种含铁量超高的高岭石[10]。

(2)古代瓷釉的种类与发展过程

相较于瓷胎,瓷釉、瓷彩的种类要复杂得多。瓷釉的分类有多种,根据助熔剂成分可将中国古代瓷釉划分为钙釉、钙碱釉和碱钙釉三种,并明确指出,我国古代瓷器没有碱釉[10]。以往的实践指出,钙釉黏度低,易流动,而钙碱釉黏度稍高,不易流动。近期我们有两项工作与这一规律相关,一是发现成化官窑青花瓷一反常态选用钙碱釉,恰巧适应了青花瓷画风的改变[19]。二是釉层较薄的磁州窑瓷器属于钙碱釉或碱钙釉,应源自当地特殊的瓷釉原料,并非有意为之[20]。

李家治先生从显微结构角度将瓷釉分为四类,即玻璃釉、析晶釉、分相釉和析晶分相釉,若考虑宏观结构,可将开片釉视为特殊结构瓷釉[10]。在李先生的指导下,冯敏率先发现天青色汝瓷是析晶釉[21],后来又进一步证实是析晶分相釉。

基于颜色的分类是瓷釉最重要的分类。瓷器一经问世,即以青色示人。毫不夸张地说,青色伴随着瓷器发展的全过程。现有的资料显示,早期青瓷的釉层厚薄不均,釉色灰暗,胎料粗糙,胎釉结合不佳,质量确不尽如人意。以致长期以来,学术界将其称为原始青瓷。李家治先生指出,青瓷成熟于东汉末年的越窑。然而,此时的越窑瓷器与原始青瓷相比,无论外观色泽,抑或材料性能,并无明显差异。到唐代,越窑青瓷质量方得以显著提高,成为与北方白瓷对峙的南方青瓷代表[10]。然而,当人们侈谈唐代"南青北白"的瓷器格局时,似乎未能认真考虑耀州窑和鼎州窑的工艺水平。

北宋时期,北方汝瓷无可争议地独占鳌头,青瓷风格也从千峰翠色让位于厚重的天青色。1996年杭州老虎洞窑[22]、1999年宝丰清凉寺汝窑[23]和2000年汝州张公巷窑[24]的先后发现和发掘,引发了瓷器研究的热潮,尽管张公巷窑难以认定为北宋官窑,但学术界关于南宋时期的老虎洞窑即修内司官窑,其烧制工艺源自汝窑等学术问题终于达成共识。随着汝瓷工艺的南传,景德镇逐渐成为中国和世界的瓷都,而南宋后期至元代,利用钙碱釉制成薄胎厚釉的龙泉青瓷成了青瓷的佼佼者。

明代以降,景德镇一枝独秀,创新品种层出不穷,各类瓷器难出其右,然而,唯青瓷皆为仿古品种。虽仿制水平甚高,但毕竟未见创新品种,多少有些遗憾。

同样以铁元素致色的黑釉瓷器,在中国瓷器发展史上的影响绝不可小觑。先民配置釉料时,若含铁量偏高,自然烧成黑釉瓷器,一旦掌握这一规律,人们即可随心所欲地烧制青釉或黑釉,于是,青瓷、黑瓷分道扬镳,各自成为一体。

长期以来,我国大多著名窑址皆附带烧制少量黑釉瓷器,唯德清窑场从东晋至南朝初期主要烧制黑釉瓷器[10]。宋代的斗茶之风导致黑釉瓷器的蓬勃发展,并派生出一系列巧夺天工的花色黑釉。陈显求先生等对建窑和吉州窑的花色黑釉进行了深入细致的研究,揭示了两者的析晶过程,并阐明了形成机制[25,26]。不过,最亮丽的黑釉仍属乌金釉,其初创于明永乐朝,而由清康熙朝督陶官臧应选完美收官[27]。

以往认为,相较于青瓷,烧制技术更高的白瓷发轫于我国北方。分析指出,曹村窑和巩义窑的白瓷滥觞于北齐,邢窑、井陉窑紧随其后,稍晚的定窑后来居上,位居宋代五大名窑之列[10],而2015年发掘的萧县欧盘窑白瓷,年代与邢窑相当,质量甚佳,业已引起陶瓷界的关注。然而,相对而言,邢、巩、定窑白瓷的研究较为深入,但各窑之间的关系,尚缺乏系统的探讨,希望今后给予足够的关注。

　　2006 年,江西省文物考古研究所等单位对景德镇地区的铜锣山、道塘里窑址进行了发掘,出土了所谓的影青瓷。两处窑址的年代为五代至北宋中期。光谱分析指出,五代至北宋早期,两窑出土的所谓青白瓷,绝大部分是白瓷,随着时间的推移,青白瓷的比例逐渐增高,直至北宋晚期,湖田窑影青瓷的烧制技术方炉火纯青。进一步的分析又发现,当影青瓷的瓷釉配方增添适量钙成分后,瓷釉内将析出钙长石,形成莹润如玉的卵白色,于是,卵白瓷,即枢府白瓷脱胎而生[28]。与景德镇影青瓷时代相近的繁昌窑同样备受学界关注,其胎料的二元配方,至今难得其解[29]。当然,毋庸争辩的是,交相辉映的永乐甜白和德化象牙白皆为古代白釉瓷器的巅峰之作[10]。

　　除青釉、黑釉为铁元素致色外,据说,晚唐至宋初的红定,虽未见实物,但被推测为高温铁红釉,系分相釉导致的红色[30]。这种高温铁红釉技术难度极高,明代景德镇窑曾有少量烧造,但发色晦暗,不甚理想[31]。

　　实际上红釉多为铜元素致色,然而,铜的价态对气氛极为敏感,高温下又容易挥发,铜红釉的烧制难度,由此可见一斑[10]。尽管唐代铜官窑曾出土过铜红釉,但罕见传世品,其工艺亦未能传承。元末明初的景德镇工匠虽再次烧成铜红釉,但质量差、产量低。直至明永乐、宣德时期,才烧制成功美不胜收的"宝石红",之后的成化、正德两朝,铜红釉质量骤然下降、几近失传。使铜红釉再次复苏的是清康熙帝,他催生的郎窑红和豇豆红一举成名[11,32]。

　　明清瓷器,特别是官窑瓷器,无论工艺水准,抑或艺术成就,皆达历史顶峰。然而,太过珍稀以致一片难求,样品的缺乏使相关研究寸步难行。由此似可理解,除钴蓝釉外,而将其余色釉一笔带过,实为无奈之举。

　　钴蓝釉的烧制难度虽不如铜红釉,但直至元初始创烧成功,其一经问世,便多描金彩,特显富丽高贵。明宣德期间,祭蓝釉质量稳定,产量亦很可观。清康熙朝集钴蓝釉之大成,不仅祭蓝釉、洒蓝釉炉火纯青,还创烧了素净淡雅的天蓝釉[10,11,32]。

　　(3) 瓷彩的种类与发展过程

　　瓷胎和瓷釉是瓷器不可或缺的组成部分,瓷彩则不同,似乎可有可无,且起源较晚,然而,瓷彩并未因此而逊色。考古发现,早在东晋时期,瓯窑许多青瓷即首开褐彩装饰的先河[10],然而不知何故,这种褐彩直至宋代也未能形成规模,反倒是发轫于南朝的邛崃窑以及肇始于中唐的长沙窑发扬光大了彩瓷工艺[11,33]。2001 年邛崃窑古陶瓷学术讨论会上,学界认识到,邛崃窑兼有高温钙釉彩瓷和低温铅釉彩陶,多以 Fe_2O_3 和 CuO 为彩,并有孤证高温钴蓝彩,无疑为我国瓷彩的发源地。专家们在会上关于邛崃窑釉彩关系的讨论,促使我们进行了专题探讨,以致发现邛崃窑既有高温釉上彩,也有高温釉下彩[34]。近年来,张兴国与崔剑锋等老师合作分析了长沙窑唐代中、晚期的高温彩瓷残片,证实它们皆为高温釉上彩[35]。不久,路辰等研讨观台窑白地黑绘样品时发现,除高温釉下彩外,亦有釉上彩饰,而统计分析暗示,从宋末至元代,釉下彩呈增加趋势[36]。对此,磁州窑大师刘立忠先生坦率告知,现代绘彩都在室内进行,绘于釉上或釉下皆视气候而定。不难理解,虽然元明清釉下彩的源头是邛崃窑、长沙窑和磁州窑,但前后的工艺似乎不尽相同,今后确有必要认真探索这一传承过程。

　　元明清时期,高温釉下彩的发展达到了极致,直至今日,作为釉下彩主要代表的青花和釉里红仍备受人们偏爱。21 世纪初,温睿等根据青花浅色区域的铁锰比值,将明代官窑青花瓷分为三组,第一组由洪武与永乐组成,其青花钴料应进口自伊朗,第二组从宣德至弘治,其青花钴料似为国产料,第三组从正德至万历,其青花钴料或为混合料[19]。与此同时,温睿还发现,苏麻离青和回回青所指皆为伊朗钴料,不同的是,前者是文人用语,而后者是官方语言[37]。汪丽华利用同步辐射 XAFS 技术,分析发现明早期官窑青花瓷蓝彩中钴以二价为主,推测此类青花瓷的蓝色源自二价钴离子[38]。之后,姜晓晨阳利用近乎无损的 FIB-TEM 技术,证实宣德官窑青花瓷的钴料是国产钴土矿与进口砷钴矿的混合料[39]。紧接着,王文轩在法国国家科学研究中心 Philippe Sciau 教授的指导下,以 FIB-TEM 技术为主,全面分析了明早期多种青花瓷的"铁锈斑",发现了它们结构、成分的多样性,从而奠定了深入探讨"铁锈斑"呈色机制、钴料来源的基础[40]。

釉里红烧制的曲折过程与上述铜红釉基本同步,这里不再赘述。不过,相较于青花钴彩,釉里红铜彩的研究进展甚微。值得一提的有,朱剑等利用同步辐射 XANES 分析发现,釉里红的红色源自 Cu^0 和 Cu_2O 的共同作用[41]。

与高温彩交相辉映的低温瓷彩起源虽晚,但影响绝不能低估。汪丽华在阎焰先生的支持下,采用同步辐射 XAFS 技术并结合 TEM 和拉曼光谱分析,揭示了红绿彩的成分、结构和价态,初步探讨了呈色机制,引起学界的关注和重视[38]。21 世纪初,邯郸市峰峰矿区发现了大量红绿彩瓷和作坊遗址,为低温红绿彩瓷的研究带来了福音。

原则上讲,定窑白釉,从邛崃窑、长沙窑至磁州窑一脉相承的高温釉彩以及兴盛于金元时期的低温红绿彩,是景德镇成为世界瓷都的三大技术支撑,而清康熙朝引进的珐琅彩以及在此基础上开发的粉彩,则具有锦上添花之效。然而,颇为遗憾的是,长期以来,中国古陶瓷这一最辉煌的阶段几乎无人涉足,究其缘由,样品难觅也。

粉彩和珐琅彩瓷的工艺复杂,且存世样品一片难求,致使研究难上加难。20 世纪 70 年代,张福康先生曾率先探究康熙珐琅彩与雍正粉彩的区别,揭示了珐琅彩料的化学组成,推测了相关结构,并点明了珐琅彩料含有硼[42]。2009 年,苗建民和赵兰等比较分析了故宫院藏康熙、雍正时期的珐琅彩瓷,指出两者黄色彩料的不同[43]。2014 年,故宫南大库考古遗址出土了一件雍正时期烧制的画珐琅黑地彩瓷残件,贾翠和雷勇等进行了颇为全面、细致的分析,不仅验证了张福康先生的黄彩结论,还探明了黑、红、绿彩的呈色元素[44]。2018 年,叶正隆、张茂林等分析了景德镇不同时期的粉彩样品,验证了粉彩"始于康熙,精于雍正,盛于乾隆,随后衰败"的传统观点,揭示了不同色料的呈色元素以及清三代官窑与民窑粉彩的差距[45]。故宫南大库的考古发掘出土了较多的粉彩瓷残片,得益于李季、王光尧先生的支持,栗媛秋、朱剑等利用同步辐射装置结合 FIB-TEM 等分析手段,较为系统地揭示了清代粉彩玻璃白结构成分和制作工艺的渐变规律[46]。

4　古陶瓷成型与烧造工艺的主要成果

4.1　古陶瓷的成型工艺

（1）古代陶器的成型工艺

吴小红教授与美国、以色列科学家合作,分别将江西吊桶环和湖南玉蟾岩遗址出土的陶片定年为距今 20000 年和 18000 年[47]。这一结论迫使人们重新思考陶器起源的机理及其与农业、定居的关系,其重要性不言而喻。

一般说来,整个新石器时代,先民已掌握手制、模制和轮制三类陶器成型方法,而手制又分为捏塑、泥片贴筑和泥条筑成三种方式。考古发掘资料指出,我国早期陶器特点是南方多为圜底器,而北方则多为平底器[15]。前人的研究指出,距今约 8000 至 7000 年的新石器时代早期后段,黄河流域中下流的先民利用淘洗去除黏土所含杂质的同时,已掌握了陶器制作的泥条筑成法,稍晚的上游大地湾一期的制陶方法主要为模具敷泥法,而年代与大地湾一期相近的长江流域城背溪遗址则多以泥片贴筑法制陶,区域相邻的大溪文化遗址一至三期,其制陶方法反而与黄河流域中下流地区趋近,也为泥条筑成法,并与仰韶中期一样,借助慢轮盘筑和修复。需要指出的是,相比之下,捏塑法最为简单,理应最先采用,虽因某种原因,至今难获实证,但上述泥条筑成、泥片贴筑或模具敷泥法,都结合有捏塑法,确可暗示其原始性[15]。

黄河下游大汶口文化中期偏晚和长江流域关山庙遗址大溪文化第四期都产生了快轮制陶技术,至山东龙山文化时期,该技术达到高峰,直接催生了蛋壳黑陶[4,15]。无独有偶,集捏塑、堆塑工艺大成的宜兴紫砂陶,与蛋壳黑陶同为古代陶器之奇葩,其艺术之成就,至今令人叹为观止[48]。

(2) 古代瓷器的成型工艺

陶器快轮成型工艺直接导致瓷器的拉坯成型,其适用于圆形剖面的器物。相比之下,采用手工捏塑成型的古代瓷器数量较少,但影响绝不可低估,例如德化白瓷的观音、老子和关公等像大气、逼真、生动,深得人们喜爱[49]。长期以来,学界似乎否认我国古代瓷器曾有模具注浆成型的工艺,然而,腾讯网上 2017 年笔名为老慧子的文章则全面论证了古代陶瓷模具注浆成型工艺的存在,令人不得不信服[50]。可以预料,古陶瓷注浆工艺必将成为古陶瓷制作工艺讨论的热点。

瓷器成型工艺还包括装饰工艺,涉及瓷胎、瓷釉、瓷彩和化妆土的装饰。不难理解,瓷器的化妆土装饰最为简单,旨在遮盖色深粗糙的瓷胎;而胎装饰最为复杂,诸如镂空、堆塑、堆贴、刻花、剔花、雕花、划花、印花、沥粉、珍珠的划花、堆花、绞胎和玲珑等等,不一而足;不过,最为重要的还是釉彩装饰,特别是令人目不暇接的瓷器绘画,其艺术价值和历史价值之高,无论怎么评价都不为过。考虑到涉及科技的瓷器装饰工艺已在介绍瓷釉和瓷彩阐述,故这里不再赘述。

4.2　古陶瓷的烧成工艺

根据对出土陶片的原始烧成温度和云南西双版纳傣族和西盟佤族原始制陶工艺的考察,可推测先民最早采用平地堆烧方式,继而为一次性薄壳窑烧制陶器[20]。新石器时代中、晚期,普遍发现了挖地而建的陶窑,最初为横穴窑,随着结构的不断改进,如窑箅的增设;火道、箅孔的增多;箅孔尺度和位置的合理安排;火膛与窑室间距离的缩短及向窑室下部的移动等,最终形成了相对先进的竖穴窑[12]。

商代以降,陶窑开始建在地面上,用草拌泥砌筑窑墙,并逐步增高,窑墙上部出现弧度,窑顶排烟部位渐向内收,以控制空气流量。刘振群先生认为,对于这种窑而言,窑内温度可达 1200 ℃,硬陶和原始瓷应该都是在这种窑内烧成的。到了战国时代,窑工将这类升烟窑加以改进,即封闭窑顶,于火膛口相对的窑墙底部开孔,连接外部竖立的烟囱,便成为半倒烟类型的馒头窑。陕西沣东洛水村、沣西张家坡等处的窑都属于这一类馒头窑[51,52]。

李家治先生根据出土瓷片烧成温度的测定,判断我国唐代北方白瓷的烧成温度通常可达 1300 ℃以上,推测与大燃烧室、小窑室和多烟囱小型窑的出现相关,不过,多少有些遗憾的是,李先生没有阐明这类小型窑的具体结构。相比之下,刘振群先生对瓷窑的研究似乎更为深入。他认真分析后确认,1976 年淄博磁村发掘的北宋中期的多座馒头窑和南京雨花台眼香庙发掘的六座明代馒头窑皆属全倒烟的圆窑[53]。刘先生还指出,北宋耀州窑发现的窑具炉栅,暗示已利用煤为燃料来烧制瓷器,不仅如此,他还认为,宋代以降,北方馒头窑多以煤为燃料,容易形成氧化气氛,而不易产生还原气氛,烧制的瓷器釉色难免青中带黄[12]。

商周时期,中原无可替代地成为华夏的中心,然而瓷器生产方面,我国南方似乎不亚于北方,虽然我国南方至今罕见新石器时代专烧陶器的窑址,但至少早期烧造“原始瓷”的窑址,南方明显多于北方。从江西宜春吴城、鹰潭角山的商代中晚期遗址,到近些年来的德清水洞坞早商遗址,皆发现有窑址堆积和商代龙窑遗迹[54],而吴城遗址还并存有圆角三角形或方形窑[55],角山遗址并存有马蹄形窑遗迹[56]。之后的历朝历代几乎都发现有龙窑。龙窑的发展经历了长度从短至长、再从长到短,高度逐渐增加,坡度分段并趋于合理的过程。刘振群先生认为,龙窑升降温快速、容量大,适于烧制薄胎钙釉瓷器,而龙窑匣钵的使用则保证了瓷器的质量和窑炉的利用率[12]。然而,南宋以来,钙碱釉或钙钾釉的普遍采用,迫使龙窑经分室龙窑、阶级窑、葫芦形窑不断改进,至明末清初,全面兼顾龙窑与馒头窑优点的蛋形窑在景德镇正式问世[57]。景德镇之所以成为世界瓷都,与蛋形窑的成功应用密不可分。

5　若干重要的新认识和新方法

改革开放以来,层出不穷的考古发现、迅猛发展的科技考古以及日新月异的古陶瓷成果,不断冲击着李家治先生构建的中国古陶瓷科技发展的宏伟体系。在这里,有必要介绍若干具有重要意义的新成果以及与之相关的测试分析新方法。

5.1　影响深远的新认识

研究古陶瓷,自然应该明确陶瓷概念,然而,查阅国内外的辞典和百科全书,有关陶器的定义,竟然皆语焉不详[58]。鉴于此,根据陶器烧成的物理化学反应过程,我们给出了陶器的明确定义:黏土加水捏塑成型后,逐渐加热至 600 ℃以上,使形成的结构水脱尽,即为陶器[18]。以往陶瓷界几乎一致认为,瓷器是由原始瓷发展而成,然而,当追溯原始瓷概念的由来时,不难意识到,原始瓷实非科学定义,而是不同意见的折中结果。至于瓷器的定义,虽貌似言之凿凿,实则经不起推敲。倘若认可这一定义,那么整个青瓷发展史上,符合这一标准的青瓷恐怕不超过 5 枚残片,换句话说,中国古代将无青瓷可言。旧定义既破,新定义自然提到议事日程。我们为此思考了数年,2014 年终于在《考古》上发表了有关青瓷的新定义:以瓷石(土)或高岭土制胎,施以高温釉,烧成温度不低于 1150 ℃的容器,即为青瓷器。按照这一定义,所谓的“原始瓷”,几乎皆属青瓷,这样,我国瓷器的起源应不晚于“夏代”[59]。

长期以来,我们困惑于古陶瓷界的一个共识,即中国早期瓷器主要在南方,从“原始瓷”

到东汉末年成熟的青瓷,都发生在南方,而烧造工艺更高的白瓷为什么没有在南方脱颖而出,反而发轫于毫无瓷器烧造基础的北方？李家治先生曾特地解惑道,中国南方盛产瓷土,其含有足够的熔剂,但铁含量较高,只能烧制青瓷,而中国北方以高岭石矿为主,其不含熔剂成分,必须添加长石(通常添加长石和石英),方可烧制瓷器,然而因胎料含铁量甚低,故可以烧制白瓷。这就是说,白瓷和青瓷之间没有承继关系,系另辟蹊径烧制而成[10]。应该说,李先生的解惑,是合乎逻辑的,若论据正确,应能自圆其说。然而,黏土矿物学指出,高岭石矿床主要形成于热带和亚热带[60],而中国高岭石矿分布图也清晰地展现了这一规律[59]。实际上,五代以降,南方白瓷异军突起,各具特色的景德镇和德化白瓷长盛不衰,至今享誉全球[11,32]。事实证明,李先生关于我国南方盛产瓷土、北方富含高岭土的立论不足为据。实地调研和模拟实验进一步表明,白瓷原料是高岭土而不是高岭石,高岭石是矿物,具有特定的结构,确实不含熔剂成分,但高岭土是混合物,含有高岭石、长石和石英等,通常具有足量的熔剂成分,与瓷土相似,可以直接作为瓷器胎料,不存在多元配方问题[61],更何况几乎所有北方烧制白瓷的窑炉,初期都是烧制青瓷的,一系列事实暗示,白瓷是由青瓷演变而成。由此可见,李先生关于青瓷、白瓷不同源的立论同样不足为据。既然如此,与之相关的"原始瓷"产于南方的主流观点以及唐代瓷器"南青北白"格局的定论都应认真反思,以期补充、完善李家治先生构建的中国古陶瓷科技发展史。

5.2　分析方法进展

毫不夸张地说,我国古陶瓷烧制工艺的研究,离不开分析方法的进展。有必要在这里简要介绍我国学者利用现代分析方法探究古陶瓷烧制工艺的大致过程。毋庸置疑,在古陶瓷研究领域最早、最全面利用现代分析方法的当属以周仁、李家治先生为代表的国瓷组,他们采用的方法几乎覆盖整个无机材料结构和物性的分析范畴,然而,由于条件所限,国瓷组不得不采用费时费力但相对准确的湿化学方法测定陶瓷胎釉的主次量元素,而舍弃了微量元素的仪器分析方法。今天看来,国瓷组的考虑虽属无奈,但也无伤大雅,毕竟当时旨在探索陶瓷烧制工艺,并不关注陶瓷的产地和鉴定[10]。

20 世纪 80 年代,郑州大学金国樵、潘贤家、孙仲田和高正耀等教授将穆斯堡尔技术全面应用于古陶瓷研究领域,其中,根据铁元素价态探讨瓷釉呈色机制则开了物理层次诠释呈色机制的先河[62]。陶瓷产地和鉴定提上议事日程后,复旦大学承焕生先生借助 PIXE[63],中国科学技术大学、中国科学院大学[18]、北京大学[64]以及中国科学院高能物理研究所[65]等采用 INAA 和 ICP 等方法成功地测试了古陶瓷的微量元素,将古陶瓷产地研究提高到新的水平。21 世纪以来,基于同步辐射的多种方法[66]越来越受到陶瓷考古专家的青睐,而近期 FIB-TEM 的初试锋芒,已使人们意识到它在古陶瓷微观分析方面的诱人前景[39]。如今,我们还欣喜地看到,即将正常运行的散裂中子源将使古陶瓷深层分析的梦想成真。

6　展　　望

百年来,数代学者的持续探索,已颇为详尽地揭示了我国古陶瓷烧制工艺发展的全过程,然而,我国古陶瓷异常悠久的历史、无比灿烂的硕果,使我们深刻认识到,有关这一领域的研究将永无止境。

如前所述,以景德镇窑为代表的元明清陶瓷达到了古陶瓷烧制工艺的最高峰,而这一阶段的古陶瓷样品恰恰难以寻觅。这一事实严重制约了相关研究的开展。2013 年故宫博物院考古研究所的成立为学界送来福音。不过,目前该所的发掘成果还十分有限,欲有效解决这一问题,仍要寄希望于相关御窑作坊的发现。

回顾我国古陶瓷发展史,有三个问题百思不得其解,希望有关专家给予高度关注。第一个问题是,我国所谓的"原始瓷"发轫于夏商,战国时期已达到较高水准,何以两汉阶段,几乎被釉陶完全取代?

第二个问题是,无论早期白瓷,抑或唐青花,何以高温白釉瓷和低温铅釉白陶同时并存?要知道,这两者之间,不仅熔剂不同,而且烧制工艺迥异,前者通常为一次烧成,而后者必须是二次烧成。

第三个问题是,金元的红绿彩,其红彩的主要彩料何以选用矾红,而不是陶瓷界最熟悉也最容易获取的赭石?这一选择影响深远,以致景德镇窑全面继承了选用矾红的传统。

除此之外,其实还有许多问题需要探讨、修正、补充或完善,例如,青花瓷的起源,特别是青花钴料的来源和配方,德国 smalt 钴料是否曾被应用?如曾应用,是在哪一阶段应用?以及如何应用等一系列问题都需要逐步捋清,以便向世人展示完整的青花瓷工艺演进史。

面对中国博大精深的古陶瓷发展史,倍觉自身才疏学浅,现将一孔之见勉力凑成这篇小文,挂一漏万与不妥之处在所难免,恳望方家不吝指教。

参 考 文 献

［1］　苏秉琦,殷玮璋.关于考古学文化的区系类型问题［J］.文物,1981(5):10-17.

［2］　钱汉东.中国田野考古先驱陈万里［N］.文汇报,2007-10-21.

［3］　安志敏.仰韶村和仰韶文化——纪念仰韶文化发现 80 周年［J］.中原文物,2001(5):15-18.

［4］　杜在忠.试论龙山文化的"蛋壳陶"［J］.文物,1982(2):176-181.

［5］　湖南省博物馆.澧县梦溪三元宫遗址［J］.考古学报,1979(4):461-489.

［6］　陈万里.陈万里陶瓷考古文集［M］.北京:紫禁城出版社,1997.

［7］　刘伟.纪念陶瓷学界前辈叶麟趾先生诞辰 120 周年［J］.紫禁城,2008(9):70-79.

［8］　周仁,李家治,赖其芳,等.景德镇瓷器的研究［M］.北京:科学出版社,1958.

［9］　王琎.中国古代陶业之科学观［J］.科学,1921(9):869-882.

［10］　李家治.中国科学技术史·陶瓷卷［M］.北京:科学出版社,1998.

［11］　李国桢,郭演仪.中国名瓷工艺基础［M］.上海:上海科学技术出版社,1988.

［12］　刘振群.窑炉的改进和我国古陶瓷发展的关系［M］//中国古陶瓷论文集.北京:文物出版社,1982:162-172.

［13］　袁翰青.我国古代人民制造陶器的化学工艺［J］.化学通报,1954(1):39-43.

［14］　周仁,张福康,郑永圃.我国黄河流域新石器时代和殷周时代制陶工艺的科学总结［J］.考古学报,1964(1):1-27.

［15］　李文杰.中国古代制陶工艺研究［M］.北京:科学出版社,1996.

［16］　邱平,王昌燧,李凡庆,等.大汶口、龙山文化黑陶内碳纤维的初步研究［J］.自然科学史研究,2001(1):79-83.

［17］　任式楠.任式楠文集［M］.上海:上海辞书出版社,2005:486-503.

［18］　王昌燧. 科技考古进展［M］. 北京：科学出版社，2013.

［19］　温睿. 明代景德镇官窑青花瓷鉴定［D］. 合肥：中国科学技术大学，2005.

［20］　胡彩虹. 磁州窑白地黑花瓷器原料和工艺探讨［D］. 北京：中国科学院大学，2012.

［21］　FENG M, WANG C S, GUO M S, et al. Study on Ru imperial ware and its imitations［J］. Neues Jahrbuch für Mineralogie-Monatshefte，2004(3)：104-116.

［22］　杭州市文物考古所. 杭州老虎洞南宋官窑窑址［J］. 文物，2002(10)：4-31.

［23］　河南省文物考古研究所. 宝丰清凉寺汝窑［M］. 郑州：大象出版社，2008.

［24］　孙新民. 汝州张公巷窑的发现与认识［J］. 文物，2006(7)：83-89.

［25］　陈显求，黄瑞福，陈士萍，等. 宋代天目名釉中液相分离现象的发现［J］. 景德镇陶瓷，1981(1)：4-12.

［26］　陈显求，黄瑞福，陈士萍. 绚丽多姿的吉州天目釉的内在本质［M］//中国古代陶瓷科学技术成就. 上海：上海科学技术出版社，1985：257-269.

［27］　潘文锦. 浅谈名贵颜色釉的发展［J］. 景德镇陶瓷，1985(2)：24-28.

［28］　明朝方. 景德镇地区青白瓷的缘起与演进［D］. 北京：中国科学院大学，2014.

［29］　杨玉璋，张居中，鲁厚祖. 安徽繁昌窑研究新进展［J］. 东南文化，2009(3)：83-87.

［30］　王超，刘怀国，徐浩. 高温铁红釉的研制［J］. 江苏陶瓷，2014(4)：7-8.

［31］　胡东波，张红燕，刘树林. 景德镇明代御窑遗址出土瓷器分析研究［M］. 北京：科学出版社，2011.

［32］　中国硅酸盐学会. 中国陶瓷史［M］. 北京：文物出版社，1982.

［33］　耿宝昌. 邛窑古陶瓷研究［M］. 合肥：中国科学技术大学出版社，2002.

［34］　栾天，毛振伟，王昌燧. 邛崃窑彩绘瓷彩绘工艺的 SRXRF 研究［J］. 光谱学与光谱分析，2006，26(8)：1560-1563.

［35］　张兴国，姜晓晨阳，崔剑锋，等. 长沙窑高温釉上彩的检测分析［J］. 故宫博物院院刊，2020(5)：71-85,110.

［36］　路辰. 磁州窑白地黑绘瓷器的工艺特征［D］. 北京：中国科学院大学，2016.

［37］　温睿. 苏麻离青考辨［J］. 故宫博物院院刊，2017(1)：144-153,163.

［38］　汪丽华. 中国古陶瓷釉彩的 X 射线吸收精细结构研究［D］. 北京：中国科学院大学，2010.

［39］　姜晓晨阳. 宣德青花钴料的显微分析［D］. 北京：中国科学院大学，2018.

［40］　王文轩. 明早期御窑青花彩上析晶显微结构判定及工艺解析［D］. 北京：中国科学院大学，2019.

［41］　ZHU J, DUAN H, YANG Y M, et al. Colouration mechanism of underglaze copper-red decoration porcelain(AD 13th-14th century)，China［J］. Journal of synchrotron radiation，2014，21(4)：751-755.

［42］　张福康. 中国传统低温色釉和釉上彩［M］//中国古代陶瓷科学技术成就. 上海：上海科学技术出版社，1985：333-348.

［43］　赵兰，李合，牟冬，等. 无损分析方法对康熙、雍正珐琅彩瓷色釉的研究［C］//09 古陶瓷科学技术国际讨论会论文集. 上海：上海科学技术文献出版社. 2009：424-433.

［44］　贾翠，曲亮，张蕊，等. 故宫南大库出土黑地珐琅彩瓷的科学分析和工艺研究［J］. 故宫博物院院刊，2018(1)：130-137.

［45］　叶正隆，张茂林，吴军明，等. 景德镇粉彩瓷的 EDXRF 分析［J］. 文物保护与考古科学，2018，30(5)：24-28.

［46］　栗媛秋. 清代官窑粉彩玻璃白的综合研究［D］. 北京：中国科学院大学，2018.

［47］　BOARETTO E, WU X H, YUAN J R, et al. Radiocarbon dating of charcoal and bone collagen associated with early pottery at Yuchanyan cave, Hunan province, China［J］. PNAS，2009，106(24)：9595-9600.

［48］　王健华. 紫砂壶收藏鉴赏百科［M］. 北京：华龄出版社，2008.

［49］　黄凤娜. 闽南文化背景下的德化瓷雕塑［J］. 东方收藏，2013(5)：47-49.

［50］　老慧子. 中国古代陶瓷模具注浆成型工艺实证解析归真［Z］.

[51]　中国社会科学院考古研究所.沣西发掘报告［M］.北京:文物出版社,1962.

[52]　中国社会科学院考古研究所沣镐发掘队.1961—1962 年陕西长安沣东试掘简报［J］.考古,1963(8):
403-412,415.

[53]　南京博物院.明代南京聚宝山琉璃窑［J］.文物,1960(2):41-48.

[54]　浙江省文物考古研究所,湖州市博物馆,德清县博物馆.东苕溪流域夏商时期原始瓷窑址［M］.北京:
文物出版社,2015.

[55]　杨佳梅,张润平.中国瓷器简明读本［M］.北京:新华出版社,2016.

[56]　江西省文物考古研究所,鹰潭市博物馆.角山窑址［M］.北京:文物出版社,2018.

[57]　熊海堂.东亚窑业技术发展与交流史研究［M］.南京:南京大学出版社,1995.

[58]　王涛.中国早期陶器研究［D］.北京:北京大学,2005.

[59]　王昌燧,李文静,陈岳."原始瓷器"概念与青瓷起源再探讨［J］.考古,2014(9):86-92.

[60]　格里姆.黏土矿物学［M］.许冀泉,译.北京:地质出版社,1960.

[61]　朱铁权.我国北方白瓷创烧时期的工艺相关研究［D］.合肥:中国科学技术大学,2007.

[62]　金国樵,潘贤家,孙仲田.物理考古学［M］.上海:上海科学技术出版社,1989.

[63]　承焕生,张正权,要华.应用 PIXE 和多元统计方法鉴别成化青花瓷［J］.复旦学报(自然科学版),2001
(1):95-98.

[64]　崔剑锋,张海.颍河流域龙山文化晚期陶器的 LA-ICP-AES 分析［M］//登封王城岗考古发现与研
究·2002—2005.郑州:大象出版社,2007.

[65]　冯松林,徐清,冯向前,等.核分析技术在古陶瓷中的应用研究［J］.原子核物理评论,2005,22(1):
131-134.

[66]　张茂林.同步辐射在古陶瓷研究中的初步应用［D］.合肥:中国科学技术大学,2008.

第 4 篇

著作序言篇

▲

　　正如前言所云,一旦在相关学术领域有了些许影响,并兼有犀利流畅的文笔,那么,迟早会有同行好友邀请你为他们的专著作序。最早邀请我作序的是董亚巍先生,他自学成大师的经历使我深刻认识到"实践出真知"的真谛。为便于阅读,特将董先生两部大作的序言及其公子董子俊编写的另一篇大作的书评组合在一起,安排在最前端。紧随之后的是我为三辑《科技考古论丛》撰写的前言。2005 年,承蒙西北大学赵丛苍教授厚爱,我满怀敬佩之心,为他克服难以想象的困难,奇迹般完稿的《科技考古学概论》作了序。不难认识到,若按时序阅读这些前言和序言,我国科技考古的初期发展过程似可凸显眼前。

　　2004 年底,随着工作的调动,科技考古领域的主要合作地区也自然转向北京和华北诸省。尽管如此,当 2012 年山西省宋建忠所长邀我为他和南普恒编著的《绛县横水西周墓地青铜器科技研究》作序时,我仍担心该书为应时之作,不敢贸然应允。直至阅毕全书,方认识到他们严谨的科学态度,于是整篇序言一气呵成。2015 年底,周卫荣馆长的新书《钱币学与冶铸史》出版,我自然乐于为之作序。卫荣馆长是我深交数十年的挚友,既知心又知音,无论做人,抑或治学,都是我学习的榜样。稍作留意，便可发现，上述情感皆隐匿于全序的字里行间。2022 年 9 月，卫荣馆长将上述论文集提炼成专著，我又不失时机地为其撰写了书评。俗话说，有一弊必有一利。看来我罕见的拖拉作风倒使上述序言和书评顺理成章地前后相连。

紧随其后是我为几位弟子所出专著撰写的序言。屈亚婷毕业虽晚，而出版专著最早，其争分夺秒的精神为走上工作岗位的弟子们树立了榜样。弟子们的带头大哥朱君孝与之相反，他思想深邃，常能突发奇想，给人启迪，然而久而久之，形成了凡事慢三拍的作风。唉，人无完人啦！弟子王荣思维敏捷，成果丰硕，不仅完善了古玉受沁机制的博士学位论文，而且全面拓宽至古玉保护等范畴，实属难能可贵！

关于研究生教育，我更看重成才率，真心希望更多的弟子成为科技考古不同领域的领军人物，唯如此，计划中的《研究生专著序言集成》才能成为重要的学术参考书。

考虑再三，决定将我描述高中生活的《我一生的重要阶梯》、编著的《科技考古进展》代前言《我的科教感悟》以及去年撰写的《我的科技考古之路》作为著作序言篇的结尾，旨在较为全面地介绍我的求学和科教历程，帮助读者理解我的为人和言行。

《中国古代铜镜工艺技术研究》之序[①]

青铜冶炼是人类的伟大发明之一,它使古代人类从石器时代进入到光辉灿烂的青铜时代。我国历史悠久,青铜文化十分发达且特色鲜明,无论是优美的纹饰形制,还是精湛的制作工艺,都让世人惊叹不已。

铜镜是青铜文化中的一朵奇葩,它不仅种类繁多、风格各异,具有极高的考古与收藏价值,而且制作精致、性能奇妙,如"透光镜""水银沁"和"黑漆古"等,蕴含着丰富的科学内涵。国内外关于铜镜化学成分分析、铸造技术工艺及结构性能关系等方面的论文屡见不鲜,而有关铜镜形制纹饰及艺术风格的论著更是层出不穷,然而探讨铜镜铸造技术的专著,除何堂坤先生外,似乎未见第二本。

湖北省鄂州市是古代著名的铜镜铸造中心,为弘扬铜镜文化,湖北省和鄂州市的有关领导邀请董亚巍先生主持鄂州市博物馆铜镜复制中心工作。董亚巍先生从事铜镜复制二十余年,其中走了许多弯路,得了许多教训,也积累了丰富的经验。

董先生是一位善于思考、富于创新、虚心好学的专家;他重视理论而不迷信理论,坚持"实践是检验真理标准"的原则,提出了一系列铜镜铸造的新方法和新思路,如冷范浇注、铅与铜镜铸造过程中的除气无关、陶范的含砂量及青铜合金中的铅含量需随气候变化而适量增减等等,皆取得了极大的成功,他铸造的铜镜不仅荣获国际金奖,而且在质量上明显超过了古代铜镜,他的努力使鄂州市再现了铜镜铸造中心的辉煌。

如今,董先生将多年的经验和体会撰写成专著,毫无保留地提供给有关专家学者及广大读者共享,相信大家从这一专著中可了解并掌握铜镜铸造的若干诀窍,寻找到与这些诀窍有关的理论课题。

当然,董先生的一些新观点也只是一家之言,如"锡汞齐""黑漆古""鉴燧之齐""日本三角缘神兽镜"等问题,可能与传统意见相悖,人们不一定赞同,但这里至少为我们提供了可贵的实证资料,它应有助于这些问题的深入探讨。

开卷有益,希望董亚巍先生的《中国古代铜镜工艺技术研究》一书能为文物考古专家、铜镜收藏家和广大读者所喜爱。

---

① 作于 1999 年 12 月 28 日。

《范铸青铜》之序①

　　董亚巍先生和我合作多年,帮助我培养了不少硕士和博士研究生,也使我学到了许多书本上学不到的知识。近年来,他曾多次向我和我的研究生介绍有关我国青铜器范铸工艺的发展过程,而其中几次结合博物馆或私人藏品所作的具体介绍,其效果甚佳,使我受益匪浅,对其研究成果,特别是应用于鉴定的前景,有了一定的认识。

　　最近,董亚巍先生将多年的研究成果写成了专著,书名为《范铸青铜》,并诚邀我为之作序。尽管深感力不从心,但一方面盛情难却,另一方面也想乘机梳理一下我国青铜器范铸工艺研究的进展,便欣然应允下来。

　　记得柯俊院士曾多次指出,卓越的高温技术,是我国古代科技得以高度发展的重要基础。正是拥有了卓越的高温技术,瓷器得以在我国成功烧制;也正是这一高温技术,使我国先民一经掌握冶炼铜、铁等技术,其水平即迅速后来居上,而跃居世界前列。然而,不难理解,中国的青铜文化之所以灿烂辉煌,除高温技术外,博大精深的范铸技术同样举足轻重。于是,长期以来,青铜范铸工艺始终是科技考古关注的热点之一,有关研究成果颇为丰硕,一些结论也似乎得到公认。

　　既然如此,董亚巍先生的这部力作,又有何新意,有何突破呢?

　　我以为,该专著的创新点主要有三处:

　　首先,董亚巍先生第一次系统地、科学地总结了我国范铸工艺的发展过程。这一发展过程大致划分为三个阶段:第一阶段为先商时期,其青铜器铸造技术自发轫至基本成熟;第二阶段为早商至西周晚期,其青铜器范铸技术基本以分型制模、分模制范、活块造型及专制芯盒为特征,绝大多数青铜器皆为整体铸造;第三个阶段为春秋战国时期,其青铜器范铸技术大多采用分型铸造与焊接技术。这一时期,大多数青铜器的制作,皆为先分体铸造,再组成整器。

　　相比之下,以往的研究大多属于个案分析,即针对某一出土的青铜器,着眼于其具体范铸工艺的探讨,一般不甚关心范铸工艺的发展或演变过程,也不太考虑其是否具有通用性。暂且不去评论这些范铸工艺的工序和结论的正确与否,其形式上即凸现零散而不成体系,难以梳理出范铸痕迹的时代特征。

　　其次,董亚巍先生第一次系统地、科学地总结了伴随着我国范铸工艺的纹饰技术的发展过程。这一发展过程也大致划分为三个阶段:自商早期至商中期为第一阶段,那时大多采用范面压塑纹饰的技术;而商中期至西周时期为第二阶段,这一阶段出现了范面堆塑纹饰的技术,并很快将其与范面压塑技术有机地结合起来,形成了同一范面上先压塑、再堆塑的纹饰复合工艺;春秋以后,单元纹饰范的拼兑技术得到了普遍应用,拟将其归入第三阶段。需要指出的是,纹饰技术不同,由其产生的青铜器表面纹饰的特征也将不同,据此可有效地鉴别

───────────

① 作于 2006 年 8 月 29 日。

青铜器的制作时代,当然也可应用于青铜器真伪的鉴定。

最后一处是关于曾侯乙墓青铜尊盘铸造工艺的再研究,众所周知,曾侯乙墓青铜尊盘曾被视为失蜡法铸造的典型,然而,周卫荣先生从中西方文化、社会需求和铸造基础的差异等方面考虑,认为中国的青铜时代不可能发展出失蜡法铸造工艺,为此,董亚巍先生经过认真分析和研究,明确指出,曾侯乙墓青铜尊盘其实为分铸与焊接而成。消息一经传出,立即在国内外文物考古和冶金铸造界引起了极大的反响。显然,在这一研究中,周卫荣和董亚巍先生都有着十分重要的贡献。

实际上,除上述三处主要创新点外,《范铸青铜》一书中还有一系列原始创新的认识和成果,如青铜器的切割、磨削等机械加工;青铜器铭文制作有泥条铸铭、模范刻铭和铸后錾铭之分等。至于青铜镜的范铸工艺,则大到整个发展体系,小至具体的工艺细节,皆闪现着董亚巍先生的独到见解和创新意识。尤其难能可贵的是,董亚巍先生作为一位青铜器的范铸专家,他研制的铜镜曾荣获国际金奖,其质量甚至超过了古代铜镜,客观地说,他使鄂州市再现了铜镜铸造中心的辉煌。

不难理解,所有这些创新的认识和成果,无不具有重要的学术价值和应用前景,然而,上述三处主要创新点则尤显重要,可以毫不夸张地说,这三处主要创新点标志着青铜器范铸工艺完整发展体系的构成,具有划时代的意义。

董亚巍先生是一位善于思考、富于创新、虚心好学的专家。记得有一次,我和他到北京大学和陕西省文物考古所设在周原的工作站考察、学习,接待我们的是北京大学的研究生陈阳等。我们惊奇地发现,那里范上的纹饰皆由细线纹组成,陈阳同学将其称之为泥条粘贴工艺(最近才知道,这原是徐天进教授的观点)。尽管董亚巍先生起初不以为然,但经认真观察分析后,还是明确肯定了陈阳同学的意见。董亚巍先生的虚心态度,由此可见一斑。通过这件事,使我深深认识到中国青铜器范铸工艺的发展体系的建立,一方面凝聚着董亚巍先生的聪明才智和多年心血,另一方面也离不开其他前辈的成果铺垫以及同行或非同行的启发和帮助。科学的发展是没有止境的,中国青铜器范铸工艺发展体系的研究也是没有穷尽的,正如这本专著中所说的,"人类总是在否定中前进的,没有否定就不会进步",相信随着研究的深入,中国青铜器范铸工艺的发展体系将更为准确和完善。

和周卫荣、董亚巍先生的多年合作,还使我们不约而同地认识到,科技考古学作为自然科学和社会科学交叉融合而成的学科,有着颇为特殊的研究方法,即周卫荣先生提倡的集文献资料、考古发掘实物和模拟制备为一体的"三重证据法",或我主张的集文献资料、考古发掘实物、模拟制备和测试分析为一体的"四重证据法"。无论"三重证据",抑或"四重证据",相比之下,模拟制备最具特殊重要的作用。许多从文献资料和考古发掘实物研究看来似乎"确凿无疑"的结论,一经"模拟制备",方知其原来"似是而非"。作为"模拟制备"的专家,董亚巍先生对此的体会尤为深切,而董亚巍先生关于青铜范铸成果的取得,在相当程度上,也正是得益于"模拟制备"。

当然,《范铸青铜》一书也有不足之处,如一些用词似乎还不够到位,某些结论或许还需要商榷,所有这些,相信都将在今后的检验中得到进一步修正、补充和完善。然而,瑕不掩瑜,总的说来,《范铸青铜》是一本难得的好书,它的出版一定能深受文物考古专家、文物收藏家和广大文物考古热爱者的喜爱,也一定能成为文物考古专业大学生和研究生的必备参考书。

书评:发扬光大我国范铸工艺之力作[①]

　　十年前,董亚巍先生完成专著《范铸青铜》时,我曾为之作序。如今,董子俊先生将其父亚巍先生近十八年范铸实践的研究心得编辑成新书《范铸工艺》正式出版,读后收获颇丰,意识到该著作与《范铸青铜》堪称姐妹篇,两篇互为关联,而新作更侧重范铸的实际工艺,决定以书评形式向读者,特别向同行推介这部发扬光大我国范铸工艺之力作,借以表示我的祝贺之意。

　　冶金考古主要有三大领域,即冶金起源、铸造工艺和矿料来源。数十年来,这三大领域均取得了不同程度的进展,所不同的是,铸造工艺方面的进展最为明显,几乎建成了一个完整的体系,而在这方面的功劳,当首推董亚巍先生。如果说,《范铸青铜》主要基于出土青铜器的观察、分析、研究,第一次系统、科学地总结了我国范铸工艺的发展过程,那么,《范铸工艺》则旨在按时代顺序、依青铜礼器的形态演变,成功再现了我国古代的范铸体系。当我第一时间收到《范铸工艺》,并几乎一口气将其阅完时,由衷体会到亚巍先生重构范铸体系之艰辛。这里的艰辛,除了工作条件和强度外,主要体现在太多的似乎违背常理的结论。例如,长期以来,人们普遍认为,古代青铜器应为热范浇铸而成。这是因为铜液浇铸至热范内不易凝固,陶范也不易炸裂。然而,亚巍先生利用模拟试验反复证明,凉范甚至冻范浇铸,不仅便于操作,更可获得理想的铸件,而热范浇铸,既难以操作,又易出废品。由此明确指出,古代青铜铸造不可能采用热范浇铸,而只能是凉范浇铸,或者是冻范浇铸。

　　又如,亚巍先生发现,早期青铜容器的口沿多有加厚现象,最初并不知晓其中的缘由,然而,一经模拟试验,立即恍然大悟。他毫无保留地告诉我们,口沿加厚与壁薄有关,由于壁薄,口沿上的柱必须位于口沿直径以内,即柱的造型必须设计在泥芯的芯头上,在此基础上,再设计与芯头相配的芯座,这些安排似乎顺理成章、合乎情理。然而,一经浇铸便发现,芯座与芯头间颇为紧密的配合,致使铜液不易顺畅到达口沿部位,由此不得已将泥芯的口沿缩小一周尺寸,从而保证了青铜容器口沿的浇铸,只是其厚度有所增加。

　　再如,关于泥芯的制作,以往普遍认为,泥芯为刮模而成,即将用于制范的模刮去表层一定厚度作为泥芯。而亚巍先生认为,即便不考虑模的分型以及刮模之不易,仅按一器一模计算,也可想象泥芯制作至少不如芯盒制芯便利,更何况出土青铜器所暴露泥芯之原料,其质量皆远逊于模料与范料,这就从根本上否定了刮模成芯工艺。经认真思考和多次试验,亚巍先生采用芯盒制芯工艺,适当地增大了芯料的含水量和含沙量,从而成功地制成了体积小于范腔的实用泥芯。

　　类似的例子不胜枚举,不一而足。然而所有这些例子大多具有这样一个特点,即乍一看来,似乎违背常理,唯经模拟实践,方解其中真谛。咀嚼亚巍先生的这批重大成果,不由得联想起学术界长期存在的"学院派"和"在野派",也可称作"实战派"之争。不难认识到,当前

---

①　作于 2016 年 4 月。

"学院派"完全处于绝对优势,而"实战派"尚可抗衡的领域已屈指可数,似乎仅集中在范铸工艺一类的传统工艺领域,这一现实一方面反映了现代科学技术的势不可挡,另一方面也再次体现了实践是检验真理的唯一标准。

说到传统工艺,自然又联想到非物质文化遗产。仔细查阅国家级非物质文化遗产传统技艺名录(第一批名录称作传统手工技艺),不难发现,相较于传统陶瓷技艺,涉及传统青铜器技艺少得可怜,仅有第三批公布的"青铜器修复及复制技艺"一项。何况这一项其实也只限于一种修复技艺,与青铜器范铸工艺甚至复制技艺基本无关。基于古代青铜礼器的重要性,我个人以为,将亚巍先生研究的范铸工艺拆成一个个具体礼器的范铸工艺,每一个都应无争议地入选国家级非物质文化遗产名录,而亚巍先生自然为这些项目的非遗传承人。

大凡非物质文化遗产的传承皆采用师徒亲传的方式,而这种师徒关系,绝大多数为父子关系。由此可知,子俊先生将亚巍先生的具体范铸工艺编撰成书,不是偶然的。事实上,正如子俊先生在《范铸工艺》前言中所云,"在这些对商周青铜器的模拟实验中,从最初的选料、泥料的技术处理、到制模、制范、制芯,及范面的纹饰制作、阴干、焙烧、熔炼青铜器到浇铸,再到最后的铸件清理,本人动手参与了全部的工艺过程"。

事实上,据我所知,早年子俊跟随名师金学刚先生学习文物修复,在业内已小有名气。基于文物修复与文物复制之间的密切联系,原本颇具悟性的子俊对青铜器范铸工艺的理解应无特别困难。这样,经亚巍先生耳提面命、谆谆教诲,子俊先生获得亚巍先生的真传,自在情理之中。稍感遗憾的是,当初子俊确实参与了《范铸工艺》一书涉及的所有内容,但相关阶段性成果的发表,均无子俊的署名,尽管从学术规范上讲,子俊理应署名。基于这一事实,《范铸工艺》一书以子俊编撰的名义出版,确属无奈之举。倘若原初发表的一系列相关论文,子俊均为作者之一,那么《范铸工艺》一书以亚巍先生父子合著的名义出版,应该是最适宜的。

最后,需要强调的是,模拟制备的成功有时候并不等于古代工艺的还原,关于这一点,读者应有清醒的认识。另外,模拟试验成功了,其解释不一定就正确,应该还有讨论的余地。例如,关于垫片问题,亚巍先生认为其作用主要是固定泥芯,而不是控制容器的壁厚。我却以为,垫片既有控制容器壁厚的功能,也有固定功能,而以前者为主。相信容器四周的垫片厚度应该高度一致,否则,即便固定了泥芯,其浇铸容器的器壁终将厚薄不均。当然,我的见解只是重复了前人的观点,是否正确,仍可继续讨论。

无论如何,《范铸工艺》是一本可望发扬光大我国范铸工艺之力作,它的出版,既是冶金考古专业本科生和研究生的福音,更可有效推动我国范铸工艺的发展!

《科技考古论丛(第一辑)》之前言^①

　　考古研究的对象是一切与人类古代社会有关的实物遗存。我国地大物博、历史悠久、文物遗迹丰富,考古学研究得天独厚。半个多世纪来,我国考古学家成功地发掘了诸如半坡、殷墟、商城和秦俑坑等许许多多重要遗址,震惊了整个世界。在发掘和研究的基础上,已建立起水准很高的考古理论。考古科学的发展,使愈来愈多的考古学家认识到自然科学技术对考古研究的重要作用。夏鼐先生曾一再主张将科学技术应用到考古研究中去,而苏秉琦先生则明确指出,科技考古应成为一门新的交叉学科。

　　国际上的科技考古工作发轫于 18 世纪。事实上,我国的科技考古研究亦可追溯到 20世纪 20 年代。建国以后,北京和上海的一些研究单位和高等院校,在考古断代、古陶瓷工艺和古冶金技术等方面都取得了令人瞩目的成果。近十年来,在钱临照、苏秉琦、杨承宗和柯俊等前辈学者的关心和支持下,河南、陕西、广西和安徽等省(区)的科技考古工作相继开展起来,并取得了一定的成绩。

　　自然科学技术的理论、手段和方法一经进入考古领域,实物遗存的潜在信息便逐渐被揭露出来:如 ^{14}C、热释光及顺磁共振等技术直接揭示出实物遗存的绝对年龄信息;光谱、金相、穆斯堡尔谱、X 射线衍射及电子显微镜等测试手段给出考古对象的结构成分数据,使人们有可能更准确地得到它们的制作工艺信息;而铅同位素、稀土微量元素及长石定量分析等方法,则可探索青铜、陶质文物的矿物来源踪迹;如此等等,不一而足。无疑,这些潜在信息的揭示给考古研究增添了新的内容和活力。1988 年 5 月上旬在广西南宁市召开的全国第一届实验室考古学术讨论会和 1989 年 10 月下旬在安徽合肥市召开的全国第二届实验室考古学术讨论会,较为集中而具体地反映了我国科技考古的研究现状和部分成果。为了推动科技考古工作的开展,促进同行和学科之间的相互了解和合作交流,我们决定从第二届会议论文中选出一部分,其中包括美国科罗拉多州丹佛市博物馆的邦克博士提供的论文,汇编成集。论丛编辑组由仇士华、李志超、高正耀、张秉伦、范崇政、王昌燧和王胜君组成,许多繁重的工作是由王昌燧同志完成的。论丛的内容包括考古断代、古冶金、古陶瓷、玻璃、玉器及颜料等研究领域的综述评论、现代科学技术在考古学、文物保护和科技史领域的应用进展以及关于研究方法和工作经验的专题报告等,不少作者都是其论述领域的学科带头人。因此,对于与此有关的大学本科生、科研工作人员及文物考古研究人员,本论丛不失为一本很有价值的参考书。然而,由于我们学识浅陋、经验缺乏,加之时间所限和学科发展的自身原因,在收录、

---

① 　论丛编辑组王昌燧执笔,1990 年 7 月。

编辑过程中难免有疏漏、差错和不妥之处,恳请原作者和读者不吝指正。

全国第二届实验室考古学术讨论会期间,与会代表还专门对学科的命名和内涵进行了认真热烈的讨论,讨论的结果是,学科名称以科技考古为宜。为此,本集出版时以《科技考古论丛》为名,特予说明。

最后,对于资助出版本论文集的中国科学院物质结构分析开放研究实验室、安徽省文物考古研究所和安徽省博物馆表示衷心的感谢。

《科技考古论丛(第二辑)》之前言^①

1990 年《科技考古论丛(第一辑)》出版以来,业已十个年头了。在这十年内,我国的科技考古学得到了长足的发展。

首先,由中国社会科学院考古研究所、北京大学、北京科技大学和中国科学技术大学等单位联合筹备的"中国科技考古学会"已得到科学技术部和中国科学技术协会的批准,现正向民政部社团司办理注册登记手续。

其次,十年内分别在郑州、西安和合肥召开了三届全国科技考古学术讨论会。会上,有关专家交流了科技考古与文物保护领域的成果,推动了我国科技考古的进展。

特别值得一提的是 1995 年夏商周断代工程的启动,它标志着我国科技考古事业得到了国家有关领导和部门的大力支持,成功地实现了多学科合作,并取得了丰硕的成果,在一定程度上为我国夏商周三代纪年提供了重要的依据。

十年来,我国科技考古界的国际交流明显加强,不仅国内每届科技考古学术讨论会都有国外代表与会,国际科技考古学术讨论会亦都有中国代表参加,而且中国科学院上海硅酸盐研究所和北京科技大学都成功地召开了数届古陶瓷科学技术和古冶金起源的国际会议。国际交流增进了相互了解和合作。不难发现,我国的科技考古发展有着自己的特色,即我国在古陶瓷科学技术和古冶金工艺研究领域明显居世界前列,而在断代测年、环境考古和遥感考古等领域也具有相当高的水准。然而,在文物断源方面,特别是生物考古领域,我国尚处于起步阶段,与西方和日本等发达国家相比,差距颇为明显。为了使我国的科技考古工作者和考古学家及时了解国内和国际科技考古的现状和动向,我们主要从全国第五届科技考古学术讨论会的论文中选择一批有代表性的论文,并特邀国内有关专家撰写古环境、动物考古、基因考古和古代食谱分析等领域的综述论文,将其编辑成册,作为《科技考古论丛(第二辑)》正式出版,希望该书的出版,对我国的科技考古事业能有所裨益。

在过去的十年里,中国科技考古学会的名誉理事长、我们尊敬的苏秉琦、钱临照教授先后与世长辞了。让我们借《科技考古论丛(第二辑)》出版之际,缅怀两位导师的丰功伟绩,牢记他们的谆谆教诲,化悲痛为力量,以完成他们未竟的事业。

一般认为,科技考古工作最早可追溯到 1795 年德国著名分析化学家克拉普罗特(M. H. Klaproth)教授关于古希腊和古罗马钱币的分析。这一事实表明,科技考古学与考古学几乎并行发展了两百余年。在这一过程中,考古学不断从自然科学中汲取营养,创建、补充并完善自身的理论。从施里曼对斯坦诺地层学三定律的移植,到福克斯考古学地理环境决定论的提出,从利比 ^{14}C 测年方法的建立,到米勒斯 PCR 的发明,几乎自然科学的所有领域,都有成果应用于考古学。量变将引起质变,我们似乎已经看到考古学正在发生着质的变化,

---

① 作于 2000 年 3 月 24 日。

它与科技考古学的交叉渗透日益加强,以致两者的界限将逐渐消失。

与考古学相比,虽然科技考古学不断涌现出新技术、新方法和新领域,但其自身理论体系的建设却不尽如人意。究其原因,一是大多数科技考古专家一般都有各自的自然科学研究领域,对科技考古只是"客串",故他们主要关心应用于考古学的方法研究,而不太注重科技考古学理论体系的建设。二是科技考古学毕竟是人文科学,而大多数科技考古学家的人文背景不够坚实,缺少像汤姆森、泰勒、柴尔德、宾福德、李济、夏鼐、苏秉琦、张光直那样的考古学大师,缺少不同理论体系间百家争鸣的兴旺局面。这需要科技考古学家适当调整自己的知识结构,认真汲取考古学理论的精髓,拓宽思路,为科技考古学理论的建设作出应有的贡献。

科学技术是第一生产力。21 世纪,随着科学技术的迅猛发展,世界经济也将加速发展。这样,考古学与科技考古学等人文学科必然会日显重要。国际考古学和科技考古学的进展也表明,西方和日本等发达国家正逐渐将注意力转向中国。不难理解,具有得天独厚条件的中国考古学和科技考古学,完全有可能成为 21 世纪世界考古学和科技考古学的热点。我们生逢盛世,肩负重任,让我们以充沛的精力和百倍的勇气,迎接时代的挑战吧。

《科技考古论丛(第三辑)》之前言①

　　《科技考古论丛》从第一辑到第二辑,中间经过了十个年头,而从第二辑到这次第三辑出版,仅仅三年多一点,这从一个侧面反映了我国科技考古迅速发展的态势。三年来,科技考古的学术活动远比以往频繁,其中值得一提的有2000年4月以科技考古学为主题的香山会议,该会议为我国科技考古学的发展战略提出了建设性思路。在诺贝尔物理学奖获得者、著名物理学家李政道教授的关心和支持下,2001年3月和2002年6月,于中国高等科学技术中心先后召开了以"原始农业对中华文明形成的影响"和"中国古陶瓷科技鉴定"为主题的研讨会,特别是"中国古陶瓷科技鉴定"研讨会,李政道教授亲临会场,发表了热情洋溢的讲话,其中关于"瓷器(china)即中国(China)……瓷器无疑是中国最亮丽、最有国际影响的名牌"的观点,高度概括了中国古陶瓷研究的意义,使我们备受鼓舞。

　　本辑内容主要选自2001年10月全国第六届科技考古学术讨论会的会议论文。需要指出的是,这次会议的成功召开是与广东省博物馆古运泉馆长的大力支持和广东省文物考古研究所的密切配合分不开的。在此,我们向古运泉馆长、李岩所长以及广东省文物考古研究所诸位同仁表示衷心的感谢。

　　2001年,历时五年许的夏商周断代工程圆满完成。著名科技考古学家蔡莲珍、仇士华教授为本论丛提供的两篇论文:《^{14}C测定判别武王克商年代始末》和《多学科协作与夏商周断代工程(简介)》,详细介绍了武王克商测年思路的形成、方法的建立、研究的经过和具体的成果,使我们深刻认识到多学科协作的重要作用和夏商周断代工程研究的现实意义。

　　本辑论丛收录的若干综述评论和研究论文,较为系统地介绍了国际或国内古DNA、地域考古、环境考古、冶金考古、遥感考古以及文物保护和修复等领域的研究现状和最新成果,从不同角度展示了我国科技考古的蓬勃发展。其中,值得一提的是湖北省鄂州市博物馆董亚巍的论文《战国青铜剑的铸制技术及"削杀矢之齐"研究》,他通过反复模拟制备和认真分析,得到了诸如"一面模和平躺式立浇铸剑"和"回炉料和削杀矢之齐"等一系列令人信服的结论,再次证实了"实践出真知"的认识规律。此外,贾莹和周卫荣的论文《中国古代部分钱币合金的金相学考察》,深入探讨了我国最早使用黄铜和单质锌黄铜铸钱的时间,同样得到了十分重要的结论。

　　最令人兴奋的是,著名考古学家严文明教授在百忙之中应邀参加了全国第六届科技考古学术讨论会,并为本辑论丛撰写了一篇极有价值的论文:《科学技术与考古学(讲话要点)》。严先生指出,"考古学是研究如何发现和获取古代人类遗留的实物遗存,以及如何通过这些实物来了解人类社会历史的学科",它"是在自然科学的推动下产生和发展起来的一门新兴的历史学科""是历史学科的一场革命""在同样的实物里可以提取更多和更加准确的

---

① 作于2003年4月7日。

信息。这是(考古学)区别于文献史学的一个很大的特点"。他提示我们"充分认识和把握这个特点,不断关注科学技术与考古学之间的可能的结合点,认真地进行实验和研究,使得考古学可以随着科学技术的发展而不断发展"。严先生的讲话对考古学和科技考古学研究都有实际的指导意义。

本辑论丛还有几个特点,一是年轻作者居多,这反映了我国的科技考古事业后继有人;二是考古学家的人数有所增多,这反映了考古学家对科技考古学的兴趣日益增强;三是考古现场的文物保护工作明显受到重视,相信在不久的将来,考古发掘过程中的科技考古和文物保护应成为人们关注的热点,科技考古若不能与考古发掘相结合,是无法成为一个真正的学科的。

近些年来,陶瓷考古的课题和论文显著增多,而冶金考古似乎进入了一个低谷,尽管本辑论丛的情况恰恰相反。这里的原因甚多,其中,X射线荧光光谱仪质量的提高以及中国科学院上海硅酸盐研究所等单位研制古陶瓷标准样品的成功,使古陶瓷无损科技鉴定切实可行,或许是主要原因之一。显然,这绝不意味着冶金考古不重要或已无工作可做,希望有兴趣者适当调整研究方向,以确保冶金考古长盛不衰。

令人欣慰的是,生物考古正在我国悄悄兴起。吉林大学、复旦大学和中国科学院遗传研究所在古DNA领域都已取得了初步成果,并成立了专门的研究机构或小组。考古学旨在探索古代人类的历史,而历史是一个动态过程,若从静态的考古遗存中揭示出动态的历史过程,古DNA方法是一把金钥匙,基于此,我们在推动科技考古各领域发展的同时,给古DNA研究以特殊的关注,不失为明智之举。

《科技考古学概论》之序①

考古学与自然科学的交叉和融合,使自身体系不断得以充实、发展和完善,并划分出众多分支学科。在这些分支学科中,科技考古学有着特殊重要的地位。不难看到,科技考古学的发展,日益深化着考古学的研究层次,不断拓宽着考古学的研究范畴,从根本上改变了考古学的面貌。^{14}C测年方法的建立,使定性描述的考古学嬗变为定量表述的科学;孢粉、植硅体和稳定同位素等方法的介入,使考古发掘的注意力从文化层延至周边环境和耕作层,奠定了农业起源研究的基础;而文物产地与古DNA分析,旨在探索不同文化间的交流和先民的迁徙路线,使复原古代动态历史的梦想成真。

如今,科技考古学的重要性及其诱人的前景,似乎已毋庸置疑。然而,关于科技考古学与考古学的关系,至今仍有不同的认识。有学者认为,根本就不存在什么科技考古学,只有科学技术在考古学中的应用。也有学者认为,科技考古学是考古学的分支学科,但对分支学科领域的限定,又有两种不同的观点。一种观点认为,科技考古学涵盖了整个考古学的领域,另一种则认为,科技考古学和陶瓷考古学、冶金考古学、农业考古学等一样,仅限于考古学的某一局部领域,即以物理、化学分析方法研究的考古学领域,通常指陶瓷考古和冶金考古等领域。还有学者认为,科技考古学就是考古学,它代表着考古学的未来。一时间各持己见,莫衷一是。

导致上述不同认识的原因很多,有主观的,也有客观的。主观原因颇为复杂,不宜在此讨论。至于客观原因,则主要有两点,一是科技考古学始终处于发展之中,其所涉及领域的发展又不甚平衡。这一点,从我国考古发掘报告编写内容的变化可见一斑。最初,除^{14}C的测年数据和相关分析外,几乎见不到科技考古研究的痕迹,后来,环境考古研究逐渐受到考古学家的青睐,成为考古发掘报告中不可或缺的组成部分。近来,动物考古学、植物考古学、生物考古学等研究成果都已在一些考古发掘报告中占了一席之地,但在科技考古学和考古学全方位、深层次协作研究基础上,复原古代社会及其所处环境的考古发掘报告,似乎尚未出现。二是迄今为止,还没有出版过科技考古学的专著。以前出版的相近专著,或内容仅涉及科技考古学的某一领域,或为科技考古的方法。这样,人们对科技考古学的认识,难免只见树木,不见森林。

早在1999年为中国科学技术大学的研究生开讲"科技考古学概论"时,我便萌生了编写相关教材的愿望,然而,一旦动笔,即感力不从心,几经反复,不仅未能如愿,还使我几乎失去了信心。大约两年前,正当我深感欲达无望、欲罢不能之时,西北大学赵丛苍教授竟然完成了《科技考古学概论》的初稿,并请我帮助审稿。尽管半信半疑,还是答应帮他审稿。然而,一睹他的初稿,即感耳目一新,直觉告诉我,赵丛苍教授终于构成了一个近乎完整的科技考

---

① 作于2005年7月18日。

古学体系。我兴奋地将有关意见告诉赵教授，并由衷感谢他邀我为书稿作序。

日常的繁琐事务，使我身不由己，直至今年 7 月初，方着手仔细拜读赵教授的《科技考古学概论》书稿。阅后不难发现，整个书稿以科技考古学的概念、理论与方法以及学科的发展简史等为绪论，以考古勘查、考古发掘、样品采集、遗存保护等为上篇，以时空框架、文物结构成分、生业、体质人类学和古 DNA 等考古研究为下篇，以考古勘查、发掘和研究为主线，构成了近乎完整的科技考古学体系，其内容几乎覆盖了科技考古学的所有领域，涉及众多现代技术和数理化天地生等学科知识。作为一个考古学家，自然科学应为其弱项，然而，为了我国考古学的学科建设，赵丛苍教授居然孜孜以求十余载，克服了难以想象的困难，终于编写出这样一本颇为完善的《科技考古学概论》教材，这是需要何等的勇气和魄力呀！我不禁为赵丛苍教授的精神所折服，他使我真正认识到"有志者，事竟成"之真谛。

无疑，新生事物总有不足之处，这本《科技考古学概论》也不例外。然而，我相信，这本教材对我国考古学和科技考古学的贡献，教育界和学术界是不会低估的。

《绛县横水西周墓地青铜器科技研究》之序①

　　长期以来,尽管仅为风闻,但宋建忠先生治学严谨、重视科技、推崇公众考古的形象应毋庸置疑。2005 年,宋国定教授调入我系后,宋建忠先生是他经常谈起的同窗之一,致使我对宋建忠先生的印象不断加深。翌年,时任河北省文物研究所所长的曹凯研究员邀请我和宋建忠所长到该所作学术报告,为我们直接交谈创造了难得的条件。那一次,宋所长的报告主要介绍了绛县横水西周墓地的发掘和研究进展,虽然如今回忆不清他的报告细节,但他那严格的发掘程序、敏锐的科研思路、丰富的科技分析以及别开生面的公共考古活动,已深深印在了我的脑海中。

　　自那之后,我和宋建忠所长的联系频繁起来。记得 2007 年,我的硕士研究生凡小盼从中国科学技术大学毕业后,拟到山西省考古研究所工作,并作为该所的在职博士研究生到中国科学院研究生院继续深造。宋建忠所长欣然允诺。尽管因进人指标问题终未成真,但宋所长关心科技、重视人才,由此可见一斑。

　　实际上,早在 2006 年 11 月,在宋所长的关心和支持下,山西省考古研究所便创建了科技考古室,并陆续引进理工科人才,组建了以青铜器科技保护修复、地理信息系统及三维激光扫描等业务为主的科研团队。秦颖老师和我共同指导的另一位硕士研究生南普恒于 2008 年毕业后,即被吸引到该所科技考古室工作。南普恒工作努力、思维敏捷,曾被评为中国科学技术大学的优秀毕业生,也是我颇为器重的弟子之一。短短三年时间,在宋建忠所长的支持和指导下,他的业务水平得以迅速的提高。不久前,宋建忠所长告诉我,他与南普恒合作完成的《绛县横水西周墓地青铜器科技研究》将由科学出版社出版,并邀我为之作序。我听后半信半疑,未敢当即应允,不过,出于友情和对宋建忠所长、南普恒同学的基本了解,我还是明确表示,俟阅读后再作决定。

　　认真读完书稿后,我深感这是一本值得出版的专著。绛县横水西周墓地曾被评为 2005 年全国十大考古新发现之一,其重要性自不必说,而该墓地的发掘于 2006 年荣获国家田野考古一等奖,更反映了发掘工作的严谨和水平。虽然该墓地最有影响的似乎是年代最早、面积最大的荒帷,但其青铜器群发现的意义同样不应低估。首先,青铜器的铭文揭示并证实了倗国的存在,为研究西周史,特别是晋国史提供了极为珍贵的实物和文献资料。其次,这批不可多得的倗国青铜器系何国铸造?宗主国?晋国?倗国?还是其他诸侯国铸造?甚至是否为民间铸造?捋清这些问题,对了解西周的国家结构、青铜器的铸造机构,皆有着十分重要的意义。这部著作采用了多种自然科学的分析方法,对绛县横水西周墓地青铜器群的合金成分、微量元素、铅同位素、金相组织、铸造特征以及器表锈蚀、残留泥芯、纺织残品进行了较为全面而细致的测试分析,并认真探讨了范铸技术、矿料来源和铸造产地等热点问题。

---

① 作于 2012 年 6 月 24 日。

　　山西是晋文化的发源地，晋国的青铜器蕴含着晋国政治、经济、文化及科技等丰富信息。如何通过青铜器等研究达到以物见人、以物见史，一定意义上可以说，这部著作做了有益的尝试，相信它将如引玉之砖，激发起人们对晋文化科技考古的浓厚兴趣。

　　当然，新生事物难免有不足之处，例如，对于青铜工艺特征所反映的经济和社会等问题，讨论不够深入，某些结论或许还有待商榷或进一步验证。然而，我坚信，他们的后续研究将逐步补充和完善有关内容，不断将问题引向深入。

　　今年，正值山西省考古研究所成立六十周年，山西的同行们有理由为之骄傲和自豪。山西是我国文物大省之一，其丰富的文化遗产为考古学和科技考古学提供了得天独厚的条件。我愿以此作序之际，向宋建忠和南普恒致以衷心的祝贺，向山西省考古研究所六十华诞致以热烈的祝贺！与此同时，预祝山西省的同行们在今后的工作中，取得更为辉煌的成就！

《钱币学与冶铸史》之序(二)①

　　鲁迅云,"人生得一知己足矣",而我却感觉一生朋友甚多,仅所谓知己的朋友便不止十余人。不过,伴随我整个学术生涯、称得上知己加知音的朋友,恐怕唯周卫荣教授一人。近日,周卫荣教授将其钱币学与冶铸史的系列论文付梓出版,请我为之作序。我感到这是一种荣誉,更感到是朋友的责任,便毫不犹豫地应允下来。

　　如前所述,我与周卫荣教授交往近三十年,深层次的合作也超过十五年,自信这篇序言可随手拈来。谁知翻阅论文集《钱币学与冶铸史》后,方意识到问题远非那么简单。许多论文,特别是钱币学领域的论文,我几乎闻所未闻,不得已,只能先认真将论文集学习一遍,经思考、钻研、领悟后,再将有关体会记录如下,聊以为序。

　　《钱币学与冶铸史》一书涉及的内容较宽,主要有:我国古钱币的铸造工艺、我国古代青铜器的铸造工艺、我国古代失蜡工艺质疑、先秦钱币文献判读、钱范赝品识别、科技史与科技考古的研究方法、我国冶金起源、我国古代银锭铸造工艺以及现代金银币的防腐问题等。乍一看来,其内容似乎过于庞杂,头绪也太过繁复。然而细细品来,则不难认识到,该著作向读者介绍的主要是一个由我国古钱币铸造工艺延伸的中国古代青铜器铸造体系。

　　如今回忆起来,周卫荣教授建成这一体系绝非偶然。其中有多个缘由,而首先是他非凡的科学洞察力。至迟在十五年前,当我们为商周青铜器精美绝伦的范铸工艺赞叹不已时,周卫荣教授即精辟地指出,钱币与兵器常常代表着铸造工艺的最高水平。正是这一远见卓识,使他义无反顾地全身心投入,孜孜以求十余载。

　　其次是他缜密严谨的思维方法,他所提倡的"三重证据法"将这种思维方法提升到了理论高度。所谓"三重证据",主要由"文献依据""实物依据"和"实验室证据"三个方面组成。这"三重证据"既互为独立,彼此又相互关联。应该说,提出"三重证据法"已属难能可贵,而周卫荣教授将其运用至炉火纯青的程度,则更使我敬佩不已。

　　最后,古代文献释读始终是我的软肋,然而周卫荣教授不仅谙熟古代文献的来龙去脉,居然常常言之凿凿地指出郑玄等历代经学大师的引用错误。没有超人的胆识和厚实的功底,恐怕是想也不敢想的。

　　如果说,这次认真研读《钱币学与冶铸史》,方领悟到周卫荣教授在古代文献领域的深厚造诣,那么,其"实物依据"的娴熟应用,则早已印象深刻。这方面的事例不胜枚举,而使我终生难忘的莫过于铜范铸币的研究了。铜范铸币课题由周卫荣教授提出,董亚巍先生具体负责模拟试验。课题的最初进展颇为顺利,由阴文石祖模直至阴文铜面范,几乎一气呵成,然而,将铜面范与陶背范对合后,进行铸币试验时,高温铜液居然"熔化"了铜范浇口、堵塞了浇道,根本无法铸得铜钱。人们面对这一现象百思不得其解,甚至一度失去信心,建议停止

---

① 作于2015年1月23日。

试验。

　　在这关键时刻,周卫荣教授再赴上海,认真研究了该馆收藏的铜面范,发现了明显的浇铸和修补痕迹,从而坚定了铜范浇铸的信心。正是他的鼓励和启发,促使我们在铜面范表面设法形成炭化隔离层,完成了铜范铸钱的课题。顺便指出,铜液"熔化"铜范,似乎难以理解。周卫荣教授当时认为,这是一种所谓青铜合金固液两相"合金化"的结果。我们曾表示赞同。不过,事后逐渐认识到,其实这是一种"溶解"现象,犹如常温时,糖或盐溶于水一样。

　　进入 21 世纪以来,周卫荣教授又颇为系统地论述了有关技术史理论的重要观点,即"没有需求就没有发明;没有需求就没有发展;任何技术的产生必须完成必要的技术积累过程"。得益于上述理论的指导以及对中西方铸造体系的深刻认识,他率先指出,"失蜡工艺不是中国青铜时代的选择",并牵头和我们一起发表了若干篇相关论文。原本希望引起学界的关注,促进学术讨论,增进同行友谊,谁知事与愿违,论文发表后,除个别"权威"无端加以"指责"和"诋毁"外,仅见几位上述"权威"的弟子"摇旗呐喊"一番,尽管如此,我依然坚信,"真金不怕火炼",历史一定会证明,中国中原青铜时代,确无失蜡法痕迹。

　　《钱币学与冶铸史》一书,还反映着周卫荣教授在培养研究生方面的成果。十五年来,他帮助我们科技史与科技考古系和其他高校指导了十余名研究生,使他提倡的"三重证据法"得以传承。其中,他与我合作培养的施继龙博士还荣获国际科技考古学术讨论会最高研究生学术奖——Martin Aitken 奖。如今,这些研究生都已成为各高校和考古研究部门的骨干力量。每每回忆起研究生期间的成长过程,他们无不对周卫荣教授深怀感激之情。

　　总之,像周卫荣教授那样,在科研生涯中,注重科学洞察力的提高、思维方法的锤炼,开展一系列原创性研究、创建新的理论和知识体系,即为科学研究的最高境界。他所构建的我国古钱币铸造完整体系,无疑是该领域的研究基础。

　　《钱币学与冶铸史》一书的出版,是周卫荣教授三十年科研成果的总结,相信也是他新的研究生涯的开端。建议在不断获取新成果的同时,安排一些时间,将《钱币学与冶铸史》编撰成专著再次出版,应该能够有更深远的影响。

持续发展的我国古代钱币铸造工艺①

　　大约八年前,周卫荣教授的《钱币学与冶铸史》出版前,我曾为之认真作序。近日,周卫荣教授借赠我一部重要新作《中国古代钱币铸造工艺研究》之机,希望我为之撰一书评。尽管铸造工艺不是我的业务主业,但毕竟与周卫荣馆长深层次合作二十余年,对他们的重大成果即便不能如数家珍,至少也有深刻印象。更何况这部专著与我之前在《钱币学与冶铸史》序言中的建议还似有关联,便自然爽朗地应允下来。

　　回顾以往与周卫荣馆长交往三十余年的经历,确实主要聚焦于钱币的铸造工艺,这部专著涉及的不少内容,我多少都曾介入,然而评述这部专著之前,我首先拟再次向读者介绍2005年周卫荣教授和董亚巍先生向我阐述"失蜡工艺不是中国青铜时代选择"的过程,应该说,当时我的第一反应是吃惊和不信,不过,当他们展示曾侯乙尊盘的细节照片后,我方意识到他们见解的正确性。随着时间的推移,我如今越来越认识到这一结论的深远意义。不难理解,无论是西方的失蜡法青铜铸造工艺,抑或是东方的复合范法青铜铸造工艺,皆代表着青铜时代的最高科技水平,既然这两大青铜铸造体系之间未见交流痕迹,那么,当时中西方文明的隔离状况由此可见一斑。

　　不久前,西北大学王建新教授在我校所作的学术报告中明确指出,所谓欧亚大陆原生文明的形成和交流,可大致分为两大区域:其一为北非埃及、西亚两河流域经由伊朗与南亚次大陆连为一片的区域,另一则大体为单一的东亚华夏主体。现有的考古发现与研究指出,张骞通西域前,虽然华夏主体与欧亚草原有着密切的联系,但两大原生文明区域之间则罕见直接交流。尽管这里仍有不少问题需要进一步探索和核实,但总的说来,王建新教授的这一精辟论断应基本无误。

　　不难理解,作为华夏青铜时代高科技的象征,复合范法青铜铸造工艺自然受到学界的关注和探究。得益于周卫荣教授和董亚巍先生两位"亲密战友"的合作和指教,使我深刻认识到,欲探索这类铸造工艺,仅仅纸上谈兵必难奏效,而模拟制备实不可少。

　　或许有人认为,且不说几位学界权威多次出版了相关鸿篇巨制,就连我们的朋友,董亚巍先生父子都有两部评价甚佳的专著问世,更何况大型容礼器的铸造工艺远较钱币复杂得多,如此说来,周卫荣教授等的这部专著似乎没有特别重要的价值,甚至没有出版的必要。事实果真如此吗? 显然不是! 当我认真研读《中国古代钱币铸造工艺研究》之后,便切实感受到该专著的价值所在,第一次深刻认识到我国古代青铜铸造工艺发展的全过程。

　　诚然,回顾我国光辉灿烂的青铜时代,钱币仅为众多青铜器种类中的小宗,其体量小、起源晚,加之工艺简易,以致其重要性似可忽略不计。然而,随着青铜时代的结束,青铜器虽基本退出历史,但并未绝迹,其中,持续发展至今的主要有铜镜和钱币,不过,相比于最受世人

---

① 作于 2022 年 12 月 28 日。

喜爱的铜镜,无论纹饰、铭文,抑或规格,皆非钱币可与之媲美,何况铜镜还常覆盖有神奇的"漆古"纳米膜。尽管如此,人们不难认识到,铜镜的铸造工艺,基本是原地踏步,几无特别作为。

与铜镜形成鲜明对比的是钱币。周卫荣教授等基于非凡的洞察力,一针见血地指出,三代之后,青铜范铸技术之精华,其工艺思想其实并未消亡,而由铸钱业继承并不断向前推进。也就是说,正是铸钱工艺继承并不断发展着我国的青铜范铸工艺,直至将其提升至翻砂铸造的空前高度。尽管不宜将其等同于催生了工业革命的现代翻砂工艺,但其水平和价值绝不应低估。

围绕这一观点,周卫荣教授等熟练运用其倡导的"三重证据法",在充分调研陶范铸钱的基础上,借助模拟实验,对石范铸钱、铜范铸钱、叠范铸钱等工艺开展了系统研究,虽经多次反复,甚至失败,但最终皆达到了预想的结果。所有这些内容在《中国古代钱币铸造工艺研究》中都作了详细介绍。

需要特别指出的是,周馆长等再次全面地介绍了翻砂工艺铸钱的研究成果。基于分析,他们发现,翻砂工艺应该起源于南北朝时期,其中,南朝盛行的叠铸工艺经不断改进,致使翻砂工艺于萧梁之后应运而生,然而在此之前的北魏永安五铢钱上,其呈现的翻砂铸钱特有痕迹,则成为早期翻砂铸钱工艺业已存在的实证。我深深意识到,这里尚有不少问题需要进一步探索,希望周卫荣馆长继续带领其团队,借助模拟制备,获取更为完善的翻砂铸钱成果。

不难认识到,以上介绍的各种铸钱工艺有一个共同点,即所铸钱币的质地皆为青铜。然而至少我知道,关于黄铜研究,学界无人能出周馆长之右,由此可知,在专著的最后一章,周馆长等不失时机地介绍"黄铜铸钱",自在情理之中。显然。这一章的精彩之处不是铸造工艺,也不是我们早已耳熟能详的黄铜冶铸技术发展史,而是关于黄铜铸钱三个阶段的科学论证,即根据文献调研和成分分析,特别是镉含量分析,明确指出黄铜铸钱始于嘉靖三十二年,而这时的黄铜钱币仍然配有铅锡,至万历后期方停止加锡。不过,这两个阶段采用的仍为矿炼黄铜,直至天启年间,人们将金属锌和铜配置的黄铜直接用于铸币,古代黄铜铸币方臻成熟。我以为,周卫荣馆长等的上述研究结论固然重要,而他们的研究思路和方法则更应推崇。

如果说以上介绍的是这部专著的主要内容的话,那么有关铸钱工艺与钱范真伪鉴定以及货币起源的论述可视为相关知识的补充。基于铸钱工艺研究的深厚功力,周馆长等分别举例论述了若干陶质、石质以及金属质钱范赝品的判断依据,这里同样不乏闪光之处,读来竟不由得产生实践鉴定的冲动。

最后,谈谈关于我国货币起源的意见。必须承认,我对这一课题没有研究,原则上没有发言权。好在周馆长是我无话不谈的好朋友,可不揣固陋、直抒己见。我的意见仅凭直觉,其大意为:从物物交换至货币产生,中间似乎还有一个具有货币性质的一般等价物阶段,这个代替物可以是海贝,也可以是碎玉块、碎铜块等,无论如何,至少应该将它们视为原始货币或货币雏形。很可能这一观点纯属无稽之谈,即便如此,仍恳望方家不吝赐教。

《中国古代钱币铸造工艺研究》的出版是周卫荣教授等的集大成之作,具有重要的学术价值,它展现的我国古代青铜铸造工艺发展的全过程,将使世人进一步认识到华夏文明的博大精深,并能有效激励青年才俊为民族复兴不懈奋斗!

《稳定同位素食谱分析视角下的
考古中国》之序[①]

　　去年 11 月 21 日收到屈亚婷邮件,希望我为她撰写的新书《稳定同位素食谱分析视角下的考古中国》作序,当下我即欣然应允。为新书作序,其实是一项苦差事,尤其对于似熟非熟的领域,唯认真阅读、细心领悟,方可能理解原著逻辑清晰的结构、精彩独特的见解以及引人入胜的章节。人们不禁要问,既然是苦差事,更何况年逾古稀,精力思维皆远非昔比,又何必欣然应允,个中缘由容我逐一道来。

　　多年的经验使我认识到,研究生教育主要是培养他们独立开展科研的能力。具体到硕士生,首先要求他们提升发现、提出科学问题的能力,而更重要的是培养他们设计判别实验,以便正面给出所提科学问题的答案。至于博士生,除培养他们独立创新能力外,原则上还要求整篇博士学位论文自成体系,而非凌乱的成果"拼盘"。迄今为止,我们培养的博士研究生的学位论文,绝大多数都可自成体系,这一点令人颇为欣慰。然而这些博士学位论文中,仅郭怡的博士学位论文《稳定同位素分析方法在探讨稻粟混作区先民(动物)食谱结构中的运用》于 2013 年由浙江大学出版社正式出版外,尚未见到第二部出版专著,这一现状不能不令人深感遗憾。正在这时,得知屈亚婷的新书即将付梓,我不由得喜出望外,自然应允为之作序。如果说我们培养的博士生中,屈亚婷紧随郭怡之后,将博士学位论文修改、大幅补充并出版的话,那么,我撰写这篇序言则旨在向她表示祝贺,再次明确对博士学位论文的要求,期望业已毕业的博士研究生积极创造条件、合理安排时间,将原有的博士学位论文适当调整结构、酌情补充内容、认真润色语句,早日正式出版,以便一定程度上反映他们在相关学术领域的影响。

　　屈亚婷博士曾主修我讲述的《科技考古学概论》,她听课专注认真、善于思考、踊跃提问,给我留下了极其深刻的印象。虽然她是胡耀武教授指导的博士研究生,我基本未给予有效的指导,但是,听课时的印象使我意识到屈亚婷同学是"一块优质材料",将来很可能成为科技考古领域的领军人物。那时候,我经常与她随意交谈,谈话内容虽漫无边际,然饱含正能量,这些潜移默化的影响应对她有所裨益,而另一方面,屈亚婷不经意间的思想火花,也使我受益匪浅。一位深得我器重的学生邀请我为她的新书作序,难道还能推辞吗?

　　当然,我愿为之作序的另一原因还是古代食谱领域的重要性。1986—1998 年,当我"摸着石头过河",寻找适合自己的研究领域时,我国主要的科技考古领域仅为三个,即断代测年、冶金考古和陶瓷考古。1999 年 3 月,在时任校长朱清时院士的倡导和支持下,中国科学技术大学成立了科技史与科技考古系,天赐良机使我成功组建了科技考古研究团队,并着手适度策划学科发展规划。说到规划,首先想到的是古代食谱研究。1984 年,蔡莲珍、仇士华

---

①　作于 2019 年 1 月 28 日。

夫妇的论文《碳十三测定和古代食谱研究》在《考古》一经发表,便引起考古界的高度重视。直觉告诉我,古代食谱研究,将是我国科技考古的前沿领域之一。恰巧农业背景的胡耀武于1998年秋季成为我的博士研究生。经联系美国科技考古学会,成功邀请美国威斯康星大学(麦迪逊分校)的James H. Burton博士来中国科学技术大学讲学,重点介绍古代人类食谱分析的原理和现状。事实证明,James H. Burton博士的来访富有成效,直接导致了胡耀武的赴美深造,成为威斯康星大学(麦迪逊分校)著名农业考古学家T. Douglas Price教授与我的联合培养研究生。在美期间,胡耀武博士在T. Douglas Price和伊利诺伊大学厄巴纳-香槟分校Stanley Ambrose教授的指导下,掌握了利用稳定同位素分析来探索先民食谱的方法以及世界农业考古的理论、方法和现状。2005年,胡耀武博士紧随着我调入中国科学院研究生院(即如今的中国科学院大学),翌年即赴德国马普学会莱比锡进化人类学研究所与Michael Richards教授合作,两年后返校成立了德国马普学会青年伙伴小组。十多年来,基于国内外一流专家的有效合作,年轻的胡耀武教授视野开阔、勇于探索,原创成果蜂出并作,有力地推动着我国古代食谱研究领域的发展,使之成为生物考古不可或缺的组成部分。

归根结底,我愿为之作序的最主要原因还是屈亚婷专著自身的价值。细阅全书,我惊奇地发现,其竟然涵盖稳定同位素食谱分析原理、方法、相关影响因素以及该方法在我国考古前沿领域的多方面应用。显然,屈亚婷博士的这部新作与其博士学位论文的内容相去甚远,它是一本颇为全面而详尽地介绍稳定同位素食谱分析方法在我国考古中应用的专著。该书层次清晰、语言流畅、逻辑严谨,充分体现着她的专注用心。不难意识到,屈亚婷的新书即将付梓发行之日,正是古代食谱分析在我国蓬勃发展之时。毫无疑问,这本专著的及时出版对于从事古代食谱研究的年轻教师和研究生,将是身边必备的重要参考书;对于迷恋于考古领域的读者而言,使他们能从稳定同位素食谱分析视角进一步领悟考古中国的神奇;即便对于像我这样的科技考古老兵,从该专著中也学到许多新的知识,例如食谱分析中非传统稳定同位素的应用、农作物不同品种或不同组织间稳定同位素组成的差异、农业技术发展对农作物稳定同位素组成的影响等,所有这些使我由衷认识到何谓“后生可畏”。

相比之下,专著所谓结论与展望的第七章给我留下了最为深刻的印象。该章的篇幅不大,但字字珠玑、思维老辣,她高屋建瓴地将专著涉及的结论进行了精辟的梳理,明确指出稳定同位素食谱分析方法存在的问题以及今后的发展前景。屈亚婷博士的这些总结,特别是关于前景的思考,充分体现出成熟科学家的素质,这使我欣喜地看到一位前途无量的年轻科学家正在迅速成长。

受第七章启发,我拟补充几点有关展望的建议。首先,应该基于动物的喂养实验,系统探讨食谱重建的稳定同位素分馏机理,记得20世纪90年代,国际上特别重视这一方面的工作,然而近二十年来,相关工作几乎不见。

其次,在胡耀武教授指导下,王宁同学建立的基于可溶性骨胶蛋白的食谱分析工作,是一项重要的原创性成果,应该将其进一步完善化、实用化,它可能是解决我国南方骨骼污染的有效方法,具有难以估量的应用前景。

最后,我想再次强调,若以^{14}C数据作为检验标准,彻底去除羟磷灰石的污染,那么,古代食谱分析的领域至少可追溯至脊椎动物时代,其深远意义不言自明。

希望我的三点建议不被视为本序的续貂狗尾。

《陶器·技术·文化交流——以二里头文化为中心的探索》之序[①]

朱君孝老师是我第一个考古学背景的博士生,也是我迄今为止培养的年龄最大的研究生。他为人稳重、学习认真,特别善于思考,每每会有与众不同的观点和思路。攻读博士学位期间,他深受老师的尊重、同学的喜爱,是老师的朋友,研究生的带头大哥。

朱君孝老师的优点很多,令我印象最深的是关于科技考古学方法的建立,他的最初设想经我归纳、完善,业已形成既不同于社会科学,亦不同于自然科学的独特方法。该方法已在许多场合作过详细介绍,这里不宜赘述。

当然,人无完人,朱君孝老师也有缺点,且是十分明显的缺点,即做事慢三拍。这一缺点特别体现在他的博士论文选题上。那时,我尚无指导考古学背景博士生的经验,先后建议了几个课题请他尝试,包括新石器时代的城墙建筑工艺,皆半途而止。

然而,天无绝人之路,最终将其博士学位论文聚焦于:基于考古器型和遗迹现象分析,以二里头遗址为中心,探讨其与周边遗址间的关系,即主动影响,抑或被动影响。研究结果表明,二里头遗址三期之前,皆为主动影响,也就是说,二里头遗址内二里头文化因素为绝对主导,偶见的外来因素或昙花一现,或被改造吸收;其周边地区甚至较为偏远地区皆普现二里头文化因素;然而自四期始,其文化性质发生了突变,并由主动影响变为被动影响,也就是说,二里头遗址内显现商文化等因素,其周边地区几乎不见二里头文化因素。这一结果似乎暗示,二里头遗址的夏商分界应位于三、四期转变处。科技分析指出,二里头遗址不同时期的出土陶器,虽取样数量有限,仍可隐现其产地的差异。检索前人发表的数据,不难意识到,二里头遗址出土青铜器的铅同位素比值分布,同样具有三、四期分界的特征。而令人意外的是,二里头1959—1978年的发掘报告指出,经鉴定的17件三期出土石斧,9件的材质是蚀变辉绿岩,5件是蚀变安山岩,而四期经鉴定的31件石斧,17件为蚀变安山岩,其余为蚀变辉长岩和蚀变安长岩等,唯不见三期出土最多的蚀变辉绿岩。由此可见,众多证据皆揭示,二里头遗址的三、四期之间是一条显著的分界线。如何理解这一现象,合理的解释为:二里头遗址三至四期,政权发生了变更,即商王朝取代了夏王朝。

不难认识到,朱君孝老师的博士学位论文,无论分析思路,抑或研究结论,都具有十分重要的参考价值和学术意义。还在他获得博士学位不久,我就建议他将其博士学位论文整理润色后出版,然而,本来做事就慢三拍的他成为高校教师后,教学、科研加上行政,整天忙得不亦乐乎,表面看来,他似乎无视我的建议,十多年来毫无动静,其实不然,他暗地里争分夺秒,反复思考、不断充实,终于完成书稿,将由中国社会科学出版社出版。

朱君孝第一时间将出版的喜讯告知我,与此同时,希望我为之作序,我欣然应允,并迅速

---

① 作于2019年11月7日。

录下上述文字,聊以为序。原本完成一件事情,作为古稀年龄之人,应有心情轻松之感。然而,这次完稿后却丝毫不觉轻松,总觉意犹未尽。思考再三,方意识到是^{14}C 数据"作祟"。

具体的问题是,既然朱君孝分析的多重证据皆暗示,二里头遗址三、四期之间有一条显著的分界线,即夏商分界线,那么,这一分界线应该与^{14}C 测年的结论相一致。

不难认识到,二里头遗址^{14}C 测年数据共有三组,而与二里头遗址四期相关的仅两组。第一组测于夏商周断代工程开展之前,其具体数据为:二里头文化一至四期的年代介于公元前 1900—公元前 1500 年。两个郑州商城的年代数据分别为公元前 1635—公元前 1425 年与公元前 1618—公元前 1417 年。据此,仇士华先生特别指出:二里头四期有可能已进入商代。

第二组数据源自夏商周断代工程,其中,郑州商城二里岗下层一期为公元前 1565—公元前 1465 年,工程结束后,再测的数据为公元前 1525—公元前 1490 年,而二里头遗址四期的^{14}C 年代为公元前 1560—公元前 1520 年。虽然二里头遗址四期与商代早期基本并存,但基于这一关系,学界恐怕难以接受二里头四期已被早商政权统治的事实。

显然,朱君孝老师的研究结论与^{14}C 测年数据之间存在难以调和的矛盾。如何解释这一现象,我沉思良久,陡然意识到问题应该源自被人们奉为圭臬的^{14}C 测年方法上。众所周知,^{14}C 测年方法的问世导致了考古学的革命,它所提供的定量年代信息,似乎比考古地层学反映的定性年代关系更为有效,然而,其引起误差的多种因素常常使人困惑,许多考古学家,包括已故著名考古学家俞伟超、张忠培先生都曾对一些^{14}C 数据表示过怀疑,而长期以来,始终罕见探讨降低^{14}C 测年误差的论文,就连我这个外行人都感到必须认真解决的树轮校正误差问题至今仍无人问津,更不要说^{14}C 从大气扩散至各种交换物质的速率和均匀性问题。基于这一现实,我认为不宜将^{14}C 测年数据视为考古年代的圭臬,而应作为证据链的组成之一,针对具体问题再结合其他诸多证据综合分析,始可望获得相对合理的结论。与此同时,重视^{14}C 测年的误差分析,尽快考虑适合于我国不同地区的树轮校正问题,无疑,它需要长期的探讨和积累,但万里之行,始于足下,我们期待着它的肇始。

综上所述,朱君孝老师这本以博士学位论文为基础的作品的出版,为我们提供了将传统考古学与科技考古学结合探讨二里头遗址夏商分界问题的理想例证,其结论具有重要的参考价值,其方法更值得借鉴。不仅如此,由该著作引起的^{14}C 测年可靠性的反思,或许最值得考古界关注。无论如何,我由衷祝贺这本著作的出版。

《中国早期玉器科技考古与
保护研究》之序①

　　王荣老师本科毕业于安徽大学物理系,作为硕博连读生,跟随冯敏老师和我,以薛家岗、凌家滩和良渚出土玉器为主要研究对象,认真探讨了玉器的受沁机理,取得了一系列有意义的成果。2015 年,王荣老师应邀参加了我主持的国家自然科学基金委员会-中国科学院大科学装置联合重点基金项目,与中国社会科学院考古研究所王巍所长和该所殷墟工作站站长唐际根教授合作,旨在全面揭示殷墟出土玉器的制作工艺、矿料来源和受沁机制。这一次,他系统分析了中原地区典型遗址出土玉器的埋葬环境和受沁特征,深入探讨了它们的受沁机理,与此同时,还为他多年来关注的古玉火燎祭祀找到了重要的新证据。如今,凡有人拟了解古代玉器的受沁情况,直接上网,相关信息便扑面而来,而王荣老师的工作已经超过"半壁江山"。十分明晰这一现状的王荣老师,深感将以上两部分内容合二为一,适当增添必要内容后出一本专著已迫在眉睫,于是,在完成教学和科研任务、妥善处理日常事务的前提下,他硬是挤出时间,以惊人的毅力完成了这本专著的初稿。

　　11 月中旬,我早期的博士生朱君孝、王荣先后传来将出版专著的喜讯,并不约而同地希望我为他们的专著作序。尽管我深知作序不易,仍毫不犹豫地欣然应允。要知道,评论、宣传弟子的学术成果,乃是为师者最美的享受。

　　不难发现,王荣老师的专著十分重视宝玉石的定义,专著第一章便一针见血地指出宝玉石的定义与历史背景相关,即不同的历史阶段,其定义也有所不同。基于这一前提,王荣老师综合考虑地质学界与文博学界关于宝玉石狭义与广义定义的异同,紧密结合考古发掘资料,较为全面地给出了适合于当前阶段的不同层次的宝玉石定义,如此详尽而规范的定义,对于初学者而言,无疑是不可多得的入门指南,即便对于资深专家,也具有简明专用词典的功能。

　　专著最有特色的当属第四章,该章的内容虽相对单一,但研究方法却最为全面,其涉及文献调研(包括古文献调研和前人工作的评论)、测试分析,特别是模拟实验,从多个角度论证殷墟妇好墓火烧玉器的目的确为祭祀。

　　第六章是这本专著的最重要内容,即精华部分。该章借助模拟实验和测试分析,详细论述了玉器受沁的种类和机理,并评述了以往对玉器受沁机理的不同观点,其中,关于玉器白化机理的讨论,既阐明了我国南方玉器白化主要源自结构疏松,而非钙化,又论证了我国北方不少玉器白化确系钙化作祟。其研究思路清晰,分析严谨,令人由衷叹服。

　　专著的第五章和第七章皆十分精彩。第五章对玉器制作工艺作了简要介绍之后,系统介绍了古时和现代修复玉器的方法、理念和制度,根据古代损伤玉器断茬、磕损、残缺的实际

---

①　作于 2019 年 12 月 5 日。

情况和修复目的,将古时玉器的修复方式归纳总结为基础性、连缀、补配和改制修复四种,完全可以说,这是一项具有开创性质的工作。第七章则对古代玉器的保护理念和具体措施作了颇为详细的介绍,同样具有不可低估的参考价值。

　　长期以来,我国文物保护界的个别前辈,总以为文物保护是一门技术,没有必要开展机理探索。然而不难认识到,王荣老师的这本专著,其主要内容与其说是科技考古,不如说是文物保护,且主要是文物保护的机理探究。由此可见,这一专著不仅是一本重要的科技考古参考书,更是一本重要的文物保护参考书。我似乎已经感受到相关专业研究生和本科生阅读该书的喜悦之情。

我一生的重要阶梯①

　　同济预科阶段已经过去半个多世纪了,原本不深的印象更显模糊和朦胧。然而,近年来的老同学聚会,特别是同济预科校友会组织的多次活动,不断激起我的回忆,当往昔的点滴记忆逐渐连成一片时,心中豁然开朗,原来从少年成长为青年的预科阶段,我不仅学到了颇为系统的知识,而且奠定了我的人生观,毫不夸张地说,同济预科阶段是我人生的重要阶梯,一定程度上决定着我的人生轨迹。

　　我自幼父母离异,跟随外婆在舅舅家生活,母亲在一位干部家当保姆,勉强支撑着全家的生活。我 7 岁时,母亲再婚,继父是一位南下干部,为上海市纺织系统的保卫科长。他天性仁慈,视我为己出,即便翌年有了弟弟,仍同样对我关爱有加。从这一点讲,我还是十分幸运的。

　　尽管父母都为白丁,凭着天资聪明,从小学至初中,我的学习成绩始终在班里名列前茅,特别是小学的算术和初中的几何、代数。然而,我童年生活的杨浦区属于上海的"下只角",整体上经济落后、文化水平也低。1960 年,我就是以这种状态考入了同济预科。记得入学那天天气晴朗,办妥入学手续后,父母亲携外婆、弟弟,陪同我徜徉在同济大学校园里,颇有刘姥姥逛大观园之感。

　　开学不久便得知,同济预科为两年,毕业后直升同济大学。直觉告诉我,考上同济预科,犹如登上人生第一个重要阶梯。对于我来说,今后上大学应该已成定局。然而以建筑见长的同济大学,与我心中莫名的追求相距甚远,反而深感失落和遗憾。现在看来,当时是多么幼稚和可笑。然而,命运喜欢作弄人。第二年,当我适应了同济预科的环境后,情况发生了颠覆性的变化。上海市高校所属的"工农预科"全部改为三年学制,学生毕业后不再直升原主管大学,而与普通高中毕业生一样,参加全国统一高考,填报升学志愿,重新择校。听到这一消息后,与多数同学不同,我暗自窃喜,憧憬着成为核科学家,为祖国的国防事业贡献自己的力量。

　　我的理科成绩颇为优秀。同济预科的数学增加了不少大学微积分的内容,这些内容虽与高考无关,但却早早地开发了我的逻辑思维。一年级的数学老师杨继斌为我班班主任,他教学严谨、管理严厉,常常悄悄地检查我班晚自习的出席人数,一旦发现哪位同学无故缺席,他批评起来毫不留情。然而,正是他的严厉,使我班养成纪律严明的良好风气。二年级时,教授我班几何的王泠老师,待人和善宽厚,我常常提一些刁钻古怪的问题企图为难他,他从不生气,反而对我"刮目相看"。二年级始,同济预科增加了物理课,由刚从华东师大毕业的一位年轻老师主讲。他授课有条不紊且富于激情,给我留下了深刻的印象。二年级至三年级的班主任是教授我班化学的李永仁老师,虽不苟言笑,但仍觉和蔼可亲。表面上看,他的

---

① 作于 2015 年 8 月 6 日。

表达能力不算上乘,但实际上,他多才多艺,无论化学,抑或化工,都有很深的造诣。正是这些高水平的老师,为我的数理化等理学学科打下了坚实的基础。顺便指出,预科曾组织数学小组,参加者都是数学领域的佼佼者,我班的赵汉明和我忝列其间。今天回想起来,那种训练确使我终生受益,而那个小组的同学后来不少成就非凡,如作为召集人的郎嘉康就是其中之一。

需要指出的是,当时我班成绩优异的大有人在,如数学方面的赵汉明、徐玉麟等,物理方面的傅季晖等。记得有一次物理测验(似乎是比较重要的测验),我虽考得不错,但距离第一名的傅季晖仍有相当差距。这让我郁闷了好多天。不过,最让我佩服的还是胡宇林,他因病缺了半年课,考试成绩依然位于我班最前列。不仅如此,他游泳水平极高,曾参加同济大学校队。我以为,除了出身书香门第,从小受到良好的教育与培养外,他手脚超长,具有得天独厚的条件,无疑也是不可忽视的因素。预科毕业后,胡宇林和我都考上了中国科学技术大学,我在近代物理系,他在近代化学系,相对而言,来往比其他同学频繁一些。记得他曾从宝钢借调到上海 728 工程,即后来的秦山核电站。据他说,有一次还陪同 728 工程的党委书记、宋小清的姑妈苏迪出差,给苏迪留下了好印象。可惜那时我还不认识宋小清,更令人心痛的是胡宇林居然英年早逝,使我班失去了一位前途无量的好同学、好朋友。

至于文科方面,虽然老师的水平也非同一般,但一来自幼受“学好数理化,走遍天下都不怕”这一思想根深蒂固的影响,二来总认为自己记忆力不够好,故而成绩也颇为勉强。20 世纪 60 年代,大多中学学俄语,同济预科也不例外。钟履秋老师是我班的俄语老师,他俄语娴熟,谈吐风趣。在我记忆中,男生的俄语总体上不如女生的成绩好。我班成绩最好的应该是尹志琴了。很多次,谁也不能正确回答钟老师问题时,最后都是尹志琴给出正确的答案。教授我们语文的是谢志英老师,他是一位“老夫子”。经常拿腔拿调地为我们吟诵古诗,给人以不合时宜之印象。尽管谢老师尽心尽力地为我们评述古代诗词的巧妙构思和排比对仗,深入浅出地讲授现代作文的整体结构和遣词造句,我还是辜负了他老人家的期望,未能领悟作文的真谛,每次作文成绩都在及格线附近。幸运的是,凭借高考阶段的突击,俄语和语文都得到了高分,终于侥幸地考上了中国科学技术大学。

说到这里,必须声明,我多少感到一些遗憾的是在预科阶段同学之间的联系较弱,尤其是男女生之间几乎没有联系。所以我班不少成绩优秀的同学,我实在记不起来,还望大家鉴谅。

同济预科阶段留给我印象深刻的还有伙食。当时正值三年“自然灾害”,而我们正处于长身体的关键阶段,仅靠每月 30 斤粮食定量如何能填饱肚子? 为此,同济大学和同济预科领导多方设法,以改善学生的伙食,如将淘过的米多蒸几次,使其尽可能吸水膨胀,一两饭看上去像二两,虽多少有些自欺欺人,但效果还真不错。又如,每年年底,学校从农场总会调来一些大米,从学校鱼塘捕来不少活鱼,使我们可以美餐数顿。应该说,预科的这些措施,加上周末回家,外婆总让我顿顿饱餐,在那三年里,我似乎从未有过饥饿的感觉。参加工作以来,我科教效率之高、劳动强度之大,师生们常为之叹服。我自己当然心知肚明,除自己超强的毅力外,预科期间相对理想的伙食是一个不容忽视的因素。

大学时,一个看似偶然的事件击碎了我成为核科学家的美梦。当我沦落至社会底层时,中国科学技术大学主管副校长钱志道院士给予我强有力的帮助和多方面的照顾,而与我素昧平生的中国科学技术大学图书馆郭劳夫馆长和万一心书记将我安排在图书馆工作,先在书库负责借还书,后到情报室研究图书情报。

1981年,著名物理学家、中国科学技术大学副校长钱临照院士和教务长包忠谋教授将我破例调至结构分析中心,开展XRD分析工作,1985年转为教员后,使我有条件下决心从事科技考古研究。凭借预科和大学期间形成的知识结构和治学方法,我勤奋学习、刻苦钻研,顺利进入人生的快车道:1987年被评为工程师;1992年被评为副研究员;1996年被评为教授、博士生导师;1998年调至本校科技史与科技考古系,任科技考古教研室主任;2002年获政府特殊津贴。

2004年我被调至中国科学院研究生院工作,翌年该院的人文学院成立科技史与科技考古系,由我担任系主任、学术委员会副主任等职务。颇为出色的成果使我多次获得国家科技部、国家自然科学基金委和中国科学院的基金支持,三次担任中国科学院知识创新方向性项目的首席科学家。体现我学术地位的学术兼职有:国际科技考古学术讨论会常务委员会常务委员,国际X射线考古学术委员会顾问以及中国科技考古学会(筹)常务理事兼秘书长。相对而言,我涉足的科技考古领域较多,主要有地域考古、陶瓷考古、冶金考古、农业考古和生物考古等,而重要的学术贡献如下:发现和证明"黑漆古"铜镜表层为纳米晶体膜;利用同步辐射见证我国冶金工艺为本土起源;根据岩相、微量元素聚类分析等数据,令人信服地证明了我国商周时代原始瓷产地多源说;澄清了陶器和青瓷概念,据此将我国的青瓷起源提前至夏代,重新改写了我国古陶瓷的科技发展史;首次采用micro-CT、超景深显微镜揭示我国古玉的加工工艺,系统探讨了古代玉器的受沁机制。迄今为止,我已发表科学论文(多为指导研究生的论文)近200篇,出版专著4本。由于不重视申报奖项,故获奖甚不理想,仅于2009年获北京市科学技术三等奖(排名第一)。然而,我最感欣慰的是培养了一大批研究生,其中相当一部分已成为我国科技考古界的领军人物。

我的科教感悟^{①②}

　　学生时代的失足,几乎断送了我的一生。若非生逢盛世,一事无成自不必说,很可能早已告别人间。感谢党的改革开放政策,使我得以重写人生,得以出版专著,并介绍我的科教经历与感悟。

　　我的科教生涯虽无骄人的业绩,却亦非碌碌无为,扪心自问仍不乏闪光之点。几经斟酌,决定不揣固陋,借《科技考古进展》出版之际,介绍自己前半生的奋斗历程,重点阐述相关的经验与教训,而实际上,这些都是我的人生感悟。我相信以此作为代前言或许更有利于本书的解读。

　　1985 年,当我转成教员身份时,便毅然决心投身于科技考古的研究之中。之所以做出这一决定,首先源自钱临照、杨承宗教授的建议。这两位学界泰斗的指导和提携,不仅助我渡过了难以逾越的障碍,而且使我意识到"天生我材必有用",成为我克服"艰难险阻"、追求学术业绩的无穷动力。此外,有利的客观因素,如李家治、华觉明、李志超、张秉伦和李虎侯等教授的鼓励和支持,中国科学技术大学结构中心的先进设备和浓厚的学术氛围等,也坚定了我的决心和恒心。

　　决心既定,科技考古便成为我毕生追求的事业。二十六年持之以恒的求索,我从一个物理本科生终于修炼成国内外小有名气的科技考古学家。回首往事,感悟多多,现摘要点介绍如下。

　　第一,"凡事预则立,不预则废"。小至科研项目,甚至样品分析,大至科研方向,甚至人的一生,都必须认真计划,做到胸有成竹。

　　举两个具体的例子。一个例子是 1986 年,我刚从事科技考古研究时,首先需要考虑的是课题的选择,即从哪里切入。然而,我第一反应不是做什么,而是不做什么。例如,不研究古陶瓷,中国科学院上海硅酸盐研究所以李家治先生为代表的一批专家从事中国古陶瓷研究数十载,他们的水平被公认为世界领先,我若贸然介入,势必难以出头。又如,不探究古冶金,北京钢铁学院(北京科技大学前身)柯俊院士率领的冶金史研究所造诣精深,取得了一系列誉满中外的成果,我若跟随其后,恐怕也只能蹑步而行。再如,不考虑年代测定,中国社会科学院考古研究所的仇士华、蔡莲珍先生是中国 ^{14}C 年代学的开创者,他们和北京大学陈铁梅、原思训教授合作测得的年代数据构建了中国新石器时代的年代学框架,我一无基础,更无设备,断代测年岂非缘木求鱼? 然而,中国的科技考古在当时涉及的主要领域仅有陶瓷、冶金和断代测年。既然不准备从这三个主要领域切入,那还有什么选择余地呢? 有,当然有! 最终,我将"黑漆古"铜镜的表层物质选为对象,该物质既非陶瓷,亦非合金,却有着特殊

---

①　选自《科技考古进展》,科学出版社,2013:vii-xi,本文为此书代前言。

②　作于 2012 年 11 月 12 日。

的性能,可以这样说,它是有历史见证的、最佳的金属防腐材料。不过,我之所以选择其为研究对象,主要的考虑还是其更像物理、材料问题,只是研究对象是文物而已。此外,这一问题相对冷僻,几乎无人问津。显然,探讨这样的问题,我起步虽晚,却有着明显的优势。潜心研究数年后,幸运之神莅临,我居然证实该表层物质为纳米晶体膜,并在 *Nano Structured Materials* 发表了相关论文,其后续成果又陆续发表在 *Applied Physics Letter*、*Journal of Applied Physics* 和《中国科学(A 辑)》等重要刊物上。俗话说,"万事开头难",然而开头也极为重要。"黑漆古"铜镜表层纳米膜的证实,使我连续获得了国家科委(科学技术部前身)专项基金和两次国家自然科学基金的资助,为从事科技考古研究提供了颇为理想的条件。于是,当第二次国家自然科学基金资助获准时,我便果断地转向地域考古学,开始了"正宗"的科技考古研究。

另一个例子是 2005 年 4 月,中国科学院研究生院(中国科学院大学前身)在人文学院设立科技史与科技考古系。考虑到国际科技考古的发展趋势以及基金申请的一些弊病,我毫不犹豫地将系的学术方向定为生物考古、农业考古和环境考古。事实证明,近年来这三个领域得到了长足的发展,而古陶瓷、古冶金领域则相对萎缩。伴随着这一国际大趋势,我们系的年轻教员进步迅速,大多获得国家自然科学基金的资助,在国际刊物上皆发表了一系列有影响的论文,且与国际一流学者建立了长期稳定的合作关系,所有这一切,使国内许多同行羡慕不已。在此期间,我们按计划成功建立了以 Michael Richards 与胡耀武教授牵头的德国马普学会青年伙伴小组,近年来,杨益民副教授又与马普学会分子细胞生物学与遗传学研究所的 Andrej Shevchenko 教授开展了实质性的合作研究。由此不难认识到,倘若我系的年轻教员都挤在古陶瓷、古冶金领域,则势必降低他们获得国家自然科学基金资助的概率。而若年轻学者几年都拿不到基金项目,又如何能够潜心研究?据此,预先设计或预先计划,其重要性可见一二。

第二,尊重权威,但不迷信权威。科学研究旨在探索与创新,而探索与创新则不可避免地涉及前辈学者、权威的研究成果。对于学术讨论氛围不浓的中国学术界,如何拿捏其间的分寸,经再三认真思考,我以为,"尊重权威,但不迷信权威"似相对适宜。尊重前辈学者、权威,应充分认识到前人成果的来之不易,认识到当时各种条件的局限性。倘若我们的研究确实修改、补充甚至否定了前辈学者的结论,这时需特别慎重,只要有可能,应在论文发表前向前辈学者当面请教、认真探讨,如不便直接探讨,发表论文时,亦应尽可能低调阐述自己的成果。万一无论怎么做,都不能得到前辈学者的理解和谅解,那只有置之不理,唯求问心无愧而已。要相信绝大多数前辈学者,特别是权威,都是品格高尚,通情达理的。多年的实践也表明,当我们发表与前辈学者观点相左的论文时,通常都能得到他们的理解、支持,甚至赞扬。

欲发展中国的科技考古事业,研究生培养为百年大计。一般认为,若培养的学生能够超过老师,则可视为成功的教育。不过,我以为,只要培养的大多数学生能够成才,即可视为成功的教育,而不必苛求是否超过老师。尽管对"成功教育"的认识略有不同,但这丝毫不意味着我希望学生笃信老师,盲目追随老师,恰恰相反,我以为,鼓励学生"挑战"老师、超过老师不应停留在口头上,更不能作秀,需要采取具体的措施奖掖那些敢于提出新的思路,特别是相左于老师观点的学生,这些奖掖措施包括口头表扬、物质奖励和出国深造等。

奖掖措施的切实实行,有效激发了学生和年轻教员的科研积极性,促使全系的学术氛围变得分外浓厚,时常迸发出一些不同凡响的思路,有些还孵育出原创性的研究成果。长期的教学实践,使我深深体会到延伸的"教学相长"含义,即教员向研究生传授知识和研究思路的同时,常常能够从研究生那里获得学科前沿进展的新信息,甚至获得有益的启示。不难理解,欲有效促进科技考古事业的发展,将其"包装"成学科有着不可低估的作用。既然要成为学科,通常需要特有的研究方法。正是在朱君孝博士研究生(现为陕西师范大学副教授)的启发下,我们建立了科技考古学的研究方法,现将其简介如下:如果将考古学问题的探索比喻成解答一个多元方程,那么,自然科学的理论、技术即可视为解答方程的方法,一般说来,这类方程常为多解方程,或无解方程,然而,若将考古发掘和研究资料作为方程的边界条件巧妙地代入,则可望获得该方程的唯一解,换句话说,可望明确地揭示某一考古学问题。这样的叙述显得过于抽象,现以家猪起源为例进行介绍,应便于理解。野猪捕获后饲养之初,无疑仍为野猪,欲判断其曾经驯化与否,似乎无计可施。然而,若将某一遗址作为边界条件,即仅考虑某一特定遗址的出土猪骨,一旦根据古 DNA 证实这些猪骨之间存在"祖孙"三代关系,则其第三代猪仔必为驯化的结果。不难理解,先民捕获野猪时,或能侥幸捕得其猪崽,但第三代猪崽绝不可能直接捕得,只能等第二代猪崽饲养长大后经交配产得。实际上,科技考古的许多原创性成果,常可归结于边界条件的奇妙应用。有关这方面的研究实例不胜枚举,其中不乏研究生和青年教员的原创性思路。

第三,善于将其他学科的理论、方法,巧妙、合理地应用于科技考古领域,常可获得重大或重要成果,即所谓"他山之石,可以攻玉"。如前所述,为揭示、证实"黑漆古"铜镜表层的纳米镶嵌膜,我们采用了 XRD、SAXS、SEM、STM 以及 HRTEM 等多种材料分析方法,其中,STM 与 HRTEM 即便对于材料科学而言,当时也属最为先进的设备。众所周知,同步辐射大科学装置是一种十分先进的光源,它应该在科技考古领域有着广阔的应用前景。早在 20世纪 80 年代末,我即和中国科学院物理研究所的陆坤权教授合作,尝试探讨"黑漆古"铜镜表层纳米晶体的结构,可惜当时日本的同步辐射光源也不能测定 Sn 元素的近边吸收谱,故未能获得理想结果,然而,功夫不负有心人,经过十多年的努力,利用同步辐射 XAFS 技术,我们成功地探讨了汝瓷、红绿彩瓷以及青花瓷的呈色机制,而借助同步辐射 X 射线荧光的面扫描(mapping)方法,为中国冶金独立起源提供了有价值的证据。以往似乎认为,没有一种科技方法可以有效地探索青铜器的铸造地,然而,我们发现,青铜器耳、足等空腔内的泥芯,应可提供青铜器铸造地的信息。在探讨泥芯产地时,除采用微量元素统计分析、岩相分析等方法外,我们将植硅体分析方法也应用其中,居然收到了奇效。原来植硅体组合可有效反映泥芯产地的气候状况,根据这一点,明确指出,九连墩二号墓两件北方风格的青铜器确实源自北方。可以不太谦虚地说,我们团队之所以能够在如此广阔的研究领域内取得众多原创性成果,关注自然科学不同领域研究方法的新进展,并不失时机地将其移植于科技考古领域,有着不可低估的作用。

第四,营造充满活力的团队,学科带头人或学术带头人是关键所在。科技考古为自然科学与社会科学交叉融合的学科,可视为交叉融合领域最为广阔的学科。如果说,交叉学科通常需要团队合作,那么容易理解,相比于其他交叉学科,科技考古则更需要团队合作。1999年 3 月,中国科学技术大学科技史与科技考古系的成立,客观上为我建设科技考古团队提供了可能性。虽然我当时对团队建设毫无经验,但凭着坚定的事业心和满腔的热情,凭着对他人成功经验的认真学习,我逐步认识到,团队建设的成败与否取决于学科带头人的素质与水平高低。无数事例表明，一个高水平的学术团队，往往是几代学科带头人苦心经营的结果，反之，一旦学科带头人或学术带头人被素质较差者窃取，其团队必将迅速衰败，至少会在学术上一蹶不振。显然，欲打造高水平的学术团队，自我修炼至关重要。多年的实践使我感悟到，作为学科带头人或学术带头人，最重要的是人品和学术水平。所谓人品，我以为具体的表现是私心较小、度量较大。私心较小，即遇事以团队利益为重，在名利面前，懂得谦让，勇于吃亏，但最好将亏吃在明处；度量较大，即能够倾听团队成员的相左意见，能够承受、理解团队成员、研究生的误解。至于学术水平，主要指学术敏感性，即能够预测学科的发展趋势，带领团队不断做出原创性的成果。应该看到，改革开放以来，中国学者在国际刊物上发表的论文数量迅速飙升，但领先的研究领域却依然寥若晨星，其原因或在于此。不过，相比之下，我还是认为，对于学术带头人而言，人品更为重要。

当然，一个杰出的学术带头人，还应有出众的口才和非凡的文笔，而在中国的国情下，与人打交道的能力更是凸显重要。尽管如此，我还是要强调，对于学术带头人而言，口才、文笔和待人接物都不是必要条件。近些年来，随着国家对科教投入的大幅增加，一大批科教英才脱颖而出，然而与此同时，我们遗憾地看到时常有学术不端事件发生，这使我更加怀念刘东生院士等老一辈科学家的高风亮节。我和仇士华先生悼念刘东生院士时曾深情地写道，"先生大智大慧、高瞻远瞩的大师风范，脚踏实地、精益求精的治学精神，淡泊名利、献身祖国的高尚品德，提携英才、甘为人梯的长者风度，科学登顶、誉满学界的光辉业绩"将永远是我们学习的楷模。

多少年来，我们以刘东生院士等老一辈科学家为榜样，在科技考古的不同领域，皆脚踏实地地做出了许多原创性的科研成果。本书从这些成果中选择一批具有一定影响和代表性的论文，将其分为陶瓷、冶金、玉器、建材、生物、农业、有机残留物和盐业八章，尽量考虑前后的逻辑相关性，重新编撰成册，由科学出版社正式出版。希望读者能够从中领悟到科技考古的神奇功能和华夏文明的博大精深，并与我们共享科学研究之愉悦。

我的科技考古之路

20 世纪 80 年代初,承蒙中国科学技术大学钱临照副校长和包忠谋教务长的提携和抬爱,将我调进新成立的理化科学中心,从事 XRD 分析工作。不难理解,对于我而言,这一工作变动的意义非同小可,它使我意识到"天生我材必有用",并不断引起我对前程的浮想联翩。不过,所有的前程设想,纯物理研究绝对排除在外,个中缘由不言而喻,而之后与我结下不解之缘的科技考古,那时心中尚无概念,自然也未能涉及。

随着不着边际的前程遐想逐渐明朗清晰,我越来越意识到,借助理化中心得天独厚的材料分析条件,我应能大展科学研究宏图。于是,秉承"工欲善其事,必先利其器"理念,勤学苦练四五年,我在较为系统地掌握各种 XRD 分析技术的同时,居然还基本熟悉了 XRF、SEM、TEM、ICP-MS 等设备的原理和功能,由此奠定了材料分析的坚实基础[1]。

1 审时度势的科学研究之路

万事俱备,东风自然来到。实际上,我还在夯实科研基本功时,自然科学史研究室李志超、张秉伦先生就多次向我鼓吹文物科技分析的意义和魅力。几乎同时,中国科学院自然科学史研究所华觉明和中国社会科学院考古所李虎侯先生皆向我表示了合作研究的意向。他们的提议一经征得学界泰斗钱临照、杨承宗先生的赞同,我便义无反顾地投身至我国的考古事业。

曾任中国科学技术大学放射化学教研室主任的李虎侯先生,是我第一个文物分析的合作者。具体的分析发现,"黑漆古"铜镜表面层不含 α 铜锡合金相,明显不同于普通黑镜,这一发现为探索"黑漆古"铜镜形成机制提供了重要线索,相关论文发表在《考古》上[2]。

如后文所述,全国第一届实验室考古学术讨论会的筹备过程中,果断终止与李虎侯先生的合作关系后,我和范崇正等老师合作,在继续探讨"黑漆古"铜镜制作工艺与耐腐蚀机制的同时,又和安徽省文物考古研究所张敬国老师合作,将青铜器粉状锈科研难题纳入研究范围[3]。十多年的艰辛探索获得了丰硕的回报,值得一提的是我国古代黑镜纳米膜表面层的证实,它不仅揭示了纳米材料的神秘面纱,还为纳米晶体表面结构的表征和纳米晶体内掺杂原子的探究提供了新的方法[4-6]。

1996 年,日本帝京大学山梨文化财研究所请我带领铃木稔先生参加在美国伊利诺伊大学香槟分校举办的第 30 届国际科技考古学术讨论会,会议上的学术报告使我深刻认识到,文物产地及其矿料来源是当时国际科技考古的主要热点,而国内几乎无人问津。于是,在张敬国老师的帮助下,我不失时机地遵照严文明先生的建议,和南京博物院汪遵国等先生合作,采用改进的 X 射线增量法,探讨了新沂花厅遗址出土陶器的产地。分析结果表明,所有良渚风格的陶器皆来自良渚地区,这一结论暗示,花厅遗址的陶器组合源自战争,而非长期的文化交流[7-9]。

1999 年 3 月,中国科学技术大学科技史与科技考古系成立之际,我及时组建科技考古团队,将科技考古和研究生培养提升到崭新的高度。借助日本帝京大学山梨文化财研究所的深层次合作,我带领团队将岩相、XRF 和中子活化分析等方法有效地引入到陶器产地的探索,并将研究对象及时拓展至青铜器[8]。值得指出的是,秦颖老师和我另辟蹊径,将青铜器矿料来源的探索改为铜矿冶炼产物输出路线的追踪,从而使原先的复杂体系分解为相对简单的问题,再根据地球化学理论结合实测数据分析,竟然可将铜陵和铜绿山的冶炼铜料及其浇铸的青铜器明确区分[10]。无独有偶,仍然是秦颖老师,他突发奇想,根据泥芯成分及其所含植硅体组成,间接但准确地判断出青铜器的铸造地[11]。然而,由于种种原因,这些开创性的方法至今未能有效地推广。

2000 年 7 月,得益于中国科学院知识创新工程方向性项目的资助,我们与中国科学院上海硅酸盐研究所建立了深层次的合作关系。有了古陶瓷科技界泰斗李家治先生的指导,我们团队立即将古代瓷器研究作为科研的主战场。短短五年,几乎瓷器研究的所有领域都取得了令人瞩目的创新成果。较为突出的有:原始瓷产地的颠覆性结论、XAFS 等方法的应用以及青瓷定义和起源的新解等[12-15]。而从整体上似可不谦虚地讲,它在相当程度上改写了中国陶瓷科技的发展史[16]。

国际上古代食谱研究至迟发轫于 1977 年,但直至 20 世纪末才成为科技考古的热点。相比之下,我国的起步不算晚,早在 1984 年,我国科技考古奠基人蔡莲珍、仇士华夫妇即在《考古》上发表了重要论文《碳十三测定和古代食谱研究》[17]。只是之后将近二十年,国内基本不见相关工作。尽管如此,我却及时认识到,古代食谱研究即将成为科技考古的前沿和热点。正当我计划开展古代食谱研究时,具有生物化学背景的胡耀武阴差阳错地成了我的博士研究生。有志者,事竟成。克服重重困难,胡耀武终于在美国威斯康星大学麦迪逊分校 Price 教授和我的联合指导下,获得了博士学位。如今,他已成为国际知名的生物考古学家[18-20]。

中国科学技术大学的二十年,堪称我学术生涯的第一春。

2004 年 10 月,迫于无奈,我离开母校,来到北京中国科学院研究生院(中国科学院大学的前身)。然而确如老子所云,"祸兮福所倚"。研究生院邓勇书记的理解和信任,使我绝处逢生,翌年,随着科技史与科技考古系的挂牌成立(2015 年更名为考古学与人类学系),我迎来了学术生涯的第二春。短短十余年的学科建设和科研探索,我们系在生物考古和农业考古等领域皆取得了令人瞩目的成果[21-23]。特别是生物考古,继胡耀武之后,杨益民和付巧妹都迅速成为古代有机残留物[24]和古 DNA 分析领域的领军人物[25]。目前,杨益民和蒋洪恩教授率领的考古学与人类学系虽然仅有 5 名教员和 6 名在站博士后,但每年在国际科技考古领域刊物上发表的高水平论文已使同行赞叹不已。因限于篇幅,这里不再详述。

上述科研成果的获得,除了恩师和前辈学者的提携以及自身的努力外,国家管理部门的特别关注和有效支持"功不可没"。这里主要有国家自然科学基金委数理学部的姚梦璇主任和岳忠厚老师以及中国科学院基础科学局的金铎局长,前者与我素昧平生,仅凭学科发展的精准预判,便想方设法给予我基金的资助,使我稳步踏入科技考古征程;后者除看好学科前景外,还深知我的能力,他毅然决然地推进知识创新工程方向性项目的支持,是我们短时间内能够跻身国内同行前列的重要保证。

2　命运多舛的科技考古学会

1985 年,当我决心投身文物科技研究之时,最大的顾虑是,历来重理轻文的中国科学技术大学可能难以理解其学科意义和社会影响。欲解开这一心结,组织召开全国性学术会议应该是不错的主意,它似乎可望引起学校领导和主流学者的重视和认可。我不由得想到时任广西科委主任的师弟张正铀以及与我颇为投缘的广西民族学院万辅彬教授。经过多方协商,广西科委通过广西民族学院给予全国第一届实验室考古学术讨论会以实质性的支持。与此同时,经我的难友周七月介绍,在文化部科技办吴光主任积极推动下,中国文物保护技术协会蔡学畅秘书长明确表示,愿意共同组织上述实验室考古会议。然而筹备过程中意识到,双方在办会宗旨和风格方面存在明显差异,经友好协商,决定暂停与中国文物保护技术协会合作,由中国科学技术大学、广西民族学院和安徽省考古研究所三家精诚合作、认真筹备,于 1988 年在广西南宁顺利召开了全国第一届实验室考古学术讨论会。

翌年,我筹备第二届全国性会议时,仍以"实验室考古"为标题。会议期间,根据大多数会议代表的建议,专门组织讨论了会议标题。记得我曾考虑将"实验室考古"改为"新技术考古",然而,会议代表一致认为,"科技考古"最为适宜。这让当时的会议主席柯俊院士和我左右为难,一方面"民意"不可违,另一方面,担心中国考古学会常务理事会不予认可,毕竟届时中国考古学会同意我们这支研究队伍为其团体会员。谁知结果颇为意外,中国考古学会常务理事会毫不忌讳,全然赞同。于是,"科技考古"一词自此载入史册。

1991 年,全国第三届科技考古学术讨论会在郑州召开,会上成立了中国科技考古学会,选举了第一届理事会,理事会建议学会挂靠在中国科学技术大学,并在中国社会科学院考古研究所设立联络处。今天回忆起来,郑州会议能够达此效果其实颇为不易,有必要简要介绍学会筹备的过程。实际上。早在组织第一届会议时,基于误解,我明确表示不愿邀请柯俊院士,但筹备第二届会议时,已不得不邀请柯先生主持会议。然而那次会后,中国考古学会常务理事会一方面同意柯俊院士为中国科技考古学会理事长,另一方面又否定了柯先生的个人意见,坚持学会必须挂靠在中国科学技术大学。不难理解,柯先生关于学会挂靠单位的意见,加深了我对他老人家的误解。就在这时,有人向中国科学技术大学教务长余翔林教授等建议,中国科技考古学会应由结构中心某副主任代表学校筹备。得知这一信息后,我当即向余翔林教务长表示,学会筹备已基本就绪,似无换人筹备之必要,何况一旦换人,学会挂靠中国科学技术大学很可能落空。余教务长完全认同我的意见,颇为感慨地说,"体现人生价值的途径多种多样,你的选择是正确的"。然而,余翔林教授的态度并不能阻止事态发展,经学校有关方面同意,有人将"不同意王昌燧担任学会秘书长"的学校文件带给了柯俊等先生。没想到的是,柯先生和科技考古学会筹备组的诸位先生旗帜鲜明地支持了我,他们与中国科学技术大学领导据理力争,最终征得当值副校长同意,将我选为学会常务理事,而将秘书长位置空缺。第二年,一切风平浪静后,学校重新发文,支持我担任学会秘书长。只是这样一折腾,延误了学会在民政部登记的数年时间。尽管如此,我们还是有机会成为中国科协管辖的一级学会的。遗憾的是潘其风先生办理学会注册手续时,遇到了一位年轻的办事员,他煞有介事地指出,"你们学会人数太少,不能成为学会,只能成为研究会"。因这位办事员随口的一句话,让我耗尽九牛二虎之力才拿到中国科协的二次批文,同意中国科技考古研究会为一级学会。谁知屋漏偏逢连夜雨,正当潘其风先生满怀信心地再赴民政部履行登记手续时,却被告知民政部因某些原因暂停了注册社会团体的权限。这一突如其来的变故使我们多年的努力付之东流。

2004 年,我调入中国科学院研究生院后,曾有机会向中国科协程东红书记汇报过中国科技考古学会的登记经历,程书记当即指示学会部了解情况,尽可能给予切实的关心,紧接着,我的朋友从民政部李部长那里得知,由于一些原因,我们学会不可能在民政部正式注册。

看来,欲使中国科技考古学会获得合法地位绝非易事,但也绝非无望,只是我已老朽,再无踢临门一脚的动力和能力,盼望有人能助我完成这一宿愿。

3　助力科研的国际合作

二十年前,我曾预言"中国考古应成为世界考古的热点",随着我国考古学家的持续奋战,无数考古遗迹逐一重见天日,而科技考古方法的全面应用,又更深刻、更准确地揭示遗迹、遗物所蕴含的潜信息,加之国际合作交流的广泛开展,上述预言早已成为现实。国际合作交流对于我国考古事业的重要性由此可见一斑。我当然明了这一重要性,但苦于前述原因,使我出国无望,即便如此,我还是克服重重困难邀请美国著名科技考古专家 Tom Chase和 Emma Bunker 参加了 1989 年秋在中国科学技术大学召开的全国第二届实验室考古学术讨论会。两位美国专家的来访,直接促成了美国史密森博物院于 1995 年资助我访问美国,且由我推荐金正耀博士赴日参加了美日合作项目。

如果说,上述国际交流的规模十分有限的话,那么,1990 年在陕西历史博物馆单畇研究员的推动下,日本帝京大学与中国科学技术大学在科技考古领域建立的长期合作,其影响则不可谓不大。据统计,在那次合作交流中,中国科学技术大学安排了约 20 位教员访问日本,包括得益于钱临照院士鼎力相助的我。记得当时有朋友劝我不宜过于热心,主动负责我校教员的访日计划和研究方案,特地提醒我,这些教员访日的目的是挣钱,不是科研。我回答道,你说得对,但那么多老师一起开展科技考古研究,必将在学界形成较大影响,其最大受益者无疑是我。难道不是吗? 这完全可视为我最初的团队呀! 不仅如此,我还开阔了眼界,掌握了中子活化分析等技术,结识了日本科技考古和文物保护界的著名专家,这对那时涉足科技考古尚浅的我,胜过攻读博士学位的全过程。

2004 年 10 月我调入中国科学院研究生院后,随着主要研究方向的改变,我们对国际合作的对象和内容也作了相应的调整。具体说来,国际合作的对象从日本转向欧洲和北美,主要是德国马普学会的莱比锡进化人类学研究所。2005 年,在我的安排下,胡耀武博士开启破冰之旅,与 Michael Richards 教授精诚合作了两年,不仅取得了丰硕的科研成果,联合培养了 5 名博士研究生,而当胡耀武博士回国后,还成立了德国马普学会青年伙伴小组。国际著名古 DNA 分析专家、莱比锡进化人类学研究所所长 Svante Pääbo 教授敏锐地认识到,该所与我们研究生院具有广阔的合作前景,于是,在 Richards 教授的陪同下,他专程访问了我和胡耀武,并代表马普学会副主席与我们草拟了合作协议,后经双方领导批准生效。为了获得更多资助,根据研究生院党委邓勇书记的建议,我们进一步请示中国科学院院长路甬祥教授,他很快给予批复,明确表示了支持。早于我们获知路院长批示内容的中国科学院古脊椎动物与古人类研究所周忠和所长与高星副所长主动邀请我和胡耀武商讨共同合作事宜,他们雷厉风行,于 2009 年与我们合作挂牌成立了中德科技考古联合实验室。十多年来,我们所系和德国马普学会之间的紧密合作取得了令人瞩目的科研成果,与此同时,当中德科技考古联合实验室并入中国科学院脊椎动物演化与人类起源重点实验室后,又建立了享誉海内外的中德分子古 DNA 实验室。

除德国马普学会莱比锡进化人类学研究所深层次的长期合作外,我们系和英国剑桥、约克、诺丁汉以及美国哈佛、密苏里、匹兹堡和威斯康星等大学等都有着不同程度的有效合作,为我系师生的深造、科研论文的产出,特别是对中国考古国际影响力的提升都有不可小觑的作用。

虽然我深知国际合作交流的重要性并勉力为之,然而不得不认识到蹩脚英语导致的力不从心。如今,我的弟子们大多英语娴熟、业务精通,他们明了国际合作交流的途径和意义,已经取得显著的成果并展现出更为诱人的前景。

4　事业保障的人才培养

教育是一门科学,也是一门艺术。说它是科学,因其自有规律性;而说它是艺术,则暗喻其表演的功能。我从未研究过教育规律,更无演员的天赋,唯笃信身教胜于言教的理念,深谙因材施教的精髓,随着经验的积累,逐渐形成了自身的教育模式和风格。回顾 37 年的科技考古历程,最大的成功应该是教育的成功,具体体现在培养了一大批立志献身科技考古事业的青年才俊,他们大多 30 多岁就成了教授或研究员,而付巧妹聘为研究员时年仅 32 岁。当然,相信我的更多学生特别是学生的学生等将成为我国考古学、科技考古学及其相关领域的骨干力量。

既然如此,有必要借此机会,简要介绍研究生培养的心得和体会。

我历来强调,研究生培养首先是人品的培养,而人品培养的核心乃仁爱之心的培养,即培养研究生热爱祖国、热爱社会、热爱人民。我始终认为,如果培养的学生只爱自己,连父母、同学都不关心,那么,这就是失败的教育。如何培养研究生的仁爱之心? 如前所述,重在身教。首先,关心和爱护研究生是导师的天职。我经常说并认真做到,只要学生努力,将力保其按时毕业。想必内行人都能明白,欲达此目标,导师需要付出多少心血。倘若同学遇到诸如生病等困难,则率先解囊相助,以宽其心。不仅如此,学生走上工作岗位后,依然关心他们的发展过程,及时为他们解惑,以致学生们笑评我为他们终生保驾护航。

多年的经验表明,研究生培养,必须因人而异。大家知道,科技考古研究生的学科背景特别复杂,其涵盖面极其宽泛,但总的说来,基本上分为人文和理工两大类。我们的经验是,人文背景研究生的研究方法一般以描述为主,而理工背景研究生的研究课题则可涉及反应机理或制作工艺等[26]。当然,具体到每个研究生,特别是博士研究生,还需考虑因材施教,即根据学生的具体素质和兴趣,结合科技考古前沿或热点问题,经师生双方认真讨论后再确定其博士学位论文的内容。这方面的例子很多。例如,朱君孝是我指导的第一个人文背景研究生,他本科与硕士皆毕业于西北大学考古专业,跟随我攻读博士学位时,利用他考古器型和遗迹现象分析的坚实功底,以二里头遗址为中心,探讨其与周边遗址间的关系,即主动影响,抑或被动影响,与此同时,结合陶器、青铜器和石器的产地信息,颇为深入地探讨了夏商分界问题[27]。而最成功也最具代表性的莫过于付巧妹的培养过程。2006 年 10 月,全国第八届科技考古学术讨论会与全国第九届考古与文物保护学术研讨会联合召开之际,我提前数日到西北大学参与会议筹备工作,其间,该校文物保护专业学生付巧妹找我咨询一些学术问题,事后邀请我参观该校博物馆并充当讲解员,我惊奇地发现,她对许多问题都有独到的见解,得知她即将毕业并具有保研资格时,便建议她来我校深造,她欣然同意。不久后得知西北大学保研必须选择母校后,他们班前几名同学皆放弃保研机会直接考上了我校研究生,付巧妹自在录取之中。入学后,付巧妹在胡耀武老师的指导下,仅仅一年半便达到了硕士学位的基本要求。此时恰逢我们和德国建立深层次合作,于是我不失时机地向 Pääbo 教授推荐了付巧妹,叮嘱他道:"你如感觉付巧妹不错,就跟随你攻读博士学位,如认为她不理想,就退回来。"原以为付巧妹仅有望获得德国莱比锡大学的博士学位,真没有想到付巧妹会带给我们如此多的惊喜。笛卡儿说得对,机遇总是垂青那些有准备的人。不难理解,倘若付巧妹未能提前一年半完成硕士学位论文,即便我十分看好她,也不可能推荐她赴德研究古DNA,而倘若她不能"玩命"拼搏,也不可能有今天的成就。

　　还想介绍一下杨益民教授。杨益民教授思维敏捷,获得中国科学技术大学本科科技传播与计算机双学位后,2000 年成为我的硕博连读生,实际上,他仅用了四年便基本完成了钧、汝瓷内容的博士论文和德语培训,第五年则在德国美因茨大学 Burger 教授指导下学习古代动物 DNA 分析,2005 年获得博士学位后加入我们中国科学院研究生院科技考古团队。考虑到科技考古的发展趋势和杨益民的科研素质,我要求他暂不继续陶瓷和古 DNA 领域的研究,立即开展古代有机残留物探索,十多年的努力终于结出硕果,在已发表的数十篇高水平论文中,竟有多篇分别被 *Nature* 选为研究亮点或被 *Science* 作为深度报道,不难认识到,杨益民教授的团队在这一重要领域已经接近国际一流水平。至于杨益民教授在古釉砂[28]和古玉器[29]研究领域的重要成果,偏离了这里介绍的研究生培养主题,似不宜赘述。

　　以上介绍的内容虽有不同,但因人而异精心培养的核心思想是一致的。综上所述,可将我们研究生培养的经验和理念归结为一点,即必须营造一个互敬互爱、积极向上的团队氛围。

5　结　　语

　　不知不觉间,业已接近耄耋之年。这篇文章一定程度上可视为回忆录,只不过写作格式有所不同。回顾以往,深深认识到,我能够在科技考古的科研和研究生培养方面取得一定的成绩,贵人相助与自身努力二者缺一不可。除此之外,妥善处理各种人事关系也是不可或缺的因素。记得胡耀武教授跟随我攻读博士学位期间曾请教我:"王老师,在您的指导下,我自以为学会了科研和教学,但如何处世,我至今仍不得要领。"我当即答复他:"其实,处世并不难,只要做到以下三条,处世将十分简单!"哪三条呢? 我言简意赅地解释道:"第一条,你必须是一个强者。要知道,社会不同情弱者。第二条,始终与人为善。第三条,不同人须采用不同的对待方式和分寸。"或许有一天,我能结合处世经验,撰写一篇生动、翔实的《我的科技考古之路》。

参 考 文 献

［1］　王昌燧. X 射线衍射技术在考古领域的应用［Z］//理学 X 射线衍射仪用户协会论文选集. 1995,8(1):147-155.

［2］　王昌燧,徐力,王胜君,等. 古铜镜的结构成分分析［J］. 考古,1989(5):476-480.

［3］　王昌燧,范崇正,王胜君,等. 蔡侯编钟的粉状锈研究［J］. 中国科学（B 辑）,1990(6):639-644,673-674.

［4］　王昌燧,陆斌,谭舜,等. 黑漆古铜镜表面层纳米晶体分析［J］. 电子显微学报,1993(2):161.

［5］　WANG C S, LU B, ZUO J, et al. Structural and elemental analysis on the nano-crystalline SnO_2 in the surface of ancient Chinese black mirrors［J］. Nano Strutured Materials, 1995, 5(4):489-496.

［6］　ZOU J, XU C Y, LIU X M, et al. Study of the Raman spectrum of nanometer SnO_2［J］. Journal of Applied Physics,1994(75):1835-1836.

［7］　刘方新,王昌燧,姚昆仑,等. 古代陶器的长石分析与考古研究［J］. 考古学报,1993(2):239-250.

［8］　王昌燧. 文物产地研究溯源［N］. 中国文物报,1999-12-29(3).

［9］　池锦祺,王昌燧,河西学,等. 中国新沂县新石器时期古陶器的产地分析研究［J］. 中国科学技术大学学报,1995,25(3):302-308.

［10］　秦颍,王昌燧,张国茂,等. 皖南古铜矿冶炼产物的输出路线［J］. 文物,2002(5):78-82.

［11］　魏国锋,秦颍,胡雅丽,等. 利用泥芯中稀土元素示踪青铜器的产地［J］. 岩矿测试,2007,26(2):145-149.

［12］　夏季,朱剑,王昌燧. 原始瓷胎料的粒度分析与产地探索［J］. 南方文物,2009(1):47-52.

［13］　张茂林,王昌燧,金普军,等. 用 XAFS 初探汝瓷釉中 Fe 的价态［J］. 核技术,2008,31(9):648-652.

［14］　WANG L H, WANG C S. Co speciation in blue decorations of blue-and-white porcelains from Jingdezhen kiln by using XAFS spectroscopy［J］. Journal of Analytical Atomic Spectrometry,2011,26(9):1796-1801.

［15］　王昌燧,李文静,陈岳. "原始瓷器"概念与青瓷起源再探讨［J］. 考古,2014(9):86-92.

［16］　王昌燧,罗武干,杨益民. 古代陶瓷烧制工艺研究历程［M］//王巍. 中国考古学百年史(1921-2021)第四卷(下册). 北京:中国社会科学出版社,2021:1415-1429.

［17］　蔡莲珍,仇士华. 碳十三测定和古代食谱研究［J］. 考古,1984(10):945-955.

［18］　胡耀武,王昌燧. 分子生物学在科技考古中的应用［M］//中国文物研究所. 文物科技研究(第一辑). 北京:科学出版社,2004:40-47.

［19］　HU Y W, AMBROSE S H, WANG C S, et al. Stable isotopic analysis of human bones from Jiahu site, Henan, China: implications for the transition to agriculture［J］. Journal of Archaeological Science, 2006(33):1319-1330.

［20］　HU Y W, SHANG H, TONG H W, et al. Stable isotope dietary analysis of the Tianyuan 1 early modern human［J］. PNAS, 2009, 106(27):10971-10974.

［21］　MAI H J, YANG Y M, ABUDURESULE I, et al. Characterization of cosmetic sticks at Xiaohe cemetery in early Bronze Age Xinjiang, China［J］. Scientific Report, 2016(6):18939.

［22］　JIANG H E, YANG J, LIANG T J, et al. Palaeoethnobotanical analysis of plant remains discovered in the graveyard of Haihun Marquis, Nanchang, China［J］. Vegetation History and Archaeobotany,

2021(30):119-135.

[23] ZHAO M Y, JIANG H, GRASSA C J, et al. Archaeobotanical studies of the Yanghai cemetery in Turpan, Xinjiang, China [J]. Archaeological and Anthropological Sciences, 2019(11):1143-1153.

[24] 杨益民. 中国有机残留物分析的研究进展及展望 [J]. 人类学学报, 2021, 40(3):535-545.

[25] FU Q M, MEYER M, GAO X, et al. DNA analysis of an early modern human from Tianyuan cave, China [J]. PNAS, 2013, 110(6):2223-2227.

[26] 王昌燧. 科技考古学科发展的思考 [J]. 科学文化评论, 2019, 16(2):18-22.

[27] 王昌燧. 序 [M]//朱君孝. 陶器·技术·文化交流: 以二里头文化为中心的探索. 北京: 中国社会科学出版社, 2020.

[28] YANG Y M. Archaeometry should be based on Archaeology. A comment on Lin et al. (2019) [J]. Journal of Archaeological Science, 2020(119):105149.

[29] YANG Y M, YANG M, WANG C S, et al. Application of micro-CT: a new method for stone drilling research [J]. Microscopy Research and Technique, 2009, 72(4):343-346.

附:

德国马普学会副主席 Herbert Jckle 博士给中国科学院研究生院邓勇书记的信。该信抄报给中国科学院院长、中国科学院研究生院院长白春礼院士和中国科学院研究生院人文学院科技史与科技考古系主任王昌燧教授。

MAX-PLANCK-GESELLSCHAFT
Der Vizepräsident

Max-Planck-Gesellschaft, Postfach 10 10 62, 80054 München

Prof. Dr.
Herbert Jäckle

Max-Planck-Institut für
biophysikalische Chemie
Am Faßberg 11
37077 Göttingen

Tel.: (05 51) 2 01 - 14 83
Fax: (05 51) 2 01 - 17 55
vp-bms@mpg-gv.mpg.de

Prof. DENG Yong
Executive Vice President
Graduate University of the
Chinese Academy of Sciences, CAS
19 A Yuquan Road,
BEIJING 100049
CHINA

July 29. Juli 2008

Dear Prof. Deng,

We have reviewed the joint proposal by the Department of Scientific History and Archaeometry, Graduate University of the CAS, and the Max Planck Institute for Evolutionary Anthropology, Leipzig, for a project to investigate stable isotopes and DNA in Chinese fossils.

I have great pleasure in informing you that the project was confirmed as an official collaboration between the Chinese Academy of Sciences and the Max Planck Society, and as such included into the cooperation agreement between the two organisations.

The financial requirements for the German side (50,000 euros for two years) can be covered by resources set aside for the CAS-MPG cooperation and the Max Planck Institute for Evolutionary Anthropology.

We hope that the Joint Laboratory for the study ancient diet and DNA between the Chinese Academy of Sciences and the Max Planck Society can be set up soon so that both parties can profit from it in a timely manner.

Sincerely,

Herbert Jäckle

cc: Prof. BAI Chunli, Prof. WANG Changsui

Sekretariat des Vizepräsidenten: Kathleen Knobloch, MA. Tel.: +49 (0) 89 / 21 08 - 12 99 oder -12 46, Fax: -12 56
E-Mail: knobloch@mpg-gv.mpg.de, Max-Planck-Gesellschaft zur Förderung der Wissenschaften e.V., Postfach 10 10 62
80084 München, Deutschland

第 5 篇

科学普及篇

　　20世纪五六十年代，社会上十分流行的"学好数理化，走遍天下都不怕"思想，直接导致两个后果，一是大多"有识之士"，即学习成绩优异者涌入理工科；二是学生严重偏科，语文，尤其是作文，相应成绩往往羞于见人。我的情况大抵如此，从小学到高中毕业，作文都在及格线上下，从未得过高分。参加工作后方认识到偏科的危害，于是，在力求甚解的前提下，恶补了文史哲基础知识和写作技巧。皇天不负有心人，数年的努力产生了显著的效果，我的写作水平大大提高。1994年，在《安徽日报》副刊编辑的鼓励下，我在该报第7版上陆续发表了一组介绍科技考古知识的科普小品文。没想到，这组小品文竟然荣获安徽省科普作品二等奖。近期，将这组科学小品文重新阅读了一遍，总体感觉尚可，只是有些观点已经过时，有些甚至存在明显的谬误。为尊重历史，又不至于误导读者，决定将它们原封不动地重新发表，并于适当位置辅以注释、评论或说明，使读者犹如观赏掠影一般,体验我对一些问题的认识过程。

　　除上述一组科普小品文外,这些年来,我还陆续撰写了一些不同专题的科普文章,感觉仍有一定的阅读价值,于是趁此机会将它们一并发表。

一组关于科技考古学的科普小文

1　一门新兴的学科
——科技考古学①

【《安徽日报》副刊编者按】　中国科学技术大学结构分析开放实验室王昌燧副研究员是科技考古专家,他对古铜镜、古陶瓷、古颜料以及古代器皿物件的物质内部结构素有研究,并常涉笔成文。今天发表的这篇文章是他为本专栏撰写的第一篇专稿,今后我们还将陆续发表这一类科学小品,以飨读者。

科技考古学是现代科学技术和考古学日益渗透、结合而产生的新兴学科。它的主要任务是:利用现代科学技术分析研究古代遗存,取得丰富的潜信息,结合考古学方法,以探索人类古代社会的历史。

所谓潜信息,范围极广,但长期以来,时间和空间的信息最受考古学家青睐。1949 年,美国科学家列比建立的放射性碳素测定年代的方法,为考古研究提供了绝对年代标准,使考古学发生了深刻的变化。半个世纪来,测年方法得到了长足的发展。一方面,钾-氩、裂变径迹、热释光及顺磁共振等新方法陆续得以应用与完善,另一方面,加速器质谱的问世,将放射性碳素的测年精度提高至±5 年②,使考古学家产生了撰写古代社会编年史的奢望。然而,每一种测年方法都有各自的研究对象和测年范围,即都有各自的局限性,因此,测年方法和测年对象的研究将永远是科技考古学的重要组成部分。

产地研究同样是科技考古学的重要组成部分。20 世纪 70 年代始,人们利用铅同位素比值法研究古颜料、古铜器和古玻璃(主要是中国的铅钡玻璃),建立起颇为庞大的铅同位素数据库,为它们的矿物来源和相互关系提供了有价值的信息。与此同时,采用 X 射线荧光光谱和中子活化分析等技术,测试古代器物的微量元素,同样可探索其产地信息,这方面的工作以古陶产地研究居多,成果也最显著。

古代遗存的潜信息是全方位的,几乎涉及所有的学科。现在,人们不仅把遥感、遥测技术应用于考古发掘,为其制定可靠的发掘方案,而且将分子生物学的理论和方法引入考古

---

①　原载于 1994 年 1 月 17 日《安徽日报》第 7 版。

②　^{14}C 测年的精度与测年范围有关,加速器质谱^{14}C 测年的精度未来有望优于 β 衰变法,尽管如此,测年精度±5 年至今仍属奢望。

学,通过对古尸人骨核酸和蛋白质的研究,以解开人类生物历史之秘密。可以肯定,科技考古学的兴起和发展,必将有助于发扬光大我国的古老文明,进一步振兴中华民族之精神。

2　神奇的中国古代黑镜①

铜镜是我国古代人民的重要日用品。从公元前约 2000 年齐家文化的两面铜镜算起,到玻璃镜开始流行的清朝止,铜镜沿用近四千年,可谓历史悠久,源远流长。它不仅蕴含着丰富的人文科学内涵,而且凝结着古代工匠的智慧结晶。科技专家发现一类表面黑色的铜镜有着极优良的耐腐蚀性能,这类铜镜通常被称为黑镜,其制作时间一般在唐代或唐代以前。

令人惊叹不已的是,高分辨电子显微镜清晰地揭示出,黑镜表面耐腐蚀层的主要物质是一种颗粒尺度极小的纳米晶体二氧化锡,其表面层的厚度竟达 100 微米以上。人们知道,1984 年,德国格莱特教授等将直径约 6 纳米的铁粒子压成纳米固体后,纳米固体材料便成为国际上物理、化学和材料等领域的研究热点。纳米固体因其颗粒尺寸极小,处于颗粒表层的原子数竟占固体原子总数的 50% 左右,从而使其具有许多奇异性质。

不能认为我国古代工匠会懂得纳米晶体概念,但他们制备出了具有优良耐腐蚀特性的纳米材料,则是确确实实的。何况迄今为止,现代科技还不能制备出如此厚的纳米材料膜②。

人们在赞叹古代人民的聪明才智时,自然会问这种纳米材料究竟是与材料的制备或表面处理技术有关,还是一两千年来自然环境的"腐蚀"或影响的结果?大多数科技专家持第二种观点。他们的理由似乎还是充分的。即,黑镜制作之初,应是"银白"色。这样,照镜子的效果显然比黑镜要好。考古、文物专家发现了不少枚古镜,其表面由"银白"、黑或绿色组成。颜色的分布完全随机,显然是自然"腐蚀"的结果。

我们认为,黑镜表层纳米晶体的形成,固然与自然环境有关,但制备、加工工艺的作用也绝不可忽视,否则,不同种类的黑镜在外观、耐腐蚀性能以及在制作时间上,不可能有明显的界线。因此,中国古代黑镜的耐腐蚀机理和制备工艺,是一个值得认真探索的课题。

3　^{14}C 年代学进展③④

交叉学科最容易出成果,而且往往是大成果。^{14}C 年代学就是这样一个交叉学科。美国科学家列比原是从事宇宙射线、宇宙射线中子和中子核反应的专家,然而,他却早已将^{14}C 衰

---

① 　原载于 1994 年 1 月 24 日《安徽日报》第 7 版。
② 　近二十年来,纳米技术得到飞速的发展,如今,已可制备任意厚度的纳米膜。
③ 　原载于 1994 年 1 月 31 日《安徽日报》第 7 版。
④ 　原文为^{14}C 测年学,现改为学术界公认的^{14}C 年代学。

变与年代测量联在一起构思，并最终建立了 ^{14}C 测年方法。列比的这一成就，改变了以往只能判断考古学文化先后时序的状况，为考古学文化提供了可靠的绝对年龄，使考古研究进入到一个新的阶段。

碳的同位素有多种，其中的 ^{14}C 产生于宇宙射线中子与大气中 ^{14}N 的核反应。大气中 $^{14}CO_2$ 经光合作用进入植物，并可随植物进入动物体内。对于活的生物体而言，其体内的 ^{14}C 浓度与大气中的浓度平衡。然而生物一旦死亡，其与大气中的碳便终止交换。从这时起，^{14}C 便只能按衰变规律减少。根据 ^{14}C 减少的程度以推算生物死亡的时间，就是 ^{14}C 测年赖以应用的理论基础。考虑到树木年轮忠实地记录了当时大气中 ^{14}C 的浓度，因此，通过树木年轮校正，可得到待测标本的真实年代。相对而言，^{14}C 测年的精度最高，其测年范围也最适用于考古学[①]，可测年的上限为 7 万年，并可望延至 10 万年。

我国的 ^{14}C 测年工作始于 20 世纪 60 年代。那时，在夏鼐、刘东生教授的直接领导下，仇士华、蔡莲珍教授依靠自己的力量，于 1965 年建成了我国第一个 ^{14}C 年代测定实验室。现在，我国约有 ^{14}C 实验室 50 个，积累测试数据近万个，可谓成果累累，人才济济。

仇士华、蔡莲珍夫妇为我国 ^{14}C 年代学的发展奋斗了近五十年，作出了卓越的贡献。除发表了大量数据外，他们还根据木炭含 ^{14}C 而煤不含 ^{14}C，从古代铁器中提取碳，测 ^{14}C 的含量，发现我国至迟在宋代就开始用木炭来冶铁。近年来，他们用加速器质谱测试分析龙烟铁矿区近南堡古炼铁遗址内炉渣中的 ^{14}C，判定该遗址原属辽金时代，为改写外国人最先发现龙烟铁矿的历史提供了有力的实验依据。

4　判断陶器年龄和文物真伪的热释光技术[②]

陶器是新石器时期遗址内的主要实物遗存，它蕴藏着丰富的信息。考古学家根据陶器残片的地层和器型可以科学地判断不同陶器的先后时序，放射性碳素分析可得到陶片所在地层的绝对年龄，这样，似乎了解陶器的年龄不存在任何问题了。然而事实并非如此简单。一方面在相应地层内不一定能取到供放射性碳素测年用的有机物样品，另一方面放射性碳素测得的年代往往早于遗址的年代，因此，发掘陶片自身携带的时间信息便显得十分必要了。

1960 年，美国加州大学的肯尼迪和诺帕夫教授首次提出热释光断代的设想后，牛津大学的艾特肯教授紧随其后，将设想变成了现实。

物理研究指出，绝缘结晶固体经放射性照射将发生电离，形成电子和空穴。晶格缺陷捕获这些电子和空穴后，可将一部分能量长期贮存在固体内。时间愈久，贮存的能量愈丰。陶器本身就是绝缘晶体，其在烧成过程中将释放原先存贮的所有能量。因此，现今测试的热释光总量即为陶器烧成后重新贮存的能量总和。考虑到热释光灵敏度和自然辐射年剂量诸因素的影响，便可计算出陶器的烧制年代。

---

① 准确地说，^{14}C 测年的测年范围最适用于新石器时代和历史时期考古学。
② 原载 1994 年 2 月 14 日《安徽日报》第 7 版。

上海博物馆的王维达教授最早将热释光断代技术应用于我国的考古研究。1975 年以来,王教授等致力于热释光的测试和研究,取得了丰硕成果。他们采用超薄型热释光剂量片,成功地测出了陶器内的 α 射线年剂量,解决了艾特肯教授长期未能解决的难题。

热释光测年技术有许多长处,如测年范围可达数十万年等,但也有短处,它的测量误差较大,然而,用热释光技术来鉴别文物的真伪却是简便有效的。近来,河南省大量陶俑流入北京文物市场,这些陶俑是真是假,连专家也不能判别。于是,国家文物局和中国历史博物馆的领导想到了王维达教授。王教授测试后下了结论,个别为真,大多为伪。这时,再经考古、文物专家鉴定,大家一致叹服热释光技术的权威。

5　从秦陵探秘谈起[①]

秦陵兵马俑坑的重见天日,使秦陵赫然列入"世界人类历史文化遗产清单"。为此,众多的考古学家和科学家纷至沓来,揭示出秦陵的一系列奥秘。他们披露的秦陵周密的排水体系,使世人惊叹不已,而他们宣布的秦陵地宫基本完好的结论,则使国人欢欣鼓舞。

显然,秦陵探秘并不是直接为了发掘,但整个探秘与考古勘查完全相同,除地质雷达外,几乎运用了考古勘查的所有手段和技术,其中自然包括航空遥感技术。

遥感技术对大面积考古遗址的探测特别有效。1929 年,查理·林德伯格飞越查科峡谷时,曾拍了一些黑白照片。十几年后,人们再次分析这些照片时,竟依稀可见一条横穿沙漠的直线,并由此联想到奥阿萨孜古道。这一信息激发起考古学家托马斯·L. 塞弗博士的热情,这位应用遥感技术的先驱,携带可探测若干热红外波长的传感器,乘小型飞机又一次飞越峡谷。他所携带的传感器可根据沙漠、耕地、植被及各种岩石表面温度的微小差别,判断出普通摄像机看不到的内容。皇天不负有心人,塞弗博士最终证实了奥阿萨孜古道的存在。

我省的考古学家十分重视遥感技术在考古勘查工作中的应用。早在 20 世纪 70 年代,滁州地区文物保护科研所原所长刘乐山先生等根据南京军区提供的航空照片,结合实地调查和勘探,成功地判译出明朝中都皇城、禁垣和外城遗址的位置和走向,并找到了皇陵三道围墙以及皇城内金水河的具体位置。刘乐山先生等的一系列考古勘查工作在当时的考古界有着一定的影响,并因此获得文化部科研成果奖。

1987 年,安徽省文物考古研究所的丁邦钧(现为安徽省博物馆副馆长)、李德文等先生和安徽省地矿局遥感站的杨则东先生合作,在文献分析和实地调查的基础上,通过遥感图像解译,较精确地划定了楚国晚期都城寿春城城郭的位置和范围,并初步描绘出城市布局以及城内水道与城外河流之间的联系。这项遥感技术应用于考古勘查的成果,至今仍受到国内同行的好评。

---

① 原载于 1994 年 3 月 21 日《安徽日报》第 7 版。

6　漫谈地球物理考古勘查①

凡事预则立、不预则废。医生看病,必须先询问病情,做些必要的检查,才能对症下药,手到病除;考古发掘,也必须先进行考古勘查,弄清地下文物的埋藏情况,才能制定合理的方案,进行有效的发掘。

随着科学技术的发展,考古勘查的技术、方法和手段也得到了长足的改进。除遥感技术外,兴起于 20 世纪 50 年代的地球物理勘探技术尤为重要。人们发现,经火加热过的土壤、石头、陶器、陶窑、腐烂的有机物质、人工翻动或夯击的沟壑和道路等一切与人类活动有关的物质,都会或大或小地影响其周围地表的电磁性质,所谓地球物理考古勘查,就是利用高精度仪器探测这些微弱信号,以分析地下遗迹的分布情况。

20 世纪 60 年代以来,随着高精度磁性、电阻和电磁测量仪器的发展,这一技术日臻成熟。1965 年前后,在英国林肯郡的查根拜村——一个罗马铁器时代遗址的所在地,人们为了获取较多的铁器时代居民的活动信息,便采用质子绝对磁强计并配以质子梯度计,在较大范围内进行考古勘查。经分析认为,在线性区域呈正向异常磁性的地下对应着沟壑,在线性区域呈反向异常磁性的地下则对应着石砌道路,而在块状区域呈反向异常磁性的地下则对应着倒塌建筑物的废石堆。后来的发掘证明,上述的勘测和分析是十分正确的。地球物理考古勘查在查根拜村和其他遗址的成功应用,对整个考古勘查产生了深远的影响。

地球物理考古勘查在我国应用较晚,也不够普及。20 世纪 70 年代,安徽省刘乐山先生等曾利用精度颇差的仪器进行考古勘查,推断出北宋东京一段残墙的形状、走向和掩埋深度,可算是我国早期应用的一个实证。近年来,中国地质大学的阎桂林先生、河南省文物研究所原所长郝本性研究员等采用精度高、性能全的 MP-4 型质子磁力仪做了一系列考古勘查工作,取得了可喜的成绩。例如,他们有效地勘查了河南省新郑某处的古墓葬,甚至清楚地勾绘出其中一些墓葬的形态和细节。他们的工作表明,地球物理考古勘查技术在我国是大有作为的。

7　环境与考古(上)②

人类起源于地球而非太阳和其他星球,是因为唯有地球上的环境适应人类的生存和发展。与其他动物相比,人类较容易适应环境的变迁,并具有改造自然和改变环境的能力。尽管如此,环境对人类行为规范的制约作用是不可忽视的。且不说外国人和中国人,少数民族和汉族之间的区别,就是汉人本身,不同地区的人都带有不同环境的烙印。所谓一方水土养

---

① 　原载于 1994 年 4 月 4 日《安徽日报》第 7 版。
② 　原载于 1994 年 5 月 2 日《安徽日报》第 7 版。

一方人,讲的就是这个道理。

国外考古界早就开始探讨古代自然环境与考古学文化的相互关系。20 世纪 30 年代中期,英国伦敦的考古研究所成立环境考古部,开了环境考古研究的先河,然而直到第二次世界大战结束,环境考古的影响仍很有限。1954 年,英国考古学家克拉克再次率先开展人类与环境的研究,自此,环境考古便逐渐成为考古学的重要组成部分。近二三十年,环境考古学作为一门学科发展迅速,有关研究已贯穿考古调查设计、野外调查和发掘、实验室分析以及古代社会解释的全过程。

早在 1923 年,我国著名科学家李四光教授就精辟地阐述了环境对人类不可抗拒的影响。1990 年,在苏秉琦、刘东生、贾兰坡和石兴邦等老一辈地质学家和考古学家的关心和支持下,中国科学院地质研究所周昆叔教授和中国历史博物馆、陕西省考古研究所等单位发起召开了中国环境考古学术讨论会,周昆叔教授在会上发表论文指出,环境考古的研究包括人类形成以来整个第四纪时期与人类有关的环境问题。旧石器时代,环境考古基本考察人与自然的关系;历史时代,一方面人类与自然的关系十分复杂,另一方面历史记载也较为翔实,故环境考古不占明显优势;唯新石器时代将人类与自然环境的关系作为考古研究的重点,环境考古可充分显示其解决问题的能力。翌年,科学出版社将会议的大部分论文汇集成《环境考古研究(第一辑)》,该书的出版,标志着我国环境考古学进入到一个新的时期。

8　环境与考古(下)[①]

利用环境科学的理论、方法和技术进行考古研究的学科,称作环境考古学。环境考古主要为古气候、古地理和古生物的研究,其中以古气候的研究为主导。

孢粉分析是研究古代植被和古代气候的有效方法。种子植物所散放的花粉和低等植物散放的孢子具有体积小、数量多、形态各异的特点,散放的孢粉可随风吹水流迁移,然后埋藏于土层中。由于孢粉能长期保存,因此它可再现古代的信息。这样,通过对孢粉的分析,便可能恢复当时的植被和气候环境。

一般说来,用于碳十四年代校正的树木年轮还与降雨量密切相关,因此,研究树木年轮也可望重建古气候。此外,一些非海洋性软体动物、脊椎动物和古植被等都是特定气候的产物,因而都可作为气候研究的对象。周昆叔教授等根据孢粉和古生物分析,进一步证明从公元前 7500—公元前 2500 年,我国气候温暖,大多数沿海平原和河口地区都出现过海侵。而公元前 2500 年之后,气候变得凉爽干燥,北方沼泽逐渐消亡,黄河中游地区的黄土堆积加快。汉代以后,随着古湖和沼泽转化为良田,人们逐渐从高地迁徙到低处的肥沃区域,使生产得到了发展,人口得到了增长。上海和天津成为我国的经济重镇,与这一变化有着密切的联系。

地貌研究,包括遗址的地理位置、地表形态、河流水系和阶地类型等,也属于环境研究的范畴。华东师范大学的谈三平老师通过对宁(南京)镇(镇江)地区台形遗址聚落分布的细致

分析,发现先民为了防洪防潮,将房屋建筑在人工垒起的土台上,形成所谓的宁镇地区台形遗址。与此同时,他还根据台形遗址在坡麓阶地、江河水边和河网平原等处的不同分布数量,推断出当时的先民从山地向平地过渡居住的倾向。

　　1991 年,中国历史博物馆俞伟超馆长倡导的渑池县班村遗址综合考古,特别重视古环境的研究。考古界期待着这种多学科有机结合的考古研究,取得丰硕的成果。

9　古陶器内的世界[①]

　　陶器发明是人类文明发展史上的一个里程碑,它是人类不自觉地利用物理和化学知识制备出的第一种自然界不存在的新物质。是陶器的发明改变了人类的生活方式,还是人类生活方式的改变而使陶器应运而生? 对于这个问题,人们至今莫衷一是[②]。

　　陶器不仅和竹木器一样,可以盛放水和液体食物,而且能耐高温,是人类最早的烹饪器。正是陶质烹饪器的问世,人们才能吃上煮熟的食物,其中包括蔬菜和粮食。这不仅极大地拓宽了食物品种,有效地增加了人体营养,而且在很大程度上改变了人类的生活习惯,从而使人更加健康,更为聪明。在这个意义上讲,陶器发明的重要性远胜于青铜器和铁器的发明。

　　陶器发明的意义虽大,但难度并不大。世界各地所有文明发源地的新石器时代几乎都发明了制陶术,便是一个有说服力的证据。我以为,人类对火的利用必然会导致陶器的发明,因而赞赏这种有关陶器发明的推测:早在陶器发明之前,人们便学会了用枝条编织生活容器。可能是为了使其致密无缝并耐高温,也可能纯属偶然,容器内外被抹了一层黏土。这种容器一旦被火烘烤,木质部分就可能被烧毁,而黏土部分不仅安然无恙,而且变得坚硬结实。这一事实足以启迪人的聪明才智去研制陶器。

　　陶器发明的难度不大,但制陶工艺的发展过程却令人惊叹不已。我国是制作陶器最早的国家,陶器的演化过程也最为完整。从一万年前手捏造型、篝火烧制的原始陶器,经红陶、彩陶、黑陶、白陶到硬陶和釉陶,可谓品种齐全,发展清晰。显然,这些古陶器除反映着当时的工艺水平和经济生产面貌外,其外形和风格还反映着古代社会的风俗和习惯。在文字发明前的新石器时代考古中,陶器成了主要的研究对象,成为确定考古学文化的主要依据。小小陶片,竟蕴含着大千世界,难怪它成为科技考古的主要研究对象之一。

10　古陶产地溯源(一)[③]

　　古陶内蕴含丰富的考古信息,其中最重要的当为时间和空间,在介绍热释光技术时曾阐

---

①　原载于 1994 年 5 月 30 日《安徽日报》第 7 版。

②　陶器的发明显著提升了先民的生活质量,然而如今发现,陶器起源于旧石器时代晚期,似乎缺乏陶器源自人类生活方式改变的证据。

③　原载于 1994 年 6 月 13 日《安徽日报》第 7 版。

述过有关古陶时间的研究,这里旨在介绍与古陶空间,即产地有关的研究。

古陶产地研究包括两方面的内容:黏土矿物产地和古陶生产区域。由于新石器时代的交通极不便利,而制作古陶的矿物原料又比比皆是,因此古陶制作一般说来是就地取材。已故的中国科学院院士周仁教授是我国著名的古陶瓷专家,他领导的古陶瓷研究组曾先后对黄河流域新石器时代和殷周时代的陶片进行过科学研究,结果发现,除个别陶片外,绝大多数灰陶、红陶的化学成分和红土、沉积土、黑土及其他黏土十分相近,而和普通黄土明显不同,即它们的氧化钙含量比普通黄土低得多,而三氧化二铁含量则比较高。考虑到四五千年来,黄河流域一带的地质情况没有太大变化,周仁教授等认为,该地区在新石器时代和殷周时代用以制陶的原料不是遍地皆是的耕土或普通黄土,而是凭经验就地选择的红土和沉积土等。

结构成分分析指出,陶器黏土原料的主要组成是长石、石英和蒙脱石等。不同地区黏土的地质条件不同,其长石、石英和蒙脱石等成分和含量也不相同。既然陶器制作是就地选材[①],那么结合考古器型学和地质环境分析,利用现代科学技术对古陶片进行测试研究,根据统计规律,相同陶片的密集地区,就可判定为古代陶器可能的生产中心,而无须找到古窑址和黏土矿源,事实上也很难找到这些古窑址和黏土矿源。这就大大简化了古陶产地研究的难度。

目前,用于分析古陶产地的现代分析方法大体分为两类:微量元素分析和矿物学分析。微量元素分析从以前的湿化学分析发展到 X 射线荧光光谱和中子活化分析,而矿物学分析主要包括岩相分析和长石定量分析等。这些方法各有千秋,常常根据具体情况选择应用。

11　古陶产地溯源(二)[②]

1895 年德国物理学家伦琴发现 X 射线后,科学界掀起了 X 射线研究热,有力地推动了众多科学技术领域的发展。1913 年英国科学家莫塞莱研究指出,X 射线谱线波长与原子序数之间存在着一定的关系。之后的研究进一步探明,高能粒子(如电子、X 射线光子等)轰击物质时,可以将物质原子内层能级上的电子打出,这时,外层能级上的电子就会向内层能级跃迁,并将多余的能量以 X 射线光子的形式释放。这种 X 射线光子的能量等于电子跃迁前后的能量差,它决定于原子自身的电子结构。通常将这种光子称作 X 射线荧光,其形成的光谱称作特征 X 射线谱,或 X 射线荧光光谱。不同元素原子有着不同的特征 X 射线谱,这样,通过分析标样和待测物质的特征 X 射线谱,就能够得到待测物质元素的定量组成。

一般说来,同一地区生产的古陶,其成分数据都有一个分布,即使同一件陶器从不同位置上取下的样品,它们的成分数据也不会绝对相同,因此,在古陶产地研究中,统计方法就显得十分重要,相对说来,测试的数据越多,规律越易捋明,结论也越可靠。尽管古陶产地研究

---

① 虽然制作陶器的黏土"比比皆是",但并非所有泥土都可制作陶器,从这一点讲,我建议将陶器原料就地取土,改为就地选土。

② 原载于 1994 年 6 月 27 日《安徽日报》第 7 版。

的工作很多,但在上述意义上给我印象最深的是日本奈良教育学院三辻利一教授的工作。三辻教授原修地质,对地质学,特别是岩石学造诣很深,已出版多本岩石学研究方法的专著。正是这一知识背景,使他敢于大大简化古陶 X 射线荧光分析的内容,将数十个分析元素简化为 7 个,甚至仅钾、钙、铷和锶四个元素。他指出,这四种元素与黏土母岩的关系最为密切,其含量基本可代表古陶的产地特征。三辻教授一个人,带着四五个大学生,利用一台性能良好的 X 射线荧光光谱仪和自制的制样机,对日本全国近千个须惠器窑址出土的 60000 多个古陶器残片逐个进行了测试分析,给出了日本大部分地区古陶成分数据的分布规律。

由于种种条件的限制,我国至今尚未有人进行如此繁重、系统而有意义的工作。最近,中国文物研究所、上海博物馆和北京大学考古系都进口了 X 射线荧光光谱仪,一改我国文物考古部门缺少先进设备的现状[1]。由此可以肯定,我国古陶产地研究工作将会走上一个新的台阶。

12 古陶产地溯源(三)[2]

1920 年,著名的英国物理学家卢瑟福提出原子核中存在中子的假说,直到 1932 年才被他的学生查德威克借助云室的探测证实。由于中子不带电,较易进入原子核,使之产生核反应,因此,它的发现,有力地推动了核反应研究的进展,最终导致了核能的应用。与用于战争的原子弹相反,中子活化分析是核反应造福人类的一个范例。

利用中子轰击待测物质的原子核,使之发生核反应,成为具有放射性的新核,这种"活化"了的新核衰变时将产生缓发辐射,通过测定核素的半衰期、能量以及辐射强度,便可对待测样品的元素组成进行定性或定量分析,这就是所谓的中子活化分析。中子活化分析最早于 1936 年由匈牙利放射化学家赫维西和利瓦伊提出,1938 年,西博格等便进行了带电粒子活化分析。早期的分析,由于没有强辐射源和理想探测设备,必须采用放射化学分离技术除去放射性核素的干扰,这种方法称为放化中子活化分析。如今,具有高通量中子辐射的反应堆、高分辨率的锂漂移锗半导体探测器和电子计算机的问世和应用,使人们无须进行放化分离,便可高灵敏度地同时测定多种元素的含量,这就是通常所说的仪器中子活化分析方法。

仪器中子活化分析方法在考古学中应用很广,其中陶器产地研究占有相当的比例。美国阿坝斯卡尔等关于墨西哥陶俑和陶器的研究便是一个颇有趣味的例证。根据中子活化分析的结果,他们发现,梯厄帖华肯遗址出土的陶俑、陶器和陶片具有相同的元素组成,而该地区的 10 件奥克萨风格陶器,仅一件与奥克萨地区的元素组成一致,其余九件的成分数据均与当地陶器数据相吻合。这样,他们认为,梯厄帖华肯地区的陶工完全掌握了奥克萨地区陶器的风格和工艺,这一事实表明上述两地区的文化交流源远流长。

我国运用中子活化分析技术研究古陶产地的工作尚不多见,但最近北京大学考古系陈

---

[1] 近三十年来,我国古陶瓷产地研究得到飞速的发展,新的研究方法业已涉及同位素比值分析等,而研究成果则几乎覆盖古陶瓷的所有领域。

[2] 原载于 1994 年 7 月 25 日《安徽日报》第 7 版。

铁梅教授关于商代原始青瓷产地的研究十分精彩,得到国内外专家的好评。陈教授发现,我国河南郑州商城、湖北盘龙城和江西吴城等地出土的商代原始青瓷,它们的化学成分皆基本相同,这一成分与吴城出土的商代陶器相同而与其他遗址商代陶器元素组成相异。于是他认为,这一结果有力地支持了这样一个观点,即上述诸多地区的商代原始青瓷皆产于江西吴城[①]。

13　古陶产地溯源(四)[②]

土壤形成通常经过两个过程:岩石风化过程和成土过程。地壳表面的岩石在大气、水和生物等外力的长期联合作用下发生破坏和化学分解,形成土壤母质,称为岩石的风化过程;而生物参与作用后产生有机质和氮素养分,使母质逐渐转变为土壤,称为成土过程。岩石所携带的微量元素在风化、成土和陶器烧成过程中基本不与外界交换,这一点成为根据元素含量探索古陶产地的理论依据,而土壤中保留的母岩"残骸",特别是种类繁多的长石(地壳中分布最广的火成岩矿物,是陶瓷工业的原料),则成为利用物相或岩相分析,追踪古陶产地的线索。

1989 年,安徽省文物考古研究所张敬国副研究员建议我们中国科学技术大学结构中心做一些古陶产地溯源的研究工作,为此,他向我们阐述了这一课题的重要性和国内的研究现状。经过认真考虑,我们决定采用 X 射线增量法测定古陶内长石的种类和含量,进而探索古陶的产地[③]。不难理解,X 射线照射晶态物质时会产生衍射现象,原则上讲,在一定的衍射几何条件下,不同结构的晶态物质,其特征 X 射线的衍射谱图皆不相同,这些衍射峰的强度与相应晶态物质的含量存在着一定的联系,因此,设计合理的实验步骤,便可计算出古陶内不同长石的含量。

著名考古学家,原北京大学考古系主任严文明教授对我们的工作十分注意和关心,在我们取得初步成果后,他建议我们对江苏省新沂县花厅遗址的新石器时代陶器进行研究。花厅遗址地处大汶口文化区域的南部边界,与江苏南部和浙江北部的良渚文化区域有着明显的距离,然而花厅发掘出土的陶器,却明显分属于大汶口文化和良渚文化两种类型[④]。目前,这种现象在我国是唯一存在的。显然,花厅遗址陶器产地的研究有着特殊的意义,它可望对两种文化交流的性质提供重要的佐证。这一研究得到了南京博物院考古部及日本帝京

[①]　本世纪以来,我开始探索我国原始瓷的产地,逐渐认识到,原始瓷的胎料为瓷土或高岭土,陶器的胎料多为易熔黏土,两者有质的不同,不能用作原始瓷与陶器产地相同或不同的判据。如今,我们团队建立了器类组合、器型以及色度、微量元素和岩相等综合分析的方法,分析了数百枚原始瓷残片样品,得出了有利于我国南北方都有原始瓷生产的初步结论。

[②]　原载于 1994 年 8 月 22 日《安徽日报》第 7 版。

[③]　采用 X 射线增量法定量分析花厅出土陶器的产地,其步骤繁琐,记录和计算特别费时费力,后已弃之不用。尽管如此,该方法完全是我们的原创,并获得了重要成果,由此可以说,它在我国古陶瓷产地研究领域有着特殊的意义。

[④]　后来的考古发现中,上海广富林遗址也具有类似的性质。

大学山梨文化财研究所专家的密切合作,根据 X 射线增量法和岩相法分析,我们倾向于不同文化类型的陶器生产于各自的文化区域,显然,这一倾向支持了两种文化交流时间不太长的观点。

14　商周青釉器是陶还是瓷[①]

陶和瓷的许多相同之处,使它们属于同一学科。然而陶毕竟不同于瓷,两者的界线应该是非常清楚的。陶器和瓷器同源还是异源等有关陶瓷关系的讨论,是考古界和陶瓷界长期以来十分关心的课题。科学技术应用于古陶瓷研究后,对许多问题都给出了定量的解答,使认识趋于一致。

商周时代的青釉器是陶,还是瓷,是专家们争论的焦点,多数学者称之为原始瓷。为此,著名古陶瓷专家、中国科学院上海硅酸盐研究所李家治教授对收集和积累的数百个陶器和瓷器胎的化学组成数据进行了潜心研究,明确指出,商周时代的青釉器是从陶到瓷的中间阶段,为原始瓷的命名提供了科学依据。原来,陶瓷的主要区别之一是两者使用的原料不同,陶器使用的原料主要是易熔黏土,瓷器则为高岭土或瓷土。两者虽都为“土”,其内涵却截然不同,这中间的关系就好像鸡蛋和鸭蛋一样。相对于瓷器而言,陶胎的二氧化硅含量较高,通常在 70% 左右,起助熔作用的氧化钙和氧化镁含量较高,一般达到 3% 以上,而商周时代青釉器的胎则具有和瓷器十分相近的二氧化硅、氧化钙和氧化镁含量[②]。这些数据令人信服地表明,青釉器与陶器在组成上有一个突变,存在着本质上的差别,而与瓷器的组成则十分接近,没有明显的不同,因而这种青釉器在本质上已不是陶器,不应称为釉陶,它是一种与瓷器非常接近的原始瓷[③]。李家治教授的这一成果不仅引起我国考古界和陶瓷界的关心和重视,而且得到了国际著名古陶瓷专家、日本大阪大学山崎一雄教授的高度评价。

李家治教授是李鸿章之后[④],他十分关心我省的科学研究和经济建设,为凤阳等地的工业生产作出过重要的贡献。

15　瓷釉的种类[⑤]

众所周知,瓷器是我国古代重要发明之一,然而瓷器发明于何时,却长期争论不休,难以取得一致的意见。究其原因,一是争论各方依据的标准大相径庭,二是缺乏科学的测试分析。中国科学院上海硅酸盐研究所李家治教授根据陶和瓷在物化性能和显微结构方面的科

[①]　原载于 1994 年 10 月 17 日《安徽日报》第 7 版。

[②]　陶胎和瓷胎的二氧化硅含量颇为复杂,值得认真探讨。

[③]　笔者对陶、瓷概念提出了全新的认识,详见《科技考古进展》,北京:科学出版社,2013 年。

[④]　李家治教授虽非李鸿章嫡传子孙,但其祖上曾过继给李鸿章一脉。

[⑤]　原载于 1994 年 10 月 31 日《安徽日报》第 7 版。

学标准,全面认真地分析研究了浙江上虞小仙坛东汉越窑出土的青釉印纹罍瓷片,令人信服地指出,我国的瓷器起源不晚于东汉晚期。李教授的工作一锤定音,给瓷器起源画了个句号①。

与陶器相比,瓷器的工艺复杂多了,尤其是瓷釉,可谓五彩缤纷、变幻莫测,令世人叹为观止。李家治教授等经过多年的深入探索,发现种类繁多,复杂异常的中国古瓷釉,如按显微结构分类,其实也不过四大类,即玻璃釉、析晶釉、分相釉和分相析晶釉。

(1)玻璃釉。邢窑、巩窑、定窑等白瓷釉和景德镇青白瓷釉以及浙江上虞一带东汉至西晋的越窑釉皆属玻璃釉。这类釉内几乎不含任何未熔物、气泡和析晶相,也不存在两液分相现象。

(2)析晶釉。这类釉乳浊如玉,以南宋官窑、龙泉哥窑以及部分汝窑瓷釉为代表。这类釉在烧成过程中析出大量数微米尺寸的钙长石针晶,正是这些针晶对入射光的散射作用,才使釉具有乳浊如玉的效果。

(3)分相釉。中国科学院上海硅酸盐研究所的陈显求教授等经过十多年的认真探索,证实瓷釉液相的不混溶性是一种普遍现象。陈教授等的研究,否定了氧化钴是使钧瓷发蓝色的原因,证实了钧瓷釉是分相釉,它的发蓝和晴日天空发蓝相似,是分相液滴对短波长蓝光的散射强度远大于红光的结果。

(4)分相析晶釉。陈教授等还发现,福建建窑生产的“建盏”釉是一种分相析晶釉②。这种釉经液相分离后,某一组分会在液滴相内富集而析出,析出的晶体如排列整齐,就会形成许多能反光的镜面,产生各种不同的兔毫效果。

中国科学院上海硅酸盐研究所专家的成果,奠定了古瓷研究的基础,使中国古陶瓷研究的水平和中国古陶瓷一样,达到了国际领先的地位。

---

① 我国青瓷起源,近来我们提出了新观点,有兴趣者可参考论文《“原始瓷器”概念与青瓷起源再探讨》,选自《考古》2014年第9期第86-92页,以及"The definition and origin of celadon: a re-discussion on the name of proto-celadon",选自 *Journal of Archaeological Science: Reports*,2022(46):103687。
② 我们和硅酸盐研究所的合作研究指出,汝瓷的瓷釉也属于分相析晶釉。

科技与文物[①②]

你见过描绘极光现象的古代绘画吗？你知道北京天坛的回音壁、三音石和圜丘吗？你一定听说过李时珍的《本草纲目》和宋应星的《天工开物》吧！这些古代的绘画、建筑和书籍等都是文物，它们都体现着或反映了我国古代人民的科学技术水平。显然，属于这一类的文物还可以列出许许多多。研究这类文物或研究它们提供的资料，进而揭示古代科学技术史，这是人们较为熟悉的文物与科技之间的一种联系。

自然科学技术的发展，反过来深化了文物研究，这是科技与文物的又一种联系。首先，现代科技可以揭示出事物本身携带的潜在信息。自然科学愈发达，揭示的信息将愈丰富、愈全面，文物研究的价值亦将愈高。在这些信息中，最重要的当算年代信息，其次为结构成分数据。现在，大多数考古学家在考古发掘时，除按层位和器型来判断出土文物的年代外，往往十分注意采集合适样品，请有关专家用 ^{14}C、热释光或顺磁共振等技术来测定年代，与此同时，也非常希望得到来自 X 射线荧光、X 射线衍射、电镜、穆斯堡尔谱等测试手段的数据。毫无疑问，这些数据使文物研究更加深入、更为可靠。

其次，各类文物都有一个保护的问题。文物保护不善，就会过早毁坏，而使文物研究成为一句空话。显然，要解决文物保护问题，唯有依靠科学技术。这里以我们的工作为例来说明这一问题。大家知道，粉状锈是青铜器的大忌，被称为青铜文物的癌症。经过研究，我们发现，粉状锈属晶间腐蚀类型，即腐蚀沿青铜合金中 α 晶粒之间的 $\alpha+\delta$ 共析体向基体内部深入。当 α 晶粒间的结合力被破坏殆尽时，青铜文物就会散成一堆。在研究粉状锈的生成机理时发现碱性环境有利于抑制粉状锈的生成和发展，而酸性气氛，特别是有氯离子存在的潮湿环境会加剧粉状锈的恶性循环。不言而喻，这些研究对粉状锈的防护是有意义的，而这些研究完全属于自然科学范畴。

文物有许多值得探讨的物理化学性能，研究这一类问题，同样要有自然科学知识和现代测试技术。我国古铜镜中最珍贵的品种"黑漆古"铜镜具有良好的耐腐蚀性能。半个多世纪来，人们一直试图解开它的耐腐蚀之谜，以便复制出这一艺术瑰宝，并利用这一工艺来包装核废料，防止核污染。与国外学者一样，我们也发现"黑漆古"铜镜表面的过渡层由具有锡石结构的 $Sn_{1-x}Cu_xO_2$ 和 δ 铜锡合金相组成。通常 $Sn_{1-x}Cu_xO_2$ 是耐腐蚀的，而 δ 铜锡合金却不能很好地耐腐蚀，甚至不如 α 铜锡合金耐腐蚀。为什么这两种物质合在一起竟有了良好的耐腐蚀性能呢？我们近来的研究发现，这两种物质的相界上存在着重合位置点阵结构，即两者界面上的部分原子有着相同的排列和周期性，δ 铜锡合金的界面上大约有二分之一的原

---

①　原载于《文物天地》，1991(4)：18-19。

②　本文作者为王昌燧和范崇政。

子与 $Sn_{1-x}Cu_xO_2$ 共享。金属理论和具体计算都表明这种结构具有良好的耐腐蚀性能[①]。相近的例子还有许许多多，如编钟的音频特征、刻漏的计时精度、鱼洗的喷水原理等等，这里不一一介绍了。这一类工作往往都是在考古、文物专家的配合下，由自然科学研究人员完成的。

考古学家和科技专家切磋交流，通过文物研究，以解决或帮助解决考古学问题，同样体现着科学技术深化文物研究的关系。大家知道，长石是陶器的主要成分之一。不同的地质条件、不同的热状态会形成不同种类的长石。这意味着陶器中长石的种类和含量与其陶土原料的产地有关。我们的研究证实了两者之间确实存在着一定的关系。最近，严文明先生告诉我们，江苏新沂县花厅村数年前出土了大批墓葬陶器，该村属大汶口文化区域，然而这批陶器的类型，既有大汶口文化的，又有良渚文化的。严先生认为，这可能是良渚人远征到这里打败大汶口人的结果。为此，我们将和严先生合作，通过长石种类和含量的分析，结合考古学研究，以探讨这两类陶器的产地，看一看研究结果能否成为严先生推测的佐证[②]。与此类似的例子不胜枚举，例如利用炉渣分析判断炼铜工艺，根据铅同位素比值分析研究铅矿来源问题等等。

文物体现着或反映了古代社会的科学技术水平，科学技术不仅可用于文物保护，而且可深化文物研究，甚至可解决或帮助解决考古学的一些课题，这表明文物与科技之间的日益渗透和结合是必然的。希望更多的科技工作者来关心文物研究，也希望更多的文物工作者注意文物的科技内容。可以肯定，这种结合是大有可为的。

---

① 之后的研究发现，"黑漆古"铜镜的表层纳米膜是有历史见证的最佳防腐材料。
② 多种方法分析的结论皆支持严先生的战争掠夺说。

双墩刻画符号：中国文字的起源？^{①②}

众所周知，文字的出现是文明时代的重要标志之一，文字的起源和发展与文明的起源和发展密切相关。多年来，国际学术界认为，与埃及、两河流域等世界文明古国或地区相比，中华文明在古文字方面有所逊色。因此，认真研究和分析中国文字的起源，直接关系到中华文明的整体形象。

我国殷墟的甲骨文是一种十分成熟的文字，这一点已毫无异议。然而，我们以为，与其说殷墟甲骨文代表着中国文字的成熟，不如说其反映着文字载体的突然改变。众所周知，殷商国王十分重视记录、祭祀和占卜，而从事这些工作的巫师习惯于将文字刻划在甲骨上。虽然刻划甲骨文，不如"笔"书文字方便，但"笔"书文字或经日月磨损而踪影全无，或因载体腐朽而荡然无存，唯甲骨耐蚀、刻划深刻，方使大批甲骨文得以重见天日。文字发展是一个十分缓慢的过程^③，中国文字的起源应远在殷墟甲骨文之前，这一点已被不断涌现的考古发掘资料所证实，并得到国内学术界的公认。至于具体起源时间，目前尚有不同认识，几乎所有的中国和华裔专家都认为，良渚文化的多字陶文和龙山文化的丁公陶文已是文字，甚至是相当成熟的文字，只是对它们与古汉字的渊源关系等方面有些不同看法。而郭沫若、于省吾、李孝定和李学勤等著名专家则明确指出，距今约 6000 年前的半坡陶文或距今约 4500 年前的大汶口陶文即为中国文字的源头，他们的观点得到了许多专家的认同。

由于国内外关于中国文字起源的认识相去甚远，向国际上介绍我国学者的研究现状和成果就十分必要了。由著名历史学家李学勤教授牵头，以中国科学技术大学古文字研究组的名义和美国布鲁克海文国家实验室哈伯特教授合作撰写的论文《最早的笔迹？中国河南贾湖遗址公元前七千纪的符号使用》，经过两年多的笔战，终于发表在今年 3 月的国际考古、文物界权威刊物 *Antiquity* 上^④。令人意外的是，*Nature* 和 *Science* 两家著名刊物竟对此文迅速作出评论，并引起国际学术界与有关媒体的浓厚兴趣和积极反响。

从国际学术界的反应可以看出，国际主流学者未能接受论文的主要观点，他们对距今8000—9000 年贾湖遗址的刻划符号难以理解，认为文字规范化持续发展的时间，不应长达五千多年。不过，论文支持者也不乏其人，其中，哈伯特教授的一位朋友指出，贾湖遗址龟壳上有一符号，犹如右手持着叉形器的人。贾湖遗址出土有 18 个类似的叉形器，考古学家虽不能明确其具体用途，但推断它确为原始宗教或祭祀用具无疑。有趣的是，除去右手的叉形器，上述符号的剩余部分与甲骨文中某些表述人的符号十分相近，由此可见，这一符号应表

---

① 　原载于 2003 年 7 月 16 日《光明日报》。

② 　本文作者为王昌燧和赵晓军。

③ 　李济先生所著的《考古琐谈》指出，殷墟早期只有卜骨没有文字，暗示甲骨文源自殷墟。

④ 　参见 2003 年发表在 *Antiquity* 第 77 期上的论文"The earliest writing? Sign use in the seventh millennium BC at Jiahu, Henan Province, China"。

示着与原始宗教或祭祀相关的特定含义。倘若如此,它应该就是文字,而且是一个会意文字。除这一符号外,贾湖遗址还有若干具有文字性质的符号,无论如何,中国文字的源头是否在贾湖,值得关注和探索。然而,囿于资料的限制,直接、孤立地探索贾湖遗址的符号,短期内难以取得突破性成果。经和李学勤、哈伯特教授讨论,我们认为蚌埠双墩遗址刻划符号的研究,可能是探索中国文字起源的最佳切入点。

　　双墩遗址距今 7000 多年,蚌埠市博物馆徐大立馆长指出,双墩遗址出土的陶器上,多数刻画有符号,其符号、图画及含有符号的组合图画计 70 多种,其中,除相当数量简单符号外,尚有鹿、网、阜、丘等六七种符号与甲骨文相近。最令人感兴趣的是,该遗址的刻画内容不仅丰富,而且含义明确,有关猎猪、捕鱼、网鸟、养蚕、种植等刻画内容,都可组成一幅幅"连环画",此外,尚有若干特别重要的组合符号。所有这一切,都是我国新石器时代遗址绝无仅有的。初步研究发现,双墩遗址捕鱼"连环画"中,鱼表示为一种简单而抽象的符号,业已摆脱了象形写法,而与这一符号组合成叉鱼含义"刺"的符号,则与甲骨文和金文的"刺"字写法大体相似,这种"巧合"难道是偶然的吗? 需要指出的是,双墩遗址虽已发掘了三次,但由于某些原因,至今未能找到遗址的居住区和墓葬区。既然仅灰坑就出土了如此丰富的刻画符号,其居住区和墓葬区所蕴藏的资料理应更加重要。鉴于此,尽快组织双墩遗址的全面发掘,以获得更系统、更丰硕的刻画符号资料是十分必要的。中国文字起源研究的突破性进展,正期待着双墩遗址的研究和发掘。

考古学文化的动态特征[①②]

　　考古学文化是考古学最基本、最重要的概念之一。这一概念的提出,与考古学的发展密切相关。

　　20 世纪初,考古发现的迅速增多,使人们逐步认识到一些具有不同特定组合关系的遗存常常是共存的,并不存在明显的承继关系。若对考古遗存的分析,依然停留在"期的划分"层次上,已不能满足研究的需求,于是,考古学文化的概念便应运而生。

　　1959 年和 1961 年,受戈登·柴尔德和苏联学者的影响,针对国内的具体情况,夏鼐先生两论考古学文化的定名问题,将考古学文化的概念介绍给中国考古界,使中国的考古学研究上升到一个新的高度。

　　考古学文化的概念或定义,一般是这样叙述的:考古发现中可供人们观察到的属于同一时代、分布于共同地区、并且具有共同特征的一群遗存。依据这一概念或定义,考古学文化似乎是静态的。然而,多年来,我们始终感到考古学文化实际上具有明显的动态特征,且这一特征对考古学文化的理解颇为重要,为此,我们不揣固陋,在这里谈几点关于考古学文化动态特征的粗浅认识,希望不会贻笑大方。

1　不断深化的考古学文化内涵

　　日本考古学界对于绳纹文化和弥生文化区分的依据,不是陶器的器型、工艺和艺术风格,而是水稻的植硅石。即若遗址的陶器内有植硅石,则表明其属于弥生文化,反之为绳纹文化。最初,我们对于这种文化的划分颇为不解。然而仔细考虑后,感到日本的所谓绳纹和弥生文化,与其说是文化,还不如说是时代,其概念与我国考古界常用的考古学文化并不完全相同。尽管如此,我们仍意识到,依据植硅石划分考古学文化,从某种意义上讲,似乎具有一定的先进性,个中的道理值得深思。

　　我们知道,考古学是根据古代人类各种活动遗留下来的实物来研究人类古代社会历史的一门科学。考古学的研究目的是揭示甚至复原人类古代的历史。而考古学文化即为考古学家揭示人类古代历史的一种概念工具。从这个意义上讲,考古学文化应该包括人类群体的一切物质的、精神的和社会关系的所有特征。关于这一点,俞伟超先生早有论述。然而,对于古代遗存,特别是史前遗存而言,文献资料的缺乏和遗存信息量的限制,使考古学家只

---

①　原载于 2004 年 7 月 30 日《中国文物报》第 7 版。

②　本文作者为王昌燧和张爱冰。

能根据有限的实物资料探索考古学文化的特征,即根据在一定地区、一定类型遗存中出土的某几种特定器物类型及其特定组合关系来描述考古学文化的特征。随着自然科学对考古学的日益渗透,考古遗存中诸如水稻植硅石、孢粉、古代人类食谱和古 DNA 等信息的揭示,考古学家可望借助其他更能体现社会面貌的信息,更深入、更准确地描述这种文化遗存。日本采用水稻植硅石分析,揭示文化遗存所反映的社会生产方式,即采集、渔猎还是稻作农业,并以此划分考古学文化。不难理解,这种划分较之依据陶器器型的划分更接近社会的本质。实际上,近年来出版的考古发掘报告中有关遗址地质地貌和古环境的分析,植物考古和动物考古的研究等都在逐步拓宽和深化,其所提供的遗址信息越来越丰富。可以肯定,当上述研究的任一领域逐步完善,具有系统性和可比性时,它必将成为考古学文化的组成部分之一,甚至是重要组成部分之一。随着自然科学渗透的加强,随着相关研究的深入,考古学文化的内涵将逐步丰富。一句话,考古学文化的内涵是不断深化的,它与考古学的发展水平密切相关。

2　考古学文化适用范围的拓宽

一般认为,考古学文化的适用范围主要是史前遗存。有时甚至明确指出,考古学文化不同于历史时期的文化,如周文化、商文化等。原则上讲,流传至今的遗址数量与其年代成反比,即遗址的年代越早,保存至今的数量一般越少,其丢失的信息越多。历史时期因有文献资料借鉴,有关其遗存的信息,与史前时期相比,有着量和质的差别,这一点是不言而喻的。然而,随着自然科学手段的全方位运用,各种潜信息将被全面攫取,总有一天会具备研究原始社会精神文化和社会关系的思路和基础。到那时,史前考古和历史时期考古,在考古学文化方面的本质差别将不复存在。当然,如果现在就把考古学文化定位在广义"文化"的层次上,其适用范围完全可覆盖整个史前和历史时期。

3　考古学文化如何反映人类迁徙与文化交流信息

考古学文化概念的提出,对考古学的发展起到了积极的作用。然而,不难看到,现有的考古学文化概念以及在此基础上建立的区系理论,基本上是静态的。考古发掘揭示的迭层关系表明,古代人类是不断迁徙的,原有的先民迁走了,过了一段时间,具有不同文化背景的先民又搬来了,由此形成现今的迭层关系。人们不禁要问,原有的先民迁向何方? 后来的先民来自何处? 另外,不同考古学文化间,常常存在不同的文化交流关系。事实上,科技考古中关于地域考古,即文物产地及其矿料来源的研究,可望在一定程度上揭示不同考古学文化之间的交流关系;而古 DNA 分析,应能直接判断不同考古学文化间有关先民的承继关系。如果将这些信息纳入考古学文化范畴,那么,考古学文化和考古区系理论可望成为一个动态的系统。在这里,我们需要强调指出的是,尽管目前的古 DNA 分析尚不够成熟,应该慎之又慎地应用其有关成果,但绝不能因噎废食,相反,应该充分认识到这一领域的诱人前景,积极创造条件,尽早开展有关研究。应该相信,古 DNA 分析可望使考古学研究产生质的飞跃,其意义将不亚于 ^{14}C 测年。

　　总之,考古学文化具有明显的动态特征,随着考古学的发展,其内涵将逐步深化,适用范围将不断拓宽,并可望揭示先民的迁徙路线和文化交流关系。

早期陶器刍议[①②]

陶器的发明,对人类文明的发展有着多方面的影响。首先,陶器是人类首次以化学方法为主制成的人工材料,它预示着人类改造自然的巨大潜力。其次,陶器又是一种新的艺术形式,其引导出我国光辉灿烂的陶瓷文明。当然,最重要的还应是,陶器是一种实用器皿,它不仅便于烹饪食物,改善古人的饮食方式,而且为食品的储存、酿造和腌制创造了基本条件,有力地促进了农业和手工艺的发展。纵观人类的史前史,陶器与人类关系之密切,在某些方面甚至胜过了石器。

陶器对人类历史发展的重要性引起了人们的研究兴趣。因限于篇幅,这里仅以我国境内发现的早期陶器为主,讨论早期陶器的若干问题。首先,谈一谈陶器起源的时间。目前,多数学者的观点逐渐趋于一致,即不同地区的陶器各自有着独立起源,其起源时间不尽相同,但最早已达距今万年以上的新石器早期。在世界范围内,迄今发现距今万年以上陶器的遗址主要分布在东亚和西亚,其中,东亚地区包括了中国、日本和俄罗斯,而西亚则仅有土耳其。我国距今万年以上陶器遗址的数量最多,约 10 余处,而广西柳州大龙潭鲤鱼嘴遗址下层和桂林市庙岩遗址出土的陶片最早,距今约 15000 年。陶器起源的多元性,暗示陶器的烧制应有多种途径。

实际上,黏土掺入适量水后,可以捏塑成形,即便在远古时期,也应为生活常识,而经火烘烤后的潮湿黏土,将变得坚硬、致密,则同样属于日常现象。只要认识到这两点,总会有相对聪明的先民,出于生活的需要而成功地烧制出陶器。那他们是如何考虑到先将黏土捏塑成容器形状,再烧制成陶器的呢?目前流行的观点似乎为:人们偶然发现,将枝条或藤条编制的篮子涂满黏土,经火烘烤可形成不易透水的容器,在此启发下,陶器应运而生。显然,这种观点难以证实或否定。它或许是陶器发明的一种途径,但不应是世界各地所有陶器发明的唯一途径[1]。顺便指出,曾有文献报道,捷克 Dolni Věstonice 遗址发现距今 24000—28000 年的陶质动物塑像残件。据此是否可将陶器的起源时间大幅度提前呢?答案应该是否定的。其理由有二,其一,这种陶质塑像不是容器,即不能视为陶器。其二,若这批陶质塑像系有意识烧制,其工艺理应流传,而实际上,在其之后万年以上的时间内,世界上没有发现任何陶质物品或残存品。于是,似乎可推测,由当地先民,很可能是小孩,用黏土捏塑动物塑像后,一场突如其来的火灾,将这批泥质塑像烧成了陶质[③]。

其次,讨论一下我国早期陶器的原料和相关问题。不难发现,在我国,无论北方的徐水南庄头、北京东胡林,抑或南方的桂林甑皮岩、道县玉蟾岩、万年县仙人洞等遗址,那里出土

---

① 原载于 2005 年 11 月 17 日《中国文物报》第 7 版。

② 本文作者为王昌燧和刘歆益。

③ 笔者著的另一本书中内容修正了此观点,可参见《科技考古进展》,北京:科学出版社,2013:5,9-10,16。

的距今万年以上的陶器都有一个共同特点,即陶胎中含有大量岩石碎屑的粗大颗粒,当然,不同遗址出土陶器一般含有不同的岩石碎屑。无论如何,早期陶器皆富含岩石碎屑,应该不是偶然的。为了验证这一点,选取景德镇、宜兴和贾湖等地的陶土,以不同比例掺入砂粒,并依照陶土处理程序,制成若干套系列样品。采用现代陶瓷专用电炉,按不同温度,模拟制备了若干套系列"陶"样。结果指出,上述样品在 400 ℃时即可烧制成形。测试分析还表明,烧成温度在 400—500 ℃时,掺砂量为 20%左右的"陶器",其物理性能最佳。这些结果可给出两点颇为重要的启示,一是关于陶器烧成温度的界定。尽管在有关书刊中,陶器的主要工艺和特征已基本阐明,即经黏土掺水、加工成形、高温烧成等主要工艺制成的容器,但有关陶器烧成温度的界定,似乎都不甚清晰。那么,如何界定陶器的烧成温度呢? 这涉及黏土和陶质材料在材质上的本质区别。显然,这一本质区别在于黏土矿物中结构水的"失却"。黏土矿物一旦"失却"结构水,其结构、性能即发生不可逆的质变。因此,陶器烧成温度的界定应该决定于这种结构水的"失却"过程。这一过程因黏土组成、升温速率、保温时间的不同而略有不同,但一般说来,其温度范围在 400—600 ℃。由此可见,根据陶瓷工艺学理论,严格意义上的陶器烧成温度应为 600 ℃左右,然而,若考虑到陶化过程开始于 400 ℃,且陶器可在这一温度下烧制成形,则不妨将古陶的最低烧成温度界定为 400 ℃[①]。二是关于陶器原料的获取。陶器研究有一个约定俗成的观点,认为陶器原料系就地取土。然而,如前所述,万年以前的陶器,皆选用富含岩石碎屑的黏土作为原料,结合模拟实验的结果,不难理解在陶窑尚未发明且通常采用平地堆烧方法烧制陶器时,因烧成温度甚低,反而是这种富含岩石碎屑的黏土,容易烧成性能相对较佳的陶器。由此可见,若将就地取土改为就地"选"土,或许更贴切些。

再有,讲一点我对陶器起源背景的见解。既然陶器最早的起源时间可追溯至距今15000年,且不少遗址的陶器起源明显早于农业,那么,关于农业兴起导致陶器出现的观点便难以成立,至少不具普适性。如今看来,先民的定居生活为陶器的出现创造了基本条件,或者说得更直接些,即先民的定居生活导致了陶器的出现,应能逐步达成共识。当然,农业的兴起促进了陶器的发展,应是不争的事实。

最后,介绍陶器烧成温度测试方法的研究进展。目前,测定陶器烧成温度的方法有多种,而应用最为广泛、数据较为可靠的,应为热膨胀方法。简要说来,该方法的原理是,陶瓷未达到其原初的烧成温度时,其膨胀率与加热温度成正比,这时,测试所得的是一条斜率与其膨胀率相关的直线。而当加热温度超过其原初的烧成温度时,因陶瓷坯胎内气孔的收缩,则坯胎将在原膨胀基础上叠加一个收缩效应,于是,原测试直线便出现一个拐点,依据这一拐点,即可求得陶瓷的原始烧成温度。然而,模拟制备与测试分析发现,上述规律并不具普适性。具体说来,当原始烧成温度大于 870 ℃时,该方法可给出可靠的结果,然而,当原始烧成温度低于 870 ℃时,无论其原始烧成温度有多低,甚至未经加温的黏土,采用热膨胀方法,竟然都得出基本雷同的结果,皆为 870 ℃左右。推测这里出现的拐点对应的是黏土的玻璃转化温度,而不是原始烧成温度。进一步的研究还指出,陶器在烧成过程中,有一定的"记忆"功能,即在测试温度未达到原始烧成温度时,其 300—600 ℃的热膨胀曲线段,基本保持稳定。然而,测试温度一旦超出原始烧成温度,此曲线段将有规律地下移。根据这一规律,

---

① 笔者著的另一本书中内容修正了此观点,可参见《科技考古进展》,北京:科学出版社,2013:5,9-10,16。

我们尝试建立了测定较低烧成温度的新方法,并将其应用于古陶和古代陶范原始烧成温度的测定,实践证明,这一方法虽基本可行,但对于某些早期陶器样品,如东胡林的古陶残片,仍不能给出准确的数据[①]。希望在今后的工作中,逐步将其完善,并给出理论上的合理解释。

以上观点或见解,虽经认真思考,但囿于学识之局限,或仅为一孔之见,恳望有关专家、学者不吝赐教。

---

① 笔者著的另一本书中内容修正了此观点,可参见《科技考古进展》,北京:科学出版社,2013:5,9-10,16。

原始瓷产地研究之启示 [①②]

如果从 20 世纪 20 年代周仁先生率先研究古陶瓷算起,那么,我国陶瓷科技考古已有了八十多年的发展史。1998 年,李家治先生主编的《中国科学技术史·陶瓷卷》,集数十年成果之大成,构建起中国古陶瓷科技发展的体系,使中国古陶瓷科技考古研究有了坚实的基础。尽管如此,近十年来,陶瓷科技考古的研究工作依然处于上升趋势,新的科技方法得到越来越广泛的应用,新的研究成果也伴随着新的考古发掘而不断涌现,这一方面充分反映了我国陶瓷文明的博大精深,另一方面也再次表明科学研究永无止境。2000 年始,在中国科学院知识创新方向性项目和国家自然科学重点基金的资助下,我们将陶器产地研究拓宽至瓷器工艺和产地的研究。研究中,我们在充分尊重前人成果的同时,谨防迷信和盲从,而在认真继承的同时,发扬勇于创新之精神。这样,既迅速切入到古陶瓷研究的前沿领域,又不断产生并完善着新的研究思路。师生们经过几年的努力,取得了颇为丰硕的成果,也积累了一些经验。其中,原始瓷产地研究之进展,涉及中国古陶瓷科技发展的若干重要问题,受其启示,形成了一些新的认识和思路,现将其简要介绍如下,以期引起有关专家的关注和讨论。

人们知道,原始瓷产地研究历来有两种观点。多数专家认为,我国原始瓷发源于南方,且主要为江西的吴城地区。其理由大约有三点:一是我国北方商周时期未发现烧制原始瓷的高温窑;二是北方盛产高岭土,但不产瓷土,即缺乏烧制原始瓷的原料;三是聚类分析方面的证据。有工作指出,郑州商城、湖北盘龙城、江西吴城出土的原始瓷与江西吴城的出土陶器聚在一起,既然陶器原料系就地选择,那么,似乎可以推测上述地区出土的原始瓷皆产于江西吴城地区[1]。然而,认真推敲,前两点理由或与事实不符,或颇牵强附会,都不能一锤定音。要知道,虽然商周时期我国北方确实未发现烧制原始瓷的高温窑,但未发现不等于不存在。正如我国南方除大溪文化等地区外,尽管所发现的早期窑炉皆为龙窑,但人们并不能以此推断在龙窑之前,没有横穴窑或竖穴窑的发展阶段,个中的道理是相同的。而矿藏资料表明,我国北方不少地方都发现有瓷土矿,如河北白锴后沟、山东淄博、河南巩义、黑龙江讷河县和宝清县等地。且最近二里头二期出土白陶的分析数据也指出,其原料确为瓷土矿。至于上述聚类分析的工作,因将原始瓷和陶器的原料混为一谈,故同样不足为据。

少数学者发现,我国北方出土的商周时期原始瓷中,相当一部分为中原风格器型,且有不少烧流的残品,据此指出,这部分原始瓷应该产于我国北方。按理讲,这两个事实,特别是后一个事实,完全可确凿无疑地断定商周时期我国北方也产原始瓷。然而,或许无缘目睹这批烧流的残品,或许认为这里缺少分析数据,总之,持异议者皆未正面解答这一烧流残品问题。需要指出的是,正是这一现实,引发出我们重新探索原始瓷产地之兴趣。无疑,重新探

①　原载于 2006 年 1 月 6 日《中国文物报》第 7 版。

②　本文作者为王昌燧、朱剑和朱铁权。

索需认真调研前人的工作。统计分析已有数据不难发现,我国南方出土的原始瓷数量确实远多于北方,但商代早期的原始瓷数量,却是北方略多于南方。不仅如此,若将吴城和我国北方商代早期的原始瓷样品作一对比分析,吴城原始瓷的质量甚差,而北方的质量颇佳,这些不争的事实显然有利于我国北方商代早期也产原始瓷的观点,从而使我们决心对原始瓷的产地问题重新进行探索。于是,我们分别从江西吴城、浙江黄梅山、安徽枞阳汤家墩、郑州商城和垣曲商城遗址选取了数十枚原始瓷残片样品,采用 ICP 和 XRF 等技术,测定它们的微量元素,再将这批数据作聚类和主因子分析,其结果显示,垣曲商城的原始瓷自成一类。郑州商城的两枚原始瓷残片虽然分别归入吴城原始瓷和印纹硬陶的小类内,但在稀土特征参数值的聚类分析中,郑州商城的原始瓷还是独自聚成了一类。显然,这些结果有利于商周时期我国北方也产原始瓷的观点[2]。

值得指出的是,前些年二里头二期发现的一批原始瓷有着特殊重要的意义。它不仅将我国原始瓷的起源向前提至夏代,而且也有力地支持了我国北方也产原始瓷的见解。

牵一发而动全身。我国北方商周时期也产原始瓷的现实,迫使人们重新检验整个中国古代瓷器的发展史。首先,既然我国北方原始瓷的起源不晚于南方,那么,它势必直接推动北方瓷器的发展。然而,迄今为止的研究似乎认为,自秦汉至北朝,我国北方除烧制一些绿釉、黄釉等陶器外,基本没有瓷器的生产。即便出土了原始瓷或青瓷,也总是将其判断为来自南方的"舶来品"。尽管这种解释十分简单明了,但颇为主观武断,实难令人信服。实际上,至少在北朝,安阳地区的相州窑已烧制成瓷釉接近白色的青瓷,那时,因北齐皇帝和民间皆崇尚白色①,人们有了明确追求,通过在瓷坯上施化妆土或胎料精选,使原已较白的青瓷迅速演变为最初的白瓷。显然,无论白瓷,还是这种瓷釉接近白色的青瓷,皆要求较高的制作工艺,而这种制作工艺必然有一个发展过程。联想到北方夏商周时期也产原始瓷的事实,我们认为,我国北方早期瓷器应该有一个相对独立的发展过程,认真探索这一发展过程,很可能成为今后中国陶瓷科技考古和古陶瓷科技发展史的研究热点之一。

其次,研究原始瓷,必然涉及原始瓷与青瓷的关系问题。应该承认,将早期瓷器划分为原始瓷和青瓷两个发展阶段,即瓷器的不甚成熟阶段和成熟阶段,曾有效地推动了中国古陶瓷研究的进展。然而,由于未能从原料配方或烧成工艺角度明确原始瓷与青瓷的本质差异,于是,随着考古发掘新成果的大量涌现和有关研究的不断深入,两者的界线似乎又模糊起来。那么,原始瓷和青瓷是否存在本质的区别?如果确实存在,能否阐明青瓷原料配方改进或烧成工艺变革的时间、地点、背景和措施?能否逐步探明青瓷工艺的传播路线?相信上述问题的深入研究,将有助于捋清我国早期瓷器的发展脉络。

倘若本篇小文能引起有关专家、学者的关注和斧正,我们将感到莫大的荣幸。

---

① 齐东方教授明确指出,称"北齐皇帝和民间皆崇尚白色"实无根据。

参 考 文 献

[1]　陈铁梅,荆志淳,何驽.中子活化分析对商时期原始瓷产地的研究 [J].考古,1997(7):39-52.

[2]　朱剑,王昌燧,王妍,等.商周原始瓷产地的再分析 [J].南方文物,2004(1):19-22.

陶寺文明拾遗[①]

陶寺文明闻名遐迩。那里的史前城址和宫殿,不仅规模宏伟、结构复杂,而且建材优质、工艺高超,使同期黄河流域的诸城址唯有望其项背。2003 年,陶寺遗址中期古观象台的发现,震惊了学术界。已故著名天文学家席泽宗院士认为该发现的意义超过了英国的巨石阵。之后,陶寺王墓 IM:22 漆杆"圭表"的出土,更将陶寺观象台的研究提升到新的高度。

除上述重要建筑遗址和具有"圭表"功能的漆杆外,陶寺遗址的高度文明还表现在各类陶、漆、青铜器物以及文字、农业和家畜等诸多方面。本文拟着重介绍 3 种器物,希望从一个侧面折射陶寺文明的重要性。

首先是所谓的"原始瓷"。陶寺出土了 3 枚疑似"原始瓷"的残片。我们曾分析过其中一枚残片表层和胎体的成分和显微结构,其成分数据如表 1 所示,而显微结构可参见图 1。

表 1　陶寺出土疑似"原始瓷"的胎、釉成分（ω）

测试位置	Na_2O	MgO	Al_2O_3	SiO_2	P_2O_5	SO_3	K_2O	CaO	TiO_2	MnO	Fe_2O_3
器表（釉）	0.34	6.35	12.25	56.72	2.06	1.06	4.95	7.83	0.79	0.14	7.5
胎体	0.41	2.79	16.17	67.87	0	0	2.63	3.64	0.70	0.07	5.72

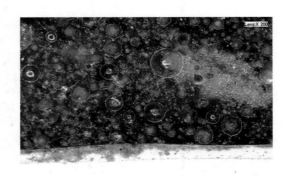

图 1　陶寺出土疑似"原始瓷"剖面的显微照片

表 1 的数据显示,该残片的胎体成分介于瓷器和陶器胎体成分的重叠区域,一时难有定论,不过,其瓷釉成分确可归于高温釉范畴。图 1 的岩相照片也显示,样品表面的釉层均匀、透明,厚度约 80 微米,与胎体结合较好。根据这一点可以说,该残片已具有瓷器的明显特

---

① 本章为笔者在以"天文考古与中国古代文明"为主题的第 482 次香山科学会议（2013 年 12 月 17—19 日）上的报告。

征。多少有些遗憾的是，由于样品过于珍贵，且体积也太小，无法测定其原始烧成温度，仅仅根据现有数据，难以得出准确结论。

近来的研究指出，所谓"原始瓷"的概念缺乏严谨的科学论证，其实际上是不同学术观点相互妥协的结果。有关青瓷的概念虽有科学论证，又存在着明显的错误。为此，我重新给出了瓷器的科学定义，根据这一新的定义，原初的"原始瓷"完全达到了青瓷的标准，理应为之"正名"。既然如此，我国青瓷的起源至少应提前至夏商时期。而陶寺疑似"原始瓷"残片的深入分析，则有希望将我国的青瓷起源追溯至距今 4000 年前左右。

其次是陶板瓦（图 2 和图 3）。陶寺出土的铺设屋顶的陶板瓦同样值得关注，它将世界上瓦的起源提前了近千年。将陶寺出土的 3 件陶板瓦与秦砖、汉砖、秦瓦、现代砖和现代瓦等进行对比分析，表 2 为具体的分析数据。

图 2　陶寺陶板瓦正面

图 3　陶寺陶板瓦背面

表 2　陶板瓦等的对比分析

样品名称	最大载荷 F（kN）	抗折强度 σ_{b3}（MPa）	布氏硬度 （kg/mm^2）	吸水率 平均值	原始烧成温度 （℃）
陶板瓦 1	0.185	12.5	23.29	12.68%	1050
陶板瓦 2	0.065	8.8	15.12	14.37%	1045
陶板瓦 3	0.273	18.4	27.06	10.82%	1056
秦瓦	0.078	10.5	19.32	17.32%	
现代瓦	0.155	10.4	16.71	17.49%	
现代砖	0.154	10.4	16.80	18.04%	
秦砖	0.218	14.7	25.1	11.57%	
汉砖	0.23	15.5	26.78	11.45%	

表 2 的数据显示，这里分析的 3 枚陶板瓦，其最大载荷、抗折强度、布氏硬度、吸收率皆接近于秦砖与汉砖，而明显优于秦瓦和现代砖瓦。无疑，高质量的陶寺陶板瓦，从一个侧面反映了陶寺先民的聪明才智，折射出陶寺文明的高超水准。

最后，特别需要介绍的陶寺遗址出土的铜铃（图 4）。铜铃虽小，却是我国甚至世界上最早的复合范铸造的产物。考虑到热煅工艺同样可以获得铜铃形状的物件,而以往有关陶寺铜铃制作工艺似乎缺乏系统的研究,为此,今年8月下旬,趁重庆三峡博物馆撤展之际,我和周卫荣研究员等一行5人,颇为认真地观察、测试了该铜铃。围绕铜铃四周测试了12个点,所得数据基本相同,该铜铃的材质确为纯铜。制作方式为铸造。至于陶寺铜铃是否如日本国立九州大学宫本一夫教授所认为的,该铜铃的外范为整范,未采用分范技术,目前似难有定论。尽管如此,陶寺铜铃在我国甚至世界青铜铸造史上的重要地位,无论怎么评价都不为过。

图4　陶寺出土铜铃外貌

科技方法与历史学研究①

　　虽然大学的专业是工程物理,但我一天也没能从事核工程事业,而是几乎一辈子埋头于科技考古研究,尽管这是命运,然而仍应承认,一定程度上的确取决于自身的选择。所谓科技考古,即利用现代科学技术分析研究古代遗存,攫取丰富的潜信息,再结合考古学、历史学等社会科学方法,探索古代社会历史的科学。三十多年来,科技考古学科在中国得以迅速发展,它全方位地改变了中国考古学的面貌,使之发生了质的变化[1]。

1　中国科技考古的简要发展阶段

　　众所周知,考古学隶属于历史学,且这一事实并不因考古学成为一级学科而有所改变。既然现代科技可以有效助推考古学,从原则上讲,现代科技方法在历史学研究中同样应有诱人的应用前景。由此可见,在探讨科技方法与历史学研究的关系之前,有必要首先简介当代中国科技考古的发展阶段(这里暂且忽略民国时期科技考古的具体事例和相关影响,仅从1949 年以后说起)。

　　20 世纪 50 年代初期,南京博物院教授罗宗真将宜兴周处墓的发掘文物送到南京大学化学系作检测。这种请自然科学家帮助考古学家分析不熟悉文物的阶段,可视为当代中国科技考古发展的初始阶段。

　　1957 年,杨承宗先生将中国科学院原子能研究所仇士华、蔡莲珍二人推荐给夏鼐先生。在夏先生强有力的支持下,仇、蔡二人自力更生、筚路蓝缕,居然建成了中国第一个 ^{14}C 测年实验室,并测定出一批可信的考古年代数据。之后,他们和北京大学考古系实验室合作,发表了数以千计的年代数据,构建了中国新石器时代的年代序列,奠定了中国 ^{14}C 测年的基础。这一阶段应作为当代中国科技考古发展的第二个阶段[2]。

　　20 世纪 80 年代末至 90 年代初,以断代测年、冶金技术和古陶瓷研究队伍为主体,由中国社会科学院考古研究所、北京大学、中国科学技术大学及北京科技大学等发起筹备中国科技考古学会,并陆续召开了五届全国科技考古学术讨论会,使中国科技考古工作者有机会聚会一堂,交流成果,商讨科技考古学科的发展大计。与此同时,中国历史博物馆馆长俞伟超组织班村考古发掘,邀请自然科学多个领域专家开展综合研究。显然,这应计为当代中国科技考古发展的第三个阶段。

　　1996 年,多学科协作研究的重大项目夏商周断代工程正式启动。经过多年不懈努力,

①　原载于《河北学刊》,2019,39(1):64-67。

取得了十分重要的成果[3]。之后,随着中华文明探源工程的持续开展,使中国考古学与科技考古得以全面发展,此可视为当代中国科技考古发展的第四个阶段。

如今,中国考古工作者借"一带一路"之东风,陆续走出国门,主持或参与国外的考古发掘,以国际视角深入探索世界文明史和中外交流史。可以预见,中国考古学和科技考古学必将再提升一个层次。

2　科技分析应成为历史学研究的新方法

一般说来,历史学的研究对象主要是文献资料,而考古学的研究对象主要是实物材料,雷同于科技考古研究。也就是说,科技与考古具有天然的联系,特别是史前考古,由此不难理解,何以科技考古得以迅速发展,而至今几乎未见科技与历史研究的典型结合。然而,如前所述,考古学在总的学科门类上仍隶属于历史学,因此,在原则上可以这样理解:所有科技考古成果都可视为历史学的成果。

事实上,以往所取得的研究成果中,随手便可举出许多与历史学关系密切的事例。因篇幅所限,兹仅举两例。

第一个例子是关于二里头遗址的研究。学术界主流观点认为二里头是夏都,其存在期间为夏商交替阶段。不过,夏商交界的年代,或者说,夏商交界对应于二里头遗址的第几期,意见并不统一。目前学术界主要有三种观点:第一种观点认为二里头遗址一至四期都属于夏;第二种观点认为,一、二期属于夏,而三、四期则属于商;第三种观点则主张一至三期属于夏,而四期属于商。我指导的第一位考古学科背景的博士生朱君孝撰写博士论文时,因缺乏经验,先后尝试了几个选题,皆不尽如人意,最后我建议他以陶器器型分析入手,附加一个创新思路,即主动影响还是被动影响,借以探讨二里头遗址的夏商分界。经过深入研究,分析结果指出,二里头遗址一至三期为主动影响阶段,即二里头遗址内基本不见其他文化因素,而周边地区则频现二里头文化类型的器物,二里头遗址四期则全然相反,其遗址内出现了明显的商文化因素,而周边地区已罕见二里头文化类型的器物。这一点,不仅与我们分析的陶器产地结论相一致,而且与金正耀分析青铜器铅同位素的数据也契合,即二里头遗址一至三期与四期的铅同位素数据显著分为两组。最令人感到意外的是,郑光早年撰写的二里头遗址发掘报告中已经说明,其一至三期与四期使用的石料居然明显不同。这就是说,多重证据都支持二里头遗址的夏商分界为三、四期之间。遗憾的是,这一工作至今尚未发表,未能产生应有的影响[4]。

第二个例子是关于铜簋的研究。如果说,二里头遗址缺乏相应参考文献的话,那么,山西绛县倗国墓出土铜簋的用途则可结合相关文献一起分析。铜簋内有机残留物的分析表明,该铜簋曾盛有煮熟的大米和肉类,即所谓的"羹"。而文献记载称,铜簋通常用于盛放黍稷等 C_4 类粮食,它与上述测试分析完全相悖[5]。这就迫使我们重新审视文献的可靠性和适用性。由此可见,科技分析对于历史学研究而言,不仅可增添信息,甚至还能够纠正文献记载中的错误,如此重要的研究手段,无疑应成为历史学研究的新方法。

3　历史学领域科技分析的要点

中国古代文献数量浩如烟海，内容包罗万象，为历史学研究提供了得天独厚的条件。然而，有一利必有一弊，如此优越的条件留给科技探索的空间必然极为狭窄，这就为历史学领域的科技分析提出了极为苛刻的要求，其所作结论必须慎之又慎，稍有疏忽，势必贻笑大方。结合以往的经验，我谈几点对历史学科技分析要点的认识，请专家学者批评指正。

第一，引用文献必须是可靠的信史资料。记得研究白瓷起源时，有参考文献指出，北齐皇帝喜爱白色，普通老百姓信仰弥陀佛，因而也崇尚白色，既然社会有此需求，白瓷便应运而生。乍一看来，似乎合情合理。然而，当我咨询北京大学教授齐东方时，他说这类资料属于胡乱编造，绝非信史，切不可轻信。他的提醒，及时纠正了我们的错误认识，避免了误导读者的严重后果。

第二，当科技分析的结论与文献记载相左时，首先应从科技分析方面寻找原因，即便确认科技分析的结论基本无误时，也应设计新的实验，力图获得多重证据。如同上述二里头遗址夏商分界研究那样，若干结论皆趋于一致，其可信程度将远高于单一证据。

第三，相比于科技考古，历史学领域科技分析的实物对象相对匮乏，这是其难点之一。与此同时，科技考古多从古代科技、经济、环境等相对单一的领域开展工作，其边界条件较为清晰，而历史学通常需考虑整个社会背景，这应该是其最大难点。

此外还必须强调，科技分析绝不是万能的，稍不小心，得出错误结论是在所难免的。例如，关于青瓷起源的探索，虽然素来严谨的李家治分析了浙江上虞出土的 H5 陶瓷残片，认为其达到了青瓷标准，据此将中国青瓷起源时间定于东汉末年。然而，经过多年探索，我们最终发现，直至元明清，中国青瓷都达不到这一标准。也就是说，如果我们承认李家治的这一结论，那么，除了这枚残片外，中国将没有所谓的青瓷。但这样一个"怪怪"的结论，居然得到了全世界古陶瓷学术界的认同[6]。类似例子，还可以举出很多，此不赘述。

4　值得重视的经验之谈

20 世纪 90 年代，家居北京的某澳大利亚籍华人夫妇声称拥有一对元至正十一年（1351年）的青花云龙纹象耳瓶。他们认为，这对元青花象耳瓶的品相甚至优于英国大维德基金会收藏的相同象耳瓶，而《人民日报·海外版》也将其称为"瓷王"。为了表示"爱国"之心，这对夫妇决定将这对象耳瓶无偿捐给北京故宫。然而，北京故宫不予接受，这使他们十分郁闷，《人民日报·海外版》也为他们"爱国无门"而"打抱不平"。后来，他们请中国科学院上海硅酸盐研究所教授李家治帮助检测鉴定，李家治不敢怠慢，一方面认真测试了两件象耳瓶胎、釉、彩的相应成分；另一方面请上海博物馆研究员王维达、夏君定采用热释光技术测定它们的年龄，请复旦大学教授承焕生采用 PIXE 分析其主次量和微量元素。李家治先生将分析结果当面告诉了委托人,明确指出,根据分析,这一对元青花象耳瓶当系赝品,只是相关数据库尚不够完备,不宜公开发表论文。上海博物馆研究员夏君定、王维达则将研究论文毫不犹豫地发表在《核技术》上,测定数据表明,两件样品皆为后仿[7]。复旦大学教授承焕生因缺乏相应数据库,一时难以明确表态。于是,他们又请中国科学院高能物理研究所帮助分析鉴别。为此,高能物理研究所组织多位专家进行了较为系统的分析研究,最终认为,该对象耳瓶确为元青花。此结论一出,立即引起古陶瓷界的轩然大波,一些著名古陶瓷鉴定专家纷纷质疑科技分析的可靠性。恰逢此时,我与李家治先生建立了合作关系,开始了古代瓷器研究,在李家治先生的催促下,我用 8 万元从景德镇陶瓷考古研究所所长刘新园那里购得 168枚大多有年款的明清官窑样品和部分元青花样品,分别由吴隽和温睿作了测试分析。首先,我们意外地发现,宣德样品的钴料与永乐样品的钴料明显不同,前者是国产料,后者则为进口料,这与古陶瓷界公认的“永宣”不分显然相悖。其次,《窥天外乘》《遵生八笺》《广志绎》等不少于七篇文献皆记载,宣德青花料为苏麻离青;另有两篇文献分别认为宣德青花为石青或麻叶青,仅《宣德鼎彝谱》记载,宣德青花使用的是国产青料。不难理解,多数文献的观点与“永宣”不分的现象互为验证,致使长期以来,宣德青花为进口青料的观点占据主导地位。然而,我们的分析结论一经发表,人们迅速意识到,《宣德鼎彝谱》成书于明宣德三年(1428年),其可信度应该较高,而其余文献皆出现于明万历(1573—1620 年)之后,似有以讹传讹之嫌。由此可见,科技分析可为历史学研究最为棘手的文献可靠性提供有效的鉴别。

　　说到这里,人们不禁要问,这对象耳瓶究竟是真还是假?回答是明确的,当然是赝品。既然是赝品,中国科学院高能物理研究所专家何以判定其为真品呢?我对照图 1,认真分析了高能物理研究所的测试数据,不由恍然大悟,原来其测试数据没有问题,问题出在解释上。前人的研究指出,元青花的青料是苏麻离青,其具有高铁低锰特征[8]。然而,高铁低锰是一个定性概念。图 1 显示,即便是根据青料划分的明中期,即宣德至弘治时期,其青料的 Fe/Mn也大于 1,而元至明永乐期间,其青料的 Fe/Mn 最低也接近于 20,相比于上述明中期,Fe/Mn 高了一个数量级。至于那一对象耳瓶,其青花浅色区的 Fe 含量略大于 Mn 含量,即

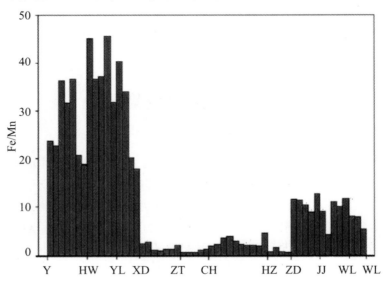

图 1　瓷釉兰彩浅色区的 Fe/Mn 分析

Fe/Mn 稍大于 1,而中国社会科学院考古研究所提供的元大都出土元青花残片,经高能物理研究所测试,其数值明显落在元至明永乐的青料范围内。如此一来,人们不难理解,定性结论常常似是而非,定量分析的结论一般不易出错,而这正是科技分析的优势之所在。

　　例子介绍到这里,可画句号了吧! 但还不行。我们知道,原料的成分与配方相关,通常与皇位变更没有直接关系。然而,这里的 168 枚样品,其蓝彩深色区、浅色区与白釉的 Fe/Mn 比值与明代各王朝有着几乎完整的对应关系[9]。这一事实暗示着,在整个明朝,只要新皇帝一登基,就立即宣布变更青花瓷的配方。这一点,显然不合情理。它告诫我们,科技分析所得结论也必须慎之又慎,不仅要揭示不同事物间的相互关系,更要明了形成这些关系的内在机制。内在机制不存在,或不合理,即便不同事物间似乎存在某种关系,也只能是假象。

5　粗浅结论

　　历史学领域的科技分析大有可为,应认真开展。但是,无比丰富的文献资源在一定程度上制约着科技探索,其困难程度远非科技考古可与比拟,加之科技分析原非万能,这就告诫我们,历史学领域的科技分析,必须慎之又慎!

　　然而,一旦科技分析的结论与文献记录相互验证,其可靠性几将确凿无疑。我们有理由相信,随着科技方法的介入,一些长期悬而未决的疑案可望真相大白,这难道不是历史学的福音吗?

参 考 文 献

[1]　王昌燧.科技考古:探究历史真相 [N].光明日报,2010-02-01.

[2]　仇士华,陈铁梅,蔡莲珍.中国 ^{14}C 年代学研究 [M].北京:科学出版社,1990.

[3]　夏商周断代工程专家组.夏商周断代工程 1996—2000 年阶段成果报告(简本)[M].北京:世界图书出版公司,2000.

[4]　朱君孝.二里头文化若干问题的研究 [D].合肥:中国科学技术大学,2004.

[5]　杨益民,金爽,谢尧亭,等.绛县倗国墓地铜簋的残留物分析 [J].华夏考古,2012(3):67-71.

[6]　王昌燧,李文静,陈岳.“原始瓷器”概念与青瓷起源再探讨 [J].考古,2014(9):86-92

[7]　夏君定,王维达,梁宝鎏.元代云龙纹象耳瓶的热释光年代测定 [J].核技术,2005,28(5):356-360.

[8]　吴隽,李家治,郭景坤.景德镇青花瓷彩上斑点显微结构的研究 [J].无机材料学报,1999,14(1):143-149.

[9]　WEN R,WANG C S,MAO Z W,et al. The chemical composition of blue pigment on Chinese blue-and-white porcelain of the Yuan and Ming Dynasties(AD 1271-1644)[J]. Archaeometry,2007,49(1):101-115.

科技考古学科发展的思考[①]

　　谈及学科发展,首先要明确何为学科?《辞海》的解释是:学术的分类。指一定科学领域或一门科学的分支。如自然科学中的物理学、生物学;社会科学中的史学、教育学等。这样的解释含糊不清且不够贴切,难以悟其要领。

　　利用网络检索并经思考、整理,初步认识到,学科是一个相对独立的知识体系,每个学科,都有其自身的理论、方法与实践。应该说,学科的划分在一定程度上取决于划分者的主观意识。按照我国高等学校本科教育专业设置,拟将学科分为三个层次,即学科门类、一级学科与二级学科。

　　百度对学科门类的解释为:具有一定关联学科的归类。这一解释似乎还容易理解,即可以将其理解为具有内在关联性质的学科群。然而,百度对一级学科和二级学科的解释为,一级学科为学科大类,而二级学科为学科小类。这种解释如同没有解释,不过,它在一定程度上使我们意识到,所谓一级学科和二级学科,特别是以交叉为特征的新兴二级学科,其实并无客观标准。事实不正是这样吗?如果没有王渝生等先生的不懈努力,特别是王竹溪、钱临照等老一辈科学泰斗的支持,科学技术史恐怕至今也难以成为一级学科。同样,考古学能够顺利提升为一级学科,很大程度上归因于我国考古事业卓有成效的迅猛发展。

　　既然一级学科和二级学科皆无客观标准,我们是否可以将其束之高阁,置之不理呢?当然不可!不仅不可,还应特别重视!别的不说,仅认识到以下两点便足矣,这两点即是:学科是研究生学位授予的依据,而重点学科的水平和数量则是考量高校地位的重要标准之一。

　　实际上,我们重视科技考古学科的发展由来已久。早在1999年,中国科学技术大学科技史与科技考古系成立不久,考古学还是二级学科时,我们便决定授予研究生科学技术史学位(曾一度同时获得考古学与博物馆学硕士授予权),并将科技考古学"包装"为学科。记得那时仿照考古学将科技考古学定义为:科技考古学,即利用现代科学技术分析研究古代遗存,取得丰富的潜信息,再结合考古学、历史学等社会科学方法,探索古代社会历史的科学。不难发现,其研究对象与研究目的和考古学完全一致,但研究方法、理论和手段则与传统考古学大相径庭。

　　关于科技考古学的研究方法,最初认为基本属自然科学范畴,后来在早期博士研究生朱君孝的启发下,方深刻认识到,原来科技考古学的研究方法,既与自然科学有关,也与社会科学有关,或者也可以说,既不全同于自然科学,更不全同于社会科学。为便于理解,特举猪的驯化为例。探索驯化猪的起源时间是科技考古的前沿课题之一。野猪刚被捕获开始驯化时,其是彻头彻尾的野猪,如何能够知晓其开始驯化与否?社会科学方法显然无计可施,而自然科学方法也居然一筹莫展。然而,倘若充分利用考古遗址的具体信息,例如,分析确定

———————————

①　原载于《科学文化评论》,2019,16(2):18-22。

同一遗址猪骨之间存在祖孙三代关系,其第三代则毫无疑问是驯化的结果。现在可以阐述得抽象一些,即如果将探索考古学问题比喻为解一个方程,那么,自然科学的方法可用于解析方程,倘若巧妙利用遗址相关信息这一边界条件,我们便有可能获得方程的唯一解。

正当我们煞费苦心将科技考古学"包装"成学科且自觉颇有成效时,随着考古学成功升为一级学科,科技考古学也自然侥幸被列为二级学科,这样,如何思考科技考古学的学科发展便显得更加迫在眉睫。

基于多年从事科技考古学科研与教学的经验,我们认为,作为科技考古学学科的发展,首先应是科技考古学学科体系的建设,然而迄今为止,何为科技考古学的学科体系,人们似乎还不甚明了。或许有人会辩解,怎么没有啊?如今《科技考古学概论》《科技考古学》《中国科技考古导论》以及笔者编著的《科技考古进展》都已正式出版,并产生了不可低估的影响。不过,平心而论,上述这几本著作,与其说介绍的是科技考古或科技考古学,不如说介绍的是科技考古的方法或科技考古学的方法。笔者以为,真正的科技考古学学科体系可大致分为两类:一类是作为考古学二级学科的体系,它应该是全面融入了考古学与科技考古学最新研究成果的考古学学科体系,它将使原有考古学的学科体系发生质的提升;另一类是作为科学技术史二级学科的体系,它应该是全面融入了科学技术史与科技考古学最新研究成果的科学技术史学科体系,应该说,以往的科学技术史学科体系早已富含科技考古学的研究成果,今后的科学技术史学科体系谈不上"质"的变化,但至少有全面而深刻的变化。

这就是说,科技考古学的学科体系其实有两个,作为考古学的二级学科而言,其学科体系即为未来发生"质变"的考古学学科体系,而作为科学技术史的二级学科而言,其学科体系则应为未来发生全面、深刻变化的科学技术史学科体系。由此可见,科技考古学的学科发展,应该兼顾考古学与科学技术史两个一级学科体系的建设。这一点,决定了科技考古学学科发展的与众不同。

其实,平时开展科技考古教学或科研时,人们一般将注意力聚焦于具体的教学或科研内容上,而不可能将学科体系建设时刻铭记心间。然而,根据以往的经验,每当开展具体的科技考古科研项目时,我们总是特别关注方法的创新和重大科学问题的攻克,一段时间后,随着新进展的不断积累,人们不难发现,科技考古学的学科体系又有了显著的发展。

所谓科技考古方法的创新,原则上可分为三类。第一类为"原始创新",例如最近我们采用亚微结构分析,有效地探讨了玉器产地这一世界难题;又如,采用巧妙的鉴别方法,全然排除了地下水所含盐分的影响,证实中坝遗址出土的花边陶壶为制盐或盛盐工具;再有,借助矿料来源数据,探讨当时的社会结构等。第二类为"方法的移植",即将自然科学学科前沿的最新方法,合理移植于科技考古领域。这方面的例子很多,最值得介绍的是大科学装置的相关分析方法。例如,根据同步辐射 X 射线荧光面扫描判断冶炼工艺;又如,采用 micro-CT 揭示古代玉器的钻孔工艺;还有,根据吸收边和近边结构探讨瓷器的呈色机理;再有,借助散裂中子源无损探测文物内层材料的结构和成分(近期可望开展)。第三类为引进"国外先进方法",例如,植硅体、淀粉粒、孢粉等分析方法;又如,借助热膨胀仪测定陶瓷的原始烧成温度;采用岩相方法探索陶器的产地等。这方面的例子更多,但需要强调的是,我们在引进国外先进方法同时,经常对原有方法进行改进和提升,甚至另辟蹊径,脱胎换骨地改造原有方法。

今天回忆起来,特别关注分析方法的创新,使中国科学院大学考古学与人类学系的科技考古研究收到了奇效。毫无疑问,这一成功经验仍应继续发扬,期望获得更多、更重要的成果。

我们另一关注点是重大科学问题的攻克,这里的重大科学问题常常同时涉及考古学和科学技术史两大一级学科,例如,我国瓷器的起源和我国冶金工艺的起源等。需要指出的是,有些重大科学问题的攻克必须借助原始创新的方法,譬如上述我国冶金工艺的起源。而有些重大科学问题的攻克则主要源自概念的梳理。不难认识到,正是陶器、瓷器定义的重新讨论,才得出我国瓷器起源大幅提前的新结论。多年的研究经验告诉我们,既要尊重前辈专家,又绝不能迷信前辈专家,更不要迫于前辈专家的权威。一般说来,凡遇到这种情况,十之八九表明你的研究具有一定学术价值。

人常说,"伤其十指,不如断其一指"。事实确实如此,每一个重大科学问题的攻克,至少都将颠覆原初某一段历史或某一项工艺形成机制的认识。显然,坚持方法的创新和重大科学问题的攻克,现有的考古学和科学技术史学科体系将不断得以修正、完善和提高。建议我们审时度势,适时编著相应教材,特别是考古学学科的新教材。如实说,教材建设正是笔者所在系的软肋,必须给予特别关注。

除科研外,教学也是科技考古学学科发展的重要组成部分。科技考古学的教学主要体现在人才的培养。人才的培养重在成功率和成才率。成功率即研究生培养的合格率。应该说,笔者系里培养研究生的合格率几乎是100%;而成才率即研究生毕业数年后,在其工作单位,成为骨干或学科带头人的比例,检验我们早期毕业的研究生,其成才率之高已成为同行之共识,这是十分难能可贵的。当然,这些成绩的取得不是偶然的。简而言之,有以下几点心得。

一是文科、理科背景不同的学生应安排他们从事不同的研究课题,文科学生一般从事描述性为主的课题,理科学生则主要从事与反应机理、工艺原理相关的课题。二是要求硕士生学会怎样开展科学研究,明确指出,首先要有思路,而更重要的是设计判别实验,以实证原初思路的正确与否。至于博士生,原则上要求其研究为一完整的体系。三是因材施教,几乎每位研究生的研究课题都是根据学生的具体素质和兴趣,经师生双方认真讨论后确定。相关事例太多了,这里不再一一枚举。

以上就科技考古学科发展规律而阐述的一孔之见。在这里,我们还不得不谈一谈科技考古学科发展的具体措施,这是因为我国教育部不断颁布高校和学科发展的新政策和新精神。例如以前的211、985和最近的双一流。无论如何,凡入选这些名目的高校无不获得极大资助和支持,犹如打了强心针一般。从这一点讲,其积极的一面毋庸赘述。然而,这些政策也在一定程度上影响了不同高校之间,甚至同一高校研究团队之间的合作与交流。对此,我们必须保持清醒的认识。当然,具体操作起来,又不得不将自身利益放在第一位。这就要认真分析我们的优势和不足之处,统筹兼顾,合理发展。

附　录

▲

　　1966—1970 年入学的大学生，有时被贬称为"老五届"。相对而言，这一代大学生似乎未能给社会留下多少好印象。1966—1967 年，北京高校的部分大学生，由于各种原因未能刻苦学习。1968—1970年，经过工人阶级再教育的过程后，绝大多数被分配到边远地区或小城镇。尽管如此，相较于上山下乡的知青，他们的处境仍要好得多。改革开放以来，他们中的一小部分攻读研究生后留校或在研究所从事教学或科研工作，也有一部分以各种形式出国深造。不过，其主体部分基本上都成为原单位的业务骨干，过着安定、温饱不愁、相对"平庸"的生活。或许就是这一原因，至今罕见反映"老五届"经历的报道和小说。难道他们注定要成为被遗忘的一代吗？我不以为然，为此，计划从我熟悉的中国科学技术大学"老五届"中，挑选 20 名左右事业有成的专家学者，简要介绍他们的经历和成就，以期从一个侧面表明"老五届"中不乏志向远大、才华横溢、勇于担当的有识之士，他们是1976 年后人才断层阶段的中坚力量，祖国今天的强大，他们曾有着不可或缺的贡献。

　　最初列入计划的有：美国物理学家心目中的"天才科学家"王肇中教授，电流变液领域的佼佼者陶荣甲教授。以下按年级和年龄排序：为我国芯片纳米加工作出重大贡献的尹志尧先生、开辟涡旋压缩机新天地的倪诗茂先生、"陈氏精确公式"的创建者陈应天教授、统计学大鳄白志东教授、霍金正宗的华人弟子吴忠超教授、显著拓展量子力学视野的范洪义教授、脑科学首席科学家陈霖研究员、非线性光学晶体的开拓者吴以成教授等。他们中的不少人陆续成为中国科学院、中国工程院或第三世界科学院院士。然而，计划实施时，尽管有林辉同学（由我指导本科毕业论文的中国科学技术大学数学系学生）的帮助，仍然深感力不从心，主要是平时工作的压力太大，除此之外，人物评价的分寸把握也颇费精力。于是，写完王肇中与陶荣甲教授的简要介绍后，决定终止此计划。然而，就在本书最后审定期间，一些好友再三建议我增补范洪义和吴忠超教授的简介，我自然明了这些朋友的用意，范洪义是一位正宗的"土"博士，然而，凭着自身的聪明才智，以大无畏的精神，解决了罕见天才物理学家狄拉克（Dirac）遗留的难题，为我国学者争得了极高的荣誉，更迫使人们重新审视我国的教育理念。吴忠超教授智力超常，被杰出引力物理学家史蒂芬·霍金招为弟子，除在学术上有重要建树外，还将霍金撰写的《时间简史》等译为中文，这对引导年轻学子崇尚科学有着难以估量的影响。于是，在王肇中教授的鼓励和帮助下，及时完成了介绍范洪义和吴忠超教授的文稿，相信经此增色，定能让更多的读者喜爱。

美国物理学家心目中的"天才科学家"：王肇中教授[①②]

王肇中教授 1968 年毕业于中国科学技术大学物理系低温物理专业。1980—1985 年从我校物理系赴法国格勒诺布尔大学攻读硕士与博士学位，探索低维导体中电子凝聚态的非线性电输运。凭着在中国科学技术大学打下的扎实基础，王肇中很快发现 $(TaSc_4)_2I$、$(NbSe)_{10}I_3$ 和 NbS_3 三种新的低维导体具有非线性输运性质，它们的凝聚态相变点均在室温附近，这种相变由电-声子相互作用引起，系从费米液体到电子晶体的相变。电-声子相互耦合引起的相变主要有两种：电子晶体（或自旋晶体）和超导体。通常认为这类相变受德拜温度的限制，一般在低温条件下才能发生，故而这一成果在一定意义上讲，对高温超导体的发现有某种启示。与此同时，王肇中还发现 TaS_3 材料中的可约-不可约结构相变，这对凝聚态反常输运物性的解释有着颇为重要的理论意义。

1985—1988 年，王肇中作为美国普林斯顿大学物理系的博士后，协助昂（Ong）教授筹建固体物理实验室。在此期间，有两个重要发现值得一提，一是 LaSrCuO 因 Sr 掺杂引起的超导相与正常相具有相反的载流子；二是 YBaCuO 存在霍尔系数平台及其与超导相温度的关系。

博士后出站后，王肇中任普林斯顿大学研究员兼物理学讲师。在著名物理学家、凝聚态物理泰斗安德森教授的领导下，围绕高温超导体正常态下的反常输运特性，王肇中博士做了大量的系统研究，安德森教授对之赞叹不已。普林斯顿大学教务处主任曾专门写信向中国科学院领导介绍王肇中博士在这一阶段的工作，信中称赞王肇中博士是一位天才科学家，业已成为该校超导研究的核心人物，为该校超导研究在激烈的国际竞争中长期处于领先地位起了重要的作用。1990 年，当王肇中决定赴法国科学院工作时，安德森教授在推荐信中写道：王肇中博士从美国赴法国工作，将对美国物理界带来一场灾难。

王肇中博士现为法国科学院终身教授、主任研究员（director de research）。在法国工作的众多中国学者中，王肇中博士是第一位获此职称的华人科学家。目前，他在法国科研中心微结构与微电子实验室主持超低温高真空 STM 方面的研究，在金原子平面上从事原子操作与局部隧道效应的测定。与此同时，他准备开展量子力学基础实验的研究工作，在纳米科学领域进行新的探索。让我们预祝王肇中教授取得更大的成功，为祖国争光，为母校争荣。

补注：

王肇中教授是 20 世纪 60 年代中国科学技术大学本科毕业生中的佼佼者，为 1976 年后

①　原载于 1997 年 10 月 15 日《中国科学技术大学报》。

②　本文作者为王昌燧和林辉。

最早获得法国著名大学博士学位的中国学者之一,后经中国科学院卢嘉锡院长和洪朝生副院长特批,赴世界凝聚态物理的圣殿——美国普林斯顿大学物理系从事博士后研究。1990年,王肇中博士重返法国,成为法国纳米研究中心的主要创建者之一,并跻身法国纳米研究核心圈内。无论在法国,还是在美国,他都取得了斐然的成果,两次诺贝尔物理学奖获得者安德森教授评价其为"不可取代的、战略性的科学家"。著名物理学家杨国桢院士更是慧眼识英才,曾表示愿主动让贤,诚邀王肇中教授回国把控我国物理学科的发展。从这一点讲,王肇中教授是幸运的。然而,当他重返法国,准备挑战科学难题时,两年病魔缠身加上两年超低温 STM 实验室的细心筹建,使他失去了创造科研奇迹的最佳时机,从这一点讲,他又是遗憾的。然而,无论何时何地,王肇中教授始终未忘祖国和母校。他曾多次访问母校,介绍国际上物理学的最新进展,并为学校的发展建言献策。据我所知,正是他的建议,合肥微尺度物质科学国家研究中心购置了超低温高真空 STM 装置。而他撰写的调研报告则有效地推动了国家纳米科学中心的成立。如今,已过从心所欲之年的王肇中教授,仍以拳拳赤子之心,满怀报效祖国之情,利用高超的纳米理论和技术,不断攻克关键技术难题,为祖国的科学事业呕心沥血,无私地贡献着非凡的聪明才智。

电流变液领域的佼佼者：陶荣甲教授[①②]

1967 年，*The American Mathematical Monthly* 悬赏求解一数学难题：敌对邻居问题。二十年后，一位华人物理学家以令人信服的解答摘取了全额奖金。这位引起轰动的华人物理学家就是我校 69 届毕业生，现任美国南伊利诺伊大学物理系主任的陶荣甲教授。陶荣甲教授 1947 年出生于上海川沙县。1964—1969 年，就读于中国科学技术大学近代力学系。大学期间，陶荣甲反应敏捷、成绩优异，在学校中颇有名气。大学毕业后，他被分配到中国科学院合肥光学精密机械研究所工作。不久，研究生恢复招生，陶荣甲以中国科学院最高分考取中国科学院理论物理研究所硕士生，师从郝柏林教授。1979 年，李政道教授为加强中美科技合作，首次在中国招了 5 位研究生，陶荣甲是其中之一。这种招生方式后来演变为 CUS-PEA。留学美国哥伦比亚大学的陶荣甲，在李政道教授的指导下，仅用了三年时间就取得了硕士和博士学位。获得博士学位后，陶荣甲先后在华盛顿大学、南加州大学、英国剑桥大学、IBM 公司的科技中心和东北大学等大学和研究所工作。每到一处，他都能取得出色的研究成果。1989 年，他应邀到美国南伊利诺伊大学工作。这时的陶荣甲博士，从教学、科研到对美国社会的熟悉，都已十分成熟，随着才能的充分发挥，短短两年内，他就从副教授晋升为终身教授，不久，便担任该校物理系的系主任。这在中国大陆赴美的留学生中是绝无仅有的。1989 年，陶荣甲博士意识到电流变液的重要性，便全身心地投入这一领域的研究之中。天才加勤奋使他很快就崭露头角，成为电流变液领域的佼佼者。首先，他建立了电场激起相变的电流变液基本理论，继而，他又预言并以实验证实了电流变液的晶体微结构。这种晶体微结构不仅具有重大的科学价值，而且在光学和工业上有着巨大的应用前景。此外，他还发现了低温电流变液现象等。鉴于他的杰出成绩，他连续两次被推选为 1991 和 1993 年国际电流变液会议的主席，并当选为国际第 8 届陶瓷和现代材料技术学术讨论会的主席。此外，他还多次应邀在国际会议上发表专题报告，如在美国物理协会发展会议（1997 年）上作题为"极化液的静态和动态结构"的报告等。陶荣甲教授勤耕不辍，硕果累累，除出版两本影响甚大的电流变液专著外，迄今已在 *Physics Review Letter*、*Physics Review* 和 *Applied Physics Letter* 等国际权威刊物上发表论文 70 余篇。他的成就引起了科学界和舆论界的关注，其中值得一提的有：1992 年与 1993 年，国际上颇有权威的英国 *Nature* 杂志（以专论形式）和美国 *Scientific American* 杂志先后介绍了陶荣甲教授的研究成果；1995 年，《流变学》杂志以德英两种语言报道了他的事迹，翌年，影响甚大的 *The New York Times* 也对他的工作进行了系统的报道。事业上的成功使陶荣甲教授更为繁忙，但他始终未忘抚育培养他的祖国和母校。当他以联合国开发署顾问的身份访问中国时，总是尽可能多地向有关方面介绍国际

① 原载于 1997 年 11 月 21 日《中国科学技术大学报》。

② 本文作者为林辉和王昌燧。

电流变液研究的进展,对国内的研究进行指导和扶植,并促成中美双方在这一领域的合作研究。1993 年,他被聘为中国科学技术大学的名誉教授后,更加积极地推动美国南伊利诺伊大学和中国科学技术大学建立校际合作关系。让我们预祝两校合作取得成功,预祝陶荣甲教授取得更重要的成果。

补注:

据张克橙教授介绍,改革开放初期,陶荣甲决定报考中国科学院理论物理研究所郝柏林所长的研究生并顺利参加了考试。之后,张克橙向郝柏林教授打听陶荣甲的考试成绩,郝所长不无感慨地说,陶荣甲不需要读研了,他可以成为我的同事。这次考试,他全部答对,且未采用常规解法。由此可知,陶荣甲接下来轻松考上李政道先生的首批研究生自在情理之中。2000 年,陶荣甲教授调到美国天普大学后,长期任该校物理系主任。其间,他将电流变液技术应用于石油系统和发动机领域,取得了极其重要的成果和十分可观的经济价值。几乎同时,他还突发奇想,竟然将电流变液技术与巧克力生产相结合,开发出一种脂肪较低、口感甚佳的健康巧克力,一定程度上消除了酷爱巧克力人群的后顾之忧。如今,年逾七旬的陶荣甲教授仍然壮心不已,又将他的绝招用于血栓清除,旨在造福人民、创造人间奇迹。

给狄拉克符号插上翅膀的范洪义教授[①]

　　翻开量子力学发展史,凸显眼前的是普朗克、波尔、爱因斯坦、波恩、海森堡、薛丁谔、狄拉克、泡利(Pauli)、维格纳等一串著名欧洲学者的名字。进入21世纪后,对量子力学深入发展作出贡献的名单中出现了中国学者的名字:大家都熟悉的潘建伟在研究量子纠缠理论的实验验证和可能应用方面做出了世界一流的工作,而"藏在深山无人识"的中国科学技术大学范洪义教授则对量子力学中的狄拉克符号理论作出了实质性的贡献。

　　狄拉克和泡利是量子力学大师们公认的旷世奇才。所谓狄拉克符号,是狄拉克引入的描述量子态的一套符号体系,其数学符号虽貌似枯燥抽象,但实际内涵却极其深奥,可谓神韵不可言传。然而,正如狄拉克本人所云,一个想法的创始人不是发展这一想法的最合适人选。或许正是这一"规律",这位毕生追求崇高数学美的天才物理学家未能将这一符号系统的内涵进一步阐述与完善,致使这一难题如同费尔马猜想那样,只能留给后人去完成。

　　狄拉克符号问世四十年后的20世纪70年代,年轻的范洪义就意识到,倘若给狄拉克符号辅以积分运算法则,建立量子力学的数理方法,使算符、表象及其变换理论擢升换颜,将量子力学的狄拉克理论提升到新的高度,其学术价值必将不可限量。于是,范洪义苦苦钻研二十余年,凭着他坚实的数学功底,清晰的物理概念,不可思议地为狄拉克符号首创了有序算符内的积分理论,使表达态矢量和算符的左、右矢符号灵动起来。难怪1999年,应安东·塞林格(Anton Zeilinger)教授(2022年诺贝尔物理学奖获得者)邀请赴奥地利因斯布鲁克大学讲学时,人们感叹道,倘若狄拉克还健在,一定会感谢范洪义教授发展其符号法的功绩。不难理解,这句话的潜台词是,范洪义教授以狄拉克符号为基石,成功地建立了量子力学专属的数理公式,为符号法的发展开拓了新方向,铺设了新途径。

　　范洪义教授为人低调,但不善交际,而他的学问又高深难懂,尽管大多数人对他敬佩有加,然而仍有少数人嫉妒其非凡才华和学术贡献,以致无端贬低道,"听说范洪义此人很狂,声称修改了狄拉克方程(大意)"。平心而论,这类贬低实属捕风捉影。要知道,范洪义教授的重大贡献主要在狄拉克符号,而不是狄拉克方程。两者虽皆为狄拉克的主要科学贡献,但彼此分属不同的学术领域,有着清晰的界限。对于这类莫名的"发难",范洪义教授通常一笑了之,依然全身心地投入到他痴迷的研究领域。

　　有关范洪义教授的简介本该至此收笔,然总觉意犹未尽,有两点感想如鲠在喉,必欲吐之而后快。

　　第一,改革开放显著促进了我国教育事业的发展,优秀人才不断涌现。然而,不知何故,不少用人单位似乎更看重"洋"博士,这多少伤害了所谓"土"博士的感情。我们对此不以为然,建议用人单位应注重应聘者的真才实学,而淡化博士的"土""洋"出身。事实上,曾有媒

[①]　本文作者为王肇中和王昌燧。

体报道,我国首批自主培养的 18 位"土"博士,个个都有精彩人生,更不要说没有出国经历的袁隆平和屠呦呦两位先生了。不过,我们认为,关于这一问题,不是几句话可以阐明的,拟找机会详述。

第二,关于"狂"的认识。应该说,有关待人接物,范洪义教授相当低调,与"狂"毫不沾边。只是在学术上,他敢有非常之想,倘若将之视为"狂妄",岂不颠倒了黑白? 实际上,一味主张听话和顺从,正是我国教育应反思和纠正之观念。我们以为,培养学生遵纪守法的同时,应极力鼓励他们像范洪义教授那样,在学术上敢为天下先,独辟蹊径,勇攀高峰,只有这样,我国的科学技术水平才可能位居世界先进行列。

霍金的华人学生：吴忠超教授[①]

　　中国科学技术大学之所以名扬四海，除了中国最著名的科学家常年授课外，更重要的是录取了一批批立志献身科学的青年才俊。早在 1963 年，深受名师池伯鼎偏爱的福州三中高一学生吴忠超被毫无准备地安排现场解答数学和物理高考试题，没有想到几天后，中国科学技术大学党委书记刘达居然将吴忠超破格录取到中国科学技术大学应用数学系，这种录取方式在当时无疑是破天荒的第一例。不久，学校又破例批准吴忠超转至无线电系。

　　据吴忠超的室友回忆，在中国科学技术大学学习期间，吴忠超一开始就显得与众不同，别人解答物理或数学习题时，多少要思考一番，而数学超前且思维发散的他，常能不假思索地作出几种解答。1968 年，毕业后，他被分配至宁夏的一个内迁工厂当工人。离校前，吴忠超将平时省吃俭用购置的大量高深数学和物理书籍焚尽。若非牵挂父母和兄弟，孑然一身的他很可能早赴黄泉。

　　一年后，心智恢复正常的吴忠超陆续购入一批理论物理经典书籍，包括曾忍痛烧毁过的朗道理论物理教程。伴随着废寝忘食的阅读和思考，天资聪颖的吴忠超竟然无师自通，领悟了广义相对论的真谛。这似乎冥冥之中注定了他与霍金导师之间的不解之缘。

　　1973 年，复职不久的刘达书记，为弥补中国科学技术大学下迁导致的流失师资，特地办起"回炉班"，并将 63 级及以上优秀学生直接聘为教员，吴忠超自在刘达书记的首推之列，于是，吴忠超终于脱离苦海，顺利入职中国科学技术大学无线电系，不久便转至技术物理系低温物理专业。

　　1978 年恢复考研后，吴忠超不失时机地考上了中国科学技术大学天体物理专业硕士研究生。值得指出的是，那份满分 100 的数学考研试卷，吴忠超仅错了一个负号，得了 99 最高分。当消息传开，人们无不为之惊讶之时，他却为这一生中数学考试的首次失误而自责不已。大约半年后，经钱临照先生的推荐，具有首批出国深造资格的吴忠超幸运地成为当时在世最杰出的引力物理学家史蒂芬·霍金的学生。

　　霍金将吴忠超的博士论文聚焦于极早期宇宙学方向，具体课题为探讨两个相变泡碰撞的引力效应。吴忠超不负师望，不仅给出这种场景下时空度规的准确解，还研究了极早期黑洞源自相变起伏导致的引力坍缩。1984 年初，吴忠超的博士论文完成不久，便欣然接受了霍金的合作邀请，计算出有关宇宙波函数的第一个数值解，相关论文于 1985 年发表在 *Physics Letter B* 上。这是霍金和东方学者合作的唯一论文。

　　博士论文完成后，受导师霍金的启发和鼓励，吴忠超运用量子超引力宇宙学理论，首次证明可观察时空的维数必须是四维或七维，该阶段性成果荣获 1985 年度引力研究基金会的国际论文比赛第三名。然而直至 2001 年，他方首次严格证明可观察时空的维数只能是四

[①]　本文作者为王肇中和王昌燧。

维,相关论文再次发表在 *Physics Letter B* 上。

需要指出的是,吴忠超教授的一些重要成果未能得到学界应有的关注,例如,和宇宙创生同步的(最一般的)黑洞创生机制。又如,他洞悉并计算发现,粒子量子隧穿经历的是虚时间,而这个过程经历的实时间为零等。然而,他对此并不介意,仅痴迷且享受于科学发现的过程。

如果说,人们之所以铭记霍金主要是他的科普大作《时间简史》的话,那么吴忠超教授则以该书译者的身份而闻名华夏。早在 1983 年,霍金就希望吴忠超承担其尚未成型的科普大作的翻译重任。1988 年,《时间简史》出版后,吴忠超迅速翻译,翌年就在大陆以外地区发行了中译本。1992 年,《时间简史》中译本由湖南科学技术出版社作为第一推动丛书的重要选集在国内发行,获得了巨大的成功。之后,吴忠超陆续翻译了霍金撰写的所有科普著作,可以肯定地说,霍金的这批科普著作中译本,对我国年轻一代放眼世界、崇尚科学的影响无论怎么评价都不为过!

一般说来,高深抽象学术论文的正确评价总是滞后的,相信若干年后,学界会认识到吴忠超教授的学术贡献。无论如何,吴忠超教授极不平凡的学术生涯,总能让人们联想起提携他的恩师池伯鼎、钱临照先生、刘达书记以及长眠于牛顿和达尔文墓旁的导师霍金。

术语名词表

AMS	加速器质谱计
EXAFS	扩展 X 射线吸收精细结构
FIB-TEM	聚焦离子束透射电镜
GC/MS	气相色谱–质谱法
HRTEM	高分辨透视电镜
ICP	电感耦合等离子体
ICP-MS	电感耦合等离子体质谱法
INAA	仪器中子活化分析
PCR	聚合酶链反应
Real-time PCR	实时聚合酶链反应
PIXE	质子 X 射线荧光分析
SAXS	X 射线小角散射
SEM	扫描电子显微镜
SNP	单核苷酸多态性
SRXRF	同步辐射 X 射线荧光分析
STM	扫描隧道显微镜
XANES	X 射线吸收近边结构
XRD	X 射线衍射
XRF	X 射线荧光光谱分析

部 分 照 片

1991年全国第三届科技考古学术讨论会期间交流（自左至右：王昌燧、韩钊、柯俊、郝本性）

1991年全国第三届科技考古学术讨论会期间，王昌燧与仇士华先生合影

1992年班村考古现场（自左至右：王昌燧、周昆叔、李容全）

1993年在日本帝京大学山梨文化财研究所作学术报告

1993年在日本考古学术会议上，王昌燧与日本考古学会会长渡边直径教授交谈

1993年在日本东京文化财研究所拜访马渊久夫教授（左为翻译王尚文）

1993 年 Tom Chase 应邀访问日本山梨（自左至右：谷口一夫、Tom Chase、王昌燧）

1994 年第三届国际冶金史大会在三门峡召开期间，王昌燧与柯俊院士合影

1994 年第三届国际冶金史大会在三门峡召开期间，王昌燧与周卫荣馆长合影

1995 年在美国丹佛机场合影（自左至右：Tom Chase、马承源、陈佩芬、王昌燧）

1995 年在美国匹兹堡期间，王昌燧与童恩正先生合影

1995 年访问香港城市大学时，王昌燧与陈铁梅教授在天坛大佛前合影

1996 年于哈佛再次拜访张光直先生（自左至右：王昌燧、Tom Chase、张光直、铃木稔）

1997 年 美国布鲁克海文国家实验室 Garman Harbottle 访问中国科学技术大学时与王昌燧合影

1998 年第 33 届国际科技考古学术讨论会（布达佩斯）期间，王昌燧与荷兰 Kars 教授夫妇合影

1998 年第 33 届国际科技考古学术讨论会（布达佩斯）期间，王昌燧与英国 Evershed 教授合影

1999 年中国科学技术大学人文学院科技史与科技考古系成立期间合影（自左至右：王昌燧、仇士华、李学勤）

2000 年王昌燧在中国科学院上海硅酸盐研究所与李家治先生亲切交谈

2001 年王昌燧携朱君孝访问垣曲时与佟伟华合影

2001 年王昌燧、宋小清夫妇祝贺杨承宗先生九十华诞

2001 年科技考古广州会议期间，Pamela B. Vandiver 与王昌燧合影

2002 年应邀再访日本期间，早稻田大学 Uda 教授与王昌燧合影

2002 年在中国高等科学技术中心，王昌燧与李政道院士合影

2005 年中国科学院研究生院科技史与科技考古系成立晚宴上，王昌燧和席泽宗院士合影